Call If You Need Me

내가 필요하면 전화해

레이먼드 카버 지음
최용준 옮김

문학동네

일러두기

1. 원주라고 밝히지 않은 주석은 모두 옮긴이주이다.
2. 본문 중 고딕체는 원서에서 이탤릭체로 강조한 부분이다.

조지아 모리스 본드를 위해

차 례

서문 …009
편집자 서문 …021

단행본 미수록 단편 …027
불쏘시개 ㅣ 무엇을 보고 싶으신가요? ㅣ 꿈 ㅣ 방화 ㅣ 내가 필요하면 전화해

에세이와 명상록 …141
내 아버지의 인생 ㅣ 글쓰기에 대해 ㅣ 정열 ㅣ 존 가드너: 선생으로서의 작가 ㅣ 우정
ㅣ 성 테레사가 쓴 글 가운데 한 줄에 대한 묵상

초기 단편 …225
분노의 계절 ㅣ 털 ㅣ 열광자들 ㅣ 포세이돈과 친구들 ㅣ 새빨간 사과

장편소설의 편린 …287
『오거스틴의 비망록』에서

작품 해설 …303
「이웃 사람들」에 대해 ㅣ 「술 마시며 운전하기」에 대해 ㅣ 고쳐쓰기에 대해 ㅣ 〈도스토
옙스키〉 각본에 대해 ㅣ 「낚시찌」와 다른 시들에 대해 ㅣ 「테스를 위하여」에 대해 ㅣ
「심부름」에 대해 ㅣ 「내가 전화를 거는 곳」에 대해

레이먼드 카버가 쓴 서문 …345

별의 인도 ㅣ 일체 ㅣ 알려지지 않은 체호프 ㅣ 사건과 결과의 소설 ㅣ 현대소설에 대해 ㅣ 긴 단편소설에 대해

서평 …393

큰 물고기, 신화적인 물고기 ㅣ 바셀미의 비정한 코미디들 ㅣ 굉장한 이야기들 ㅣ 파랑지빠귀 아침들, 태풍경보들 ㅣ 기량이 절정에 달한 재능 있는 소설가 ㅣ 암흑에 빛을 비추는 소설 ㅣ 브로티건에게 늑대인간 나무딸기와 고양이 멜론을 대접받다 ㅣ 맥구에인, 큰 사냥감을 쫓다 ㅣ 리처드 포드가 보여주는 상실과 치유의 강력한 통찰 ㅣ 은퇴한 곡예사가 십대 소녀에게 매혹되다 ㅣ "명성은 좋지 않답니다. 내 명성을 가져가세요" ㅣ 성년이 되다, 만신창이가 되다

노트 …475
레이먼드 카버 연보 …491
옮긴이의 말 마지막으로, 처음부터 …495

서문

  "마지막의 마지막." 지난 일 년간 나는 새로 발견한 레이먼드 카버의 단편소설 다섯 편을 출간하는 과정에서 친구에게 이렇게 써 보냈다. 그리고 이 구절에서 시인으로서의 나는 '마지막까지 길이 남으리'란 울림을 듣는다. 동시에 이 책은 이 비범한 작가—그의 작품들은 전 세계에서 스무 개가 넘는 언어로 번역되었다—의 목소리를 들을 수 있는 완전히 새로운 작품들을 담고 있기도 하다.

  레이가 죽은 뒤, 훌륭한 소설가이자 레이 작품의 일본어 번역가인 무라카미 하루키가 아내인 요코와 함께 나를 찾아온 적이 있다. 그때 하루키가 털어놓길, 번역을 하는 동안 레이가 옆에 있다고 느꼈으며 그의 전집 번역을 마치는 게 두렵다고 했다. 그리고 이제 나는 그가 느꼈을, 기쁨과 슬픔이 뒤섞인 감정을 이해한다.

이 과업을 통해, 나는 세상을 영영 떠났다고 생각한 이에게서 뭔가 새로운 것을 듣게 됐을 때 같은 즐거움, 극장의 막이 내린 뒤 예기치 않게 무대에 다시 나타난 배우를 봤을 때 같은 즐거움을 누렸다. 만약 오늘날 카프카나 체호프의 원고가 담긴 트렁크가 발견된다면, 사람들은 거기 담겨 있는 걸 보러 몰려들 것이다. 우리가 바로 그렇다. 우리는 우리의 문학과 삶에 있어 존경하던 낯익은 영혼들에 대해 호기심과 향수와 정열을 느끼는 것이다.

레이의 새로운 작품들에 대한 이 발견은 그가 생전에 출간했던 작품들과 관계가 없으면서도 관계가 있다. 이 발견은 그것을 바랐던 이들에게 가치가 있다. 어떤 작가를 사랑하면 그 작가의 글을 계속해 읽고 싶어지고, 그 작가가 쓴 모든 글을, 탁월한 것, 뜻밖의 것, 심지어 미완성작까지 읽고 싶어지게 되기 때문이다. 이제 우리는 그렇게 할 수 있다. 이 작품들의 가치는 글 전체뿐 아니라 표현, 문법, 캐릭터에 대한 인식이나 놀라움, 한 줄 한 줄 이야기를 진행하는 방식과 같은 작은 것들에도 배어 있다.

이 책의 원고들은 서로 다른 때에 서로 다른 장소에서 발견됐다. 첫 발견은 1999년 3월, 레이가 세상을 뜨던 당시 나와 함께 살던 워싱턴 주 포트앤젤레스의 리지 하우스에서였다. 친구이자

〈에스콰이어〉의 수석 편집자인 제이 우드러프가 이 과정에서 나를 도왔다. 두번째 발견은 그해 여름 중반, 카버 스칼러십에 참여하는 윌리엄 L. 스털과 모린 P. 캐럴 부부가 오하이오 주립대학교 도서관의 윌리엄 차뱃 미국소설 컬렉션을 방문했을 때 일어났다. 이들 부부는 그곳에서 원고가 든 상자를 뒤지다가 끝까지 완성했으나 발표하지 않은 단편소설 두 편을 찾아냈다. 그들은 흥분해 전화로 이 소식을 내게 알렸고, 그날은 마침 내 생일이었다.

제이와 내가 찾아낸 단편소설 세 편에 더해 이 두 편은 크나큰 수확이었고, 더구나 이들은 레이의 작품집에 실리지 않은 글들을 모아서 펴낼 수 있는 기반이 되었다. 이 책의 다른 작품들은 대부분 이전에 나온 『영웅담은 사양합니다』(영국에서는 하빌 출판사에서, 미국에서는 빈티지 북스에서 출간되었다)에 들어 있었다. 발표되지 않은 단편소설들에, 우리는 1983년에 시, 산문, 단편소설을 엮어낸 잡문집 『정열』에 있던 에세이 네 편을 추가해 이 책의 내용을 더욱 풍부하게 했다.

레이가 죽고 얼마 되지 않아, 『폭포로 가는 새 길』의 서문을 쓰고 있을 때 나는 출간되지 않은 육필 원고와 타자로 친 원고가 담긴 폴더를 발견했다. 당시 나는 이 원고들이 완성된 것인지, 그리고 만약 완성이 되었다면 이걸 세상에 내보여야 할지 확신이 없었다. 나는 출간되지 않은 원고들을 세상에 선보이기에 앞서 레이가 출간하려고 확신하게 마음먹었던 것들부터 먼저 내는 게 맞다고 느꼈다. 그리고 그렇게 하기까지 구 년이 걸렸고, 레이의 시 모음집 『우리 모두』(하빌, 1996; 크노프, 1998)가 세상에 선을 보임으로써 그 일은 완성되었다.

1988년 쉰 살이라는 이른 나이에 폐암으로 레이가 세상을 뜬 뒤, 나는 할 일이 많았다. 영국과 미국에서 레이의 책 세 권을 세상에 선보였고, 밥 애들먼이 찍은 사진집 『카버의 나라』도 작업을 마쳤다. 그리고 레이의 단편소설 아홉 편을 바탕으로 한 로버트 올트먼의 영화 〈숏 컷〉에 대한 조언도 했다. 레이에 대한 다큐멘터리 필름 세 편에도 참여했다. 그리고 지금 말한 일의 상당 부분은 집에서 멀리 떨어진 곳에서 강의를 하며 했다. 또한 나는 어찌어찌 짬을 내어 시집 세 권, 단편소설집 한 권, 에세이집 한 권을 냈다.

레이가 죽은 지 십 주년이 가까워오던 1998년 초, 제이 우드러프가 전화를 하더니 레이를 기념할 만한 뭔가를 〈에스콰이어〉에 싣고 싶다고 말했다. "책상에 폴더들이 있어. 완전한 게 아닐 수도 있고, 변변한 게 아닐지도 모르지만." 내가 말했다. "하지만 조만간 살펴볼 수 있어." 나는 내 목소리에 담긴 망설임을 제이가 들었다고 생각한다. 어쨌든 제이가 말했다. "테스, 그걸 볼 짬이 생기면 나도 기꺼이 가서 도와줄게."

제이가 바로 내가 찾던 적임자인 듯했다. 제이는 내 일을 존중했고 레이의 글을 사랑했고 교정과 출간 과정을 이해했다. 그에 더해 소설가이자 잡지 편집자로서, 제이는 좋은 단편소설을 한 눈에 알아보았다. 1999년 3월, 제이는 비행기로 시애틀까지 가서 세 시간 동안 자동차와 페리를 타고 포트앤젤레스에 도착했다. 이튿날 아침 아홉시부터 밤 열한시까지, 우리는 레이의 책상 서랍에 있는 내용물을 꼼꼼히 살폈다. 우리는 폴더에 있는 내용물들을 읽고 분류표를 붙이고 복사를 했으며, 마침내 선택을 했다. 이 모든 일이 분명한 목적의식 아래 조용하고 친밀하게 이루어졌다. 우리가 읽는 동안, 눈앞에 훌륭한 단편소설 세 편이 있는 게 명확해졌다. 나는 레이의 원고를 다루는 작업의 막바지로 향하며 불안을 느꼈지만, 이제 출간되지 않은 단편소설들을 제대로 처리할 수 있겠다는 생각을 하며 그 불안을 잊었다. 그 글들은 1970년대 초 레이의 단편소설들이 최초로 폭넓은 독자층을 확보하게 된 매체이자 이번 발견에 참여한 〈에스콰이어〉에 잘 어울려 보였다.

제이는 레이의 알아보기 힘든 육필을 해독해 정확한 원고로 옮기는 작업을 맡았다. 원고 하나는 오롯이 육필이었고, 다른 것들은 타자로 치고 육필로 수정되어 있었다. 제이는 지겨워하기는커녕 이 일에 온 힘을 쏟았다. 레이의 육필을 십일 년 동안 해독해왔던 나는 제이가 옮긴 원고를 원본과 단어 하나하나씩 대조하며 제이가 알아보지 못한 부분을 채워넣었다. 우리는 레이가 어떤 때는 단편소설 하나를 서른 번이나 고쳐쓴다는 사실에 주의했다. 이 단편소설들은 그렇게 하기 전에 옆으로 치워둔 것들이었다(죽기 전 몇 달 동안 레이는 단편소설에서 시로 관심을 돌렸고, 그게 그의 마지막 책인『폭포로 가는 새 길』이 되어 나왔다). 하지만 그럼에도 이 단편소설들은 편집할 필요가 거의 없었다. 캐릭터와 지명은 통일되어 있었다. 즉 도티였던 사람이 다음 페이지에서 덜로리스가 된다거나 유리카가 아카타가 되는 일은 없었다. 레이는 언제나 결말에 가장 공을 들였지만, 이 원고들 중에는 마치 식사를 하다가 전화를 받으러 간 듯 그냥 애매하게 남겨진 경우도 가끔 있었다. 그 경우 우리는 그러한 마지막 순간이 여운을 남길 수 있도록 이야기를 건드리지 않고 그냥 두었다.

레이는 삶을 다시 시작하려는 사람들에 대한 이야기를 몇 번 쓴 적이 있고, 그 가운데 가장 유명한 작품이「내가 전화를 거는 곳」이다. 〈에스콰이어〉에 실릴 단편소설들 중 첫 순서인「불쏘시개」에서, 알코올중독에서 벗어나고 결혼이 파탄난 한 남자는 앞으로 나아가려는 의지를 뚜렷이 하기 위해 필사적으로 장작을 팬다. 여기에서 화자는 또한 작가이기도 하며, 그 남자가 시험적으로 글을 쓰려 하는 시도는 1979년 레이와 내가 엘패소에서 함께 살던 당시, 레이가 십 년에 걸친 알코올중독에서 벗어나 새롭게 글을 쓰려 하던 모습을 떠올리게 한다.

새 단편소설 다섯 편 가운데,「꿈」은 나와 제이가 가장 좋아하는 작품이다. 이 작품에는 결혼생활이 망가진 뒤 화재로 아이들을 잃은 여인이 나온다. 이 이야기는 시러큐스(우리는 이곳에 살 때 소설 속 부부처럼 8월의 더위를 피해 지하실에서 잤다)와 북서부(우리가 살던 거리에서 화재가 일어났다. 다행히도 인명 피해는 없었다) 양쪽에서 지낸 우리의 삶을 연결해놓은 듯 보였다. 나는 아이가 죽는 레이의 또다른 단편소설 「별것 아닌 것 같지만, 도움이 되는」의 메아리를 느낄 수 있었다. 두 작품 모두에 대해, 나는 자칫 감상적으로 흐를 수 있는 주제를 담담히 다루는 레이의 대담함에 존경을 느꼈다. 「꿈」에서 세부 묘사는 지붕 위로 피어오르는 연기처럼 소용돌이치고, 행동은 키아로스쿠로*처럼 펼쳐진다. 장면이 어렴풋이 밝아지고 서서히 이글거리다가 확 피어나는 것이다. 우리가 그러하듯 이 작품 속 캐릭터들의 삶 역시 주위 환경에 약탈당한다.

빌과 모린이 발견한 1980년대 초반에 쓴 단편소설 두 편은 모두 결혼의 붕괴를 다룬다. 그 가운데 한 편인 「내가 필요하면 전화해」는 단편소설 「블랙버드 파이」와 시 「안개와 말馬이 있던 지난 밤」의 중심 이미지를 미리 당겨 쓴 듯한 느낌이다. 세 작품 모두 운명적 헤어짐을 앞둔 상황에서 안개 속에서 신비롭게도 말들이 나타난다. 「무엇을 보고 싶으신가요?」는 「셰프의 집」의 사

_____

* 회화에서 대상의 밝은 부분과 어두운 부분의 대비관계 및 변화를 파악하여 입체감 있게 나타내는 기법.

촌 같아 보인다. 두 단편 모두, 다시 삶을 합쳐보려 하지만 마음속까지 철저히 상처를 입은 탓에 결국은 각자의 길을 가야만 하는 부부가 등장한다. 마지막의 부패 장면은 레이의 단편소설 「보존」을 떠올리게 한다. 그 작품에서도 사람 사이의 관계란 해동되는 음식처럼 상하기 쉬우며, 어느 시점이 지나면 되돌릴 수 없음을 말한다.

한 편을 제외한 모두가 정기간행물을 통해 출간되었을 때, 레이의 친구이자 편집자인 게리 피스켓존이 나와 함께 다시 원고들을 살폈다. 그러는 과정에서 우리는 어떤 원고에서 쉼표를 넣었다가 다시 뺐다. 우리는 큰 소리로 웃으며, 방금 넣은 것을 다시 빼낸다면 그것은 글이 완성되었다는 확실한 증거라고 한 레이의 표현을 서로에게 인용했다.

나는 최근에 『정열』에서 선별해 여기에 포함한 에세이 네 편을 다시 읽었다. 나는 「내 아버지의 인생」을 읽으며 레이가 그 초고를 보여주었을 때의 기분을 다시 느꼈다. 이것은 아버지에 대한 아들의 사랑을 참으로 감동적으로 기록하고 있다. 그리고 레이가 자기 아이가 막 태어난 병원이자 아버지가 갇힌 정신병동이 모두 있는 병원에서 아버지를 만나 "이제 할아버지가 되셨어요"라고 말하는 장면에서 나는 감정이 북받쳤다. 레이의 아버지는 "할아버지가 된 것 같은 느낌이구나"라고 대답한다. 그 문장은 저멀리서 들리는 천둥소리처럼 무척이나 부드럽게 떨어지지만, 동시에 해머로 내려치는 듯한 효과를 준다.

「글쓰기에 대해」에서는 레이의 문학적 신조를 엿볼 수 있다. 레이는 자신이 '싸구려 트릭'이라 부르는 것을 피하기 위해 고쳐 쓰는 수고를 달갑게 받아들인다. 레이는 초고를 쓸 때 자신이 어디로 가는지 모를 정도로 대담하다. 레이는 단편소설이라면 긴장감 또는 레이가 '가혹한 일'이라 부르는 것이 담겨 있어야 함을 안다. 레이는 '표면 바로 아래'에 무엇을 제거하고 무엇을 남겨두어야 하는지 안다. 무엇보다도, 레이는 자기 시대 작가들이 추구해야 할 목표로서 '명확하고 구체적인 언어'의 사용을 권고하고 있다.

레이가 자신의 멘토이자 선생인 존 가드너에게 보내는 오마주는 우리가 눈보라를 뚫고 운전을 해 뉴욕 주 북부에 있는 존의 집을 방문했던 기억을 떠올리게 한다. 우리는 새벽까지 이야기를 나누며 존과 즐거운 시간을 보냈다. 존은 레이가 굉장히 힘들어하던 때에 레이를 돌봐주고 레이의 글을 봐준 사람이었다. 심지어 레이가 글을 쓸 곳이 없었을 때 자기 연구실 열쇠를 빌려주기까지 했다. 나중에 존이 오토바이 사고로 죽었을 때, 레이와 나는 우리가 함께했던 마지막 날 밤에 존이 밤을 꼬박 새우며 우리와 얘기하고 싶어하던 일을 떠올렸다.

우리가 존경하는 작가의 시작이 어땠는지를 알고 싶은 건 당연하다. 포크너와 조이스를 멘토로 삼은, 처음으로 출간된 레이의 단편소설 「분노의 계절」이 그 시작점이다. 가공하지 않은 보석과도 같은 작품인 「털」은 이후에 나온 「신경써서」의 전조와도 같아 보인다. 「털」에서 우리는 레이를 유명하게 만든 잘 벼린 '불안감'의 첫 순간을 목도할 수 있다. 「열광자들」 역시 이 시기에 쓰였고, 레이가 쓴 단 두 편의 패러디 가운데 하나이다.* 존 베일이라는 가명으로 발표한 이 작품에서, 레이는 자신에게 또렷한 영향을 준 이 가운데 한 명에게 한 방을 날렸다. 그럼에도 레이에게 헤밍웨이는 여전히 중요한 문학적 롤모델이었고, 이후 그 자리는 체호프가 차지하게 된다.

여기에 실린 서평, 서문, 나머지 에세이들은 레이의 열정, 즉 '좋은 독서', 캐릭터의 흥망성쇠, 플롯의 전환과 꼬임에 대한 순수한 사랑을 떠올리게 해준다. 이 모든 글들에는, 금방이라도 뭔가 중대한 사건이 일어날 것만 같은 급박함이 있어야 한다는 칙령이 담겨 있다. 창작을 가르친다는 것에 대해, 그리고 선집에 어떤 작품들을 선정한 이유에 대해 레이가 쓴 것을 읽을 때, 우리는 '장소에 대한 생생한 묘사' 또는 '무시무시한 강도'에 대한 그의 관점 그리고 '무엇이 중요한가'라고 물으며 '사랑, 죽음, 꿈, 야망, 성장, 당신과 다른 사람들의 한계를 인정'해야 한다던 그의 인식에서 교훈을 얻게 된다. 레이는 글쓰기가 계시의 과정

---

* 「열광자들」은 헤밍웨이가 쓴 「태양은 다시 떠오른다」의 패러디이다.

임을 이해했고, 「고쳐쓰기에 대해」를 통해 단편소설을 열고 발견하기 위한 수단으로서 고쳐쓰기의 중요성을 강조했으며, 좀더 깊이는 애초에 왜 글을 써야만 하는가에 대해 이야기한다.

나는 이 책에 실린 글들을 무척 존중하고 사랑한다. 단지 전기적이고 문학적인 가치뿐 아니라, 열정과 명확함 또한 가득 담겨 있기 때문이다. 『영웅담은 사양합니다』를 처음 냈을 때와 마찬가지로, 나는 윌리엄 L. 스털에게 큰 빚을 진 느낌이다. 그는 신문과 정기간행물에서 레이가 그때그때의 감흥으로 쓴 작품들을 모았다. 나는 우리가 발견한 단편소설 세 편을 발표하는 과정에서 제이 우드러프가 개인적으로 보여준 상냥함과 협조에 늘 고마워할 것이다. 전부터 이미 돈독했던 우리의 우정은 이 작업을 하는 동안 더욱 두터워졌다.

여기 북서부에서는 자연의 하사품을 받기 위해 빗물통을 설치하는 경우가 흔하다. 빗물통은 머리를 감고 식물에 물을 줄 수 있는 충분한 연수를 책임져준다. 이 책은 그렇게 하늘에서 곧장 떨어진 것을 통에 모아둔 빗물과도 같다. 우리는 언제라도 그 안에 손을 담가 기운을 주고 격려를 해줄 뭔가를, 레이먼드 카버의 삶과 작품에 다시 가까이 가게 해줄 뭔가를 찾을 수 있다.

워싱턴 주 포트앤젤레스 리지 하우스, 2000년 1월
테스 갤러거

편집자 서문

레이먼드 카버가 쓴 단행본 미수록 작품 모음집(그리고 이 책의 제목이 유래된 근원)의 증보판을 내게 된 원동력은, 그전까지 단행본으로 출간되지 않았다가 1999년에 발견된 단편소설 다섯 편이었다. 이 가운데 세 편(「불쏘시개」「방화」「꿈」)은 워싱턴주 포트앤젤레스에 있는 카버의 집 파일에서 발견되었다. 나머지 두 편(「무엇을 보고 싶으신가요?」와 「내가 필요하면 전화해」)은 오하이오 주립대학교 도서관의 윌리엄 차뱃 미국소설 컬렉션에 있는 카버의 서류들 가운데에서 발견되었다. 이 단편소설 다섯 편이 단행본 형태로 출간되는 건 이번이 처음이다.

이 책의 전신이라 할 수 있는 『영웅담은 사양합니다』(1991)와 마찬가지로, 『내가 필요하면 전화해』에는 레이먼드 카버가 죽을 당시까지 책으로 엮여 나오지 않은 논픽션이 전부 담겨 있다. 자신의 작품에 대한 글('작품 해설'), 다른 이들의 글에 대한 코멘트('서문'), 서평, 마지막으로 쓴 에세이 두 편(「우정」과 「성 테레사가 쓴 글 가운데 한 줄에 대한 묵상」)이 그것이다. 이 책에는 에세이 네 편도 담겨 있다. 「내 아버지의 인생」 「글쓰기에 대해」 「정열」 「존 가드너: 선생으로서의 작가」는 예전에 출간되었던 잡문집 『정열: 에세이, 시, 단편소설』(1983, 1989)에 실렸던 글이다. 그리고 카버의 초기 작품 다섯 편과 조금 쓰다 만 미완성 장편소설인 『오거스틴의 비망록』도 있다. 『내가 필요하면 전화해』는 무삭제이며 거의 교정을 하지 않았다. 확실한 오자나 단어의 누락, 잘못된 사실은 조용히 수정되었다. 카버 또는 다른 이의 작품에서 직접 인용한 경우는 각 원전을 확인했다. 각 섹션에 있는 글들은 대개 처음 출간된 연대순으로 정렬했다. 각 글이 원래 실렸던 곳의 정보, 출처, 출판 이력은 주석에 담았다.

이 책을 구성하는 글들의 위치를 정하는 데 전문가로서 조언과 도움을 주었으며 교정을 해준, 내 아내이자 연구 동료이며 카버의 새로운 단편소설을 함께 발견한 사람인 모린 P. 캐럴에게 고마움을 전한다.

코네티컷 하트퍼드 대학교, 2000년 3월
윌리엄 L. 스털

내가 필요하면 전화해

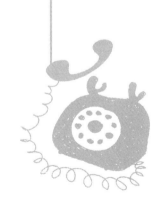

오래전, 나는 체호프가 쓴 편지의 한 대목에서 깊은 인상을 받았다. 그것은 그와 서신 왕래를 했던 여럿 중 한 명에게 했던 충고로, 대충 이런 내용이었다. "친구, 자네는 위대하고 기억에 남을 일을 한 위대한 사람에 대해 쓸 필요가 없어." (당시 나는 대학교를 다녔고, 왕자와 공작과 왕국의 전복에 대한 희곡들을 읽었다는 걸 감안해주시길. 모험과 그 비슷한 기타 등등, 영웅을 그들이 있어야 할 장소에 세우기 위한 과업, 실제 자신의 삶보다도 더 위대해진 영웅들이 나오는 소설들도 읽었다.) 하지만 체호프가 그 편지와 다른 편지들에서 말해야 했던 것들, 그가 쓴 단편들을 읽고 난 나는 이전과는 다르게 사물을 보게 되었다.

레이먼드 카버
「소설의 기법 76」
〈파리 리뷰〉, 1983년 여름

.
.

단행본 미수록 단편

.
.
.

불쏘시개

8월 중순이었고, 마이어스는 인생의 목표 사이에서 잠시 정체되어 있었다. 지난번 경우들과 다른 점이 있다면 이번에 마이어스는 술에 취하지 않았다는 것이다. 마이어스는 금주학교에서 이십팔 일간을 보내고 막 나온 참이었다. 하지만 그사이 마이어스의 아내는 둘의 친구였던 다른 술주정뱅이와 살기로 결정했다. 그 남자는 최근 돈을 좀 벌었고, 주의 동부 지역에서 술집 겸 식당을 차리는 이야기를 했었다.

마이어스는 아내에게 전화를 했지만 아내는 전화를 끊어버렸다. 아내는 마이어스와 이야기하는 것은 고사하고 그가 집 근처에 오는 것조차 허락하지 않았다. 마이어스의 아내에게는 변호사, 그리고 법원이 발부한 접근 금지 명령서가 있었다. 그래서 마이어스는 몇 가지 물건을 챙겨 버스를 타고 바다 근처 마을로 갔고, 솔이라는 남자가 신문에 낸 월세방 광고를 보고 그 집으로 갔다. 문이 열렸을 때 솔은 청바지에 붉은 티셔츠 차림이었다. 밤 열시 정도였고 마이어스는 택시에서 막 내린 참이었다. 현관 등불 아래에서 마이어스는 솔의 오른팔이 왼팔보다 짧으며 손과 손가락은 움츠러져 있다는 사실을 깨달았다. 솔은 멀쩡한 왼손으로도 움츠러든 오른손으로도 악수를 청하지 않았지만 마이어스는 상관없었다. 마이어스는 이미 충분히 당황한 상태였다.

막 전화하셨죠, 그렇죠? 방을 보러 오신 거고요. 들어오시죠. 솔이 말했다.

마이어스는 여행가방을 움켜잡고 안으로 들어갔다.

이쪽은 제 아내입니다. 보니라고 하지요. 솔이 말했다.

보니는 TV를 보다가 시선을 돌려 집에 누가 왔는지 보고서 손에 들고 있던 장치의 버튼을 눌러 소리를 껐다. 보니가 한번 더 버튼을 누르자 화면이 꺼졌다. 그러고서 보니는 소파에서 일어나 섰다. 보니는 뚱뚱했다. 온몸 구석구석에 살이 쪘고 헐떡이며 숨을 쉬었다.

이렇게 늦게 찾아와 죄송합니다. 마이어스가 말했다. 만나서 반갑습니다.

괜찮아요. 우리가 어떤 사람을 원하는지 제 남편이 전화로 얘기하던가요? 보니가 말했다.

마이어스가 고개를 끄덕였다. 마이어스는 여전히 여행가방을 들고 있었다.

자, 보시다시피 여기가 거실입니다. 솔이 말했다. 솔은 고개를 젓더니 멀쩡한 쪽 손가락들을 뺨에 갖다댔다. 우리도 이번이 처음이라는 사실을 알려드리는 게 좋을 듯하군요. 아직 누구에게도 방을 빌려줘본 적이 없답니다. 하지만 안 쓰는 방이 저러고 있으니, 그냥 세나 놓아보자고 생각한 거죠. 얼마가 됐든 여윳돈이 생기면 늘 도움이 되니까요.

충분히 이해합니다. 마이어스가 말했다.

어디서 오셨나요? 마을 근처 분은 아니신 듯해서요. 보니가 말했다.

제 아내는 작가가 되고 싶어하지요. 누가, 무엇을, 어디서, 왜, 얼마나 많이? 늘 이런 걸 묻죠. 솔이 말했다.

저는 방금 여기 도착했습니다. 마이어스가 말했다. 마이어스는 여행가방을 다른 손으로 옮겨 들었다. 한 시간쯤 전에 버스에서 내렸고 신문에 난 이곳 광고를 보고 전화를 한 겁니다.

무슨 일을 하시나요? 보니는 알고 싶어했다.

온갖 일을 다 했습니다. 마이어스가 말했다. 마이어스는 여행가방을 내려놓고 손가락들을 폈다가 오므렸다. 그러고는 다시 여행가방을 들었다.

보니는 더 묻지 않았다. 솔 역시 묻지 않았다. 하지만 마이어스는 솔이 궁금해하는 것을 알 수 있었다.

마이어스는 TV 위에 놓인 엘비스 프레슬리 사진을 눈여겨보았다. 반짝이 장식이 달린 하얀 재킷을 가로질러 엘비스의 서명이 있는 사진이었다. 마이어스는 한 걸음 더 다가갔다.

황제죠. 보니가 말했다.

마이어스는 고개를 끄덕였지만 아무 말도 하지 않았다. 엘비스 사진 옆에는 솔과 보니의 결혼사진이 있었다. 사진 속 솔은 정장에 넥타이 차림이었다. 솔의 멀쩡하고 튼튼한 왼팔이 보니의 허리를 한껏 감고 있었다. 솔의 오른손과 보니의 오른손은 함께 솔의 벨트 버클 위에 놓여 있었다. 보니는 솔이 무슨 말을 하든 편들 준비가 되어 있었다. 보니는 무조건 솔의 편이었다. 사진 속 보니는 모자를 쓰고 함박웃음을 짓고 있었다.

저는 아내를 사랑합니다. 마치 마이어스가 뭔가 반대되는 말을 하기라도 한 듯 솔이 말했다.

방을 보여주실 수 있나요? 마이어스가 말했다.

뭔가 잊었다 했더니만. 솔이 말했다.

셋은 거실에서 부엌으로 이동했다. 솔이 앞장섰고, 다음이 여행가방을 든 마이어스였고, 그다음이 보니 순서였다. 셋은 부엌을 지나 뒷문 바로 앞에서 왼쪽으로 돌았다. 그곳에는 벽을 따라 개방형 찬장과 세탁기와 건조기가 보였다. 솔은 짧은 복도 끝에 있는 문을 열었고, 욕실 불을 켰다.

보니가 들어와 헐떡이며 말했다. 여기가 당신 전용 욕실이에요. 부엌의 저 문이 당신 전용 출입구고요.

솔이 욕실의 반대편 문을 열고 다른 불을 켰다. 여기가 방입니다. 솔이 말했다.

제가 깨끗한 시트를 깔고 침대 정리를 했어요. 하지만 방을 쓰신다면 나갈 때까지는 직접 정리를 하셔야 해요. 보니가 말했다.

제 아내가 말한 것처럼, 여기는 호텔이 아닙니다. 하지만 머무시길 원한다면, 저희는 환영입니다. 솔이 말했다.

한쪽 벽에 더블침대가 붙어 있었고, 그 옆으로는 협탁과 램프, 서랍장, 카드게임용 테이블, 철제 의자가 하나씩 있었다. 커다란 창은 뒤뜰로 나 있었다. 마이어스는 침대 위에 여행가방을 놓고 창가로 가서 커튼을 걷고 밖을 보았다. 하늘 높이 달이 떠 있었다. 저멀리 숲이 우거진 계곡과 산봉우리들이 보였다. 자신의 상상인지, 아니면 정말로 개울이나 강이 흐르는 소리를 들은 건지 가늠이 가지 않았다.

물소리가 들리는군요. 마이어스가 말했다.

리틀퀼신 강이 흐르는 소리랍니다. 우리나라 강 가운데 단위거리당 유속이 가장 빠르지요. 솔이 말했다.

자, 어쩌시겠어요? 보니가 말했다. 보니는 몸을 구부려 침대의 이불을 젖혀 보였고, 그 간단한 동작에 마이어스는 거의 울고 싶어졌다.

쓰겠습니다. 마이어스가 말했다.

기쁘군요. 제 아내도 기뻐하는군요. 신문에 낸 광고는 내일 취소하겠습니다. 지금 당장 들어오고 싶으시겠죠? 솔이 말했다.

그랬으면 좋겠습니다. 마이어스가 말했다.

편히 계실 수 있게 도와드릴게요. 베개는 두 개를 드렸고, 저 벽장을 열면 누비이불이 하나 더 있어요. 보니가 말했다.

마이어스는 고개만 끄덕였다.

그럼, 안녕히 주무십시오. 솔이 말했다.

안녕히 주무세요. 보니가 말했다.

안녕히 주무십시오. 그리고 고맙습니다. 마이어스가 말했다.

솔과 보니는 마이어스의 욕실을 거쳐 부엌으로 왔다. 둘은 문을 닫았지만, 그전에 마이어스는 보니가 하는 말을 들었다. 괜찮은 사람인 것 같아.

꽤 과묵하군.

난 버터 팝콘을 만들 거야.

같이 먹어. 솔이 말했다.

곧 마이어스의 귀에 거실의 TV 소리가 다시 들렸지만 그 소리는 아주 작았기에 별로 신경쓰이진 않았다. 마이어스는 창문을 활짝 열고 계곡을 거쳐 바다로 질주하는 강물 소리에 귀를 기울였다.

마이어스는 여행가방에서 물건들을 꺼내 서랍에 넣었다. 욕실을 쓰고 이를 닦았다. 창문 정면으로 테이블을 옮겼다. 그러고는 보니가 젖혀놓은 이불을 바라보았다. 마이어스는 철제 의자를 끌어당겨 앉은 뒤 주머니에서 볼펜을 꺼냈다. 일 분 정도 생각에 잠겼다가 공책을 펼치고 비어 있는 하얀 페이지 맨 위에 공허는 모든 것의 시작이다, 라고 적었다. 마이어스는 그 글귀를 물끄러미 바라보다가 소리 내어 웃었다. 맙소사, 완전히 쓰레기로군!

마이어스는 고개를 저었다. 공책을 덮고, 옷을 벗고, 조명을 껐다. 잠시 창밖을 바라보며 강물 소리에 귀를 기울였다. 이윽고 마이어스는 침대로 갔다.

보니는 팝콘을 튀겨 소금을 뿌리고 버터를 끼얹은 다음 커다란 대접에 담아 솔이 TV를 보는 곳으로 가져갔다. 보니는 솔이 먼저 맛을 보게 했다. 솔은 제대로 팝콘을 집기 위해 왼손을 대접으로 가져갔고, 작은 손으로는 보니가 내민 키친타월을 받았다. 보니도 자기가 먹기 위해 팝콘을 조금 집었다.

그 사람 어때? 보니는 알고 싶었다. 새로 들어온 사람 말야.

솔은 고개를 젓고는 TV를 보며 팝콘을 먹었다. 그러더니 마치 보니의 질문에 답을 생각하고 있었다는 듯 말했다. 괜찮은 사람이라고 생각해. 괜찮아. 하지만 뭔가에 쫓기는 게 아닌가 하는 생각이 들어.

무엇에?

모르겠어. 그냥 추측일 뿐이야. 위험한 사람은 아니고, 아무 문제도 일으키지 않을 거야.

그 사람 눈 말야. 보니가 말했다.

그 사람 눈이 어때서?

슬픈 눈이야. 그렇게 슬픈 눈을 한 사람은 처음 봐.

솔은 일 분 정도 아무 말도 하지 않았다. 솔은 팝콘을 다 먹고서 키친타월에 손가락을 문지르고 턱을 닦았다. 그 사람은 괜찮아. 단지 살면서 뭔가 문제가 있었고, 그게 다야. 그게 부끄러운 일은 아니지. 나도 그거 한 모금 줄래? 솔은 보니가 든 오렌지주스 잔에 손을 뻗어 주스를 조금 마셨다. 이런, 아까 월세 받는 걸 깜박했네. 내일 아침에 그 사람이 일어나면 받아야겠어. 그리고 얼마나 오래 머무를 건지 물어봤어야 했는데. 제길. 난 대체 왜 이러는 건지 원. 난 이 집이 호텔처럼 되는 게 싫다고.

모든 걸 다 생각할 수는 없어. 게다가 우리는 이번이 처음이잖아. 이제껏 방을 빌려준 적이 없잖아.

보니는 자기가 써나가는 공책에 그 남자에 대해 쓰기로 결심했다. 두 눈을 감고 무엇을 쓸 것인지 생각했다. 8월의 어느 운명적인 밤, 키가 크고 몸이 구부정한—하지만 잘생긴!—그리고 머리가 곱슬곱슬하고 눈이 슬픈 이방인이 우리집에 왔다. 보니는 솔의 왼팔에 몸을 기대고 뭘 쓸지 좀더 생각해보려 했다. 솔은 보니의 어깨를 꽉 껴안았고, 덕분에 보니는 현실로 돌아왔다. 두 눈을 떴다가 다시 감았지만 지금으로선 더는 그 남자에 대해 쓸 거리를 떠올릴 수 없었다. 시간이 지나면 알게 될 거야. 보니는 생각했다. 그 남자가 이 집에 와서 기뻤다.

이 드라마는 완전히 쓰레기네. 솔이 말했다. 자러 가자. 우린 내일 아침에 일어나야 하니까.

침대에서 솔은 보니와 사랑을 나누려 했다. 보니는 솔을 받아주고 함께 사랑을 나누었지만, 머릿속으로는 내내 뒷방에 있는 덩치 큰 곱슬머리 남자만 생각했다. 만약 그 남자가 둘이 뭐하는지 확인할 요량으로 갑자기 침실 문을 열고 슬쩍 들여다보면 어쩐단 말인가?

솔, 우리 방문을 잠갔었나? 보니가 물었다.

뭐라고? 좀 가만있어봐. 솔이 말했다. 그러고서 사정을 하고 보니에게서 몸을 뗐지만 작은 손은 여전히 보니의 젖가슴에 올려두었다. 보니는 등을 대고 누워 일 분 정도 생각을 했고, 이윽고 그의 손가락을 가볍게 두드리면서 입으로 공기를 내뱉었으며, 솔의 십대 시절에 손에서 폭발하여 신경을 자르고 팔과 손가락이 오그라들게 만든 뇌관들을 떠올리며 잠에 빠져들었다.

보니는 코를 골기 시작했다. 솔은 보니의 팔을 잡고서 보니가 몸을 돌려 모로 누워 자기에게서 떨어질 때까지 흔들었다.

곧, 솔은 일어나 속옷을 입었다. 그는 거실로 갔다. 조명은 켜지 않았다. 조명이 필요 없었다. 달이 떴고, 솔은 조명을 원하지 않았다. 솔은 거실에서 부엌으로 갔다. 솔은 뒷문이 잠겼는지 확인한 뒤 잠시 욕실문 밖에 서서 귀를 기울였으나 평소와 다른 소리는 들리지 않았다. 수도꼭지에서 물이 똑똑 듣는 소리가 났다. 와셔를 갈아야 했지만, 어차피 그 수도꼭지에서는 늘 물이 떨어졌다. 솔은 집을 가로질러 침실로 돌아와 문을 닫고 잠갔다. 시간을 확인한 뒤 알람 스위치를 켜놨는지 확인했다. 침대로 들어가 보니를 마주보고 누웠다. 솔은 보니의 다리에 자기 다리를 올렸고, 그 자세로 마침내 잠이 들었다.

세 사람은 잠이 들어 꿈을 꾸었다. 그동안 바깥의 달은 점점 커졌다가 하늘을 가로질러 바다를 건너 점차 작아지고 흐릿해졌다. 마이어스의 꿈에서 누군가가 스카치가 담긴 잔을 주었지만, 마지못해 그 잔을 받으려는 순간 마이어스는 심장이 쿵쾅거리고 땀에 흠뻑 젖은 상태로 잠에서 깬다.

솔은 트럭 타이어를 교체하는 꿈을 꾼다. 그 꿈에서 솔은 두 팔을 다 쓴다.

보니는 아이 둘, 아니 셋을 데리고 공원에 가는 꿈을 꾼다. 아이들 이름까지 붙였다. 보니는 공원에 가기 직전에 아이들 이름을 붙였다. 밀리센트, 디온, 랜디였다. 랜디는 계속 보니에게서 벗어나 자기 멋대로 가고 싶어한다.

곧 태양이 지평선 위로 떠오르고, 새들이 서로를 향해 노래하기 시작한다. 리틀퀼신 강이 계곡을 따라 콸콸 흐르고, 고속도로 다리 아래를 쏜살같이 지나고, 모래와 날카로운 바위 위로 다시 100야드를 질주하여 바다로 흘러들어간다. 매 한 마리가 계곡에서 날아올라 고속도로 다리를 넘더니 해변에서 오르락내리락한다. 개가 짖는다.

그 순간, 솔의 알람이 울린다.

그날 아침 마이어스는 부부가 떠나는 소리가 들릴 때까지 자기 방에 머물러 있었다. 이윽고 방을 나와 인스턴트커피를 탔다. 마이어스는 냉장고 안을 보았고, 선반 하나가 자신을 위해 비워져 있음을 발견했다. 그곳에는 '마이어스 씨의 선반'이라고 적힌 작은 메모가 스카치테이프로 붙어 있었다.

얼마 후, 마이어스는 마을 쪽으로 1마일쯤 가서 작은 주유소로 걸어갔다. 지난밤에 보아둔 곳으로, 식료품도 몇 가지 팔고 있었다. 마이어스는 우유, 치즈, 빵, 토마토를 샀다. 그날 오후 부부가 돌아올 시간이 되기 전에, 마이어스는 식탁 위에 월세를 현금으로 놓아두고 자기 방으로 돌아갔다. 그날 저녁 침대에 들기 전, 마이어스는 공책을 펴고 깨끗한 페이지에 적었다. 아무 일 없음.

마이어스는 부부의 일과에 자신의 일과를 맞췄다. 아침이 되면 마이어스는 자기 방에 머물며 솔이 부엌에서 커피를 끓이고 아침식사를 준비하는 소리를 들었다. 이윽고 솔이 보니에게 일어나라고 외치는 소리, 아침식사하는 소리가 들렸다. 하지만 둘은 대화를 많이 하지는 않았다. 이윽고 솔은 차고로 가서 픽업트럭에 시동을 걸고 트럭을 후진해서 차를 뺀 뒤 떠났다. 잠시 뒤 보니를 태우러 온 차가 집 앞에 멈추어 경적을 울리고, 보니는 그때마다 나가요, 라고 말했다.

그러고 나면 마이어스는 부엌으로 가서 커피를 탈 물을 끓이고, 시리얼을 한 그릇 먹었다. 하지만 식욕이 별로 없었다. 시리얼과 커피면 오후가 될 때까지 거의 하루종일을 견딜 수 있었다. 부부가 집에 돌아오기 전에 샌드위치를 먹었고, 그뒤로 부부가 부엌에 있거나 거실에서 TV를 보는 동안 마이어스는 부엌에 가지 않았다. 마이어스는 그 어떤 대화도 하고 싶지 않았다.

보니는 퇴근하면 우선 간식을 먹으러 부엌으로 갔다. 그러고서 TV를 켜고 솔이 올 때까지 기다렸다가 일어나 둘이 먹을 뭔가를 준비했다. 둘은 전화로 친구들과 대화를 하거나 차고와 마이어스의 침실 창문 사이에 있는 뒤뜰로 나가 그날 있었던 일을 이야기하며 아이스티를 마시다가 안으로 들어가 TV를 켰다. 한번은 보니가 전화로 누군가와 통화하는 소리가 들렸다. 난 지금 내 체중도 감당 못하는 판인데 그 여자는 어떻게 나보고 엘비스 프레슬리의 체중에 관심을 가지라는 거야?

부부는 마이어스에게 언제든 거실에 와서 함께 TV를 봐도 된다고 말했다. 마이어스는 그 제안에 감사를 표했지만 거절했다.

아니요, 전 TV를 보면 눈이 아프답니다.

둘은 마이어스가 궁금했다. 특히 보니가 그랬다. 어느 날 보니는 평소보다 일찍 퇴근해 부엌에 있던 마이어스를 깜짝 놀라게 했으며, 마이어스가 결혼은 했는지, 아이는 있는지 물었다. 마이어스가 고개를 끄덕였다. 보니는 마이어스를 물끄러미 바라보며 더 말하길 기다렸지만 마이어스는 더이상 말을 하지 않았다.

솔 역시 궁금했다. 무슨 일을 하십니까? 솔은 알고 싶었다. 그냥 궁금해서요. 여기는 작은 마을이고 제가 사람들을 좀 알거든요. 저는 목재소에서 목재 등급 매기는 일을 합니다. 팔 하나로도 충분히 할 수 있는 일이죠. 그리고 가끔 사람이 필요할 때가 있어요. 어쩌면 제가 미리 귀띔을 해놓을 수도 있습니다. 어떤 일을 하시나요?

악기 연주를 할 줄 아시나요? 보니가 물었다. 솔은 기타가 있답니다. 보니가 말했다.

하지만 전 기타를 연주할 줄 모른답니다. 할 수 있으면 좋겠어요. 솔이 말했다.

마이어스는 계속 자기 방에 머무르면서 아내에게 편지를 한 통 썼다. 긴 편지였고, 마이어스 생각에 중요한 편지였다. 아마 마이어스가 평생 썼던 그 어떤 편지보다 중요할 듯했다. 그 편지에서 마이어스는 그동안 있었던 모든 일에 대해 미안하다 말하려 했고, 언젠가는 자신을 용서해주면 좋겠다고 썼다. 무릎을 꿇고라도 용서를 구하겠어. 그게 도움이 된다면.

솔과 보니가 떠난 뒤, 마이어스는 거실의 커피테이블에 두 발을 올려놓고 인스턴트커피를 마시며 전날 석간신문을 읽었다. 가끔 마이어스의 손이 떨리면 텅 빈 집에 신문 바스락거리는 소리가 났다. 가끔씩 전화벨이 울렸지만 마이어스는 결코 전화를 받으려 하지 않았다. 마이어스를 찾는 전화가 아니었다. 마이어스가 이곳에 있는 것을 아는 이는 아무도 없었기 때문이다.

뒤뜰로 난 창문을 통해, 마이어스는 계곡과 연이어 가파르게 솟은 산봉우리들을 보았다. 8월임에도 산봉우리들은 아직 눈으로 덮여 있었다. 산맥 아래쪽으로는 숲이 산비탈과 계곡면을 덮고 있었다. 강물은 바위들 위와 화강암 제방 아래로 거품을 일으키며 계곡을 가로질러 격렬하게 흘렀고, 계곡 어귀에서 길이 넓어지면 마치 힘이 다했다는 듯 살짝 느려졌다가, 다시 기운을 회복해 바다로 돌진했다. 솔과 보니가 집에 없을 때, 마이어스는 종종 뒤뜰의 접이의자에 앉아 햇볕을 쬐며 봉우리들로 이어지는 계곡을 물끄러미 바라보았다. 한번은 매 한 마리가 계곡으로 빠르게 내려가는 걸 보았고, 또 한번은 사슴이 강둑을 따라 낯선 길을 찾아가는 모습을 보았다.

마이어스가 그곳에 앉아 있던 어느 오후, 나무를 잔뜩 실은 커다란 평판 트럭이 진입로에서 정지했다.

당신이 솔의 집에 세들어 사는 분이겠군요. 트럭 창문 너머로 남자가 말했다.

마이어스는 고개를 끄덕였다.

솔이 말하길, 이 나무들을 뒤뜰에 내려놓으면 나머지는 자기가 알아서 하겠다더군요.

길을 비켜드리지요. 마이어스가 말했다. 마이어스는 의자를 들고 뒤뜰 계단으로 물러선 다음 그곳에 서서 운전사가 하는 작업을 지켜보았고, 운전사는 잔디밭 위로 트럭을 후진시키더니 운전석에서 뭔가를 밀어 트럭 짐칸이 올라가게 했다. 곧바로 6피트짜리 통나무들이 트럭 짐칸에서 미끄러져 땅에 쌓였다. 짐칸은 더욱 높이 올라갔고, 모든 통나무들이 요란한 소리를 내며 잔디밭 위로 굴러떨어졌다.

운전사가 레버를 다시 만지자 짐칸이 원래의 자리로 돌아갔다. 이윽고 운전사는 엔진 시동을 걸더니 트럭을 몰고 떠났다.

저기 있는 나무로 뭘 할 건가요? 그날 저녁 마이어스가 솔에게 물었다. 솔은 레인지 앞에 서서 빙어를 굽다가 마이어스가 부엌에 들어오는 걸 보고 깜짝 놀랐다. 보니는 샤워를 하고 있었다. 마이어스는 물소리를 들을 수 있었다.

에, 톱질을 해서 쌓아둘 겁니다. 9월 안쪽에 시간이 나면요. 비가 내리기 전에 마치고 싶군요.

어쩌면 제가 해드릴 수 있을 듯하군요. 마이어스가 말했다.

나무를 잘라본 적이 있습니까? 솔이 말했다. 솔은 레인지에서 프라이팬을 들어올렸고, 키친타월로 왼손 손가락을 닦았다. 그 일을 하신다 해도 저는 삯을 드릴 수가 없어요. 어쨌든 제가 할 생각이었으니까요. 여유 있는 주말이 생기면 바로요.

제가 하겠습니다. 운동 삼아 하면 돼요. 마이어스가 말했다.

동력톱 쓰는 법을 아십니까? 도끼와 큰 망치는요?

당신이 알려주시면 됩니다. 전 빨리 배웁니다. 마이어스가 말했다. 마이어스에게는 자신이 나무를 자르는 게 중요했다.

솔은 빙어가 담긴 프라이팬을 레인지에 다시 올려놓았다. 이윽고 솔이 말했다. 좋아요. 저녁식사 뒤에 어떻게 하는지 알려드리지요. 뭔가 드셨습니까? 식사를 같이하지 않으시겠어요?

벌써 먹었답니다. 마이어스가 말했다.

솔이 고개를 끄덕였다. 우선 이걸 식탁에 차려 보니와 함께 식사를 마친 뒤에 뵙도록 하지요.

뒤뜰에 있겠습니다. 마이어스가 말했다.

솔은 더는 아무 말도 하지 않았다. 솔은 마치 뭔가 다른 생각에 잠긴 듯 혼자서 고개를 끄덕였다.

마이어스는 접이의자 하나를 펼치고 앉아 나뭇더미를 바라보았고, 이윽고 산맥의 계곡으로 시선을 돌렸다. 태양이 눈雪을 비추고 있었다. 거의 저녁이 다 되었다. 봉우리들은 구름을 뚫고 솟아 있었고, 구름에서 안개가 흘러내릴 것만 같았다. 계곡을 따라 흐르는 강물이 관목에 부서지며 요란한 소리를 내는 게 들렸다.

이야기 소리를 들었어. 부엌에서 보니가 솔에게 하는 말이 마이어스에게 들렸다.

우리 세입자야. 뒤뜰에 있는 나무를 자기가 잘라도 되겠냐고 묻더군. 솔이 말했다.

얼마나 달래? 많이 줄 수 없다고 말했어? 보니는 알고 싶어했다.

전혀 줄 수 없다고 말했어. 아무것도 안 받고 하겠다더군. 어쨌든 그렇게 말했어.

아무것도 안 받는대? 보니는 잠시 아무 말도 하지 않았다. 이윽고 보니가 하는 말이 마이어스에게 들렸다. 아마도 달리 할 일이 없는 모양이네.

시간이 흐르고, 솔이 밖으로 나와 말했다. 이제 시작하면 되겠군요. 아직 할 마음이 있다면요.

마이어스는 접이의자에서 일어나 솔을 따라 차고로 갔다. 솔은 받침대 두 개를 가져와 잔디밭에 세웠다. 그러고는 동력톱을 가져왔다. 해는 마을 뒤로 넘어가 있었다. 삼십 분 뒤면 어두워질 터였다. 마이어스는 셔츠 소매를 내리더니 소매 단추를 채웠다. 솔은 더는 아무 말 없이 작업을 했다. 살짝 투덜대며 6피트짜리 통나무를 들어올려 받침대 위에 놓았다. 그러고는 톱을 써서 잠시 집중하여 통나무를 잘랐다. 톱밥이 날렸다. 마침내 솔은 톱질을 멈추고 뒤로 물러섰다.

어떻게 하는지 감이 오지요? 솔이 말했다.

마이어스는 톱을 집더니 톱날을 솔이 자르던 곳에 넣고 톱질을 시작했다. 마이어스는 리듬을 느낄 수 있었고, 그 리듬을 유지했다. 마이어스는 몸으로 톱을 누르며 기댔다. 몇 분 뒤 마이어스는 통나무를 완전히 잘랐고, 두 쪽이 된 통나무가 바닥에 떨어졌다.

그렇게 하는 겁니다. 솔이 말했다. 잘하시겠네요. 솔이 말했다. 솔은 두 토막 난 통나무를 들어 차고 옆으로 가져갔다.

가끔씩, 매번은 아니고 대여섯 번마다 한 번씩은 도끼로 나무 가운데를 갈라줘야 합니다. 불쏘시개가 생기는 건 걱정하지 마세요. 그건 제가 나중에 처리할 테니까요. 그냥 다섯번째 또는 여섯번째 조각마다 도끼질을 하시면 됩니다. 어떻게 하는지 제가 보여드리지요. 솔은 통나무를 세워놓고 도끼질을 했고, 나무가 두 쪽으로 갈라졌다. 지금 한번 해보세요. 솔이 말했다.

마이어스는 솔이 했던 대로 통나무를 세웠고, 도끼질을 해 나무를 쪼갰다.

잘하셨습니다. 솔이 말했다. 솔은 쪼개진 나무를 차고로 가져갔다. 이 정도 높이까지 쌓은 뒤 다시 여기부터 쌓으면 됩니다. 모두 끝나면 제가 비닐을 씌울 겁니다. 물론 아시겠지만, 이 일을 하지 않아도 됩니다.

괜찮습니다. 하고 싶습니다. 그렇지 않으면 청하지 않았을 겁니다. 마이어스가 말했다.

솔은 어깨를 으쓱해 보였다. 그리고 등을 돌려 집으로 갔다. 보니가 문가에 서서 지켜보고 있었고, 솔은 걸음을 멈추고 팔을 뻗어 보니에게 둘렀다. 둘은 마이어스를 물끄러미 바라보았다.

마이어스는 톱을 집어들고 둘을 바라보았다. 마이어스는 갑자기 기분이 좋아졌고, 둘을 향해 밝게 웃어 보였다. 처음에 솔과 보니는 깜짝 놀랐다. 솔이 마이어스에게 웃어 보였고, 이윽고 보니도 밝게 웃었다. 그러고서 둘은 안으로 들어갔다.

마이어스는 통나무를 받침대 위에 놓았고, 이마의 땀방울이 서늘하게 느껴지고 해가 완전히 질 때까지 한동안 톱질을 했다. 현관등이 켜졌다. 마이어스는 작업하던 통나무가 완전히 잘라질 때까지 톱질을 했다. 두 토막 난 나무를 차고에 가져다놓고, 집에 들어가 욕실에서 씻은 다음, 자기 방의 테이블 앞에 앉아 공책에 썼다. 오늘 저녁 내 셔츠 소매에 톱밥이 묻어 있다. 달콤한 향이 난다.

그날 밤, 마이어스는 오랫동안 잠들지 못하고 깨어 있었다. 마이어스는 침대에서 나와 창밖으로 나무가 쌓인 뒤뜰을 보았고, 그러다 계곡 그리고 이어진 산맥으로 눈을 돌렸다. 구름에 달이 일부 가려져 있었지만 봉우리들과 흰 눈이 보였고, 창문을 열자 달콤하고 시원한 공기가 들어왔으며, 저멀리서 강물이 계곡을 따라 흐르는 소리가 들렸다.

이튿날 아침, 마이어스는 밖으로 나가 작업을 시작할 수 있도록 어서 부부가 집을 나가기만을 기다렸다. 마이어스는 뒤뜰로 통하는 계단에서 솔이 마이어스를 위해 놓아둔 듯한 장갑 한 켤레를 발견했다. 마이어스는 해가 중천에 오를 때까지 톱질을 하고 도끼질을 했으며, 이윽고 집에 들어가 샌드위치를 먹고 우유를 약간 마셨다. 그리고 다시 밖으로 나와 작업을 재개했다. 어깨가 아프고 손가락이 욱신거리고 장갑을 꼈는데도 쪼개진 나무가시가 손에 박히고 물집이 부어올랐지만, 마이어스는 계속 작업을 했다. 마이어스는 해가 지기 전에 이 나무들을 모두 자르고 쪼개기로 결심했다. 마이어스에게 이건 생과 사의 문제였다. 난 이 일을 끝내야만 해. 안 그러면…… 마이어스가 생각했다. 마이어스는 작업을 멈추고 얼굴의 땀을 소매로 닦았다.

그날 저녁 솔과 보니가 퇴근했을 무렵(평소대로 보니가 먼저 오고 그다음에 솔이 왔다) 마이어스는 작업을 거의 다 끝낸 상태였다. 받침대 사이에는 톱밥이 잔뜩 쌓여 있었고, 아직 마당에 있는 통나무 두세 개를 제외하고는 모든 나무들이 차고 벽에 켜켜이 쌓여 있었다. 솔과 보니는 아무 말 없이 문가에 서 있었다. 마이어스는 잠시 일에서 주의를 돌려 고개를 끄덕였고, 솔도 고개를 끄덕여 보였다. 보니는 다만 그곳에 서서 입으로 숨을 내쉬며 마이어스를 지켜볼 뿐이었다. 마이어스는 계속 일을 했다.

솔과 보니는 안으로 들어가 저녁을 준비했다. 잠시 후, 솔은 전날과 마찬가지로 현관등을 켰다. 마침 그때 해가 졌고, 산맥 위로 달이 모습을 드러냈으며, 마이어스는 마지막 통나무를 두 개로 쪼개 차고로 가져갔다. 마이어스는 받침대, 톱, 도끼, 쐐기, 큰 망치를 치웠다. 그리고 집으로 들어왔다.

솔과 보니가 식탁 앞에 앉아 있었지만 둘은 음식을 먹지 않고 있었다.

같이 앉아 드시지요. 솔이 말했다.

앉으세요. 보니가 말했다.

아직 배가 안 고파서요. 마이어스가 말했다.

솔은 아무 말도 하지 않았다. 솔은 고개를 끄덕였다. 보니는 잠시 기다렸다가 접시에 손을 뻗었다.

다 하신 듯하네요. 솔이 말했다.

마이어스가 말했다. 톱밥은 내일 치우겠습니다.

솔은 마치 그건 신경쓰지 마십시오, 라고 말하듯이 자기 접시 위에서 나이프를 움직였다.

하루나 이틀 뒤에 떠나겠습니다. 마이어스가 말했다.

왠지 전 당신이 그러실 줄 알았습니다. 왜 그렇게 느꼈는지는 모르겠지만, 당신이 이곳에 들어왔을 때 왠지 여기에 오래 머물 진 않을 거라는 생각이 들었습니다. 솔이 말했다.

월세를 돌려드릴 수는 없어요. 보니가 말했다.

여보, 보니. 솔이 말했다.

괜찮습니다. 마이어스가 말했다.

아니, 괜찮지 않아요. 솔이 말했다.

괜찮습니다. 마이어스가 말했다. 마이어스는 욕실문을 열고 안으로 들어간 뒤 문을 닫았다. 세면대에 물을 채우는 동안, 마이어스는 둘이 이야기하는 것을 들을 수 있었다. 하지만 무슨 내용인지는 알 수 없었다.

마이어스는 샤워를 하고 머리를 감고 깨끗한 옷을 입었다. 겨우 며칠 전, 일주일 전에 여행가방에서 꺼내 방에 둔 물건들을 물끄러미 바라보았고, 십 분이면 짐을 싸 떠날 수 있음을 깨달았다. 집 저편에서 TV 소리가 들렸다. 마이어스는 창으로 가서 창문을 열어올리고 다시 달이 뜬 산맥을 바라보았다. 이제 구름은 없이 달, 그리고 눈 덮인 산맥만 보였다. 마이어스는 뒤뜰에 쌓인 톱밥을, 그다음엔 차고의 그늘지고 움푹한 구석에 쌓인 나무들을 바라보았다. 잠시 강물 흐르는 소리에 귀를 기울였다. 이윽고 마이어스는 테이블로 가 그 앞에 앉은 뒤 공책을 펼치고 적기 시작했다.

여기 내가 있는 시골은 아주 이국적이다. 그곳에 대해 읽어보았으나 한 번도 가보진 않은 어떤 곳을 떠올리게 한다. 창밖으로 강 흐르는 소리가 들리고, 집 뒤쪽 계곡에는 숲과 절벽, 눈 덮인 산봉우리들이 있다. 오늘 나는 매와 사슴을 보았고, 2코드* 분량의 나무를 자르고 쪼갰다.

그러고서 마이어스는 펜을 내려놓고 잠시 두 손으로 머리를

50

감쌌다가, 곧 일어나 옷을 벗고 불을 껐다. 마이어스는 창문을 열어둔 채로 침대에 들었다. 그러는 것도 괜찮았다.

---

* 목재의 부피를 재는 단위. 1코드는 128세제곱피트이다.

무엇을 보고 싶으신가요?

　우리는 떠나기 전날 밤에 피트 피터슨 그리고 피트의 아내인 베티와 저녁식사를 함께하기로 되어 있었다. 피트는 고속도로와 태평양이 굽어보이는 레스토랑을 경영했다. 초여름, 우리는 그에게서 가구 딸린 집을 빌렸다. 레스토랑에서 100야드 정도 뒤편, 주차장 가장자리에 있는 집이었다. 바닷바람이 불어오는 밤에 현관문을 열면 레스토랑 주방에서 숯불로 굽는 스테이크 냄새가 났고, 육중한 벽돌 굴뚝에서 솟아나는 회색 연기가 보였다. 레스토랑 뒤쪽에 있는 커다란 냉장고는 밤낮을 가리지 않고 팬 소리를 냈고, 우리는 그 소리에 익숙해졌다.

　피트의 딸 레슬리는 금발에 마른 여자로, 역시 피트의 소유인 근처의 좀더 작은 집에 살았으며 늘 살짝 퉁명스러웠다. 레슬리는 아버지의 사업을 관리했고, 이미 모든 물품들이 잘 있는지를 빠르게 확인한 뒤(우리는 가구 딸린 집을 빌리면서 침구며 전기 깡통따개까지 빌렸다) 우리가 냈던 보증금을 수표로 써주었고 작별인사도 끝냈다. 클립보드와 물품 목록을 가지고 집에 왔던 그날 아침 레슬리는 상냥했다. 우리는 의례적인 인사말을 주고 받았다. 레슬리는 금세 물품 확인을 마쳤고 이미 써놓은 보증금 수표를 건넸다.

"아빠는 두 분을 그리워하실 거예요." 레슬리가 말했다. "재밌죠. 구두 가죽처럼 강인한 분이시잖아요. 하지만 아빠는 두 분을 그리워하실 거예요. 그렇게 말씀하시더라고요. 아빠는 두 분이 떠나는 걸 섭섭해하세요. 베티도요." 베티는 레슬리의 계모였고, 레슬리가 데이트를 하거나 남자친구와 며칠 정도 샌프란시스코로 여행을 갈 때면 레슬리의 아이들을 돌봐주었다. 피트와 베티, 레슬리와 아이들, 세라와 나, 우리 모두는 레스토랑 뒤편에서 서로가 보일 만큼 가까이 살았고, 나는 레슬리의 아이들이 자기들이 사는 작은 집과 피트와 베티의 집을 오가는 모습을 지켜보곤 했다. 어떤 때는 아이들이 우리집에 와서 초인종을 누르고 계단에 서서 기다리곤 했다. 세라는 아이들을 집안으로 데려와 쿠키나 파운드케이크를 주었고, 어른처럼 부엌 식탁 앞 의자에 앉히고는 그날 하루를 어떻게 보냈는지 물어보았으며, 아이들의 대답을 진지하게 들어주곤 했다.

우리가 이곳 캘리포니아의 북부 해안 지방으로 떠나오기 전에 이미 우리 아이들은 집을 떠났다. 우리 딸 신디는 멘도시노 카운티의 유카이아 외곽, 바위가 많고 몇 에이커 정도 되는 땅에 있는 집에서 다른 젊은이들 몇 명과 함께 살았다. 그들은 양봉을 하고 염소와 닭을 키우고 달걀과 염소젖과 벌꿀을 팔았다. 여자들은 또한 누비이불과 담요를 만들어 기회가 닿을 때마다 팔았다. 하지만 그걸 공동체라고 부르고 싶진 않다. 나는 공동체에 대해 들었을 때부터 그 정의를 제대로 받아들이기 어려워했고, 만약 내가 어느 곳을 공동체라 부른다면 모든 여자들이 모든 남자들 소유이고 뭐 그런 식으로 사는 곳을 뜻한다. 그러니 신디가 사는 곳을 친구들과 함께 모두가 노동을 하고 그 결과를 공유하는 작은 농장이라고 해두자. 하지만 어쨌든 우리가 아는 한, 그 애들은 조직화된 종교나 분파와 관련있진 않았다. 벌꿀 한 병과, 그 아이가 만든 누비이불의 일부라는 두껍고 붉은 천 한 조각이 우편으로 온 것을 뺀다면 우리는 그 아이로부터 거의 석 달 동안 소식을 듣지 못했다. 꿀병을 감싼 메모에는 이렇게 적혀 있었다.

사랑하는 아빠, 엄마
제가 직접 이걸 꿰맸고 꿀을 병에 담았어요. 이제 저는 일하는 법을 배우고 있어요.

사랑을 담아, 신디가

하지만 세라가 보낸 편지 두 통에는 답장이 없었고, 그해 가을 존스타운 사건*이 일어났다. 하루이틀 정도 우리는 혹시라도 그 아이가 영국령 가이아나에 있지 않을까 걱정이 되어 어쩔 줄을 몰랐다. 우리는 그 아이의 유카이아 사서함 번호밖에 알지 못했다. 나는 그곳 보안관 사무실에 전화해 상황을 설명했고, 보안관은 그곳으로 차를 몰고 가 사람 수를 확인한 뒤 딸이 보낸 메시지를 우리에게 전해주었다. 그날 저녁 딸은 전화를 했고, 처음에는 세라가 전화를 받아 대화를 하다가 흐느꼈으며, 이윽고 내가 전화를 받아 이야기를 했고 안도감에 흐느꼈다. 신디 역시 흐느꼈다. 신디의 친구 몇이 존스타운에 있었다. 신디는 비가 오고 있다고 했고, 우울하긴 하지만 우울함은 지나갈 터라고 했다. 그리고 자신은 자신이 원하는 곳에 있으며 원하는 일을 하고 있다고 말했다. 긴 편지를 써 보낼 것이며 사진도 보내겠노라고 했다.

그래서 레슬리의 아이들이 우리집에 놀러오면 세라는 언제나 진심으로 그 아이들을 반겼다. 식탁 앞에 앉히고 코코아를 타주고 쿠키나 파운드케이크를 주었고, 아이들이 하는 이야기에 진심으로 흥미를 보였다.

---

* 1978년. 짐 존스 목사의 명령에 의해 가이아나 존스타운에서 신도들이 집단 자살한 사건.

하지만 우리는 피트의 집에서 나간 후엔 별거를 하기로 결정했다. 나는 버몬트로 가 작은 대학에서 한 학기 동안 강의를 할 예정이었고, 세라는 이 근처 소도시 유리카에서 아파트를 빌리기로 했다. 그렇게 사 개월 반이 지나 한 학기가 끝나면 그때 앞으로 어떻게 할지를 결정하기로 했다. 다행히도 우리 둘 다 따로 만나는 사람은 없었고, 피트의 집에서 함께 산 기간 거의 전부에 해당하는 근 일 년 동안 우리 둘 다 집에 술을 들여놓지 않았으며, 어찌어찌해서 내가 동부로 돌아가고 세라가 아파트에 정착할 만한 돈을 모을 수 있었다. 세라는 이미 유리카의 대학 역사학과에서 연구와 비서 일을 하고 있었고, 그 직장을 유지하고 차를 바꾸지 않고 혼자서만 산다면 충분히 생활을 꾸려나갈 수 있었다. 이제 한 학기 동안 나는 동부 해안에, 세라는 서부에 떨어져 살며 과연 앞으로 어떻게 하는 것이 좋을지 잘 생각해보기로 했다.

우리가 집 청소를 하는 동안에, 나는 창문을 닦고 세라는 낡은 티셔츠를 입은 채 비눗물이 담긴 냄비를 가지고 다니며 문과 계단의 나무 부분, 굽도리널, 모퉁이를 엎드려 닦고 있을 때 베티가 문을 두드렸다. 떠나기 전에 이 집을 깨끗하게 청소하는 것은 우리에게 명예가 걸린 중요한 일이었다. 우리는 심지어 철수세미로 벽난로 주위의 벽돌까지 박박 문질러 닦았다. 이전까지 우리는 수많은 집에서 너무나 서둘러 이사를 하는 바람에 여기저기가 망가지고 깨진 채로 두고 떠났으며, 월세를 제대로 내지 못해 한밤중에 이사한 적도 있었다. 이번에는 우리의 명예를 걸고 이 집을 얼룩 하나 없이 깨끗이 청소하자고, 심지어 우리가 들어왔을 때보다 더 나은 상태로 해놓자고 우리는 다짐했고, 이사 날짜를 정한 뒤로 열정을 가지고 우리가 이 집에 살았던 흔적들을 남김없이 지우기 시작했다. 그래서 베티가 문을 두드렸을 때 우리는 서로 다른 방에서 열심히 청소를 하는 중이었으며, 처음에는 그 소리를 듣지 못했다. 이윽고 베티는 다시 좀더 세게 문을 두드렸고, 나는 걸레를 놓고 침실에서 나왔다.

"방해를 한 게 아니었으면 좋겠어요." 베티가 뺨을 붉히며 말했다. 베티는 작고 다부진 체격이었고, 분홍색 블라우스를 파란 바지 위로 내어 입었다. 갈색 머리칼은 짧았으며, 나이는 대략 사십대 후반으로 피트보다 젊었다. 베티는 피트의 레스토랑에서 웨이트리스로 일하다가 피트 그리고 그의 첫 아내이자 레슬리의 어머니인 에벌린과 친구가 되었다. 우리가 듣기로, 에벌린은 유리카로 쇼핑을 갔다가 돌아오는 길에 고속도로를 빠져나와 레스토랑 뒤에 있는 주차장을 가로질러 집 진입로를 향해 가던 도중에 심장이 멈추었단다. 겨우 쉰네 살 때 일이었다. 죽은 에벌린이 운전대 위에 몸을 구부정히 숙이고 있는 동안, 비록 느린 속도였지만 관성이 충분히 남았던 차는 계속해 나아갔고, 낮은 나무 울타리를 쓰러뜨리고 진달래 꽃밭을 가로질러 현관에 부딪히고서야 멈추었다. 몇 달 뒤 피트와 베티는 결혼을 했고, 베티는 웨이트리스를 그만두고 레슬리의 계모이자 레슬리 아이들의 할머니가 되었다. 베티는 재혼이었고, 오리건에 살고 있는 그녀의 장성한 아이들이 종종 찾아오곤 했다. 베티와 피트는 결혼한 지 오 년이 되었고, 내가 본 바로 둘은 행복했으며 서로 잘 어울렸다.

"들어오세요, 베티." 내가 말했다. "그냥 청소중이었어요." 나는 옆으로 비켜서 문을 잡았다.

"안 돼요. 오늘 아이들을 돌봐야 하거든요. 곧 돌아가야 해요. 하지만 피트와 전 두 분이 떠나시기 전에 저희와 저녁식사를 같이 할 수 있으면 어떨까 생각했답니다." 베티는 손가락 사이에 담배를 든 채 수줍고 조용한 어조로 말했다. "금요일이 어떨까요? 괜찮으시다면요." 베티가 말했다.

세라가 머리카락을 쓸어올리고 문밖으로 나왔다. "베티, 들어오세요, 밖은 추워요." 세라가 말했다. 하늘은 잿빛이었고 바람은 바다로부터 구름을 몰고 왔다.

"아니, 아니, 고맙지만 안 돼요. 아이들에게 색칠놀이를 시키고 왔기 때문에 돌아가봐야 해요. 피트와 전 두 분이 저녁식사를 하러 오시면 어떨까 궁금했던 것뿐이에요. 금요일 저녁, 두 분이 떠나시기 전날 밤이 어떨까요?" 베티는 수줍어하며 답을 기다렸다. 바람에 베티의 머리칼이 날렸고, 베티는 담배를 빨았다.

"전 대환영이에요. 당신은 어때, 필? 우리는 아무 계획이 없는 걸로 아는데. 괜찮아?" 세라가 말했다.

"초대해주셔서 고맙습니다. 베티. 기꺼이 가겠습니다." 내가
말했다.

"일곱시 삼십분쯤 어때요?" 베티가 말했다.

"일곱시 반. 정말 기뻐요. 베티. 이루 말로 할 수 없어요. 당신
과 피트 모두 정말 상냥하고 사려심이 깊으세요." 세라가 말했다.

베티는 당황하며 고개를 저었다. "피트는 당신들이 떠나서 아
쉽대요. 당신들이 가족 같았고 당신들에게 집을 빌려주어 영광
이었대요." 베티는 뒷걸음쳐 계단을 내려가기 시작했다. 베티의
뺨은 여전히 붉었다. "그럼 금요일 저녁이요." 베티가 말했다.

"고마워요. 베티. 정말로요. 다시 말하지만 정말 고마워요. 저
희에게는 큰 의미가 있는 초대랍니다." 세라가 말했다.

베티는 손을 흔들고 고개를 저었다. 이윽고 베티가 말했다.
"그러면 금요일까지, 잘 지내요." 그렇게 말하는 베티의 모습에
나는 왠지 목이 콱 메었다. 나는 베티가 몸을 돌려 떠난 뒤 문을
닫았고, 세라와 마주보았다.

"전환점이네. 안 그래? 마을을 빠져나가 어딘가에 숨는 대신
집주인에게 저녁식사 초대를 받았으니 말이야." 세라가 말했다.

"난 피트가 좋아. 좋은 사람이야." 내가 말했다.

"베티도. 베티는 상냥하고, 피트와 잘 어울린다고 생각해." 세
라가 말했다.

"가끔은 일이 잘 풀릴 때도 있지. 그럴 때도 있어야지." 내가 말했다.

세라는 아무 말도 하지 않았다. 잠시 아랫입술을 깨물더니, 이윽고 철수세미가 있는 방으로 돌아갔다. 나는 소파에 앉아 담배를 피웠다. 담배를 다 피운 뒤엔 일어나 걸레통이 있는 다른 방으로 갔다.

금요일인 이튿날, 우리는 집 청소를 마쳤고 짐도 대부분 꾸렸다. 세라는 레인지를 다시 한번 닦았고, 삼발이 아래에 알루미늄 호일을 깔았으며 마지막으로 조리대를 살폈다. 여행가방들과 책이 담긴 상자 몇 개가 거실 한쪽에서 우리의 출발을 기다렸다. 우리는 오늘 저녁에는 피터슨 부부와 식사를 하고, 내일 아침에는 나가서 커피와 아침식사를 들 계획이었다. 그런 다음 돌아와 차에 짐을 실을 생각이었다. 이십 년 동안 이사를 다니며 대충대충 살다보면 이삿짐이 그리 많이 생기지 않는다. 유리카로 가서 세라가 며칠 전에 빌린 가구 딸린 작은 아파트에 짐을 내린 뒤, 저녁 여덟시가 되기 전에 세라가 운전을 해 나를 작은 공항으로 데려다줄 것이고, 거기에서 나는 동부로 여행을 시작해 자정에 샌프란시스코에서 보스턴으로 가는 연결편을 탈 것이며, 세라는 유리카에서 새로운 삶을 시작할 터였다. 우리가 이 일을 논의하기 시작하던 한 달 전, 세라는 이미 결혼반지를 뺐다. 화가 나서라기보다는 우리가 이 계획을 짜던 날 밤 느낀 슬픔 때문이었다. 세라는 며칠째 반지를 끼지 않았고, 그러더니 터키석으로 만든 나비가 달린 작고 싼 반지를 샀다. 세라 말에 따르면 손가락이 '벌거벗은' 느낌이 들어서란다. 한번은, 몇 년 전인데, 분노에 찬 세라가 결혼반지를 비틀어 빼더니 거실 저쪽으로 던져버렸다. 나는 술에 취해서 집을 나갔고, 며칠 뒤 그날 저녁에 있었던 일을 이야기하다 내가 결혼반지에 대해 묻자 세라가 대답했다. "아직 가지고 있어. 서랍에 넣어두었을 뿐이야. 설마, 정말로 내가 결혼반지를 버렸을 거라고 생각한 건 아니지?" 얼마 뒤 세라는 반지를 다시 꼈고, 사이가 나빴을 때도 계속 끼고 있었다. 한 달 전까지는. 또한 세라는 피임약 복용을 그만뒀고 페서리*를 했다.

그래서 그날 우리는 집 주변 일을 하고, 짐 꾸리기와 청소를 마쳤고, 여섯시가 살짝 넘었을 때 샤워를 하고 샤워실을 다시 닦고 옷을 입고 거실에 앉았다. 세라는 니트 드레스에 파란 스카프를 하고 소파에 앉아 다리를 끌어안고 있었고, 나는 창가 커다란 의자에 앉았다. 내가 앉은 곳에서는 피트의 레스토랑 뒤쪽, 레스토랑 너머 몇 마일 떨어진 바다, 초원, 그리고 거실 창문과 집들 사이에 깔린 잡목숲들이 보였다. 우리는 아무 말 없이 앉아 있었

---

* 여성용 피임기구.

다. 우리는 이미 이야기를 하고 하고 또 했다. 이제 우리는 아무 말 없이 밖이 어두워지는 모습을, 레스토랑 굴뚝에서 연기가 피어오르는 모습을 지켜보았다.

"음." 세라가 입을 열더니 소파에서 다리를 내려놓았다. 세라는 스커트를 살짝 끌어내렸다. 담배에 불을 붙였다. "지금 몇시야? 이제 가야 할 거 같아. 일곱시 삼십분에 오라고 했지? 지금 몇시야?"

"일곱시 십분이야." 내가 말했다.

"일곱시 십분." 세라가 말했다. "이렇게 거실에 앉아서 어두워지는 걸 지켜보는 것도 이번이 마지막이네. 이 느낌을 잊기 싫어. 시간이 몇 분 더 있어서 다행이야."

잠시 뒤, 나는 외투를 가지러 가려고 일어났다. 침실로 가던 중 나는 세라가 앉아 있는 소파 끝에서 걸음을 멈추고 몸을 숙여 세라의 이마에 키스했다. 키스를 받은 세라는 눈을 들고 나를 바라보았다.

"내 외투도 갖다줘." 세라가 말했다.

나는 세라가 외투 입는 걸 도왔고, 함께 집을 나서 잔디밭을 지나 주차장 가장자리에 있는 피트의 집으로 갔다. 걷는 동안 세라는 주머니에 손을 넣고 있었고, 나는 담배를 피웠다. 피트의 집을 둘러싼 작은 울타리에 있는 출입구에 도착하기 직전, 나는 담배를 던져버리고 세라의 팔을 잡았다.

피트의 집은 지은 지 얼마 안 된 곳으로, 생존력이 강한 담쟁이덩굴이 울타리를 뒤덮고 있었다. 현관을 둘러 세운 난간에는 나무로 된 작은 나무꾼 인형이 못으로 고정되어 있었다. 바람이 불면 그 나무꾼 인형은 나무를 톱질하기 시작했다. 지금은 톱질을 하고 있지 않았지만, 공기가 축축했고 곧 바람이 불 터였다. 현관에는 식물을 심은 화분들이 있었고, 보도 양쪽으로는 꽃밭이 있었지만 꽃을 심은 이가 베티인지 아니면 첫번째 아내인지는 알 수 없었다. 현관에는 아이들 장난감 약간하고 세발자전거 한 대가 있었다. 현관 조명이 밝게 빛났고, 우리가 계단을 오르는 순간 피트가 문을 열고 우리를 맞이했다.

"들어와요, 들어와." 한 손으로 방충문을 잡고 피트가 말했다. 피트는 세라의 두 손을 잡았고, 이윽고 나와 악수했다. 피트는 키가 크고 말랐으며 예순 살 정도였고, 숱 많은 잿빛 머리는 말끔히 빗어 넘겼다. 어깨는 딱 벌어졌다는 느낌을 주었지만 체중이 많이 나가지는 않았다. 회색 펜들턴 셔츠에 검은 바지, 하얀 신발 차림이었다. 베티 역시 문에 나와서 고개를 끄덕이며 싱글거렸다. 피트가 우리에게 무엇을 마실지 묻는 동안 베티가 우리 외투를 받아들었다.

"뭘 마실래요?" 피트가 말했다. "말만 해요. 만약 여기 없으면 레스토랑에서 가져오게 할게요." 피트는 알코올중독이었다가 술을 끊었지만 손님들을 위해 와인과 술을 집에 두었다. 언젠가 피트에게 들은 바에 따르면, 첫번째 레스토랑을 샀을 때는 하루에 열여섯 시간씩 요리를 했고 그 열여섯 시간 동안 750밀리리터짜리 위스키를 두 병씩 마셨고 직원들을 막 대했단다. 이제 피트는 육 년째 술을 마시지 않았지만, 많은 알코올중독 환자가 그러하듯 늘 술을 집 주위에 두었다.

세라는 화이트와인 한 잔을 청했다. 나는 세라를 바라보았다. 나는 콜라를 청했다. 피트는 나를 보고 윙크하며 말했다. "콜라에 뭔가를 넣어줄까요? 뼛속을 좀 말려줄 뭔가를?"

"아니, 괜찮아요, 피트. 라임 한 조각만 넣어주면 좋겠네요. 고마워요." 내가 말했다.

"성실한 사람이군요. 술을 끊은 뒤로는 콜라가 내게 남은 유일한 낙이지요." 피트가 말했다.

베티가 전자레인지 다이얼을 돌리고 버튼을 누르는 게 보였다. 피트가 말했다. "베티, 세라와 같이 와인을 마실래, 아니면 뭔가 다른 걸 마시겠어?"

"나도 와인을 좀 마실게, 피트." 베티가 말했다.

"필, 여기 당신 콜라." 피트가 말했다. "세라." 피트는 와인이 담긴 잔을 세라에게 건넸다. "받아요, 베티. 자, 온갖 게 다 있어요. 그러면 편안한 곳으로 가시죠."

우리는 식사실을 통과해 갔다. 식탁은 이미 4인용으로 차려져 있었고, 자기와 크리스털 와인잔이 놓여 있었다. 우리는 거실로 갔고, 세라와 나는 소파 하나에 함께 앉았다. 피트와 베티는 맞은편 소파에 앉았다. 커피테이블에는 손을 뻗으면 닿을 거리에 견과류, 콜리플라워, 셀러리 줄기, 땅콩과 야채를 찍어 먹을 소스 그릇이 놓여 있었다.

"두 분이 와주셔서 정말 기뻐요. 우리는 이번주 내내 이 시간을 고대했답니다." 베티가 말했다.

"두 분이 그리울 겁니다." 피트가 말했다. "진짜입니다. 두 분이 떠나는 건 싫지만 그런 게 삶이니 어쩔 수 없죠. 누구나 각자의 길이 있으니까요. 뭐라고 말해야 할지 모르겠지만, 선생님이신 두 분을 우리집에 모신 것은 영광이었습니다. 저 자신은 비록 많이 배우지 못했지만 교육을 무척 중요하게 생각합니다. 두 분도 아시겠지만 여기서 우리는 대가족처럼 지냈고, 우리는 여러분을 가족의 일원으로 여기게 되었습니다. 자, 여기 두 분의 건강을 위해. 두 분을 위해." 피트가 말했다. "그리고 미래를 위해."

우리는 각자 잔을 들어올렸고, 이윽고 마셨다.

"그렇게 생각해주시니 기뻐요. 오늘 이 저녁식사는 저희에게 아주 중요하답니다. 저희는 이 식사를 뭐라 말로 표현할 수 없을 정도로 기다렸어요. 저희에게는 아주 큰 의미가 있거든요." 세라가 말했다.

피트가 말했다. "우리는 두 분을 그리워할 겁니다. 그뿐입니다." 피트가 고개를 저었다.

"여기 사는 동안 정말, 정말 좋았어요. 뭐라 말로 표현할 수가 없네요." 세라가 말했다.

"이분을 처음 봤을 때 왠지 맘에 들었다니까요." 피트가 나를 가리키며 세라에게 말했다. "이분에게 집을 빌려줘서 기쁩니다. 첫인상에서 그 사람에 대해 많은 것을 알 수 있지요. 저는 당신 남편이 맘에 들었습니다. 이제 당신이 잘 보살펴주세요."

세라가 셀러리 줄기에 손을 뻗었다. 부엌에서 벨소리가 작게 났고, 베티가 "잠시만요" 하고 말하고 방을 나섰다.

"잔을 채워드리지요." 피트가 말했다. 피트는 우리 잔을 들고 방을 나갔다가 잠시 뒤에 세라의 잔에는 와인을 더, 내 잔에는 콜라를 가득 채워 돌아왔다.

베티가 부엌에서 식사실 식탁으로 음식을 나르기 시작했다.

"두 분이 서프 앤드 터프*를 좋아했으면 좋겠군요. 안심스테이크와 가재 꼬리 요리입니다." 피트가 말했다.

"좋은데요. 꿈의 식사로군요." 세라가 말했다.

"이제 먹어도 될 듯해요. 식탁으로 오세요. 피트는 늘 여기에 앉죠." 베티가 말했다. "여기가 피트의 자리예요. 필, 당신은 여기에 앉으세요. 세라, 당신은 제 맞은편에 앉고요."

"식탁 상석에 앉는 사람이 계산서를 집는 법이지요." 피트가

---

* 바닷가재나 새우와 비프스테이크가 동시에 나오는 요리이다.

말하고 소리 내어 웃었다.

훌륭한 식사였다. 작고 신선한 새우가 뿌려진 그린샐러드, 클램차우더, 가재 꼬리, 스테이크였다. 세라와 베티는 와인을 마셨고, 피트는 광천수를 마셨으며, 나는 계속 콜라를 마셨다. 피트가 존스타운 이야기를 꺼내서 우리는 그 주제에 대해 잠시 이야기했지만, 나는 그로 인해 세라가 불안해하는 걸 눈치챘다. 세라의 입술이 창백해졌고, 나는 어찌어찌해서 연어 낚시로 화제를 바꾸었다.

"함께 낚시하러 갈 기회를 갖지 못해 아쉽군요. 하지만 취미로 하는 낚시는 아직 철이 안 되었습니다. 지금 낚시를 하는 사람들은 상업용 허가를 받은 이들뿐입니다. 한두 주 뒤면 연어가 올 거고요. 사실, 지금 당장 보인다 해도 이상하지 않지요." 피트가 말했다. "하지만 그때쯤이면 당신은 이 나라 반대쪽에 가 있겠죠."

나는 고개를 끄덕였다. 세라가 자기 와인잔을 집어들었다.

"어제 싱싱한 연어를 150파운드 샀습니다. 이제 메뉴판에 '신선한 연어'라고 올릴 거예요." 피트가 말했다. "저는 그 연어를 곧바로 냉동실에 넣었습니다. 인디언 한 명이 픽업트럭에 싣고 왔기에 얼마나 받고 싶느냐고 물었더니 파운드에 3.5달러를 부르더군요. 그래서 3.25달러를 주겠노라고 했더니 그렇게 하자더군요. 그래서 신선한 상태에서 연어를 얼렸고, 이제 레스토랑 메뉴에 올릴 수 있게 됐죠."

"훌륭한 식사였습니다. 전 연어를 좋아하지만, 오늘밤 우리가 먹은 것보다 나은 식사는 없을 겁니다. 맛있었습니다." 내가 말했다.

"두 분이 오실 수 있어서 정말 기뻤어요." 베티가 말했다.

"훌륭한 식사예요." 세라가 말했다. "이렇게 많은 가재 꼬리와 스테이크를 본 건 처음이에요. 제 접시에 있는 걸 다 못 먹을 거예요."

"남은 건 싸 가시면 돼요." 베티가 말하고 얼굴을 붉혔다. "레스토랑에서처럼요. 하지만 디저트 먹을 배는 남겨두셔야 해요."

"거실로 가서 커피를 마시지요." 피트가 말했다.

"우리가 여행을 갔을 때 찍은 사진을 피트가 슬라이드로 만들었어요. 두 분이 보고 싶으시면 저녁식사 뒤에 스크린을 설치해도 되겠다 생각했어요." 베티가 말했다.

"브랜디도 있으니 원하시면 말씀하세요. 베티는 한잔할 겁니다. 세라? 당신도 마셔요. 그래야죠. 손님들이 술을 마셔도 저는 아무렇지도 않습니다. 술을 마시면 즐겁잖습니까." 피트가 말했다.

우리는 다시 거실로 갔다. 피트가 스크린을 설치하며 말했다. "아셨겠지만, 전 언제나 모든 게 모자라지 않도록 넉넉히 준비해놓지요. 하지만 지난 육 년간 저는 술을 한 방울도 입에 대지 않았습니다. 군에서 제대하고 십 년 동안 하루에 1쿼터씩 마시다가 이렇게 바뀐 거죠. 하지만 저는 끊었습니다. 어떻게 끊었는지는 신만이 아시겠지만, 저는 끊었습니다. 그냥 끊었습니다. 의사에게 가서 그냥 이렇게 말했습니다. 도와주쇼, 의사 양반. 난 이물건에서 벗어나고프다오, 의사 양반. 도와주실 수 있겠소? 그랬더니 의사는 전화를 몇 통 걸더군요. 그러고서 말하길, 나와 같은 문제를 겪은 사람을 몇 명 안다면서 자신도 술 때문에 고생했던 시절이 있었다더군요. 그다음 저는 곧장 샌타로자 근처에 있는 재활원에 갔습니다. 캘리포니아 주의 캘리스토가에 있는 곳이죠. 그곳에서 삼 주를 보냈어요. 집에 돌아왔을 때 저는 술에 취해 있지 않았고, 술을 마시고 싶은 욕망은 사라졌습니다. 집에 돌아왔을 때 전처인 에벌린은 문앞에서 저를 기다리고 있었고, 몇 년 만에 처음으로 제 입술에 키스를 했어요. 에벌린은 알코올을 싫어했습니다. 에벌린의 아버지와 오빠가 술 때문에 죽었지요. 술은 당신도 죽일 수 있어요, 잊지 마십시오. 어쨌든 에벌린은 그날 밤 제 입술에 키스를 했고, 저는 캘리스토가에 있는 재활원에 다녀온 뒤로 술을 마시지 않았습니다."

베티와 세라는 식탁을 치웠고, 피트가 이야기를 하는 동안 나는 소파에 앉아 담배를 피웠다. 피트가 스크린을 설치한 뒤 상자에서 환등기를 꺼내 작은 테이블 위에 올려놓았다. 환등기 플러그를 꽂고 스위치를 켰다. 스크린에 빛이 비쳤고, 환등기의 팬이 돌기 시작했다.

"우리에게는 오늘 밤새 보고도 남을 만큼 슬라이드가 많아요. 멕시코, 하와이, 알래스카, 중동, 아프리카 슬라이드가 있죠. 무엇을 보고 싶으신가요?" 피트가 말했다.

세라가 내가 앉은 소파로 오더니 반대편 끝에 앉았다.

"무엇을 보고 싶으신가요, 세라? 당신이 골라요." 피트가 말했다.

"알래스카요. 그리고 중동요. 예전에 그곳에 잠시 가 있었어요. 이스라엘에요. 저는 늘 알래스카에 가보고 싶었어요." 세라가 말했다.

"우리는 이스라엘에는 못 가봤어요." 커피를 내오며 베티가 말했다. "단체여행을 갔는데, 그때는 시리아, 이집트, 레바논만 갔어요."

"레바논에서 일어난 일은 비극입니다. 그곳은 중동에서 가장 아름다운 나라였는데 말입니다. 저는 2차대전 때 상선의 어린 선원으로 그곳에 갔지요. 그때 언젠가는 꼭 그곳에 다시 가겠노라고 다짐했어요. 그리고 베티와 저에게 기회가 생겼던 거죠. 그렇지, 베티?" 피트가 말했다.

베티가 싱긋 웃으며 고개를 끄덕였다.

"시리아와 레바논 사진을 봐요. 전 그걸 보고 싶어요. 물론 전부 다 보고 싶지만 꼭 골라야만 한다면 말이에요." 세라가 말했다.

그래서 피트는 슬라이드를 보여주기 시작했다. 피트와 베티

두 사람은 각 장소에 대한 추억을 떠올리며 설명을 했다.

"저건 베티가 낙타에 올라타려 애쓰는 모습이에요. 베티는 저기 버누스*를 입은 사람의 도움을 좀 받아야 했지요." 피트가 말했다.

베티가 소리 내어 웃었고 뺨이 빨개졌다. 또다른 슬라이드가 스크린에서 번쩍였고, 베티가 말했다. "피트가 이집트 장교하고 이야기하는 거예요."

"저자가 가리키는 건, 저기 우리 뒤에 있는 산입니다. 여기요. 어디 확대할 수 있는지 봅시다. 유대인들이 저기서 발굴을 했지요. 빌린 망원경으로 유대인들을 볼 수 있었습니다. 유대인들이 저 산을 온통 뒤덮고 있더군요. 개미처럼 말이에요." 피트가 말했다.

"피트는 만약 유대인들이 레바논에 폭격기를 보내지 않았다면 그 끔찍한 사태는 일어나지 않았을 거라고 생각해요. 레바논 사람들이 안됐어요." 베티가 말했다.

"저기. 이건 잃어버린 도시인 페트라에서 찍은 거예요. 페트라는 대상 도시였는데 그냥 갑자기 사라졌어요. 그렇게 몇백 년 동안 사람들 기억에서 잊힌 상태로 모래에 묻혀 있다가 다시 발견되었고, 우리는 랜드로버를 타고 다마스쿠스에서 저기로 갔죠.

* 아라비아인 등이 입는 두건 달린 망토.

72

저 분홍색 돌을 보세요. 돌에 새겨진 문양은 이천 년도 더 되었다고 하더군요. 저곳에는 이만 명이 살았대요. 그런데 사막이 저곳을 뒤덮었고, 그렇게 잊힌 거예요. 우리가 조심하지 않는다면 바로 이 나라에서도 일어날 수 있는 일이지요." 피트가 말했다.

우리는 커피를 더 마셨고 피트와 베티가 다마스쿠스의 노천 시장에서 찍은 슬라이드를 조금 더 보았다. 이윽고 피트가 환등기를 껐고, 베티는 부엌으로 가서 디저트로 캐러멜을 입힌 배와 커피를 좀더 가져왔다. 우리는 먹고 마셨고, 피트는 자신들이 우리를 무척이나 그리워할 거라고 다시 말했다.

"당신들은 좋은 사람입니다. 당신들을 떠나보내는 건 싫지만, 이곳을 떠나는 것이 당신들에게 좋으니까 그런 결정을 내렸다는 걸 압니다. 그렇지 않으면 여기 계속 있었겠죠. 이제 알래스카 슬라이드를 좀 보도록 하지요. 알래스카를 보고 싶다고 했죠, 세라?" 피트가 말했다.

"알래스카, 네. 저희는 예전에 알래스카에 가는 이야기를 나눈 적이 있어요. 그렇지, 필? 한번은 알래스카에 갈 준비를 모두 마치기까지 했지요. 하지만 마지막 순간에 가지 않았어요. 기억나, 필?" 세라가 말했다.

나는 고개를 끄덕였다.

"이제 알래스카에 가는 겁니다." 피트가 말했다.

첫번째 슬라이드는 키가 크고 붉은 머리를 짧게 친 여자가 눈

덮인 산맥을 배경으로 배의 갑판에 서 있는 사진이었다. 그 여자는 하얀 모피코트를 입었고 활짝 웃는 얼굴로 카메라를 바라보았다.

"저건 피트의 전처인 에벌린이에요. 이제는 죽었죠." 베티가 말했다.

피트가 다음 슬라이드를 스크린에 보여주었다. 방금 전의 붉은 머리 여자가 같은 모피코트를 입은 채, 파카 차림으로 웃는 에스키모와 악수하는 모습이었다. 둘 뒤로 장대에 커다란 말린 물고기들이 걸려 있었다. 광활한 바다와 산맥이 보였다.

"이것도 에벌린 사진이군요." 피트가 말했다. "이건 알래스카의 포인트배로에서 찍은 겁니다. 미국에서 가장 북쪽에 있는 거주지죠."

다음은 번화가의 모습을 담은 슬라이드였다. 비스듬한 금속 지붕을 인 작고 낮은 건물들에는 '킹새먼 카페' '카드' '술' '방'과 같은 간판들이 있었다. 한 슬라이드는 샌더스 대령의 프라이드 치킨 가게를 보여주었다. 바깥 광고판에는 샌더스 대령이 파카를 입고 모피 부츠를 신고 있었다. 우리 모두 소리 내어 웃었다.

"이것도 에벌린이에요." 다른 슬라이드가 스크린에 나타나자 베티가 말했다.

"에벌린이 죽기 전에 간 여행입니다. 우리도 늘 알래스카에 가는 이야기를 했지요. 에벌린이 죽기 전에 그곳을 여행할 수 있었던 게 기쁩니다." 피트가 말했다.

"때를 잘 맞췄군요." 세라가 말했다.

"에벌린은 제 좋은 친구였어요. 마치 제 언니를 잃은 것 같았어요." 베티가 말했다.

우리는 에벌린이 시애틀로 돌아오는 비행기를 타는 모습을 보았고, 시애틀에 착륙한 비행기에서 피트가 활짝 웃으며 손을 흔들며 나오는 모습을 보았다.

"과열이 되고 있군요." 피트가 말했다. "잠시 환등기를 꺼서 식혀야겠어요. 다음에는 무엇을 보고 싶으신가요? 하와이? 세라, 당신이 고르세요. 말해봐요."

세라가 나를 바라보았다.

"이제 우리는 집에 가야 할 듯해요. 피트. 내일은 긴 하루가 될 테니까요." 내가 말했다.

"네, 이제 가봐야 해요." 세라가 말했다. "정말로 가야 해요." 하지만 세라는 손에 잔을 들고 계속 앉아 있었다. 세라는 베티를 보았고, 다시 피트를 보았다. 세라가 말했다. "정말 즐거웠어요. 고맙다는 인사도 제대로 못했네요. 오늘 초대는 저희에게 정말 큰 의미가 있거든요."

"아니에요. 고마워할 사람은 저희입니다. 진심입니다. 두 분을 알게 되어 기뻤습니다. 다음에 이 지역에 오실 기회가 있으면 꼭 들러주세요." 피트가 말했다.

"저희를 잊지 않으실 거죠?" 베티가 말했다. "안 잊으실 거죠, 그렇죠?" 세라가 고개를 저었다. 우리가 일어나자 피트가 우리 외투를 가져왔다. 베티가 말했다. "아, 음식 남은 걸 싸뒀으니 잊지 말고 가져가세요. 내일 간단히 식사하기에 좋을 거예요."

피트는 세라가 외투 입는 걸 도운 후, 내가 팔을 넣을 수 있도록 외투를 들고 있었다.

우리는 현관에서 모두 악수를 했다. 피트가 말했다. "바람이 불어오는군요. 우리를 잊지 말아주십시오. 그리고 행운을 빕니다."

내가 말했다. "잊지 않을 겁니다. 거듭 감사드립니다. 모든 것에요." 우리는 다시 한번 악수를 했다. 피트는 세라의 어깨를 안고 뺨에 키스했다. "몸 잘 챙겨요. 남편분도요. 남편을 잘 챙기세요." 피트가 말했다. "두 분 다 좋은 분입니다. 우리는 두 분이 좋답니다."

"고마워요, 피트. 그렇게 말해주셔서 고마워요." 세라가 말했다.

"진심이라서 말하는 겁니다. 그렇지 않았다면 말하지 않았을 겁니다." 피트가 말했다.

베티와 세라가 껴안았다.

"자, 그럼 안녕히 주무세요. 두 분 모두에게 신의 축복이 있기를." 베티가 말했다.

우리는 꽃밭을 지나 인도로 나왔다. 나는 세라를 위해 출입문을 잡아주었고, 우리는 자갈이 깔린 주차장을 지나 우리집으로 돌아왔다. 레스토랑은 어두웠다. 자정이 지난 뒤였다. 나무 사이로 바람이 불었다. 주차장 조명이 밝았고 레스토랑 뒤의 발전기가 웡웡거리며 냉동창고 안의 팬을 돌렸다.

나는 잠긴 집 문을 열었다. 세라는 불을 켜고 화장실에 들어갔다. 나는 창가에 있는 의자 옆의 램프를 켜고 의자에 앉아 담배를 피웠다. 잠시 뒤 세라가 나왔다. 세라는 여전히 외투를 입은 채 소파에 앉아 이마를 짚었다.

"좋은 저녁이었어." 세라가 말했다. "잊지 못할 거야. 지금까지 여러 번 이사를 했지만 그때와는 너무나도 달라. 상상해봐. 이사하기 전에 집주인과 정말로 저녁식사를 하다니 말이야." 세라가 고개를 저었다. "뒤돌아보면, 우리는 먼길을 왔어. 하지만 아직도 먼길을 가야 해. 오늘이 이 집에서 보내는 마지막 밤이고, 거한 식사를 하느라 무척 피곤해서 눈이 저절로 감기네. 이제 가서 자야 할 거 같아."

"나도 잘래. 이걸 마저 피우고 바로." 내가 말했다.

우리는 서로 몸이 닿지 않은 채로 침대에 누웠다. 이윽고 세라가 돌아눕더니 말했다. "내가 잠이 들 때까지 당신이 안아줬으면 좋겠어. 그게 다야. 그냥 안아만 줘. 오늘밤은 신디가 보고 싶어. 잘 있으면 좋겠어. 난 그 아이가 잘 지내길 기도해. 그 아이가 제대로 된 길을 찾을 수 있도록 하느님이 도와달라고. 그리고 우리를 도와달라고." 세라가 말했다.

잠시 뒤 세라의 숨이 고르고 느려졌고, 나는 다시 세라에게서 몸을 뗐다. 등을 대고 누워 어두운 천장을 물끄러미 바라보았다. 그렇게 누워 바람 소리를 들었다. 이윽고 눈을 감자마자 무슨 소리가 들렸다. 아니, 계속 들리던 소리가 더는 들리지 않았다고 해야겠다. 바람은 여전히 불었고, 나는 처마 아래로 그 소리와 집밖 전선이 윙윙대는 소리를 들을 수 있었다. 하지만 더는 들리지 않는 소리가 있었고, 나는 그게 무엇인지 알 수 없었다. 나는 누워서 좀더 귀를 기울이다가 일어나 거실로 가 창문을 통해 레스토랑을 보았다. 빠르게 흐르는 구름 사이로 달 가장자리가 보였다.

나는 창가에 서서 뭐가 잘못되었는지 알아내려 애썼다. 나는 반짝이는 바다와 어두운 레스토랑 뒤편을 바라보았다. 이윽고 이상한 정적의 원인을 깨달았다. 레스토랑의 발전기가 꺼진 것이다. 나는 잠시 그곳에 서서 어떻게 해야 할지, 피트에게 전화를 해야 할지 생각했다. 어쩌면 잠시 뒤에 저절로 고쳐져 다시 스위치가 켜질지도 몰랐지만, 무슨 이유에서인가 그렇게 되지 않으리라는 생각이 들었다.

피트도 발전기에 문제가 있다는 것을 알아차린 듯했다. 갑자기 피트 집에 불이 켜졌고, 누군가 손전등을 들고 계단을 내려오는 모습이 보였기 때문이다. 그 사람은 손전등을 들고 레스토랑 뒤편으로 가 문을 열었고, 이윽고 레스토랑에 불이 켜졌다. 잠시 뒤 담배를 다 피운 나는 침대로 돌아갔다. 나는 바로 잠이 들었다.

이튿날 아침 우리는 인스턴트커피를 마셨고, 커피를 다 마신 뒤에는 컵을 씻어 챙겼다. 우리는 별로 말을 하지 않았다. 레스토랑 뒤에는 가전설비회사 트럭이 와 있었고, 베티와 레슬리가 뭔가를 안고 레스토랑 뒷문을 들락날락하는 모습이 보였다. 피트는 보이지 않았다.

우리는 차에 짐을 실었다. 짐이 별로 없었기에 차에 모든 짐을 싣고 유리카까지 갈 수 있을 것이다. 나는 열쇠를 돌려주기 위해 레스토랑까지 걸어갔지만, 사무실 문가에 닿자마자 문이 열리더니 피트가 상자를 들고 나왔다.

"썩고 있군요. 연어가 녹았습니다. 막 얼기 시작했는데 다시 녹기 시작했어요. 이 연어를 다 버려야 합니다. 오늘 아침에 이 연어를 전부 다 버려야 한다고요. 쇠고기와 새우와 조개관자도요. 모든 걸 다요. 발전기가 고장났어요. 젠장." 피트가 말했다.

"유감이군요, 피트. 우리는 이제 가야 합니다. 열쇠를 돌려드리려 왔습니다." 내가 말했다.

"이게 뭐죠?" 피트가 말하고 나를 바라보았다.

"집 열쇠입니다. 이제 우리는 떠나려고요. 유리카로요." 내가 말했다.

"열쇠는 저기 레슬리에게 줘요." 피트가 말했다. "레슬리가 집 임대를 관리하니까. 레슬리에게 당신 열쇠를 줘요."

"그러죠. 안녕히 계세요, 피트. 연어 일은 유감입니다. 그리고 해주신 모든 것에 감사드립니다."

피트가 말했다. "네, 그런 말 마십시오. 행운을 빌겠습니다. 살펴가세요." 피트는 고개를 끄덕이고, 쇠고기가 담긴 상자를 들고 자기집으로 들어갔다. 나는 열쇠를 레슬리에게 주고 작별인사를 한 뒤 세라가 기다리는 차로 걸어왔다.

"왜 그래?" 세라가 말했다. "무슨 일인데? 피트가 정신이 없어 보이네."

"지난밤에 레스토랑의 발전기가 고장나서 냉동창고가 멈췄고, 그래서 고기가 상했어."

"그래? 안됐네. 그런 일이 있다니 유감이네. 열쇠는 돌려줬지? 작별인사는 했고. 이제 가도 되겠어." 세라가 말했다.

"응, 가도 될 거 같아." 내가 말했다.

꿈

내 아내는 잠에서 깨면 내게 꿈 이야기를 해주는 버릇이 있다. 나는 아내에게 커피와 주스를 가져다주고, 아내가 정신을 차리고 얼굴에 흘러내린 머리카락을 정돈하는 동안 침대 옆 의자에 앉아 있는다. 아내의 얼굴엔 잠에서 깬 사람이라면 으레 지을 만한 표정이 떠 있지만, 눈동자에는 어디선가로부터 돌아오는 듯한 표정도 담겨 있다.

"말해볼래?" 내가 말한다.

"말도 안 되는 꿈이야." 아내가 말한다. "터무니없는 꿈이었어. 꿈에서 난 남자였고, 누나랑 누나 친구와 낚시를 갔어. 그리고 난 취해 있었고. 상상이 돼? 터무니없지 않아? 나는 낚시터까지 차를 운전하기로 되어 있었지만 차 열쇠를 찾을 수 없었어.

마침내 열쇠를 찾았지만, 차 시동이 안 걸리더라. 그런데 갑자기 우리는 낚시터에 와 있었고, 호수에서 배를 타고 있었어. 폭풍이 오고 있었지만 난 시동을 걸 수 없었어. 누나와 누나 친구는 그냥 소리 내어 웃기만 하고. 하지만 난 겁이 났어. 그러다가 잠이 깼어. 이상하지 않아? 어떻게 생각해?"

"기록해둬." 나는 말하고 어깨를 으쓱해 보였다. 달리 할말이 없었다. 나는 꿈을 꾸지 않았다. 꿈을 꾸지 않은 지 오래되었다. 아니, 어쩌면 꿈을 꿀지도 모르지만 잠에서 깨었을 때는 아무것도 기억할 수 없었다. 내가 잘하지 못하는 게 하나 있다면 바로 해몽이다―내 꿈이든 남의 꿈이든 말이다. 우리가 결혼하기 직전 한번은 도티가 꿈을 꾸었는데, 꿈에서 자기가 짖었단다! 그러다 잠에서 깨어보니, 자기가 키우는 작은 개 빙고가 침대 옆에 앉아 이상하다는 듯이 자신을 보고 있더란다. 아내는 자신이 잠결에 짖고 있었다는 걸 깨달았다. 아내는 이게 무슨 의미인지 궁금해했다. "그건 흉몽이야." 아내가 말했다. 아내는 자기 꿈책에 그 내용을 적었지만, 그게 다였다. 아내는 꿈을 돌아보지 않는다. 해석하지도 않았다. 아내는 그냥 꿈을 기록하고, 다음 꿈을 꾸면 그 꿈 역시 기록했다.

내가 말했다. "난 위층에 올라가야겠어. 화장실에 가야 해."

"곧 나갈게. 우선 잠에서 좀 깨고. 이 꿈에 대해서 좀더 생각을 하고 싶어."

나는 침대에 앉아 있는 아내를 두고 방을 나섰다. 아내는 잔을 들고 있었지만 마시지는 않았다. 아내는 침대에 앉아 자기 꿈에 대해 생각하고 있었다.

하지만 나는 결국 화장실에 갈 필요가 없었고, 그래서 커피를 따라서 부엌 식탁 앞에 앉았다. 8월이었고, 혹서였으며, 창문은 열려 있었다. 더위, 그렇다. 더웠다. 죽도록 더웠다. 아내와 나는 그달 내내 거의 지하실에서 잤다. 하지만 괜찮았다. 우리는 지하실에 매트리스, 베개, 침대보 등 모든 것을 내려다두었다. 협탁, 램프, 재떨이도 있었다. 우리는 소리 내어 웃었다. 신혼살림을 사는 거 같았다. 하지만 위층의 창문은 모두 열어두었고, 옆집도 창문을 모두 열어두었다. 나는 식탁 앞에 앉아 옆집 사는 메리 라이스가 내는 소리에 귀를 기울였다. 이른 시각이었지만, 메리는 침대에서 일어나 잠옷 차림으로 부엌에 있었다. 메리는 콧노래를 흥얼거렸고, 내가 귀를 기울이며 커피를 마시는 내내 그렇게 콧노래를 불렀다. 이윽고 메리의 아이들이 그 집 부엌으로 들어왔다. 메리가 이렇게 말했다.

"잘 잤니, 얘들아. 잘 잤니, 내 사랑." 정말이다. 그 아이들 어머니는 그렇게 말했다. 그러면 아이들은 식탁 앞에 앉아 뭔가를 떠들며 웃고, 아이 하나가 의자를 위아래로 쿵쾅거리며 깔깔거렸다.

"마이클. 그만. 시리얼 마저 먹어야지, 얘야." 메리 라이스가 말했다.

잠시 뒤, 메리 라이스는 학교 가게 옷을 갈아입으라며 아이들을 부엌에서 내보냈다. 메리 라이스는 설거지를 하며 콧노래를 흥얼거리기 시작했다. 나는 귀를 기울이고, 그러면서 생각했다. 난 행복해. 내게는 밤마다 뭔가 꿈을 꾸는 아내가 있어. 내 옆에 누워 잠이 들고, 밤마다 뭔가 신기한 꿈나라로 떠나는 아내가. 때때로 아내는 말과 날씨와 사람에 대한 꿈을 꾸었고, 어떤 때는 꿈에서 성性이 바뀌기까지 했다. 나는 꿈이 그립지 않았다. 꿈을 꾸는 삶을 원한다면, 아내의 꿈에 대해 생각하면 되었다. 그리고 옆집에는 하루종일 노래를 하거나 콧노래를 흥얼거리는 여자가 살았다. 모든 것을 종합해볼 때, 나는 꽤 운이 좋다고 생각했다.

옆집 아이들이 학교를 가기 위해 집을 나서면 나는 아이들을 지켜보러 앞창으로 갔다. 메리 라이스가 아이들 얼굴에 키스하는 게 보였고, 이어서 "잘 다녀오렴, 얘들아"라고 말하는 소리가 들렸다. 이윽고 메리 라이스는 방충문을 닫았고, 아이들이 거리를 걸어가는 모습을 잠시 지켜보다가 몸을 돌려 안으로 들어갔다.

나는 메리 라이스의 버릇을 알았다. 이제 메리는 몇 시간 정도 잘 터였다. 메리는 밤에 일했고, 새벽 다섯시 조금 넘어 퇴근한 뒤 잠을 자지 않았다. 이웃집 아이인 로즈메리 밴들이 메리의 아이들을 돌봐주었고, 메리가 돌아오면 길 건너 자기집으로 돌아갔다. 그러면 메리 라이스의 집에는 아침이 될 때까지 계속 불이 켜져 있었다. 그리고 지금처럼 창문이 열려 있을 때면 때때로 클래식 피아노 음악 소리가 들렸고, 한번은 알렉산더 스커비*가 낭독하는 『위대한 유산』도 들렸다.

때때로 잠을 잘 수 없을 때면—아내는 내 옆에서 잠이 들어 꿈속에 있다—나는 침대에서 일어나 위층으로 가 식탁 앞에 앉아 메리 라이스의 음악을 듣거나 오디오북을 들었고, 메리가 커튼 뒤로 지나가거나 블라인드 뒤에 서 있는 모습이 보이길 기다렸다. 가끔 전화가 오지 않을 것 같은 이른 시간에 전화벨이 울렸지만, 메리는 늘 벨이 세 번 울리면 전화를 받았다.

나는 메리의 아이들 이름이 마이클과 수전이라는 것을 알게 되었다. 내가 보기에 그 아이들은 다른 이웃집 아이들과 전혀 다를 바가 없었다. 그 아이들을 볼 때면 '너희에게 노래를 불러주는 엄마가 있어서 행운이라는 걸 알아야 해. 너희들은 아버지가 필요 없어'라는 생각이 든다는 것만 빼고는. 한번은 그 아이들이 우리집에 비누를 팔러 왔고, 또 한번은 씨앗을 팔러 왔다. 당연한 말이지만, 우리는 정원이 없었다. 우리가 뭔가를 키운다는 건 불가능했다. 하지만 어쨌든 나는 '에라 모르겠다' 하는 마음으로 씨앗을 조금 샀다. 핼러윈에도 우리집에 왔다. 늘 베이비시터와 함께였다—아이들 엄마는 당연히 직장에 있었다. 나는 아이들

---

* 미국의 배우이자 성우.

에게 사탕을 나누어주고 로즈메리 밴들에게 고개를 끄덕였다.

아내와 나는 그 누구보다도 오랫동안 이 동네에 살았다. 우리는 거의 모든 사람들이 이사 왔다가 이사 가는 모습을 보았다. 메리 라이스는 남편과 아이들과 함께 삼 년 전에 이사 왔다. 메리의 남편은 전화회사 가선공으로 일했고, 한동안은 아침 일곱시에 출근해서 저녁 다섯시에 돌아왔다. 이윽고 그는 다섯시에 오지 않았다. 그는 점점 늦게 돌아오거나, 아예 돌아오지 않았다.

내 아내도 그걸 알아차렸다. "옆집 남자가 사흘 넘게 집에 안 보이네." 아내가 말했다.

"나도 못 봤어." 내가 말했다. 어느 날 아침 이웃집에서 큰 소리로 다투는 목소리가 들렸고, 그 집 아이 하나인가 둘이 우는 소리가 들렸다.

그리고 식료품점에서 아내는 메리 라이스의 집 건너편에 사는 여자로부터 라이스 부부가 별거한다는 말을 전해 들었다. 그 여자는 이렇게 말했다. "그 남자는 아내와 아이들을 버렸어. 개자식이라니까."

그리고 남편이 직장을 관두고 그곳을 떠나 생계를 짊어지게 된 메리 라이스는 얼마 지나지 않아 칵테일을 파는 동네 레스토랑에서 일했고, 곧 밤새 음악을 듣고 오디오북을 듣기 시작했다. 그리고 어떤 때는 노래를 하고 콧노래를 흥얼거렸다. 메리 라이스의 집 건너편에 사는, 별거 소식을 알려준 그 여자는 메리 라이스가 대학 통신강좌 두 개에 등록했다고 말했다. 그 여자 말에 따르면 메리 라이스는 자신을 위해 새로운 삶을 꾸려가고 있으며, 그 새로운 삶에는 아이들도 포함되어 있다고 했다.

겨울이 멀지 않았을 때, 나는 방풍문을 달기로 마음먹었다. 밖에서 사다리에 올라가 있을 때 옆집의 마이클과 수전이 개를 데리고 집에서 달려나왔고, 방충문이 요란하게 닫혔다. 아이들은 외투를 입고 낙엽 더미를 차대며 인도를 뛰어갔다.

메리 라이스는 문간에 나와 아이들을 지켜보았다. 이윽고 메리가 내 쪽을 보았다.

"안녕하세요. 겨울 준비를 하시는 모양이네요." 메리가 말했다.

"네, 맞아요. 곧 겨울이니까요." 내가 말했다.

"그렇죠. 곧 겨울이죠." 메리 라이스가 말했다. 그녀는 뭔가 더 말할 것처럼 잠시 있다가, 이윽고 이렇게 말했다. "얘기 나누어 반가웠어요."

"저도요." 내가 대답했다.

그때가 추수감사절 직전이었다. 그리고 약 일주일 뒤 아내가 마실 커피와 주스를 들고 침실에 갔을 때, 아내는 이미 잠에서 깨어 일어나 앉아 있었고, 내게 꿈 이야기를 해줄 준비가 되어 있었다. 아내는 침대에서 자기 옆을 톡톡 두드렸고, 나는 그곳에 앉았다.

"이건 진짜로 꿈책에 적어놔야 해. 신기한 걸 원한다면 이 이 야기를 들어봐." 아내가 말했다.

"말해." 내가 말했다. 나는 잔에 담긴 걸 한 모금 마신 뒤 아내 에게 건넸다. 아내는 손이 시리다는 듯 두 손으로 잔을 감싸 잡 았다.

"우리는 배를 타고 있었어." 아내가 말했다.

"우리는 배를 탄 적이 없는걸." 내가 말했다.

"알아. 하지만 우리는 배를 타고 있었어. 아주 커다란 배였어. 크루즈였던 듯해. 우리는 침대인가 침상인가 뭐 그런 곳에 있었 어. 그때 컵케이크가 담긴 쟁반을 든 누군가가 문을 두드렸어. 사람들이 들어와 컵케이크를 두고 나갔지. 나는 침대에서 나와 컵케이크를 가지러 갔어. 배가 고팠거든. 그런데 컵케이크를 만 졌을 때 손가락을 데었어. 그리고 발가락이 움츠러들었어. 흔히 무서우면 그러잖아? 그래서 난 침대로 돌아갔고, 요란한 음악이 들렸어. 스크랴빈*이었어. 누군가 유리잔을 두드리기 시작했어, 수백, 아니 수천 개는 되는 잔들이 한꺼번에 짤그랑거렸어. 난 당신을 깨워 그에 대해 말했고, 그랬더니 당신은 밖에 나가서 무 슨 일이 있는지 알아보겠다고 했어. 당신이 나간 사이 밖으로 달 이 지나가는 게 보였어. 현창으로 말이야. 그때 배가 방향을 돌

---

* 러시아의 작곡가.

렸든지 그랬어. 그리고 달이 다시 나타나 온 방을 환히 비췄어. 이윽고 여전히 파자마 차림인 당신이 돌아오더니 침대로 들어와 아무 말도 없이 잠이 들었어. 창밖에서는 달이 밝게 빛났고, 방 안의 모든 것이 희미하게 빛났지만 당신은 여전히 아무 말도 하지 않았어. 당신이 아무 말도 하지 않아서 난 살짝 겁이 났고 다시금 발가락이 움츠러들었지. 그러다가 꿈에서 빠져나와 잠이 들었고, 잠에서 깼어. 어때, 대단한 꿈이지? 맙소사. 무슨 꿈인 거 같아? 당신은 아무 꿈도 꾸지 않지, 그렇지?" 아내는 커피를 홀짝이며 나를 바라보았다.

나는 고개를 저었다. 무슨 말을 해야 할지 몰랐고, 그래서 그 내용을 꿈책에 기록해두는 게 좋겠다고 말했다.

"맙소사, 모르겠어. 정말 이상한 꿈이야. 어떻게 생각해?"

"당신 꿈책에 기록해둬."

곧 크리스마스가 되었다. 우리는 크리스마스트리를 사 세웠고, 크리스마스 아침에는 선물을 교환했다. 도티는 내게 벙어리 장갑 한 쌍과 지구의, 〈스미스소니언〉 매거진 정기구독권을 선물했다. 나는 도티에게 향수—아내는 작은 꾸러미를 열어보고는 얼굴이 발그레해졌다—와 새 잠옷을 선물했다. 아내는 나를 껴안았다. 이윽고 우리는 차를 타고 마을 저편에 가서 거기 사는 친구들과 저녁식사를 했다.

크리스마스와 신년 사이, 날은 더 추워졌다. 눈이 내리고 또 내렸다. 마이클과 수전은 어느 날 하루종일 밖에 나가 놀며 눈사람을 만들었다. 둘은 눈사람 입에 당근을 꽂았다. 밤이 되었을 때, 그 집 침실 창으로 TV가 번쩍이는 게 보였다. 메리 라이스는 밤마다 일을 나갔다 돌아왔고, 로즈메리는 두 아이를 돌보러 왔으며, 밤마다 그리고 밤새도록 그 집에는 전등이 켜져 있었다.

새해 전날 우리는 다시 차를 몰고 가서 마을 저편에 사는 친구들과 저녁식사를 하고, 브리지 게임을 하고, TV를 좀 보고, 자정이 되자마자 샴페인을 땄다. 나는 해럴드와 악수를 했고, 함께 시가를 피웠다. 이윽고 도티와 나는 차를 몰고 집에 돌아왔다.

하지만—여기서부터가 안타까운 부분의 시작이다—우리가 동네에 이르렀을 때 거리는 경찰차 두 대로 막혀 있었다. 경찰차 위의 경광등이 빙빙 돌았다. 무슨 일인지 궁금해진 운전자들이 차를 세워놓고 있었고, 사람들이 집밖으로 나와 있었다. 대부분은 제대로 옷을 입었고 외투 차림이었지만, 몇 명은 잠옷 위에 두꺼운 외투를 걸쳤다. 서둘러 나온 게 분명했다. 거리에는 소방차 두 대도 주차해 있었다. 하나는 우리 앞마당에 서 있었고, 다른 한 대는 메리 라이스의 진입로에 서 있었다.

나는 경관에게 내 이름을 말하고, 커다란 소방차가 주차된 집에 산다고 했다. "차들이 우리집 앞에 있어요!" 도티가 외쳤고, 경관은 우리가 다른 곳에 주차해야 한다고 말했다.

"무슨 일입니까?" 내가 말했다.

"난방기에 불이 난 듯합니다. 하여간 저는 그렇게 들었습니다. 집안에 아이들 두 명이 있습니다. 베이비시터까지 합치면 세 명이 있었어요. 그 여자아이는 나왔지만 아이들 둘은 나오지 못한 듯합니다. 질식해서요."

우리는 거리를 걸어 우리집 쪽으로 갔다. 도티는 내 팔을 잡고 내 곁에 바짝 붙어 걸었다. "어머, 세상에." 아내가 말했다.

메리 라이스의 집에 가까이 가자, 소방 호스를 들고 지붕에 서 있는 남자가 보였다. 소방 트럭이 남자를 비추고 있었다. 하지만 호스에서 나오는 물은 질질 흐르는 정도였다. 침실 창은 깨져 있었고, 침실에서 한 남자가 뭔가를 들고 방안을 살피는 게 보였다. 손에 든 건 도끼인 듯했다. 이윽고 그 남자는 두 팔에 뭔가를 안고 정문으로 나왔다. 아이들 개였다. 갑자기 나는 무시무시한 느낌이 들었다.

지역 방송국에서 나온 중계차가 그곳에 있었고, 한 남자가 어깨에 촬영 카메라를 메고 현장을 찍고 있었다. 주위로 이웃들이 모여들었다. 소방차 엔진은 계속 가동되었고, 가끔씩 소방차 안에서 스피커를 통해 목소리들이 흘러나왔다. 하지만 보고 있던 사람들은 그 누구도 말을 하지 않았다. 나는 그 사람들을 보았고, 이윽고 로즈메리가 놀라 입을 벌린 채 자기 부모와 함께 서 있는 걸 발견했다. 이윽고 부츠를 신고 소방복을 입고 모자를 쓴 소방관들이 들것에 아이들을 싣고 나왔다. 소방관들은 천하무적에 앞으로도 백 년은 끄떡없이 더 살 것처럼 보였다. 소방관들은 각자 들것의 한쪽 끝을 잡고 아이들을 싣고 나왔다.

"오, 맙소사." 서서 구경하던 사람들이 말했다. 그리고 또다시 누군가 외쳤다. "오 세상에, 저런."

소방관들은 들것들을 땅에 내려놓았다. 양복을 입고 모직 모자를 쓴 남자가 걸어오더니 청진기로 아이들 심장박동을 듣고는 구급차 요원들에게 고개를 끄덕였고, 구급차 요원들이 앞으로 나와 들것들을 들었다.

그 순간 소형차가 나타났고, 메리 라이스가 조수석에서 뛰어나왔다. 메리 라이스는 구급차에 들것들을 실으려는 사람들에게로 달려갔다. 그녀가 외쳤다. "내려놔요! 내려놔요!"

구급차 요원들은 동작을 멈추고 들것들을 내려놓은 뒤 물러섰다. 메리 라이스는 아이들 앞에 서서 울부짖었다. 그랬다, 아무 말 없이 그저 울부짖었다. 사람들은 뒤로 물러섰다가, 메리 라이스가 들것 옆 눈 위에 무릎을 꿇고 아이들 얼굴을 차례로 쓰다듬자 다시 앞으로 다가갔다.

양복을 입고 청진기를 든 남자가 앞으로 나서더니 메리 라이스 옆에 무릎을 꿇었다. 소방서장이나 부서장쯤 되어 보이는 다른 남자가 요원들에게 신호를 보낸 뒤 그녀를 일으켰고, 한 팔로 메리의 어깨를 감쌌다. 양복을 입은 남자는 메리 라이스의 다른 쪽에 섰지만 그녀를 만지지는 않았다. 메리 라이스를 집까지 태워다준 사람이 무슨 일이 벌어지고 있는지 보려고 다가왔지만, 그는 단지 겁에 질린 청년으로, 식당에서 식탁을 청소하거나 접시를 닦는 아이 같아 보였다. 그 청년에게는 메리 라이스의 슬픔을 목격할 권리가 없었고, 그도 그것을 알았다. 청년은 요원들이 들것들을 구급차 뒤에 싣는 모습을 지켜보며 사람들에게서 물러섰다.

"안 돼!" 들것들이 구급차에 실리는 것을 본 메리 라이스가 외치며 구급차 뒤쪽으로 달려들었다.

나는 메리 라이스에게 다가가—뭔가를 하려는 이가 아무도 없었다—그녀의 팔을 잡고 말했다. "메리, 메리 라이스."

그녀는 몸을 휙 돌려 나를 보고 말했다. "난 당신을 몰라요, 뭘 원하는 거죠?" 그녀는 손을 뒤로 젖혔다가 내 얼굴을 때렸다. 이윽고 그녀는 요원들과 함께 구급차에 탔고, 구급차는 길을 비켜주는 사람들 사이로 요란하게 사이렌을 울리며 미끄러지듯 거리를 떠났다.

그날 저녁 나는 잠을 이루지 못하고 뒤척였다. 그리고 도티는 잠결에 신음하며 이리저리 돌아누웠다. 나는 그날 밤 내내 아내가 꿈을 꾸며 내게서 멀리 떨어진 어딘가에 가 있는 걸 알았다. 이튿날 나는 아내에게 무슨 꿈을 꾸었는지 묻지 않았고, 아내도 자진해 말하지 않았다. 하지만 내가 주스와 커피를 가지고 들어왔을 때, 아내는 무릎에 공책을 받치고 펜을 들고 있었다. 아내는 공책에 쓰는 걸 마치고 나를 바라보았다.

"이웃집은 어때?" 아내가 내게 물었다.

"아무 일도." 내가 말했다. "집은 컴컴해. 눈 위에는 온통 타이어 자국이고. 아이들 침실 창은 깨졌어. 그게 다야. 그뿐이야. 침실 창만 아니면 불이 난 걸 알아보지 못할 거야. 두 아이가 죽었다는 것도 알 수 없고."

"그 여자가 불쌍해. 정말로, 불행한 사람이야. 하느님이 그 여자를 돌봐주셨으면 좋겠어. 우리도." 도티가 말했다.

그날 아침, 가끔씩 사람들이 천천히 차를 몰고 와서 그녀의 집을 구경했다. 또는 집 앞으로 와서 창을 보았고, 집 앞에 엉망으로 짓이겨진 눈을 본 뒤 갈 길을 갔다. 정오가 다 되었을 때, 스테이션왜건 한 대가 와 주차를 하는 모습이 창밖으로 보였다. 메리 라이스와, 아이들의 아버지인 전남편이 차에서 내려 집으로 향했다. 둘은 천천히 움직였고, 계단을 올라갈 때 남자가 여자의 팔을 잡았다. 현관문은 전날 밤부터 열려 있었다. 메리 라이스가 먼저 들어갔다. 그리고 남자가 들어갔다.

그날 저녁, 지역 뉴스에서 우리는 사건의 개요를 다시 보았다. "난 도저히 못 보겠어." 도티는 이렇게 말했지만, 나와 마찬가지로 어쨌든 뉴스를 보았다. 화면에 메리 라이스의 집과, 소방 호스를 들고 지붕에서 깨진 창 안으로 물을 뿌리는 남자가 보였다. 이윽고 아이들이 실려 나오는 모습이 보였고, 우리는 메리 라이스가 무릎을 꿇는 모습을 다시 보았다. 이윽고 들것들이 구급차에 실리자 메리 라이스가 누군가에게 몸을 돌리고 외쳤다. "뭘 원하는 거죠?"

이튿날 정오에 스테이션왜건 한 대가 그 집 앞으로 왔다. 그 차가 멈추자마자, 심지어 운전사가 엔진 시동을 끄기도 전에 메리 라이스가 계단을 내려왔다. 차에서 내린 남자가 "안녕, 메리"라고 말하고 조수석을 열어주었다. 이윽고 둘은 장례식장으로 갔다.

그 남자는 장례식이 끝나고 나흘을 머물렀고, 이튿날 내가 평소처럼 일찍 일어났을 때 스테이션왜건은 사라지고 보이지 않았다. 그래서 나는 전남편이 전날 밤사이에 떠났음을 알았다.

그날 아침 도티는 자신이 꾼 꿈 이야기를 내게 해주었다. 아내는 시골에 있는 집에 있었고, 백마가 오더니 창 너머로 아내를 보았다. 그리고 아내는 잠에서 깨었다.

"우리의 슬픔을 어떤 식으로든 표현하고 싶어." 도티가 말했다. "메리 라이스를 저녁식사에 초대하고 싶어."

하지만 하루하루가 지났고 우리는, 도티나 나는 메리 라이스를 초대하기 위한 그 어떤 노력도 하지 않았다. 메리 라이스는 다시 직장에 나가기 시작했다. 다만 이제는 낮에 사무실에서 일을 했고, 나는 메리 라이스가 아침에 집을 나섰다가 다섯시 조금 넘어서 집에 돌아오는 모습을 보았다. 그리고 밤 열시 정도 되면 집의 불이 꺼졌다. 아이들 방의 블라인드는 언제나 내려져 있었고, 비록 잘 알지는 못했지만 문 역시 닫혀 있을 듯했다.

3월 말이 가까운 어느 토요일, 나는 방풍문을 떼러 밖으로 나갔다. 무슨 소리가 들려 돌아보니 메리 라이스가 집 뒤의 땅을 삽으로 파헤치려 애쓰고 있었다. 그녀는 바지, 스웨터, 여름용 모자 차림이었다. "안녕하세요." 내가 말했다.

"안녕하세요." 메리 라이스가 말했다. "좀 서두르는 것 같기는 하지만, 요즘 시간이 많아서요. 그리고 봉지에 보니까 요즘이 이걸 할 때라고 적혀 있더라고요." 메리 라이스는 주머니에서 씨앗이 든 봉투를 꺼냈다. "작년에 제 아이들이 동네를 돌며 씨앗을 팔았죠. 서랍을 청소하는데 이게 몇 봉지 나오더라고요."

나는 우리집 부엌 서랍에 있는 씨앗 봉투에 대해 아무런 말도 하지 않았다. "제 아내와 전 오랫동안 당신을 저녁식사에 초대하고 싶었답니다." 내가 말했다. "언제 저녁에 한번 오시겠어요? 시간이 되시면 오늘 저녁에 오시겠어요?"

"가능할 거 같네요. 네, 그럴게요. 그런데 전 당신 이름조차 몰라요. 당신 아내 이름도요."

나는 우리 부부의 이름을 가르쳐주고는 물어보았다. "여섯시 괜찮으세요?"

"언제요? 아, 네. 여섯시 괜찮아요." 메리 라이스는 삽을 잡고 땅에 찔러넣었다. "우선 땅을 파고 이 씨를 심어야겠어요. 여섯시에 갈게요. 고마워요."

나는 저녁 초대에 대해 도티에게 알리기 위해 집으로 들어갔다. 나는 접시와 은식기를 꺼냈다. 다시 바깥을 보았을 때, 메리 라이스는 정원에서 사라지고 없었다.

방화

캐럴과 로버트 노리스 부부는 닉의 아내인 조앤의 오랜 친구였다. 둘은 닉이 조앤을 만나기 훨씬 전부터, 오랫동안 그녀와 친구였다. 둘은 조앤이 빌 데일리와 결혼했을 때부터 그녀를 알았다. 그 당시 그들 넷, 즉 캐럴과 로버트, 조앤과 빌은 신혼이었고 미술학과 대학원생이었다. 그들은 시애틀의 캐피톨힐에 있는 커다란 집에서 함께 살며 방세를 나눠 내고 화장실 하나를 함께 썼다. 그들은 종종 함께 식사를 했고, 늦게까지 이야기를 하며 와인을 마시곤 했다. 그들은 서로 비평하고 살펴봐달라고 각자의 작품을 돌려보곤 했다. 심지어 집을 함께 쓰던 마지막 해—아직 닉이 등장하기 전이었다—에는 비싸지 않은 작은 요트를 공동으로 사서 여름 몇 달 동안 워싱턴 호수에서 탔다. "좋은 시절과 나쁜 시절, 잘나가는 시절과 못 나가는 시절이 있었지." 로버트가 말하더니—그날 아침 두번째였다—소리 내어 웃으며 식탁 주위에 앉은 다른 사람들 얼굴을 보았다.

일요일 아침이었고, 그들은 애버딘에 있는 닉과 조앤의 집 부엌에서 식탁에 둘러앉아 훈제연어, 스크램블드에그, 크림치즈를 바른 베이글을 먹고 있었다. 연어는 지난여름에 닉이 잡아 진공 포장을 해둔 것이었다. 닉은 연어를 냉동실에 넣어두었다. 조앤은 닉이 직접 연어를 잡았다고 캐럴과 로버트에게 말했고, 그래서 닉은 기분이 좋았다. 심지어 조앤은 그 물고기 무게가 얼마나 되는지도 알았다. 아니, 안다고 주장했다. "이건 16파운드나 나가." 조앤이 말했고, 닉은 흡족해하며 소리 내어 웃었다. 닉은 지난밤에 연어를 냉동실에서 꺼냈다. 캐럴이 조앤에게 전화를 해 자신과 로버트 그리고 딸 제니가 이 근처를 지나는 김에 잠시 들렀으면 한다고 말한 뒤였다.

"저희 이제 나가도 되나요?" 제니가 말했다. "스케이트보드를 타고 싶어요."

"스케이트보드는 차에 있어요." 제니의 친구인 메건이 말했다.

"너희 접시를 싱크대에 갖다두렴." 로버트가 말했다. "그러고 난 뒤에는 스케이트보드를 타도 돼. 하지만 너무 멀리 가지는 말고. 이 근처에서만 놀아." 그가 말했다. "그리고 조심하고."

"괜찮겠어?" 캐럴이 말했다.

"그럼. 괜찮아. 나도 스케이트보드가 있으면 좋겠어. 있었으면 나도 같이 탔을 거야." 조앤이 말했다.

"하지만 대부분은 좋은 시절이었지." 로버트는 학생 시절에 대한 이야기를 계속 이어나갔다. "안 그래?" 로버트는 조앤과 시선을 마주치더니 싱긋 웃으며 말했다.

조앤이 고개를 끄덕였다.

"좋은 시절이었어, 맞아." 캐럴이 말했다.

닉은 조앤이 그들에게 빌 데일리에 대해 뭔가 묻고 싶어한다는 느낌을 받았다. 하지만 조앤은 그러지 않았다. 조앤은 싱긋 웃었고, 살짝 길다 싶은 느낌이 들 정도로 그 웃음을 머금더니 이윽고 커피를 더 마시고 싶은 사람이 없는지 물었다.

"나 좀더 줘. 고마워." 로버트가 말했다. 캐럴은 "됐어"라고 말하고서 손바닥으로 컵을 가렸다. 닉은 고개를 저었다.

"연어 낚시에 대해 말해줘봐." 로버트가 닉에게 말했다.

"별거 없어." 닉이 말했다. "일찍 일어나 강으로 가면 돼. 만약 바람이 없고 비가 내리지 않으면, 그리고 연어들이 거기 있고 장비만 제대로 갖췄다면 쉽사리 잡을 수 있어. 확률은, 운이 좋다면 네 마리에 한 마리꼴로 잡을 수 있어. 연어 낚시에 인생을 거는 사람들도 있을걸. 난 여름 몇 달 동안 가끔 낚시를 하고, 그게 전부야."

"보트를 타고 낚시를 해, 아니면?" 로버트가 말했다. 그는 마치 뒤늦게 떠올랐다는 듯 이 말을 했다. 하지만 사실 그는 관심이 없었다. 닉 역시 그것을 눈치챘지만 그 화제를 꺼낸 게 자신이었으니 조금 더 말을 해야 한다고 생각했다.

"내게 보트가 있어. 정박지에 두었지." 닉이 말했다.

로버트가 천천히 고개를 끄덕였다. 조앤이 로버트의 잔에 커피를 따랐고, 로버트는 그런 조앤을 보더니 싱긋 웃었다. "고마워." 로버트가 말했다.

닉과 조앤은 캐럴과 로버트를 육 개월에 한 번 정도 만났다. 솔직히 말하자면, 닉 생각엔 좀 과하다 싶게 자주 만났다. 둘을 싫어하는 건 아니었다. 닉은 둘을 무척 좋아했다. 사실, 자신이 만나본 조앤의 친구들 가운데 가장 마음에 들었다. 닉은 로버트의 신랄한 유머 감각이 좋았고, 로버트가 이야기하는 방식, 실제보다 더 맛깔나게 말하는 방식이 마음에 들었다. 닉은 캐럴도 좋아했다. 캐럴은 예뻤고 활기찼고 여전히 종종 아크릴화를 그렸다—닉과 조앤은 캐럴이 선물한 그림을 침실 벽에 걸어두었다. 넷이 함께할 때마다 닉에게 캐럴은 늘 즐거운 벗이었다. 하지만 가끔씩 로버트와 조앤이 과거를 회상할 때면 닉은 자기도 모르게 방 저편에 있는 캐럴을 바라보곤 했고, 캐럴은 닉의 눈을 마주보며 싱긋 웃고는 마치 과거에 대한 이야기는 전혀 중요하지 않다는 듯 고개를 살짝 저었다.

하지만 가끔씩 넷이 만나면 닉은 무언의 판결이 내려진 느낌이 들었다. 빌과 조앤이 함께하던 결혼생활을 그가 깼고 그로 인해 자기네 네 명의 즐거운 모임도 끝장났다고 로버트 또는 캐럴이 여전히 그를 비난하는 듯한 느낌이 들었다.

넷은 애버딘에서 최소한 일 년에 두 번은 만났다. 한 번은 여름이 시작할 때고 또 한번은 여름이 거의 끝나갈 무렵이었다. 로버트와 캐럴, 그리고 둘의 열 살 된 딸 제니는 올림픽 반도의 우림지로 향하던 차에 길을 조금 돌아 애버딘에 들렀다. 이들은 마노瑪瑙 해변이라 불리는 곳에 있는 별장에 머물 생각이었고, 그곳에서 제니는 마노를 찾아 가죽 주머니 하나에 가득 채운 뒤 시애틀에 돌아와 연마할 계획이었다.

세 사람은 닉과 조앤의 집에서 묵고 간 적이 한 번도 없었다. 닉은 애초에 자신이 그들에게 머물고 가지 않겠느냐고 물은 적이 한 번도 없다는 사실이 떠올랐다. 물론 닉이 그렇게 제안했다면 조앤은 무척이나 기뻐했을 터였다. 하지만 닉은 그러지 않았다. 그들은 언제나 아침식사 시간에 맞춰 오거나 아니면 점심식사 시간 직전에 왔다. 캐럴은 오기 전에 늘 전화를 걸어 약속을 했다. 그들은 시간을 잘 지켰고, 닉은 그 점이 고마웠다.

닉은 그들을 좋아했지만 왠지 마음 한편에서는 늘 이들과 어울리는 게 불편했다. 그들은 결코, 단 한 번도 닉이 있는 곳에서는 빌 데일리에 대해 이야기하지 않았고, 심지어 그 사람의 이름조차 입에 담지 않았다. 그럼에도 불구하고, 넷이서 함께 있을 때면 닉은 왠지 데일리가 모두의 생각에서 결코 그리 멀리 떨어져 있지 않다는 느낌이 들었다. 닉은 데일리에게서 아내를 빼앗았으며 이제 데일리의 오랜 친구들은 닉의 집에서, 무정하고 경박한 짓을 저지른 자의 집에서, 자신들의 인생을 한동안 엉망으로 만든 자의 집에서 모이는 것이다. 이런 짓을 저지른 사람과 로버트나 캐럴이 친구로 지내는 건 일종의 배반이 아닐까? 그 사람 집에서 함께 식사를 하고, 자신들이 사랑한 남자의 아내였던 여자의 어깨에 그 사람이 다정하게 팔을 두르는 것을 보는 것은 일종의 배반이 아닐까?

"너무 멀리 가지는 말고." 여자애들이 다시 부엌을 지날 때 캐럴이 제니에게 말했다. "곧 떠날 거야."

"멀리 안 가요. 요 앞에서 탈 거예요." 제니가 말했다.

"그래야 해." 로버트가 말했다. "곧 떠날 거니까." 로버트는 손목시계를 보았다.

아이들이 문을 닫고 나갔고, 어른들은 그날 아침에 이야기했던 테러리즘에 대해 다시 이야기했다. 로버트는 시애틀 어느 고등학교의 미술 교사였고, 캐럴은 파이크플레이스 마켓 근처의 부티크에서 일했다. 둘이 아는 이들 가운데 이번 여름에 유럽이나 중동에 가려는 이는 아무도 없었다. 사실, 그들 친구 가운데 몇은 이탈리아와 그리스로 휴가 가려던 계획을 취소했다.

"미국을 먼저 보자, 이게 내 모토야." 로버트가 말했다. 로버트는 로마에서 이 주간 있다가 얼마 전에 돌아온 어머니와 계부에게 일어난 일을 말했다. 그 둘의 짐이 사흘간 사라졌으며, 그건 일련의 사건 가운데 첫번째였을 뿐이다. 로마에서 묵은 이틀째 밤, 둘이 호텔에서 그리 멀지 않은 레스토랑에 가려고 비아 베네토를 걷고 있는데―기관총을 가진 정복 입은 경찰들이 거리에서 순찰을 하고 있었음에도―자전거 탄 도둑이 어머니의 지갑을 날치기해 갔다. 이틀 뒤 두 사람은 차를 빌려 로마에서 30마일 떨어진 곳을 갔는데, 주차를 하고 박물관을 구경하는 사이 누군가가 타이어 하나를 칼로 째고 차 보닛을 훔쳐갔다. 로버트가 말했다. "배터리나 다른 건 멀쩡했어. 차 보닛만 가져갔대. 이해가 돼?"

"차 보닛을 가져가 뭐에 쓰려고 그랬을까?" 조앤이 물었다.

"누가 알겠어?" 로버트가 말했다. "하지만 어쨌든 우리가 폭격을 한 뒤부터 그곳 사람들은 점점 관광객들에게 못되게 굴어. 그 폭격에 대해 어떻게 생각해? 난 그 폭격 때문에 미국인들에게 더 안 좋은 쪽으로만 가고 있다고 봐. 이제는 모두가 목표물이 되었잖아."

닉이 커피를 젓더니 한 모금 마신 뒤 말했다. "난 더는 모르겠어. 정말로 모르겠어. 피바다가 된 공항에 시체들이 쓰러진 모습이 머리에서 떠나질 않아. 난 그냥 모르겠어." 닉은 커피를 좀더 저었다. "여기서 만나 이야기해본 사람들은 우리가 기왕 하는 김에 폭격을 더 해야 했다고 생각하더군. 기왕 하는 김에 아예 그곳을 주차장으로 바꿨어야 한다고 말하는 소리도 들었어. 난 우리가 그곳에서 무엇을 해야 했는지 또는 하지 말아야 했는지는 모르겠어. 하지만 뭔가 하기는 했어야 한다고 봐."

"어, 그건 좀 심하지 않아?" 로버트가 말했다. "주차장? 핵폭탄을 떨어뜨리자 뭐 그런 거야?"

"난 그 사람들이 무엇을 해야 했는지 모르겠다고 말했어. 하지만 어떻게든 반응을 할 필요는 있었어."

"외교." 로버트가 말했다. "경제봉쇄. 지갑으로 느끼게 하는 거야. 그러면 정신을 차리고 제대로 할 거야."

"커피 더 끓일까?" 조앤이 말했다. "금방 돼. 멜론 먹을 사람?" 조앤은 의자를 뒤로 밀며 일어났다.

"난 한 입도 더 못 먹겠어." 캐럴이 말했다.

"나도." 로버트가 말했다. "난 됐어." 로버트는 좀 전의 주제로 돌아가고 싶어하는 듯했지만 결국 화제를 바꿨다. "닉, 언제 여기에 와서 함께 낚시하러 가고 싶은데. 언제가 가장 좋아?"

닉이 말했다. "그래, 언제든 환영이야. 원하는 만큼 있다가 가. 7월이 가장 좋아. 하지만 8월도 좋고. 9월 첫째 주나 둘째 주까지도 괜찮아." 닉은 다른 보트들이 대부분 가버렸을 때의 밤낚시가 얼마나 멋진가를 이야기하려 했다. 달빛을 받으며 커다란 물고기를 낚은 이야기를 하기 시작했다.

로버트는 밤낚시에 대해 잠시 생각해보는 듯하더니, 커피를 좀더 마셨다. "알았어. 괜찮으면 이번 여름, 7월에 올게."

  "좋아." 닉이 말했다.

  "무슨 장비가 필요해?" 로버트가 흥미를 보이며 말했다.

  "그냥 몸만 오면 돼." 닉이 말했다. "장비는 내게 충분해."

  "내 낚싯대를 써." 조앤이 말했다.

  "하지만 그러면 네가 낚시를 못하잖아." 로버트가 말했다. 그리고 갑자기 낚시에 대한 대화는 그걸로 끝이 났다. 보트에 몇 시간을 함께 앉아 있을 생각만으로도 자신과 로버트 둘 다 마음이 불편하다는 걸 닉은 알았다. 아니, 솔직히 말해 닉은 이들과 일 년에 두 번 여기 멋진 부엌에 앉아 아침을 먹고 커피를 마시며 잠시 이야기를 하는 이상의 관계를 상상할 수가 없었다. 그걸로 충분했고, 둘과 함께하는 시간도 그 정도면 충분했다. 그 이상의 관계는 있을 수 없었다. 최근 닉은 이따금씩 시애틀에 당일치기로 놀러가자는 조앤의 제안을 거절하곤 했다. 저녁에 조앤이 캐럴과 로버트를 만나 커피 한잔을 하고 싶어할 게 뻔했기 때문이다. 닉은 핑계를 대고 집에 있곤 했다. 자신이 관리하는 목재 집하장 일이 너무 바빠서 안 되겠다고 말했다. 언젠가 조앤은 캐럴과 로버트 집에서 자고 왔고, 조앤이 집에 돌아온 후 며칠 동안 닉은 그녀가 소원해지고 홀로 생각에 잠긴 듯하다고 느꼈다. 닉이 친구를 만나 어땠느냐고 묻자 조앤은 좋았다고, 저녁식사를 하고 늦게까지 앉아 이야기를 했노라고 대답했다. 닉은 그들이 빌 데일리에 대해 이야기했으리라는 걸 알았다. 그들이 그랬음을 확신했고, 그 때문에 자신이 몇 주씩 짜증을 내는 걸 깨달았다. 하지만 그들이 데일리 이야기를 한다고 뭐가 문제란 말인가? 조앤은 이제 닉과 함께였다. 한때 닉은 조앤을 위해서라면 살인도 마다않을 정도였다. 닉은 여전히 조앤을 사랑하고 조앤도 닉을 사랑하지만, 이제 닉은 전처럼 강박적이지 않았다. 이제 닉은 조앤을 위해 살인까지 할 마음은 없었고, 처음에 어째서 그런 생각까지 들었는지 이해하기가 어려웠다. 닉은 조앤 또는 누가 되었든 간에, 그 사람을 위해 다른 사람을 죽일 가치까지는 없다고 생각했다.

조앤이 일어나 식탁에서 접시들을 치우기 시작했다. "도와줄게." 캐럴이 말했다.

닉은 마치 자기가 했던 생각이 조금 부끄럽다는 듯 조앤의 허리에 팔을 두르더니 꽉 껴안았다. 닉의 의자 가까이에 가만히 서 있던 조앤은 닉이 자신을 껴안게 가만히 있었다. 이윽고 조앤의 얼굴이 살짝 붉어지더니 조금 움직였고, 닉은 그녀를 놓아주었다.

아이들이, 제니와 메건이 문을 열더니 스케이트보드를 들고 부엌으로 뛰어들어왔다. "길 저쪽에 불이 났어요." 제니가 말했다.

"누군가의 집에 불이 났어요." 메건이 말했다.

"불? 정말로 불이라면 가까이 가지 마." 캐럴이 말했다.

"소방차 소리를 못 들었는데. 소방차 소리 들었어?" 조앤이 말했다.

"나도 못 들었어." 로버트가 말했다. "너희는 이제 가서 놀아라. 우리는 얼마 안 있어 떠날 거야."

닉은 퇴창으로 가서 주위를 둘러보았지만 평소와 다른 일은 없어 보였다. 이렇게 맑고 화창한 오전 열한시에 근처에서 불이 났다니, 이해할 수가 없었다. 게다가 경고음도 없었고, 구경꾼들이 탄 차도 보이지 않았고, 벨이나 사이렌 또는 공기제동기의 쉿쉿 소리도 들리지 않았다. 아무래도 아이들이 장난을 친 듯했다.

"멋진 아침식사였어. 정말 맘에 들어. 누워서 좀 잤으면 좋겠어." 캐럴이 말했다.

"그러면 되잖아. 위층에 남는 방이 있어. 아이들을 놀게 하고 너희는 한잠 자다 가." 조앤이 말했다.

"가서 자. 괜찮아." 닉이 말했다.

"캐럴은 그냥 농담한 거야." 로버트가 말했다. "우린 그럴 수 없어. 안 그래, 캐럴?" 로버트가 캐럴을 보았다.

"응, 그래, 진심이 아니었어." 캐럴이 말하고 소리 내어 웃었다. "하지만 언제나처럼 모든 게 너무나 좋았어. 샴페인이 없는 샴페인 브런치."

"최고의 브런치지." 닉이 말했다. 닉은 육 년 전에 음주운전으로 체포된 뒤로 술을 끊었다. 닉은 누군가와 함께 '알코올중독자 모임'에 갔고, 그곳이 자신을 위한 곳이라는 생각이 들어 매일 나가게 됐다. 어떤 때는 하룻밤에 두 번씩 그 모임에 가기도 했다. 두 달간 나간 뒤엔, 닉 말에 따르면 술을 마시고 싶은 욕구라는 게 아예 처음부터 없었다는 듯 싹 사라졌단다. 하지만 지금까지도, 닉은 술을 마시지 않으면서도 가끔씩 그 모임에 나가곤 했다.

"술 이야기가 나와서 말인데, 조앤, 당신 해리 슈스터 기억해? 닥터 해리 슈스터라고. 지금은 골수이식을 하는 사람 말이야. 어떻게냐고는 묻지 말고. 어쨌든, 그 사람이 자기 아내와 싸우던 크리스마스 파티 기억해?" 로버트가 말했다.

"메릴린. 메릴린 슈스터. 오랫동안 그 여자를 잊고 있었네." 조앤이 말했다.

"메릴린, 그래, 맞아." 로버트가 말했다. "해리는 메릴린이 술을 너무 많이 마시고 다른 남자에게 추파를……"

로버트는 잠시 말을 끊고 조앤이 "빌 말이지"라고 말하길 기다렸다.

"빌, 맞아." 로버트가 말했다. "어쨌든, 처음에는 둘이 말다툼을 하더니 이윽고 메릴린이 거실 바닥에 차 열쇠를 던지며 '그럼 당신이 운전해. 그렇게 안전하고, 멀쩡하고, 술에 안 취했으면 말이야' 하고 말하더군. 그래서 해리는, 해리가 병원에서 인턴으로 근무하고 있었기 때문에 둘은 각자 차를 가지고 왔는데, 밖으로 나가더니 메릴린 차를 두 블록 몰고 가서 주차를 한 다음 다시 돌아와 자기 차를 몰고 두 블록 가서 주차하고, 메릴린 차로 걸어와 다시 두 블록 몰고, 자기 차로 걸어와 조금 더 가고, 주차하고 메릴린 차로 걸어와 두 블록 더 가고, 계속 그랬어."

그들 모두 소리 내어 웃었다. 닉도 웃었다. 재미있는 이야기였다. 닉은 살면서 술에 얽힌 이야기를 많이 들었지만 이렇게 웃긴 이야기는 처음이었다.

"어쨌든, 짧게 말하자면, 둘의 말에 따르면 해리는 그런 식으로 집까지 차 두 대를 운전해 왔어. 5마일을 운전하는 데 두세 시간이 걸렸지. 그리고 집에 와보니 메릴린이 술잔을 들고 식탁 앞에 앉아 있었어. 누군가가 메릴린을 집까지 태워다준 거야. 해리가 문으로 들어서자 메릴린은 '메리 크리스마스'라고 말했고, 내 생각에 해리는 메릴린을 때려눕히지 않았을까 싶어." 로버트가 말했다.

캐럴이 휘파람을 불었다.

조앤이 말했다. "둘이 안 어울리는 건 누가 봐도 분명했어. 둘은 잘못된 길을 가고 있었어. 일 년 뒤 둘이 같은 크리스마스 파티에 왔는데, 이번에는 각자 다른 파트너랑 왔더라고."

닉이 말했다. "오랫동안 음주운전을 했는데, 난 단 한 번만 걸렸어." 닉은 고개를 저었다.

"운이 좋았던 거야." 조앤이 말했다.

"운이 좋았다면, 그건 길을 가던 다른 운전자가 운이 좋았던 거야." 로버트가 말했다.

"난 하룻밤을 감옥에 갇혔어. 그걸로 충분했어. 그러고서 술을 끊었지. 사실, 사람들이 해독실이라 부르는 곳에 있었어. 이튿날 아침 의사가 회진을 하더군. 포레스터라는 이름의 의사였어. 작은 검사실로 한 명씩 불러 대충 살펴보더군. 펜라이트로 눈동자를 보고, 주먹을 쥐어봐라, 손바닥을 펼쳐봐라 하고, 맥을 짚고, 심장박동을 들었어. 술 마시는 것에 대해 간단하게 훈계를 하고, 오전 언제쯤에 풀려날지 이야기해줬지. 그 사람이 말하길 난 열한시에 풀려날 거라더군. 내가 말했지. '의사 선생님, 더 일찍 나갈 수는 없을까요?' 의사가 말했지. '왜 그리 서두르지?' 내가 말했어. '열한시까지는 교회에 가 있어야 하거든요. 결혼을 해야 해서요.'" 닉이 말했다.

"의사가 뭐랬어?" 캐럴이 말했다.

"의사는 '여기서 당장 나가. 하지만 이번 일을 잊지 말고. 알아들어?'라고 말했지. 그리고 나는 잊지 않았어. 나는 술을 끊었어. 심지어 그날 오후에 있었던 결혼 피로연에서도 술을 마시지 않았어. 입에 술 한 방울 대지 않았어. 따끔한 교훈을 얻었거든. 너무나 무서웠어. 어떤 때는 그런 식으로, 신경계에 제대로 충격이 가해지면서 사는 방식이 완전히 달라지곤 하지."

"어릴 때 동생이 음주운전하는 차에 치여 하마터면 죽을 뻔했어. 동생은 아직도 몸에 철심이 박혀 있고, 금속으로 된 보행보조기를 써야 해." 로버트가 말했다.

"커피 더 마실 사람. 마지막이야." 조앤이 말했다.

"조금만 더 마실까." 캐럴이 말했다. "이제 정말로 애들을 불러 갈 준비를 해야겠어."

닉은 창밖을 바라보았다. 거리로 차 몇 대가 지나가는 게 보였다. 사람들이 인도를 따라 바삐 걸어갔다. 닉은 제니와 다른 아이가 화재에 대해 한 말이 떠올랐다. 하지만 정말이지, 만약 불이 났다면 사이렌과 소방차 소리가 들려야 하지 않겠는가? 닉은 일어나려다가 말았다.

"제정신이 아니었지." 닉이 말했다. "내가 아직 술을 마시고 있을 때 소위 알코올성 간질이라는 게 왔어. 나는 쓰러졌고, 커피테이블에 머리를 부딪혔지. 다행히도 그 일이 일어났을 때 나는 진료실에 있었어. 진료실 침대에서 정신이 들었고, 그때 내 아내였던 페기가 의사, 간호사와 함께 나를 내려다봤어. 페기는 내 이름을 부르고 있었지. 나는 머리에 붕대를 잔뜩 감고 있었어. 터번 같았지. 의사가 말하길, 이번 발작은 시작일 뿐이고 내가 술을 계속 마시면 계속 발작이 일어날 거라더군. 나는 무슨 말인지 알아들었다고 했어. 하지만 그냥 말뿐이었지. 술을 끊을 마음은 없었어. 나는 나 자신 그리고 아내에게 내가 정신을 잃은 건 신경성 스트레스가 심해서였을 뿐이라고 말했어.

하지만 그날 저녁, 페기와 난 파티를 열어야 했어. 이 주 정도 준비한 파티였거든. 마지막 순간에 취소를 해서 모두를 실망시킬 수는 없었어. 어떻게 그래? 그래서 우리는 계획대로 파티를 했고, 모두가 왔고, 나는 여전히 머리에 붕대를 하고 있었지. 그날 저녁 내내 내 손에는 보드카 잔이 있었지. 사람들에게는 자동차 문에 머리를 찧었다고 말했어."

"그뒤로 얼마나 오랫동안 술을 마셨어?" 캐럴이 말했다.

"꽤 오래. 일 년 정도. 그날 밤이 되기 전까지."

"내가 만났을 때 닉은 술을 안 마셨어." 조앤이 말하더니 마치 말하지 말아야 할 것을 말했다는 듯 얼굴을 붉혔다.

닉은 조앤의 목에 손을 올렸다. 조앤의 목에 놓인 머리카락 몇 가닥을 잡고는 두 손가락으로 문질렀다. 창밖 인도로 사람들이 더 지나갔다. 대부분은 외투를 입지 않았다. 어떤 남자는 어깨에 어린 여자아이를 태우고 지나갔다.

"조앤을 만나기 일 년 전쯤에 술을 끊었어." 마치 그들이 알아야 한다는 듯이 닉이 말했다.

"애들에게 당신 형에 대해서 말해줘, 자기야." 조앤이 말했다.

닉은 처음에는 아무 말도 하지 않았다. 닉은 조앤의 목을 문지르는 것을 멈추었고, 손을 치웠다.

"무슨 일이 있었는데?" 로버트가 몸을 앞으로 기울이며 말했다.

닉이 고개를 저었다.

"뭔데?" 캐럴이 말했다. "닉? 괜찮아. 말하고 싶으면 말해."

"그런데 어쩌다가 이런 이야기를 하게 됐지?" 닉이 말했다.

"당신이 꺼냈잖아." 조앤이 말했다.

"무슨 일이 있었냐면, 나는 술을 끊으려고 애쓰는 중이었고, 집에서는 도저히 가능할 것 같지가 않았어. 그렇다고 병원이나 재활원 같은 곳에 가기는 싫었고. 그런데 형에게 여름용 별장이 있었지. 당시는 10월이라 쓰지 않는 곳이었고. 그래서 형에게 전화를 해서 내가 그곳에 한두 주 정도 머물며 몸을 좀 추슬러도 되겠느냐고 물었지. 처음에는 된다고 하더군. 나는 여행가방을 꾸리기 시작했고 가족이 있어서, 도움을 받을 수 있는 형이 있어서 다행이라는 생각이 들었어. 하지만 곧 다시 전화벨이 울리더군. 형이었어. 형이 말하길 그 문제에 대해 형수와 상의했다며 뭐라고 말을 해야 할지 모르겠다고, 미안하다더군. 내가 그곳에 불을 낼까 형수가 걱정을 한다나. 형은 내가 담배를 피우다가 잠이 들 수도 있고, 레인지 불을 안 끄고 집을 나갈 수도 있다고 했어. 어쨌든 내가 집에 불을 낼까봐 두려워했고, 미안하지만 나를 그곳에 머물게 할 수 없다고 했어. 그래서 나는 알았다고 말한 뒤 짐을 풀었지."

"와. 네 친형이 그랬단 말이야? 널 버렸다는 거네. 친형이." 캐럴이 말했다.

"만약 내가 형이었다면 어떻게 했을지 모르겠어." 닉이 말했다.

"당신이라면 부탁을 들어줬을 거야." 조앤이 말했다.

"음, 아마 그랬겠지." 닉이 말했다. "그래. 나라면 형을 머물게 했을 거야. 집이 뭐가 그리 대단한데? 그러라고 있는 거잖아? 집은 보험을 들면 되잖아."

"꽤 놀라운 이야기네." 로버트가 말했다. "그래서 형이랑은 요즘 어떻게 지내?"

"이런 말 하는 게 마음 아프지만, 안 만나. 얼마 전 형이 돈을 빌려달라고 연락해서 내가 빌려줬고, 형은 갚는다고 약속한 때 돈을 갚았어. 하지만 우리는 오 년 정도 서로 만나지 않았어. 형수를 안 본 건 그보다 더 오래되었고."

"이 사람들 전부 다 어디서 오는 거야?" 조앤이 말했다. 조앤은 일어나 창가로 가 커튼을 쳤다.

"아이들이 화재에 대해 말했잖아." 닉이 말했다.

"말도 안 돼. 화재가 났을 리 없어. 안 그래?" 조앤이 말했다.

"무슨 일인가 일어났어." 로버트가 말했다.

닉은 현관으로 가 문을 열었다. 차 한 대가 속력을 줄이더니 집 앞에 주차했다. 다른 차가 오더니 길 건너편에 주차했다. 몇 명이 작게 무리지어 인도를 따라 걸어갔다. 닉이 마당으로 나갔고, 조앤, 캐럴, 로버트가 그 뒤를 따랐다. 닉은 거리를 살폈다. 연기, 모여 있는 사람들, 소방차 두 대가 보였고 교차로에 경찰차 한 대가 주차해 있었다. 소방관들이 집을 향해 호스를 겨냥하고 있었다. 닉은 그쪽을 보는 순간 그 집이 카펜터네라는 걸 알았다. 벽에서 검은 연기가 뿜어나왔고, 지붕 위로 불꽃이 너울댔다. 닉이 말했다. "맙소사, 정말로 불이 났어. 아이들 말이 맞았어."

"왜 우리는 아무 소리도 못 들었지?" 조앤이 말했다. "무슨 소리 들었어? 난 아무 소리도 못 들었어."

"가서 아이들이 어떤지 봐야겠어, 로버트." 캐럴이 말했다. "애들이 거기로 갔을지도 몰라. 어쩌면 너무 가까이 가 있을 수도 있어. 무슨 일이 일어날지도 몰라."

넷은 인도를 걸어가기 시작했다. 느긋하게 걸어가는 사람들과 마주쳐 그들과 함께 걸어갔다. 닉은 마치 자기들이 소풍을 나온 것 같은 느낌이 들었다. 하지만 그들은 불타는 집에서 눈을 떼지 않았고, 화염이 이글거리며 뻗어나오는 지붕 위로 소방관들이 물을 뿌리는 것을 구경했다. 어떤 소방관은 호스를 잡고 앞창을 통해 물을 뿌렸다. 검은색 긴 외투와 무릎까지 올라오는 부츠 차림에 헬멧을 쓰고 턱끈을 맨 소방관 한 명이 도끼를 든 채 집 뒤쪽으로 돌아가고 있었다.

넷은 사람들이 서서 구경하고 있는 곳으로 갔다.

경찰차가 길 한가운데에 비스듬하게 주차해 있었고, 불이 집 벽을 찢어발기는 소리 속에서 경찰차 안에서는 지지직거리는 무선음이 들렸다. 이윽고 닉이 두 아이를 발견했다. 아이들은 스케이트보드를 들고 구경꾼들 앞쪽에 서 있었다. 닉이 로버트에게 말했다. "저기 있어. 저기. 보여?"

넷은 미안하다고 계속 말하며 사람들 틈을 헤치고 아이들 옆으로 갔다.

"말했잖아요. 맞죠?" 제니가 말했다. 메건은 한 손에 스케이트보드를 들고 서서 다른 손 엄지손가락을 입에 넣고 있었다.

"무슨 일이 일어난 건가요?" 닉이 곁에 있던 여자에게 말했다. 여자는 햇빛 차단용 모자를 쓰고 담배를 피우고 있었다.

"방화라네요. 저는 그렇게 들었어요." 여자가 말했다.

"만약 범인들을 잡는다면, 죽여버려야 해요. 아니면 어디 가두고 열쇠를 버리든지. 이 집 사람들은 멕시코 여행중이고, 돌아오면 살 곳이 없어졌다는 사실을 몰라요. 연락이 안 닿는다더군요. 불쌍한 사람들. 상상이 가세요? 돌아왔는데 살던 집이 사라지고 없는 거예요." 여자 옆에 있던 남자가 말했다.

"무너진다!" 도끼를 든 소방관이 말했다. "물러서요!"

아무도 소방관이나 집 가까이에 있지 않았다. 하지만 사람들은 뒤로 물러섰고, 닉은 점점 긴장되는 걸 느꼈다. 누군가 외쳤다. "오, 맙소사. 맙소사."

"저것 봐." 다른 누군가가 말했다.

닉은 열심히 불을 바라보고 있는 조앤 옆으로 조금씩 다가갔다. 조앤의 이마 쪽 머리털이 축축해 보였다. 그는 조앤을 껴안았다. 그러면서 자신이 그날 아침에만 적어도 세 번은 그렇게 조 앤을 껴안았다는 사실을 깨달았다.

닉은 로버트 쪽으로 고개를 살짝 돌렸고, 로버트가 집이 아닌 자기를 지켜보고 있는 걸 알고 깜짝 놀랐다. 로버트의 얼굴은 상 기되었고 굳어 있었다. 마치 이 모든 일―방화, 구금, 배반, 간통, 확립된 질서의 전복―이 닉의 탓이며 그가 책임져야 할 일이라 는 듯한 표정이었다. 닉은 조앤에게 팔을 두른 채 로버트를 쏘아 보았다. 마침내 로버트의 얼굴에서 붉은 기가 가셨다. 로버트는 눈을 내리깔았다. 다시 시선을 들었을 때 로버트는 닉을 보지 않 았다. 로버트는 마치 아내를 보호하려는 듯, 캐럴에게 다가갔다.

닉과 조앤은 불을 바라보며 계속 서로를 안고 있었지만, 조앤 이 멍하니 닉의 어깨를 두드리자 닉은 가끔씩 느끼던 익숙한 기 분을 느꼈다. 조앤이 무슨 생각을 하는지 모르겠다는 느낌이 들 었다.

"무슨 생각 해?" 닉이 조앤에게 물었다.

"빌을 생각했어." 조앤이 말했다.

닉은 계속 조앤을 껴안고 있었다. 조앤은 잠시 아무 말도 하지 않다가, 말했다. "있지, 난 때때로 빌을 생각해. 어쨌든 내 첫사 랑이었으니까."

닉은 여전히 조앤을 껴안고 있었다. 조앤은 닉의 어깨에 머리 를 기대고 불타오르는 집을 계속 지켜보았다.

내가 필요하면 전화해

그해 봄 우리는 서로 다른 사람을 만났지만, 6월이 오고 방학이 되자 여름 동안 집을 세놓고 팰로앨토를 떠나 캘리포니아 북쪽의 해안 지역으로 가기로 했다. 우리 아들 리처드는 워싱턴 주 패스코에 있는 외할머니 집에서 여름을 지내며 일을 해 가을에 시작하는 대학 등록금을 모을 계획이었다. 리처드의 외할머니는 우리집 사정을 알았고 아이가 도착하기 오래전부터 아이가 지낼 곳과 일할 곳을 마련해두었다. 농부인 친구에게 말해 리처드가 건초를 꾸리고 울타리를 치는 일을 할 수 있도록 다짐을 받아둔 것이다. 힘들겠지만 리처드는 그 일을 기대하고 있었다. 리처드는 고등학교 졸업식 다음날 버스를 타고 떠났다. 나는 아이를 버스 터미널까지 데려다준 뒤 주차를 하고 안에 들어가 버스가 떠나기 전까지 함께 앉아 있었다. 낸시는 이미 아이를 안고 울면서 작별 키스를 했고, 도착하면 할머니에게 전해주라며 긴 편지를 건넸다. 이제 낸시는 집에서 우리가 이사하기 위한 마지막 짐을 꾸리고 집에 세들어올 부부를 기다리고 있었다. 나는 리처드에게 표를 사주었고, 우리는 터미널 벤치에 앉아 기다렸다. 버스터미널로 가면서 우리는 앞으로 어떻게 될지에 대해 잠깐 이야기를 나누었다.

"엄마와 이혼하실 건가요?" 리처드가 물었다. 토요일 아침이어서 차가 많지 않았다.

"가능하면 안 할 생각이야." 내가 말했다. "우리 둘 다 원하지 않거든. 그래서 여름 동안 여길 떠나 아무도 만나지 않으려는 거고. 그래서 여름 동안 집을 세주고 유리카에 있는 집을 빌린 거야. 내가 보기엔 네가 여길 떠나는 이유도 그 때문인 듯하고 말이야. 어쨌든 그런 이유도 있겠지. 네가 주머니를 두둑하니 불려서 집에 돌아올 거라는 사실은 말할 필요도 없고. 우리는 이혼을 원하지 않아. 우리는 여름 동안 둘만 있으면서 일을 해결하고 싶어."

"아직도 엄마를 사랑하세요? 엄마는 아빠를 사랑한다고 했어요." 아들이 말했다.

"물론 사랑하지." 내가 말했다. "너도 지금쯤이면 그걸 알았어야지. 우린 그냥 남들과 마찬가지로 공통의 문제와 무거운 책임이 있고, 이제 둘이서 그것을 해결할 시간이 필요할 뿐이야. 하지만 우리 걱정은 하지 말고. 너는 그냥 그곳에 가서 여름을 잘 보내며 열심히 일하고 돈을 모으면 돼. 그리고 방학이라는 사실도 잊지 말고. 낚시할 기회가 생기면 놓치지 마. 거긴 낚시하기 좋은 곳이거든."

"수상스키도요. 전 수상스키를 배우고 싶어요." 리처드가 말했다.

"난 수상스키를 타본 적이 없구나. 날 대신해 즐겨주렴. 알았지?" 내가 말했다.

우리는 버스 터미널 안에 앉아 있었다. 나는 무릎에 신문을 올려놓았고, 리처드는 졸업앨범을 보았다. 마침내 버스가 출발을 알렸고, 우리는 일어났다. 나는 리처드를 안고 말했다. "걱정 마, 걱정 마. 네 차표는 어딨지?"

아이는 외투 주머니를 툭툭 치더니 여행가방을 집어들었다. 나는 사람들이 줄을 선 곳까지 아이와 함께 걸어갔고, 다시 한번 아이를 안아주고 뺨에 키스한 뒤 작별인사를 했다.

"안녕, 아빠." 아이가 말하고 등을 돌렸기에 나는 아이의 눈물을 볼 수 없었다.

나는 차를 몰고 집으로 왔다. 거실에 짐 상자와 여행가방들이 보였다. 낸시는 자신이 찾아낸, 여름 동안 우리집을 쓸 젊은 부부와 부엌에서 커피를 마시고 있었다. 수학 전공 대학원생인 그들의 이름은 제리와 리즈였다. 나는 이미 며칠 전에 그들을 한번 만났지만, 다시 악수를 나누고 나서 낸시가 따라준 커피를 마셨다. 우리는 식탁에 둘러앉아 커피를 마셨고, 낸시는 주의해야 할 사항 또는 월초나 월말에 맞춰 해야 할 일, 어디로 우편물을 보내야 하는지 따위를 부부에게 알려줬다. 낸시의 얼굴이 굳어 있었다. 정오가 가까워지며 커튼 사이로 들어온 햇빛이 식탁에 떨어졌다.

마침내 모든 설명이 끝난 듯해서, 나는 셋을 부엌에 두고 차에 짐을 싣기 시작했다. 우리가 갈 곳은 가구부터 그릇이며 요리도구까지 다 갖춰져 있었기에 이 집에서 여러 가지를 가져갈 필요 없이 꼭 필요한 몇 가지만 챙기면 되었다.

나는 삼 주 전에 팰로앨토에서 북쪽으로 350마일 떨어진 캘리포니아 북쪽 해안의 유리카까지 운전을 해 가구가 딸린 집을 빌렸다. 나는 내가 만나는 여자인 수전과 함께 그곳에 갔다. 우리는 마을 외곽에 있는 모텔에서 사흘 밤을 머물렀고, 그동안 신문 광고를 살피고 부동산 중개업자들을 만났다. 수전은 내가 삼 개월치 임대료를 치르기 위해 수표를 적는 모습을 지켜보았다. 나중에 모텔로 돌아와 침대에 누웠을 때, 수전은 자기 손을 이마에 대고 말했다. "당신 아내에게 질투가 나. 낸시에게 질투가 나. '다른 여자'에 대해 항상 사람들이 하는 이야기를 들었고, 조강지처의 특권이며 힘 따위에 대해 들어보긴 했지만 전에는 그게 무슨 뜻인지도 몰랐고 신경도 안 썼어. 그런데 이제 알겠네. 난 낸시에게 질투가 나. 이번 여름에 낸시가 당신과 함께 그 집에서 보낼 시간이 질투나. 그게 나였으면 좋겠어. 우리였으면 좋겠어. 휴, 정말로 그게 우리였으면 좋겠어. 정말 초라해진 느낌이야." 수전이 말했다. 나는 수전의 머리를 쓰다듬었다.

낸시는 키가 크고 다리가 길고 머리털과 눈은 갈색이며 성격이 온화했다. 하지만 최근 들어 우리는 온화함과 활기를 잃어갔다. 낸시가 만나던 남자는 내 동료로, 말쑥하고 스리피스 정장에 넥타이를 하고 다니는 이혼남이었다. 머리는 희끗희끗 세고 있었으며, 술을 너무 많이 마신 탓에 학생들 말에 따르면 수업시간에 가끔 손을 떨기도 하는 인물이었다. 그와 낸시는 명절 파티중에 만나 불륜을 저지르게 되었다. 낸시가 내 불륜을 알고 얼마 되지 않은 때였다. 이제는 모두 지겹고 재미없는 이야기로 들리지만(사실 지겹고 재미없는 이야기이다) 지난봄 동안은 심각한 문제였고, 우리는 이 일에 모든 에너지와 집중력을 소모한 탓에 다른 일을 전혀 할 수 없었다. 4월 말 언젠가 우리는 집을 세놓고 여름 동안 우리 둘만 어디론가 가서, 가능하다면 원래 상태로 돌아가기 위해 애써보자는 계획을 세웠다. 우리는 각자의 상대에게 전화를 하거나 편지를 하거나 어떤 식으로든 연락을 하지 않는다는 데 동의했다. 그래서 우리는 리처드를 위해 준비를 하고 우리집에 세들어올 부부를 찾았고, 나는 지도를 보고 샌프란시스코에서 북쪽으로 차를 몰고 가 유리카를 찾은 뒤, 점잖은 중년

부부에게 여름 동안 가구 딸린 집을 빌려줄 부동산 중개업자를 알아냈다. 내 기억으로는, 수전이 차에서 담배를 피우며 관광 안내책자를 읽는 동안 부동산 중개업자에게 '제2의 신혼여행'이라는 표현까지 썼다. 신이여 나를 용서하시길.

나는 여행가방, 자루, 상자 들을 트렁크와 뒷좌석에 다 실었고, 낸시가 현관에서 마지막으로 작별인사를 하는 동안 기다렸다. 낸시는 젊은 부부 둘 다와 악수를 하고 돌아서서 차로 왔다. 나는 부부에게 손을 흔들었고, 그들도 손을 흔들었다. 낸시가 차에 타고 문을 닫았다. 낸시가 말했다. "가." 나는 차에 기어를 넣고 고속도로로 향했다. 고속도로 직전의 신호등 앞에서 우리는 머플러를 질질 끌고 불꽃을 튀기며 고속도로에서 나오는 차 한 대를 보았다. 낸시가 말했다. "저것 봐. 저러다 불나겠네." 우리는 기다렸고, 그 차가 갓길로 가서 멈추는 모습을 지켜보았다.

우리는 서배스터폴 근처, 고속도로를 벗어난 곳에 있는 작은 카페에 들러 쉬었다. 간판에는 'Eat and Gas'*라고 적혀 있었다. 우리는 간판을 보며 소리 내어 웃었다. 나는 카페 앞에 차를 세웠고, 우리는 안으로 들어가 뒤쪽 창문 근처 테이블에 앉았다. 우리가 커피와 샌드위치를 주문한 뒤, 낸시는 집게손가락을 테

---

* '먹고 휘발유를 채우십시오'라는 뜻과 '먹고 방귀를 뀌십시오'라는 두 가지 뜻으로 해석할 수 있다.

이블에 대고 나뭇결을 따라 손가락을 움직이기 시작했다. 나는 담배에 불을 붙이고 밖을 바라보았다. 그때 뭔가 재빨리 움직이는 게 보였다. 자세히 보니 창문 옆 덤불에 벌새가 있었다. 벌새는 날개가 부옇게 보일 정도로 빠르게 퍼덕였고, 덤불에 난 꽃에 계속 부리를 넣었다 뺐다 했다.

"낸시, 봐. 저기 벌새가 있어." 내가 말했다.

하지만 그 순간 벌새는 날아가버렸고, 낸시가 돌아보더니 말했다. "어디에? 안 보여."

"방금 날아가버렸어." 내가 말했다. "봐, 저기 보이네. 다른 놈인 거 같아. 다른 벌새야."

벌새를 지켜보는 동안 웨이트리스가 우리가 주문한 음식을 가지고 왔고, 그 움직임에 놀란 벌새는 건물을 돌아 시야에서 사라졌다.

"저건 좋은 신호야. 벌새 말이야. 벌새는 행운을 가져다준대." 내가 말했다.

"나도 어디선가 그런 말을 들은 듯해. 어디서 들었는지는 모르겠지만, 들었어. 우리에게는 행운이 필요하니까. 안 그래?" 낸시가 말했다.

"저건 좋은 신호야. 우리가 여기에 들러서 다행이야." 내가 말했다.

낸시가 고개를 끄덕였다. 낸시는 잠시 기다렸다가 샌드위치를 한입 베어먹었다.

우리는 어두워지기 직전에 유리카에 도착했다. 수전과 내가
이 주 전에 사흘 밤을 머물렀던 고속도로변의 모텔을 지났고, 고
속도로를 빠져나와 마을이 내려다보이는 언덕으로 난 길을 따라
올라갔다. 내 주머니에 집 열쇠가 있었다. 언덕을 넘어 1마일쯤
가자 주유소와 식료품점이 있는 작은 교차로가 나왔다. 앞쪽 계
곡으로는 숲이 우거진 산들이 있었고, 주위는 온통 목초지였다.
소 몇 마리가 주유소 뒤쪽 들판에서 풀을 뜯고 있었다. 낸시가
말했다. "예쁜 시골이네. 어서 집을 보고 싶어."

"거의 다 왔어. 이 길을 따라가서, 저기만 넘어가면 돼." 잠시
뒤 내가 말했다. "여기야." 나는 양쪽으로 울타리가 쳐진 기다란
진입로에 차를 세웠다. "여기야. 다 왔어. 어때?" 나는 수전과 함
께 이 진입로에 잠시 멈췄을 때도 같은 질문을 했다.

"멋지네." 낸시가 말했다. "멋지네. 멋져. 내리자."

우리는 앞마당에 잠시 서서 주위를 둘러보았다. 그러고는 현관
계단을 올라갔고, 나는 현관문을 따고 불을 켰다. 우리는 집으로
들어갔다. 안에는 작은 침실이 두 개, 욕실 하나, 낡은 가구가 있
는 거실, 벽난로, 계곡이 내다보이는 커다란 부엌이 있었다.

"맘에 들어?" 내가 말했다.

"정말 끝내준다." 낸시가 말하고는 싱긋 웃었다. "당신이 여길

발견해 기뻐. 우리가 여기 있어서 기뻐." 낸시는 냉장고를 열더니 손가락으로 선반을 쓱 훑었다. "다행히도 충분히 깨끗한 듯하네. 청소를 할 필요가 없겠어."

"침대 시트까지 전부 깨끗해. 내가 확인했어. 확실해. 집주인이 빌려줄 때 확인시켜주더라고. 심지어 베개도. 베개 커버도." 내가 말했다.

"장작을 좀 사야겠네." 낸시가 말했다. 우리는 거실에 서 있었다. "이런 밤에는 벽난로에 불을 피우고 싶을 거야."

"내일 장작을 구할 수 있는지 알아볼게. 그리고 쇼핑도 하고 마을도 구경하자." 내가 말했다.

낸시는 나를 빤히 보더니 말했다. "우리가 여기 있어 기뻐."

"나도 그래." 내가 말했다. 내가 두 팔을 벌리자 낸시가 내 품에 들어왔다. 나는 낸시를 꼭 껴안았다. 낸시가 떠는 게 느껴졌다. 나는 낸시의 얼굴을 들어올리고 양볼에 키스했다. "낸시." 내가 말했다.

"우리가 여기 있어 기뻐." 낸시가 말했다.

다음 며칠 동안 우리는 그곳에 적응을 하고, 유리카 시내로 가서 걸어다니며 윈도쇼핑을 하고, 집 뒤 목초지를 가로질러 저멀리 숲이 있는 곳까지 하이킹을 했다. 우리는 식료품을 샀고, 나는 장작을 판다는 신문 광고를 보고 전화를 했다. 하루쯤 지나서 머리를 길게 기른 젊은이 둘이 픽업트럭 가득 오리나무를 싣고 오더니 간이차고에 쌓았다. 그날 밤, 저녁식사 뒤에 우리는 벽난로 앞에 앉아 커피를 마시며 개를 키우는 문제에 대해 이야기했다.

"난 강아지가 싫어. 우리가 쫓아다니며 깨끗하게 뒤처리를 해야 하고, 물건을 물어뜯어 망가뜨리잖아. 우린 그런 건 필요 없어. 하지만 다 큰 개라면 그래, 좋아. 우린 오랫동안 개를 키우지 않았잖아. 여기서라면 개를 키울 수 있을 거야." 낸시가 말했다.

"그러면 여름이 지나고, 우리가 돌아간 뒤에는?" 내가 말했다. 나는 질문을 바꿔 말했다. "도시에서 개를 어떻게 키울 건데?"

"두고봐야지. 우선은 개를 찾아보자. 적당한 녀석으로. 내가 직접 보기 전까지는 이거다 하는 걸 알 수 없어. 광고에서 찾아보고, 정 없으면 동물보호소로 가보자." 그렇게 우리는 며칠 동안 개에 대해 이야기하고, 차를 타고 가며 다른 사람들의 마당에 있는 개들을 가리키고, 개를 키우고 싶다고 말했지만, 끝내 아무런 행동도 하지 않았다. 우리는 개를 데려오지 않았다.

낸시는 자기 어머니에게 전화를 해 우리 주소와 전화번호를 알려주었다. 장모님은 리처드가 일을 하고 있으며 행복한 듯하다고 전해주었다. 당신도 잘 지냈다. 나는 낸시가 "우리는 잘 있어요. 여기 와 있는 게 효과가 좋네요"라고 말하는 걸 들었다.

7월 중순의 어느 날 우리는 바다 근처 고속도로를 운전해 갔고, 모래톱에 의해 바다로부터 고립된 석호를 보러 언덕길을 올라갔다. 해안에는 낚시하는 사람들이 몇몇 있었고, 바다에는 보트가 두 척 떠 있었다.

나는 갓길에 차를 대고서 말했다. "저 사람들이 뭘 잡는지 보러 가자. 어쩌면 우리도 장비를 구해 직접 낚시를 할 수 있을지 몰라."

"우리는 낚시 안 한 지 한참 됐잖아." 낸시가 말했다. "리처드가 어렸을 때 섀스타 산 근처에서 야영을 한 게 마지막이었어. 그때 기억해?"

"기억해." 내가 말했다. "그리고 낚시를 그리워해왔다는 것도 막 기억났어. 저기로 가서 뭘 낚는지 보자."

"송어." 한 남자가 내 질문에 대답해주었다. "컷스로트 송어, 무지개송어가 잡혀요. 심지어 스틸헤드 송어나 연어가 잡히기도 해요. 모래톱이 열리는 겨울이면 이곳에 왔다가 봄에 모래톱이 닫히면 갇히는 거죠. 놈들을 잡기에는 지금이 딱입니다. 오늘은 아직 한 마리도 못 잡았지만 지난 일요일에는 15인치쯤 되는 놈을 네 마리나 잡았어요. 세상에서 가장 맛있는 생선이지만, 워낙 힘이 좋아서 잡으려면 정말 힘듭니다. 보트를 타고 나간 사람들은 오늘 몇 마리 잡았지만 저는 아직까지 아무것도 잡지 못했습니다."

"미끼로는 뭘 쓰나요?" 낸시가 물었다.

"뭐든지요." 남자가 말했다. "벌레, 연어알, 옥수수 알갱이. 그냥 있는 걸 꺼내서 호수 바닥에 놔둡니다. 그리고 낚싯줄을 느슨하게 풀어두고 지켜보는 거죠."

우리는 그곳에 잠시 더 있으면서 그 남자가 낚시하는 것을 지켜보고, 작은 보트들이 칫칫거리며 석호를 오가는 걸 지켜보았다.

"고맙습니다. 행운이 있기를 빕니다." 내가 그 남자에게 말했다.

"당신에게도 행운이 있기를 빕니다. 두 분 모두에게 행운이 있기를." 남자가 말했다.

우리는 마을로 돌아오는 길에 스포츠용품점에 들러 낚시 면허*, 적당한 가격의 낚싯대와 감개, 낚싯줄, 낚싯바늘, 목줄, 봉돌, 통발을 샀다. 우리는 이튿날 아침에 낚시를 가기로 했다.

하지만 그날 밤 저녁식사를 마치고 설거지를 한 뒤 내가 벽난로에 불을 지피는데, 낸시가 고개를 젓더니 소용없을 거라고 말했다.

"왜 그런 말을 해? 무슨 뜻이야?" 내가 물었다.

"소용없을 거라고. 현실을 직시해." 낸시가 다시 고개를 저었다. "내일 아침에 낚시하러 가기도 싫고 개도 원하지 않아. 싫어. 개를 원하지 않아. 내가 원하는 건 어머니와 리처드를 만나러 가는 거야. 나 혼자서. 혼자 있고 싶어. 리처드가 보고 싶어." 낸시

---

* 미국에서 낚시를 하려면 주 정부가 발행하는 면허증을 사야 한다.

가 말하고 울기 시작했다. "리처드는 내 아들이야. 내 아기." 낸시가 말했다. "그리고 이제 거의 다 커서 떠났어. 그애가 보고 싶어."

"그리고 델, 델 슈레더도 보고 싶어? 당신 남자친구 말이야. 그자도 보고 싶어?" 내가 말했다.

"오늘밤 나는 모두가 그리워." 낸시가 말했다. "당신도. 지금까지 오랫동안 난 당신을 그리워했어. 난 당신이 너무도 그리웠지만, 어쨌든 이미 당신을 잃어버렸어. 설명을 할 수가 없네. 난 당신을 잃었어. 당신은 이제 내 것이 아니야."

"낸시." 내가 말했다.

"아냐, 아냐." 낸시가 말했다. 낸시는 고개를 저었다. 그녀는 벽난로 앞의 소파에 앉아 계속 고개를 저었다. "내일 비행기를 타고 가서 어머니와 리처드를 만나고 싶어. 내가 떠나면 당신은 당신 여자친구에게 전화를 걸 수 있어."

"난 안 그럴 거야. 그럴 마음이 없어." 내가 말했다.

"당신은 그 여자에게 전화할 거야." 낸시가 말했다.

"당신은 델에게 전화하고." 내가 말했다. 그렇게 말하니 참 쓰레기 같다는 생각이 들었다.

"당신 원하는 대로 해." 낸시가 소매로 눈물을 닦으며 말했다. "정말이야. 히스테릭하게 들리지 않았으면 좋겠어. 하지만 난 내일 워싱턴으로 갈 거야. 지금 당장은 잠을 잘래. 지쳤어. 미안해.

우리 둘 다에게 미안해, 댄. 하지만 이렇게 해도 소용없어. 오늘 낚시하던 그 사람, 그 사람은 우리에게 행운을 빈다고 했지." 낸시가 고개를 저었다. "나도 우리에게 행운이 있으면 좋겠어. 우리는 그게 필요할 거야."

낸시는 욕실로 들어갔고, 욕조에 물 받는 소리가 들렸다. 나는 밖으로 나가 현관 계단에 앉아 담배를 피웠다.

밖은 어둡고 조용했다. 마을을 바라보니 하늘에 희미한 빛이 어슴푸레 빛났고 계곡 위로는 바다 안개가 걸려 있었다. 나는 수전을 머릿속에 떠올렸다. 잠시 뒤 낸시가 욕실에서 나왔고, 침실 문이 닫히는 소리가 들렸다. 나는 안으로 들어가 벽난로에 장작을 하나 더 넣고 나무껍질에 불이 옮겨붙는 모습을 지켜보았다. 그러고는 다른 침실로 가서 이불을 젖히고 시트의 꽃문양을 물끄러미 바라보았다. 그러다가 샤워를 하고 파자마를 입은 뒤 다시 벽난로 앞에 가 앉았다. 이제 안개는 창밖에 있었다. 나는 벽난로 앞에 앉아 담배를 피웠다. 다시 창밖을 보았을 때, 안개 속에서 무엇인가가 움직였고 앞마당에서 풀을 뜯는 말 한 마리가 보였다.

나는 창가로 갔다. 말이 잠시 나를 보더니 다시 풀을 뜯었다. 다른 말이 차 옆을 지나 뜰로 들어오더니 풀을 뜯기 시작했다. 나는 현관등을 켰고, 창가에 서서 잠시 말들을 지켜보았다. 갈기가 길고 덩치가 큰 백마들이었다. 근처 어느 농장의 울타리를 넘거나 잠기지 않은 문을 빠져나온 모양이었다. 그러다가 어찌어찌 우리집 앞뜰까지 오게 된 것이다. 말들은 기뻐 장난질을 치며 탈출의 기쁨을 만끽했다. 하지만 초조해하기도 했다. 내가 서 있는 창문 안쪽에서도 말들 눈의 흰자위가 보였다. 말들은 풀을 우적우적 뜯으면서도 계속 귀를 쫑긋거렸다. 세번째 말이 어슬렁거리며 뜰로 왔고, 네번째 말도 왔다. 백마 무리가 우리집 앞뜰에서 풀을 뜯고 있었다.

나는 침실로 가서 낸시를 깨웠다. 낸시의 눈은 충혈되었고 눈두덩이 부어 있었다. 머리는 클립으로 말아올린 상태였고, 침대 발치 마룻바닥에는 여행가방이 열린 채 있었다.

"낸시, 여보. 이리 와서 앞마당에 있는 것 좀 봐. 이리 와서 좀 봐봐. 꼭 봐야 해. 못 믿을걸. 어서." 내가 말했다.

"뭔데?" 낸시가 말했다. "아프게 하지 마. 뭔데?"

"여보, 놓치면 안 돼. 아프게 하지 않을 거야. 겁을 줬다면 미안해. 하지만 이리 와서 이걸 꼭 봐야 해."

나는 다른 방으로 가서 창 앞에 섰고, 잠시 뒤 낸시가 가운을 여미며 들어왔다. 낸시가 창밖을 보더니 말했다. "세상에, 쟤들참 아름답다. 어디서 온 거야, 댄? 정말로 아름답다."

"근처 어딘가에 있다가 도망친 거 같아. 어느 농장에서겠지. 곧 보안관에게 연락해서 주인을 찾으라고 할 거야. 하지만 우선 당신에게 보여주고 싶었어." 내가 말했다.

"쟤네들이 물까?" 낸시가 말했다. "한 마리를 쓰다듬어주고 싶어. 방금 우리를 본 녀석을. 어깨를 토닥여주고 싶어. 하지만 물리고 싶진 않은데. 난 밖에 나가볼래."

"저놈들이 물지는 않을 거야. 무는 말처럼 보이지 않아. 하지만 밖에 나갈 거면 외투를 입어. 추워." 내가 말했다.

나는 파자마 위에 외투를 입고 낸시를 기다렸다. 그러고 나서 나는 현관문을 열었고, 우리는 밖으로 나가 말들이 있는 마당으로 걸어갔다. 말들은 모두 우리를 바라보았다. 두 마리는 다시 풀을 뜯었다. 다른 녀석들 가운데 한 마리는 푸르륵거리며 몇 걸음 물러섰다가, 마찬가지로 고개를 숙이고 풀을 뜯어 잘근거렸다. 나는 말 한 마리의 이마를 쓰다듬었고 어깨를 토닥였다. 녀석은 계속 풀을 씹었다. 낸시가 손을 뻗어 다른 말의 갈기를 쓰다듬기 시작했다. "말아, 어디서 왔니?" 낸시가 말했다. "어디 사니? 그리고 오늘밤 왜 나온 거니, 말아?" 낸시는 말하며 말의 갈기를 계속 쓰다듬었다. 말은 낸시를 보더니 입술 사이로 바람을 내뿜고서 다시 고개를 숙였다. 낸시는 그 말의 어깨를 쓰다듬었다.

"보안관을 부르는 게 나을 거 같아." 내가 말했다.

"아직, 잠시 연락하지 말자. 이런 건 다시 보지 못할 모습이잖아. 우리는 앞뜰에 말이 있는 걸 결코, 결코 다시는 보지 못할 거야. 잠시만 기다려, 댄." 낸시가 말했다.

잠시 뒤 낸시가 다른 말들에게 다가가 어깨를 토닥이고 갈기를 쓰다듬는 동안, 말 한 마리가 앞뜰에서 진입로로 들어가 차를 돌아 길로 나섰다. 나는 이제 전화를 해야 할 때라는 걸 알았다.

　얼마 뒤 보안관 차 두 대가 빨간불을 번쩍이며 안개 속에서 나타났고, 몇 분 뒤에는 양가죽 외투를 입은 남자가 뒤에 말 운반차를 연결한 픽업트럭을 몰고 나타났다. 이제 말들은 몸부림치며 도망치려 했고, 말 운반차를 가져온 남자가 욕을 해대며 말의 목에 밧줄을 걸려 했다.

　"다치게 하지 마세요!" 낸시가 말했다.

　우리는 집으로 들어가 창가에 서서 보안관들과 목장주가 말을 붙잡으려는 광경을 지켜보았다.

　"커피를 끓일게. 마시겠어, 낸시?" 내가 말했다.

　"내가 하고 싶은 걸 말해줄게. 난 들떠 있어, 댄. 충전된 듯한 느낌이야. 난 마치, 모르겠어, 하지만 지금 이 느낌이 좋아. 당신은 커피를 끓여. 그동안 나는 라디오에서 들을 만한 음악방송을 고를게. 그리고 당신은 다시 벽난로에 불을 지피고. 너무 흥분이 돼서 잠을 잘 수가 없어." 낸시가 말했다.

　그래서 우리는 벽난로 앞에 앉아 커피를 마시고 유리카에서 밤새 하는 라디오방송을 들으며 말에 대해, 그리고 리처드와 낸시의 어머니에 대해 이야기했다. 우리는 춤을 추었다. 현재 상황에 대해서는 아무 말도 하지 않았다. 창밖에는 안개가 걸려 있었고, 우리는 이야기를 하고 서로에게 다정히 대했다. 아침이 밝아올 때 나는 라디오를 껐고, 우리는 침대로 가 사랑을 나누었다.

이튿날 오후 낸시는 필요한 곳들에 연락해 모든 준비를 마치고 여행가방을 꾸렸고, 나는 낸시를 태우고 작은 공항으로 갔다. 낸시는 그곳에서 포틀랜드로 가는 비행기를 탄 뒤, 그날 밤 늦게 패스코에 도착하는 다른 비행기로 갈아탈 예정이었다.

"장모님께 안부 전해줘. 나를 대신해 리처드를 꼭 껴안아주고 보고 싶어한다고 말해주고. 사랑한다고도 말해줘." 내가 말했다.

"리처드도 당신을 사랑해. 알잖아. 어찌되었든, 당신은 가을에 그 아이를 볼 수 있어. 확신해." 낸시가 말했다.

나는 고개를 끄덕였다.

"잘 있어." 낸시가 말하고 내게 다가왔다. 우리는 서로 껴안았다. 낸시가 말했다. "지난밤 좋았어. 말들, 우리가 나눈 대화. 모든 게. 도움이 됐어. 우린 그걸 잊지 못할 거야." 낸시는 울기 시작했다.

"편지해, 알았지?" 내가 말했다. "이런 일이 일어나리라고는 생각하지 않았어. 그 오랜 세월 동안, 이런 일이 일어나리라고는 단 일 분도 생각하지 않았어. 이런 건 남의 일이라고 생각했어."

"편지할게. 긴 편지를 쓸게. 고등학교 때 내가 당신에게 쓰곤 했던 편지 이후 당신이 보지 못했던 가장 긴 편지들을 써 보낼게." 낸시가 말했다.

"기대할게." 내가 말했다.

그때 낸시는 나를 다시 한번 보았고, 내 얼굴을 만졌다. 낸시는 몸을 돌리더니 아스팔트를 가로질러 비행기가 있는 곳으로 갔다.

안녕, 내 사랑. 하느님이 당신과 함께하시길.

낸시는 비행기에 탔고, 나는 비행기가 제트엔진을 켜고 잠시 뒤 활주로를 따라 움직이기 시작할 때까지 지켜보았다. 비행기는 험볼트 만 위로 날아올랐고, 곧 수평선 위에 점이 되었다.

나는 운전을 해 집으로 돌아와 진입로에 차를 세우고 지난밤 말들이 남긴 발굽 자국을 물끄러미 바라보았다. 잔디에는 깊게 자국이 남았고, 똥무더기들도 있었다. 이윽고 나는 집으로 들어가 외투도 벗지 않은 채 전화기로 가 수전의 번호로 다이얼을 돌렸다.

·
·

에세이와 명상록

·
·
·

내 아버지의 인생

내 아버지 이름은 클레비 레이먼드 카버다. 아버지 가족은 당신을 레이먼드라고 불렀고, 친구들은 C. R.이라고 불렀다. 내 이름은 레이먼드 클레비 카버 주니어다. 나는 이름 뒤에 붙은 '주니어'라는 부분이 싫었다. 내가 어렸을 때 아버지는 나를 개구리라 불렀고, 그건 괜찮았다. 하지만 나중에는 다른 가족들과 마찬가지로 아버지도 나를 주니어라고 부르기 시작했다. 내가 열세 살인가 열네 살 때, 나를 그렇게 부르면 이제 대답을 하지 않겠노라고 선언하기 전까지 아버지는 계속해서 나를 주니어라고 불렀다. 그뒤로 아버지는 나를 '닥Doc'이라 불렀다. 그때부터 세상을 뜨던 1967년 6월 17일까지 아버지는 나를 닥 또는 아들이라 불렀다.

아버지가 세상을 떴을 때, 어머니는 그 소식을 알리려고 내 아내에게 전화를 했다. 당시 나는 가족과 떨어져 있으면서, 인생의 목표 사이에서 잠시 쉬며 아이오와 대학의 도서관학과에 들어가려 하고 있었다. 아내가 전화를 받았을 때 어머니는 다짜고짜 이렇게 말했다. "레이먼드가 죽었어!" 아내는 잠시 어머니가 내가 죽었다고 말하는 걸로 생각했다. 그러다 어머니가 계속 이야기를 하며 어느 레이먼드가 죽었는지 확실하게 밝히자 아내가 말했다. "다행이네요. 전 제 레이먼드가 죽은 줄로만 알았어요."

1934년에 아버지는 걷고, 차를 얻어타고, 기차의 빈 화물칸에 무단 승차하면서 아칸소 주에서 워싱턴 주로 갔다. 일거리를 찾기 위해서였다. 아버지가 워싱턴에 간 게 꿈을 이루기 위해서였는지는 모르겠다. 그랬을 것 같지 않다. 난 아버지에게 큰 꿈이 있었다고 생각하지 않는다. 내 생각에 아버지는 그냥 보수가 좋은 안정된 직업을 찾았던 듯하다. 안정된 직업이 의미 있는 직업이었다. 아버지는 한동안 사과를 땄고, 그러다가 그랜드쿨리 댐에서 건설노동직을 얻었다. 아버지는 돈을 약간 모은 뒤 차를 사 아칸소로 돌아가 양친, 즉 내 조부모님이 서부로 이사하는 걸 도왔다. 나중에 아버지가 말하길 조부모님이 거기서 굶어 죽어가고 있었으며, 그 표현이 단지 수사적인 게 아니라고 말했다. 그렇게 아버지가 잠시 아칸소의 리올라를 방문했을 때, 어머니는 길에서 아버지를 만났다. 아버지는 술집에서 나오고 있었다.

"그이는 술에 취해 있었단다." 어머니가 말했다. "왜 네 아버지가 내게 말을 걸게 내버려뒀는지 모르겠구나. 네 아버지는 눈이 번들거렸어. 수정구가 있어 답을 해줬으면 좋겠구나." 두 사람은 이미 일 년 전인가 무도회장에서 한 번 만난 적이 있었다. 어머니가 내게 해준 말에 따르면, 아버지는 어머니를 만나기 전에 여자친구들을 사귀었다. "네 아버지는 늘 여자친구가 있었어. 우리가 결혼한 다음에도 그랬지. 하지만 내게는 네 아버지가 처음이자 마지막이었어. 나는 다른 남자를 사귄 적이 없어. 하지만 하나도 아쉽지 않단다."

건장하고 키가 큰 시골 처녀와 농부였다가 건설노동자가 된 총각은 워싱턴으로 떠나는 날 치안판사 앞에서 결혼을 했다. 어머니는 결혼 첫날밤을, 아칸소의 도로변에서 아버지와 조부모님과 함께 야영을 하며 보냈다.

워싱턴의 오맥에서 아버지와 어머니는 오두막만한 작은 집에 살았다. 내 조부모님은 옆집에 살았다. 아버지는 여전히 댐에서 일했다. 나중에는 거대한 터빈들이 전기를 만들어내고 물이 100마일을 역류해 캐나다로 흘러들어갔고, 아버지는 프랭클린 D. 루스벨트가 건설 현장에 와서 한 연설을 군중 속에서 들었다. "그자는 댐을 지으면서 죽은 사람들에 대해 한마디도 하지 않았어." 아버지가 말했다. 아칸소, 오클라호마, 미주리에서 온 아버지 친구들 가운데 몇 명이 그곳에서 죽었다.

그후 아버지는 오리건의 클래츠커니에 있는 제재소에서 직장을 얻었다. 컬럼비아 강을 따라 있는 작은 마을이었다. 나는 그곳에서 태어났다. 어머니에게는 아버지가 제재소 출입문 앞에 서서 나를 자랑스레 안아올려 카메라를 보게 하고 있는 사진이 있다. 사진 속에서 내 보닛은 비뚤어졌고 금방이라도 끈이 풀릴 듯하다. 아버지는 모자를 뒤로 치켜 썼고 함박웃음을 짓고 있다. 아버지는 일을 하러 가는 걸까, 아니면 막 일을 마친 걸까? 그건 문제가 아니다. 어느 쪽이든, 아버지에게는 직장과 가족이 있었다. 이때가 아버지에게는 전성기였다.

1941년 우리는 워싱턴 주의 야키마로 이사했고, 거기에서 아버지는 톱날 가는 일을 했다. 클래츠커니에서 배운 기술이었다. 전쟁이 터졌을 때, 아버지는 징병 유예를 받았다. 아버지가 하는 일이 전쟁에 필요하다는 이유에서였다. 군대에서는 손질을 한 목재가 많이 필요했고, 아버지는 톱날을 무척이나 날카롭게 갈아서 팔에 난 털까지 깎을 수 있을 정도였다.

야키마로 이사한 뒤 아버지는 조부모님도 그 지역으로 이사하게 했다. 1940년대 중반까지 아버지의 나머지 가족들, 남동생, 여동생, 제부, 삼촌, 사촌, 조카, 그리고 사돈의 팔촌이며 친구까지 아칸소에서 이사를 왔다. 단지 아버지가 그곳에 먼저 와 있었기 때문이다. 남자들은 아버지가 일하는 캐스케이드 목재사에서 일했고, 여자들은 통조림공장에서 사과 통조림을 만들었다. 그리고 얼마 안 되어, 어머니 말에 따르면, 모두가 아버지보다 잘 살게 되었다. 어머니가 말했다. "네 아버지는 돈을 모아둘 줄을 몰랐어. 주머니에서 술술 샜지. 네 아버진 늘 다른 사람들을 위해 돈을 썼단다."

나는 야키마에서 우리가 살던 첫번째 집을 아직도 또렷이 기억한다. 사우스 피프틴스 스트리트 1515번지로, 옥외 화장실이 있었다. 핼러윈 밤이면, 사실 꼭 핼러윈일 필요도 없이 그냥 아무 날이든 밤시간이 되면, 동네의 십대 초반 아이들이 화장실을 길옆으로 옮겨놓곤 했다. 아버지는 누군가의 도움을 받아 화장실을 도로 집 옆에 가져다두어야 했다. 아이들은 어떨 때는 화장실을 다른 집 뒷마당에 갖다두기도 했다. 한번은 정말로 불을 지른 적도 있었다. 하지만 우리집만 옥외 화장실이 있는 건 아니었다. 자신의 행동을 자각할 만큼 나이가 들자, 나는 다른 집 화장실에 누가 들어가는 걸 보면 거기에다 돌을 던지곤 했다. 우리는 이걸 화장실 폭격이라 불렀다. 하지만 얼마 뒤 모두가 집 내부에 화장실을 설치했고, 갑자기 주위에서 우리만이 옥외 화장실을 쓰는 유일한 집이 됐다. 내가 3학년이던 어느 날, 담임인 와이즈 선생님이 나를 차에 태워 집까지 데려다주었을 때 내가 부끄러워했던 기억이 난다. 나는 우리집 바로 전 집에서 세워달라며 그곳에 산다고 했다.

어느 밤인가 아버지가 집에 늦게 들어왔을 때 어머니가 모든 문을 안에서 잠근 걸 알고 어떻게 했는지 기억난다. 아버지는 취한 상태에서 문을 흔들었고, 우리는 집이 덜컹대는 걸 느낄 수 있었다. 아버지가 어찌어찌해서 억지로 창문을 열고 들어오려 하자 어머니는 채반으로 아버지 미간을 쳐 쓰러뜨렸다. 우리는 풀밭에 쓰러진 아버지를 보았다. 그후로 오랫동안, 나는 그 채반을 집어들고(밀방망이만큼이나 무거웠다) 이런 걸로 머리를 맞으면 어떤 느낌일지 상상해보곤 했다.

아버지가 나를 침실로 데려가 침대에 앉히고 내가 한동안 라본 고모에게 가서 살아야 할 것 같다고 말했던 때도 이 시기였다. 내가 무슨 짓을 했기에 라본 고모와 함께 살아야 하는지 이해할 수 없었다. 하지만 어쨌든 이 일도 어찌어찌 흐지부지된 듯했다. 우리는 계속 함께 살았고, 나는 라본 고모나 다른 누구의 집으로도 갈 필요가 없었기 때문이다.

어머니가 아버지의 위스키를 싱크대에 쏟아버리던 걸 기억한다. 어떤 때는 모두 쏟아버렸고, 또 어떤 때는 술을 버린 걸 들킬까봐 반만 버리고 반을 물로 채우기도 했다. 한번은 나도 위스키를 조금 맛보았다. 끔찍했고, 왜 이런 걸 마시는지 도무지 이해할 수가 없었다.

우리는 오랫동안 차 없이 지내다가 1949년인가 1950년인가에 마침내 차를 구했다. 1938년형 포드였다. 하지만 우리가 차를 구한 그 주에 차 엔진에 이상이 생겼고, 결국 아버지는 엔진을 고쳐야만 했다.

"우리는 동네에서 가장 낡은 차를 몰았단다." 어머니가 말했다. "네 아버지가 차 수리에 쓴 돈이면 캐딜락을 사고도 남았을 거야." 언젠가 어머니는 차 바닥에서 다른 여자의 립스틱과 레이스 달린 손수건을 발견했다. 어머니가 내게 말했다. "보이니? 어떤 매춘부가 이걸 차에 두고 갔구나."

나는 어머니가 따뜻한 물이 담긴 냄비를 들고 아버지가 자는 방으로 가는 걸 본 적이 있다. 어머니는 이불 속에서 아버지 손을 빼내더니 물에 담갔다. 나는 문가에 서서 그 모습을 지켜보았다. 무슨 일이 일어나는지 알고 싶었다. 이렇게 하면 자면서 말을 하거든. 어머니가 내게 말했다. 어머니는 아버지가 숨기는 게 있다고 확신했고, 그 일들을 알고 싶어했다.

내가 어렸을 때 우리는 거의 해마다 노스코스트 리미티드*를 타고 야키마에서 캐스케이드 산맥을 넘어 시애틀에 가서 밴스 호텔에 묵었고, 내 기억에 따르면 '디너 벨 카페'라 불리는 곳에서 식사를 했다. 한번은 '이바의 조개밭'이라는 곳에 가서 따뜻한 조개 국물을 유리잔에 담아 마시기도 했다.

내가 고등학교를 졸업하던 1956년, 아버지는 야키마의 제재소를 그만두고 북부 캘리포니아에 있는 작은 제재소 마을인 체

---

* 시카고와 시애틀을 연결하던 기차.

스터에서 직장을 구했다. 새로 생긴 제재소였는데, 아버지가 그 직장을 받아들인 건 높은 시급과 몇 년 뒤에는 그곳의 제일 높은 톱갈이 뒤를 이을 수도 있다는 확실하지 않은 약속 때문이었다. 하지만 내 생각에 아버지가 그곳으로 간 가장 큰 이유는 야키마가 지겨워지면서 역마살이 발동했고, 그래서 다른 곳에서 자신의 운을 시험해보려 한 듯하다. 야키마에서는 앞으로 어떻게 풀릴지가 너무 빤히 보였다. 또한 그 전해에 아버지의 부모님이 육개월 간격으로 세상을 떠났다.

하지만 졸업하고 며칠 뒤 나와 어머니가 체스터로 이사할 짐을 꾸리고 있을 때, 아버지는 편지를 보내 자신이 한동안 아팠노라고 했다. 우리가 걱정하길 원치 않지만, 톱에 베였다고 했다. 아마 핏속에 작은 금속 조각이 들어간 듯했다. 어쨌든 뭔가 일이 일어나 아버지는 원래 가기로 한 직장을 잃었노라고 적었다. 그 편지에는 서명이 없는 누군가의 엽서가 같이 있었는데, 아버지가 곧 죽을 듯하고 '생 위스키'를 마셔대고 있노라고 적혀 있었다.

우리가 체스터에 도착했을 때, 아버지는 회사 소유의 트레일러에 살고 있었다. 나는 처음에는 아버지를 바로 알아보지 못했다. 아마도 잠시 아버지를 알아보고 싶지 않았던 듯하다. 아버지는 마르고 창백하고 어리둥절한 표정이었다. 바지가 줄줄 흘러내렸다. 내가 알던 아버지의 모습이 아니었다. 어머니는 울기 시작했다. 아버지는 어머니를 껴안고 힘없이 어깨를 토닥거렸다.

마치 자신도 이리된 영문을 모르겠다는 듯한 태도였다. 우리 셋은 그 트레일러에서 생활을 꾸렸고, 나와 어머니는 최선을 다해 아버지를 돌봤다. 하지만 아버지는 아팠고 차도가 보이지 않았다. 나는 그해 여름 그리고 가을 얼마 동안 아버지와 함께 제재소에서 일했다. 우리는 아침이면 일어나 라디오를 들으며 달걀과 토스트를 먹었고, 점심 도시락통을 들고 문을 나섰다. 우리는 아침 여덟시에 제재소 문을 함께 들어섰고, 나는 퇴근할 때까지 아버지를 보지 못했다. 11월에 나는 결혼하기로 결심한 여자친구와 더 가까이 있기 위해 야키마로 돌아갔다.

아버지는 이듬해 2월까지 체스터의 제재소에서 일했고, 그러다 일하던 중에 쓰러져 병원에 실려갔다. 어머니는 내게 와서 도와줄 수 있는지 물었다. 나는 야키마에서 버스를 타고 체스터로 갔다. 부모님을 차에 태워 야키마로 모셔올 생각이었다. 하지만 이제 아버지는 신체적으로 병이 들었을 뿐 아니라 신경쇠약증까지 겹친 상태였다(당시에는 우리 중 누구도 그것을 신경쇠약증이라고 부르지 않았지만). 야키마로 돌아오는 내내 아버지는 말을 하지 않았고, 심지어 "몸은 좀 어때요?"라든가 "괜찮아요, 아버지?" 하고 직접 물어도 답을 하지 않았다. 아버지가 하는 의사소통이라고는 머리를 움직이거나, 또는 모르겠다거나 아무래도 상관없다는 듯이 손바닥을 위로 펴 보이는 게 다였다. 야키마로 돌아오는 내내, 그리고 그뒤 거의 한 달 동안 아버지가 한 말이라고는 내가 속도를 줄이며 오리건의 자갈길을 운전하고 자동차 머플러가 느슨해져 떨어지려 할 때 "너무 빨리 달렸어"라고 한 게 전부였다.

야키마에서 아버지를 진찰한 의사는 아버지를 정신과 의사에게 보냈다. 어머니와 아버지는 안도했다. 강제사항이어서 카운티에서 정신과 의사 진료비를 냈기 때문이다. 정신과 의사가 아버지에게 물었다. "현재 대통령이 누구죠?" 의사는 아버지가 대답할 수 있는 질문을 했다. 아버지가 대답했다. "아이크*요." 그럼에도 병원은 아버지를 밸리 메모리얼 병원 5층에 가둔 뒤 전기충격요법을 쓰기 시작했다. 당시 나는 결혼을 했으며 아내는 아이를 낳으려던 참이었다. 아내가 아버지가 있는 그 병원에 입원해 바로 한 층 아래에서 첫아이를 낳았을 때, 아버지는 여전히 그 병원에 갇혀 있었다. 아내가 아이를 낳은 뒤, 나는 아버지에게 그 소식을 전하기 위해 위층으로 올라갔다. 나는 안내를 받아 강철 문을 통과하고 아버지가 있는 곳으로 갔다. 아버지는 안락의자에 앉아 무릎에 담요를 덮고 있었다. 나는 생각했다. 어라? 대체 아버지가 어떻게 된 거야? 나는 아버지 옆에 앉아 이제 당신이 할아버지가 되었노라고 말했다. 아버지는 한동안 가만히 있더니 말했다. "할아버지가 된 것 같은 느낌이구나." 그게 전부였

---

* 아이젠하워 대통령의 애칭.

다. 아버지는 웃거나 움직이지 않았다. 아버지가 있는 곳은 사람들이 많은 큰방이었다. 이윽고 나는 아버지를 껴안았고, 아버지는 울기 시작했다.

어찌어찌해서 아버지는 그곳을 나올 수 있었다. 하지만 이제 아버지는 일을 할 수 없었다. 그냥 집 주변에 앉아 자신이 살면서 뭘 잘못했기에 지금 이런 상황에 처했는지 생각해보는 게 다였다. 어머니는 이런저런 초라한 일자리를 전전했다. 한참 뒤 어머니는 아버지가 병원에 있던 시기, 그리고 퇴원한 뒤의 세월을 '레이먼드가 아팠을 때'라고 불렀다. 그리고 '아프다'라는 단어는 예전과는 완전히 다른 의미로 내게 다가왔다.

1964년, 아버지는 친구의 도움으로 운좋게 캘리포니아 클래머스에 있는 제재소에 취직을 했다. 아버지는 그곳에서 잘해낼 수 있을지 알아보려고 혼자서 그곳으로 갔다. 그러고는 제재소에서 그리 멀지 않은 곳의 방 하나짜리 오두막에서 살았다. 아버지와 어머니가 서부로 가서 처음 살림을 꾸렸을 때 살았던 곳과 그리 다르지 않은 집이었다. 아버지는 어머니에게 휘갈기듯 서툰 글씨로 편지를 써보냈고, 내가 연락하면 어머니는 전화기에 대고 큰 소리로 편지를 읽어주었다. 편지에서 아버지는 아무 일 없다고 적었다. 아버지는 일을 하는 하루하루가 인생에서 가장 중요한 날처럼 느껴진다고 했다. 하지만 하루하루가 지날수록 이튿날은 훨씬 더 쉬워진다고 했다. 그리고 내게 안부를 전해달라고 했다. 잠들 수 없는 밤이면 나를, 그리고 우리가 함께했던 즐거운 시간들을 떠올린다고 했다. 두 달 정도 일한 뒤, 아버지는 마침내 자신감을 되찾았다. 아버지는 일을 할 수 있었고, 이제 더는 누군가를 실망시킬지도 모른다는 걱정을 하지 않았다. 그런 확신이 들자 아버지는 어머니를 불렀다.

아버지는 육 년째 직장이 없었고, 그 결과 집, 차, 가구, 그리고 어머니의 자부심이자 기쁨이었던 커다란 냉장고를 포함한 가전제품 등 모든 것을 잃었다. 또한 아버지는 자신의 이름에 먹칠을 했다. 레이먼드 카버는 돈이 없어 쩔쩔매는 사람으로 낙인찍혔다. 자존심도 사라졌다. 남성성마저도 사라졌다. 어머니는 내 아내에게 이렇게 말했다. "레이먼드가 아팠던 그 시절 내내, 우리는 같은 침대에서 잤지만 관계를 갖지는 않았어. 그이가 몇 번인가 원하기는 했지만 아무 일도 일어나지 않았어. 아쉽지는 않았지만, 그이가 원한다는 건 알았지."

그 시절, 나는 내 가족을 부양하고 생활을 꾸려나가려 애쓰고 있었다. 하지만 이런저런 일이 연이어 일어나서, 우리는 여기저기로 이사를 다녀야만 했다. 나는 아버지가 어떻게 살고 있는지 계속 신경을 쓸 수가 없었다. 하지만 어느 크리스마스에 나는 아버지에게 작가가 되겠노라고 말했다. 차라리 성형외과 의사가 되겠노라고 말하는 게 나았을지도 모르겠다. "뭐에 대해서 쓸 거냐?" 아버지는 알고 싶어했다. 그러고는 나를 도와주겠다는 듯

154

이 말했다. "네가 알고 있는 걸 써. 우리가 낚시하러 갔던 일에 대해 써." 나는 그러겠노라고 말은 했지만, 그러지 않으리라는 걸 알았다. 아버지가 말했다. "네가 쓴 걸 보내주렴." 나는 그러겠노라고 말은 했지만, 그러지 않았다. 나는 그 시절에 낚시에 대한 건 아무것도 쓰지 않았다. 아버지가 특별히 관심이 있어 보이지도, 내가 당시 쓰던 글들을 이해할 것 같지도 않았다. 게다가 아버지는 글을 읽는 사람이 아니었다. 어쨌든, 내가 쓰는 유의 글을 읽는 사람은 아니라고 생각했다.

이윽고 아버지가 세상을 떴다. 나는 멀리 아이오와시티에 있었고, 아직 아버지에게 못다 한 말들이 있었다. 아버지에게 안녕이라는 말도 하지 못했고, 아버지가 새로 시작한 일을 아주 잘하고 있는 듯하다는 말도 하지 못했다. 아버지가 다시 기력을 되찾아 아주 자랑스럽다는 말도 하지 못했다.

어머니 말에 따르면, 아버지는 그날 저녁 퇴근해 저녁식사를 거하게 했다. 그러고서 혼자 식탁 앞에 앉아 병에 남은 위스키를 마저 비웠다. 이튿날인가에 어머니가 쓰레기통 속 커피 찌꺼기 밑에 숨겨진 위스키 병을 찾아냈던 것이다. 그후 아버지는 일어나 침실로 갔고, 나중에 어머니도 자려고 침실로 갔다. 하지만 그날 밤, 어머니는 일어나 소파로 가 자야만 했다. 어머니가 말했다. "코를 어찌나 심하게 고는지 시끄러워서 도무지 잘 수가 없더구나." 이튿날 어머니가 아버지를 보러 가니 아버지는 입을 벌린 채 똑바로 누워 있었고, 뺨이 움푹 들어가 있었다. 잿빛이었어. 어머니는 그렇게 말했다. 어머니는 아버지가 죽었다는 것을 알았다. 의사를 불러 확인할 필요는 없었다. 하지만 어쨌든 어머니는 의사에게 전화를 했고, 그러고서 내 아내에게 전화를 했다.

어머니는 아버지와 함께 워싱턴에 살던 결혼 초기에 찍은 사진들을 가지고 있는데, 그 가운데 하나는 아버지가 차 앞에 서서 맥주병과 물고기가 매달린 낚싯줄을 들고 서 있는 모습이다. 사진에서 아버지는 모자를 뒤로 젖혀 썼고 얼굴에는 어색한 웃음을 머금고 있다. 나는 어머니에게 그 사진을 달라고 했고, 어머니는 다른 사진들과 함께 그 사진을 내게 주었다. 나는 그 사진을 벽에 걸어두었고, 이사할 때마다 그 사진도 가져가 이사한 집 벽에 걸었다. 종종 그 사진을 유심히 살펴보며 아버지에 대해 뭔가를 알아내려 애썼다. 아마 당시를 살아가던 나 자신에 대해서도 뭔가를 알아내고 싶은 마음이 있었던 듯하다. 하지만 나는 아무것도 알아내지 못했다. 아버지는 점점 나에게서 멀어져만 갔고 시간의 저편으로 가버렸다. 마침내, 다시 이사를 하다가 나는 그 사진을 잃어버렸다. 그후 나는 그 사진을 떠올리려 애썼고, 동시에 아버지에 대해 뭔가 써보려 애썼으며, 우리가 어떤 중요한 면에서 서로 닮았다고 생각하는지 표현해보려 했다. 샌프란시스코 남부 도심지역의 아파트에서 살 때, 나는 아버지처럼 나도 술 문제가 있다는 사실을 깨닫고 시를 한 편 썼다. 아버지와 나를 연결하려는 시도였다.

스물두 살의 아버지가 담긴 사진

10월. 여기 축축하고 낯선 부엌에서
나는 당혹스러워하는 젊은 아버지의 얼굴을 물끄러미 바라
본다.
부끄러운 듯이 웃음지으며, 아버지는 한 손에는
가시 달린 노란색 농어를 들고, 다른 한 손에는
칼즈배드 맥주병을 들고 있다.

청바지에 데님 셔츠 차림으로, 아버지는
1934년형 포드의 앞쪽 펜더에 몸을 기대고 있다.
자식에게 굳세고 강해 보이고 싶은 마음에
아버지는 낡은 모자를 귀 너머로 젖혀 쓰고 있다.
평생 아버지는 용기 있게 살길 원했다.

하지만 두 눈, 그리고 죽은 농어가 매달린 낚싯줄과
맥주병을 힘없이 잡은 두 손은 아버지의 진실을
드러낸다. 아버지, 사랑합니다.
하지만 제가 어찌 아버지에게 감사하다는 말을 할 수 있겠

습니까, 저 역시

제 술병을 제대로 잡을 수 없고, 낚시할 곳은 알지조차 못하니 말입니다.

이 시는 아버지가 죽은 게 시의 처음에서처럼 10월October이 아니라 6월June이라는 점만 빼면 모두 사실이다. 나는 여운이 있기를 원했기에 1음절보다 긴 단어를 쓰고 싶었다. 하지만 사실 그것보다, 이 시를 썼을 당시 느꼈던 감정에 어울리는 달을 원했다. 낮은 짧고, 빛이 희미하고, 공중에는 연기가 맴돌고, 사물이 소멸하는 때를 원했다. 6월은 밤과 낮이 모두 여름다우며, 졸업식이 있고, 우리 결혼기념일이 있으며, 내 아이 가운데 하나의 생일도 있다. 6월은 아버지가 죽기에 적당한 달이 아니었다.

장례식장에서 의식을 마친 뒤 밖으로 나왔을 때, 모르는 여자가 내게 다가와 말했다. "고인은 지금 있는 곳에서 더 행복하실 거예요." 나는 그 여자가 내게서 멀어질 때까지 그녀를 지켜보았다. 그 여자가 쓰고 있던 모자의 작은 장식을 아직까지도 기억한다. 그러고는 아버지의 사촌(이름은 모른다)이 손을 뻗어 내 손을 잡았다. "우리 모두 고인을 그리워할 거야." 그분이 말했고, 나는 그게 예의상 하는 빈말이 아니라는 걸 알았다.

나는 아버지가 세상을 떠났다는 소식을 들은 이래 처음으로 흐느끼기 시작했다. 그전에는 그럴 수가 없었다. 우선 시간이 없었다. 하지만 그때 돌연히, 울음을 그칠 수가 없었다. 여름날 오후가 한창이던 때, 나는 나를 위로하고 달래는 아내를 안고서 흐느꼈다.

사람들이 어머니를 위로하는 소리가 들렸다. 나는 아버지의 가족이 장례식에 참석해주어서, 아버지가 계시던 곳에 와주어서 기뻤다. 나는 장례식날 들은 모든 것과 행해진 모든 것을 기억하고 언젠가는 그것을 말할 방법을 찾을 수 있으리라 생각했다. 하지만 그러지 못했다. 나는 그 모든 것을, 또는 전부가 아니면 거의 모든 것을 잊었다. 분명히 기억하는 건 그날 오후 우리 이름이, 아버지와 내 이름이 아주 많이 불렸다는 것이다. 하지만 실은 그게 내 아버지를 부르는 것이란 점도 알았다. 레이먼드, 장례식장의 사람들은 아름다운 목소리로 줄곧 내 유년기에서 그 이름을 불러냈다. 레이먼드.

글쓰기에 대해

1960년대 중반, 나는 장편소설을 쓰기 위해 정신을 집중하는 것 자체가 내겐 버거운 일임을 깨닫게 되었다. 한동안 장편소설을 쓰는 것은 고사하고 읽는 것조차 부담스러웠다. 내게서 집중력은 사라져버렸다. 더는 장편소설을 쓸 만큼의 인내심을 발휘할 수 없었다. 여기에는 많은 이야기가 얽혀 있지만, 여기서 털어놓기에는 너무 지루한 내용이다. 하지만 이는 내가 이제 시와 단편들만을 쓰는 것과 깊은 관계가 있다. 시작하고, 끝낸다. 어슬렁거리지 않는다. 앞으로 나아간다. 그건 그 무렵, 그러니까 내가 이십대 후반이던 때에 원대한 야심을 전부 잃어버렸기 때문일 수도 있다. 만약 그렇다면, 차라리 다행이라고 생각한다. 작가가 발전하기 위해 야심과 작은 행운은 도움이 된다. 하지만 너무 큰 야심과 불운, 또는 운이 전혀 없다면, 그건 치명적이다. 물론 재능은 있어야 한다.

어떤 작가에게는 엄청난 재능이 있다. 내가 보기에 모든 작가에게는 재능이 있다. 하지만 사물을 바라보는 독특하고 정확한 방식, 그리고 그런 관점을 표현하기 위해 정확한 문맥을 찾아내는 능력, 그건 재능과는 다른 무엇인가다. 『가프가 본 세상』은 당연히 존 어빙이 보는 놀라운 세상이다. 플래너리 오코너가 본 세상이 있고, 윌리엄 포크너와 어니스트 헤밍웨이가 본 세상들이 있다. 치버, 업다이크, 싱어, 스탠리 엘킨, 앤 비티, 신시아 오직, 도널드 바셀미, 메리 로빈슨, 윌리엄 키트리지, 배리 해나, 어슐러 K. 르 귄도 자신만의 독특한 세상을 만들어냈다. 위대한 작가들은 모두, 심지어 단순히 아주 훌륭한 작가들도 자신만의 독특한 사변을 통해 세상을 만들어낸다.

내가 말하는 것은 스타일과도 밀접한 관련이 있지만, 단지 스타일만은 아니다. 그건 작가가 쓰는 모든 글에 담긴 독특하고 분명한 서명이다. 다른 누구도 아닌, 오로지 그 작가만의 세계이다. 그리고 이것이 한 작가와 다른 작가를 구별지어주는 기준 가운데 하나다. 재능이 아니다. 재능 있는 작가는 차고 넘친다. 하지만 특별한 방식으로 사물을 보는 작가, 그리고 그렇게 사물을 보는 방식을 예술적으로 표현하는 작가는 한 시대 안에 흔하지 않다.

이사크 디네센은, 자신은 날마다 희망도 절망도 하지 않고 조금씩 써나간다고 했다. 언젠가 나는 가로 3인치, 세로 5인치짜리 카드에 그 말을 적어 내 책상 옆 벽에 붙여놓을 생각이다. 내 방 벽에는 이미 3×5 카드들이 몇 장 붙어 있다. "서술의 근본적인 정확성은 글쓰기의 유일한 도덕이다." 에즈라 파운드가 한 말이다. 작가가 추구해야 할 모든 것을 담고 있는 말은 '절대로' 아니다. 하지만 만약 작가가 '서술의 근본적인 정확성'을 추구한다면, 적어도 제대로 들어섰다고는 할 수 있다.

내게는 체호프의 단편에 나오는 문장 일부를 적은 3×5 카드가 있다. "……그리고 돌연 그에게 모든 게 명확해졌다." 나는 이 단어들에 경이로움과 가능성이 가득함을 발견한다. 나는 이 단어들이 보이는 단순명쾌함, 그리고 은연중에 내비치는 이후 벌어질 사건의 암시가 마음에 든다. 이 문장에는 또한 수수께끼도 담겨 있다. 이전까지는 무엇이 그렇게 불명확했나? 왜 이제는 그것이 명확해졌나? 무슨 일이 일어났나? 무엇보다도, 그래서 어떻게 되었나? 그러한 갑작스러운 깨달음으로 인해 생겨나는 결과가 있다. 나는 이 문장을 읽으며 또렷한 안도감 그리고 기대를 느낀다.

나는 제프리 울프가 글쓰기 수업에 참가한 학생들에게 "싸구려 트릭 금지"라고 말하는 것을 어쩌다 엿들은 적이 있다. 그 말 역시 내 카드에 들어가야 할 내용이다. 나라면 그 내용을 조금 바꾸고 싶다. '트릭 금지.' 수식어는 필요 없다. 나는 트릭을 싫어한다. 소설을 읽다가 트릭 또는 술책을 사용하는 느낌이 들면, 그게 싸구려 트릭이든 아니면 공들인 트릭이든 상관없이 책을 덮어버린다. 트릭은 궁극적으로 지루하고, 아마도 내 집중력이 그리 오래가지 않는 것과 관계가 있겠지만, 나는 쉽사리 지루해진다. 하지만 아주 영리하게 멋부려 썼든지, 혹은 그냥 평범하고 멍청하게 썼든지와 상관없이, 트릭이 들어간 글을 읽노라면 나는 잠이 든다. 작가는 트릭이나 술책이 필요 없으며, 심지어 주변에서 가장 똑똑한 인물이어야 할 필요도 없다. 작가라면, 바보처럼 보일 위험을 감수하고라도 가끔은 그냥 멍하니 서서 이런저런 대상을 바라보며 푹 빠져 입을 헤벌리고 감탄할 필요가 있다. 그 대상은 석양일 수도 있고 낡은 신발 한 짝일 수도 있다.

몇 달 전 〈뉴욕 타임스 북 리뷰〉에서 존 바스가 말하길, 십 년 전에는 그의 소설 작법 세미나에 참석한 학생들 대부분이 '형식의 혁신'에 관심이 있었지만 이제 더는 그런 분위기가 아닌 듯하단다. 그는 1980년대에 작가들이 소시민적인 소설들을 쓰기 시작하는 것에 약간 염려를 했다. 그는 자유주의와 함께 실험 정신이 사라지지는 않을까 걱정한다. 나는 소설 창작에 있어 '형식의 혁신'에 대한 진지한 토론을 가까이서 접할 때면 살짝 긴장한다. '실험'은 부주의함과 멍청함 또는 모방의 허가증으로 사용되는 경우가 너무나도 잦기 때문이다. 그리고 이런 게 더욱 고약한 이유는, 작가가 독자를 학대하고 소외시키는 허가증으로 이걸 이용하기 때문이다. 대개 그런 식의 글은 세상에 대해 독자들에게 아무것도 알려주지 않고, 알려준다 해도 기껏해야 황량한 풍경, 여기저기에 모래언덕 몇 개와 도마뱀 몇 마리가 있지만 사람은 보이지 않는 그러한 풍경 묘사에 그칠 뿐이다. 인간이 알아볼 수 있는 것은 전혀 살지 않는 그런 곳은 오로지 극소수 과학 전문가에게나 흥미로울 뿐이다.

소설에서 진정한 실험이란, 참신하고, 어렵사리 성취되는 것이며, 기쁨을 불러일으켜야 한다는 점을 명심하라. 하지만 모름지기 작가라면 다른 누군가의 관점—가령 바셀미의 관점—을 좇아가면 안 된다. 그렇게 해서는 통하지 않는다. 세상에 바셀미는 한 명뿐이며, 혁신이라는 미명하에 바셀미의 독특한 감성이나 미장센을 도용한다면 그 작가는 혼돈과 재난을 자초할 뿐 아니라 더욱더 심각하게는 자기기만까지 하는 셈이 된다. 진정한 실험자라면 파운드가 촉구했듯이 대상을 "새롭게 해야" 하며, 그 과정에서 스스로 대상을 발견해야만 한다. 하지만 작가가 제정신이라면 한편으로 우리와 교감을 하길 원할 것이며, 자신의 세계에서 벌어지는 소식을 우리에게 전하고 싶어할 터이다.

시나 단편에서 일상의, 하지만 적확한 언어를 구사해 일반적인 사물이나 대상에 대해 쓰고, 그러한 대상—이를테면 의자, 커튼, 포크, 돌멩이, 귀걸이—에 거대한, 심지어 놀랄 만한 힘을 싣는 것은 충분히 가능한 일이다. 평범해 보이는 대사 한 줄로 독자의 등골을 오싹하게 만드는 것도 가능하다. 나보코프가 그러한 예술적 기쁨의 원천을 가진 작가의 예이다. 내가 가장 흥미로워하는 글은 바로 그런 종류이다. 나는 야무지지 못한 엉터리 글을 싫어한다. 그게 실험이라는 미명하에 쓰여진 것이든 그냥 서투르게 차용된 리얼리즘이든 상관없다. 이사크 바벨의 멋진 단편 「기 드 모파상」에서 화자는 소설을 쓰는 것에 대해 다음처럼 이야기한다. "그 어떤 쇳조각도 올바른 자리에 찍힌 마침표처럼 강력하게 우리의 가슴을 찌를 수는 없다." 이 말 역시 3×5 카드에 담겨야 한다.

에번 코넬이 말하길, 단편을 쓰고 나서 다시 읽으며 쉼표를 모두 제거하고, 그다음에 다시 읽어보며 쉼표를 넣었을 때 같은 자리에 쉼표들이 들어가면 글이 완성된 거라고 했다. 나는 그런 식으로 일하는 게 좋다. 나는 무슨 일을 한 뒤 그렇게 신중하게 검토하는 자세를 존경한다. 결국 작가에게 있는 건 단어뿐이니, 기왕이면 적절한 단어를 선택하고 적절한 곳에 구두점을 찍어 자신이 말하고자 하는 것을 최대한 잘 표현하는 게 좋지 않겠는가. 작가가 감정을 주체하지 못해 단어들이 너무 과장되었다든가 또는 뭔가 다른 이유로 정확하고 올바르지 않은 단어를 썼다면, 어떤 식으로든 단어들이 애매하다면, 독자의 눈은 그 단어들을 미끄러지듯 지나가버리고 작가는 아무것도 이루지 못할 것이다.

한마디로 독자의 예술적 감각을 사로잡지 못한 것이다. 헨리 제임스는 이렇게 불운한 글을 "빈약한 열거"라 불렀다.

돈이 필요하기 때문에 급히 책을 써야 했다거나, 혹은 편집자가 성화를 부렸다거나 부인과 갈라서는 중이었다는 식으로, 자기 작품이 아주 좋지 못한 것에 대한 변명을 늘어놓는 친구들이 있다. "시간을 더 들였다면 훨씬 더 나은 글이 되었을 거야." 소설가인 친구가 이런 말을 했을 때, 나는 너무 놀라 아무 말도 할 수 없었다. 지금 다시 생각해본다 할지라도 여전히 같은 반응을 보일 것이다. 물론 나는 그 일을 다시 생각해보지 않는다. 내가 상관할 바가 아닌 것이다. 하지만 만약 더 잘 쓸 수 있음에도 그렇게 쓰지 않았다면, 애초에 왜 쓴단 말인가? 결국, 우리가 무덤까지 가지고 갈 수 있는 것은 오직 최선을 다했다는 만족과 그 노동의 증거가 아닌가. 나는 그 친구에게, 제발 부탁이니 작가는 때려치우고 다른 일을 하라고 말하고 싶었다. 먹고살기 위해 할 수 있는 일 가운데는 그런 식으로 글을 쓰는 것보다 더 쉽고 또한 아마도 더 정직하게 할 수 있는 일들이 분명히 있을 것이다. 아니면 그저 능력과 재능을 다해 글을 쓰고, 일단 쓴 다음에는 합리화를 하거나 핑계를 대지 마라. 어떤 불평도, 변명도 하지 마라.

플래너리 오코너는 「단편소설 쓰기」라는 소박한 제목이 붙은 에세이에서, 글쓰기란 발견 행위라고 말한다. 오코너는 단편소설을 쓰기 위해 책상 앞에 앉으면 대개는 글이 어떻게 풀려나갈지 자기도 모른다고 한다. 또한 자기 생각엔 과연 얼마나 많은 작가들이 결말을 미리 알고 글을 쓰기 시작하는지 의심스럽다고 말한다. 오코너는 「선한 시골 사람들」이라는 작품을 예로 들며, 자신은 이 작품이 끝나기 직전까지도 그 끝이 어떻게 될지 짐작조차 할 수 없었다고 말한다.

이 작품을 쓰기 시작했을 때, 나는 나무 의족을 단 박사가 이 작품에 나올 줄은 꿈에도 몰랐다. 어느 날 아침 문득 정신을 차리고 보니 내가 어느 정도 알던 두 여인에 대한 묘사 부분을 쓰고 있었는데, 나도 모르는 사이에 그 둘 가운데 한 여인에게 의족을 단 딸을 만들어주고 말았다. 또한 계속 쓰다가 성경책 판매원을 끼워넣었는데, 과연 내가 이 사람을 어떻게 할 건지에 대해서도 아무 생각이 없었다. 판매원이 의족을 훔치는 장면에서 여남은 줄 앞부분을 쓸 때만 해도, 나는 그자가 의족을 훔치게 되리라는 것을 알지 못했다. 하지만 그자가 의족을 훔치리라는 것을 알게 되자 나는 이야기가 그렇게 진행될 수밖에 없었다는 사실을 깨달았다.

몇 년 전에 이 글을 읽었을 때 나는 오코너가, 또는 누구든 나 말고 다른 사람이 이런 방식으로 글을 쓴다는 사실을 알고 충격을 받았다. 나는 이 방식이 나만의 불편한 비밀이라고 생각했으며, 그런 방식으로 이야기를 쓰는 게 살짝 마음에 걸렸다. 나는 이런 방식으로 단편을 쓰는 것이 어떤 식이 되었든 간에 나 자신의 약점을 드러내는 것이라고 생각했다. 오코너가 이 주제에 대해 털어놓은 것을 읽고 나는 무척이나 안도했던 기억이 난다.

언젠가 나는 결과적으로 꽤 좋은 단편이 된 글을 쓰기 위해 자리에 앉았다. 하지만 내가 그 글을 시작할 때는 단지 첫 문장만 있었을 뿐이었다. 며칠 동안 내 머릿속에서는 그 문장이 떠나지 않았다. "전화벨이 울렸을 때 그는 진공청소기를 쓰고 있었다."* 나는 그 문장에 이야기가 있다는 것을 알았고 또한 내가 그 이야기를 쓰고 싶어하는 것을 알았다. 나는 그 서두에서 이야기를 뽑아낼 수 있음을 분명히 알았다. 그 이야기를 쓸 시간만 있다면 말이다. 나는 시간을 내야겠다고 마음먹으면 하루종일, 아니면 열두 시간이나 열다섯 시간이라도 어떻게든 시간을 냈다. 나는 시간을 냈고, 아침에 앉아 첫 문장을 썼다. 그러자 다음 문장이 줄줄이 나오기 시작했다. 나는 시를 쓸 때처럼 그 단편을 썼다. 한 줄, 다음 한 줄, 그다음 한 줄. 곧 이야기가 보이기 시작했고, 나는 그게 내 이야기임을, 내가 계속 쓰고 싶어했던 이야기임을 알았다.

---

* 「내 입장이 돼보시오」의 첫 문장이다.

나는 단편에 뭔가 일어날 것 같은 조짐이나 위협의 느낌이 담긴 게 좋다. 단편에는 약간의 위협이 담긴 게 좋다고 생각한다. 우선, 그러면 판매에도 도움이 된다. 뭔가 가혹한 일이 당장이라도 일어날 듯한 긴장이 없다면, 대개의 경우 이야기 자체가 성립되지 않는다. 소설에서 구체적인 단어를 연결해 눈에 보이는 행동을 이끌어내면 어느 정도는 긴장을 만들 수 있다. 하지만 또한 명시되지 않은 것들, 암시, 사물의 잔잔한 (하지만 가끔씩 부서지며 동요하는) 표면 바로 아래의 풍경도 필요하다.

V. S. 프리쳇은 단편소설을 "지나가며 곁눈질로 얼핏 본 무엇"이라고 정의한다. 여기서 '얼핏 본'이라는 부분에 주목하라. 처음에는 얼핏 본 것일 뿐이다. 이윽고 얼핏 본 것에 생명이 생기고, 순간을 밝히는 뭔가로 바뀌고, 만약—또 한번 말하지만—우리가 운이 좋다면, 더 넓고 깊은 결과와 의미를 볼 수 있게 된다. 단편소설 작가의 임무는 자신의 온 능력을 그 얼핏 본 것에 투자하는 것이다. 그런 과정을 통해 작가의 지혜와 문학적 기술(재능)이 무르익고, 균형 감각과 사물의 합당성에 대한 감각이 길러지고, 사물이 어떤 방식으로 존재하는가와 그것을 자신이 어떻게 파악하는가를 감지할 능력이 생긴다. 그리고 이것은 명확한 언어를 씀으로써 이루어진다. 그리고 그 언어는 독자들을 위해 이야기를 밝혀줄 세세한 부분들에 생명을 부여한다. 세세한 부분들이 확고하고 의미를 전달하려면, 명확하고 구체적인 언어를

써야 한다. 단어들은 너무나도 명확하기에 어쩌면 평범하게 보이기까지 하겠지만, 그럼에도 전해야 할 뜻은 여전히 전할 수 있다. 만약 제대로 쓴다면, 그 단어들은 모든 음을 정확히 때릴 수 있다.

정열

　영향은 힘이다―조수처럼 거부할 수 없는 환경이자 특성이다. 내게 영향을 준 책이나 작가를 말할 수는 없다. 그러한 종류의 영향, 문학적 영향에 대해서는 꼭 집어 말하기가 어렵다. 내가 살면서 읽어온 모든 것에 영향을 받았다고 말한다면 그 어떤 작가에게서도 영향을 받지 않았다고 말하는 것만큼이나 부정확할 것이다. 예를 들어, 나는 오랫동안 어니스트 헤밍웨이가 쓴 장단편소설의 팬이었다. 하지만 나는 언어라는 측면에서는 로런스 더럴의 작품이 비범하며 탁월하다고 생각한다. 물론, 나는 더럴처럼 쓰지 않는다. 더럴은 내게 아무런 '영향'도 주지 못한다. 나는 내 글이 헤밍웨이의 글과 '비슷하다'는 말을 종종 듣는다. 하지만 헤밍웨이의 작품이 내 작품에 영향을 주었다고는 말할 수 없다. 더럴과 마찬가지로, 헤밍웨이는 내가 이십대일 때 처음 읽고 존경하게 된 많은 작가 가운데 한 명이다.

그러니 나는 문학적 영향에 대해서는 아는 바가 없다. 하지만 다른 영향에 대해서는 조금 안다. 처음에 흘깃 보았을 때는 종종 수수께끼 같은, 어떤 때는 거의 기적에 가깝게 보이기도 하는 그러한 방식으로 나를 내리누르는 영향이다. 하지만 이러한 영향들은 내가 글을 써나가며 명확해진다. 이러한 영향들은 가혹했으며, 여전히 가혹하다. 그러한 영향들로 인해 나는 이쪽 방향으로 갔고, 그래서 호수의 저쪽 편이 아닌 이쪽 모래톱에 오게 되었다고 할 수 있다. 하지만 만약 내 삶과 글에 미친 주요한 영향이 부정적인 것이었다면, (그리고 내가 믿는 것처럼) 억압적이고 종종 사악하기까지 한 것이었다면, 나는 어떻게 대처해야 하는 걸까?

우선 지금 내가 이 글을 쓰는 곳이 뉴욕 주 새러토가스프링스 바로 밖에 위치한 야도라는 곳임을 밝히는 것부터 시작하자. 8월 초, 일요일 오후다. 이따금, 대략 이십오 분마다 삼만 명이 동시에 함성을 올리는 게 들린다. 그 열띤 함성은 새러토가 경마장에서 나오는 것이다. 유명한 대회가 열리고 있다. 나는 글을 쓰고 있고, 이십오 분마다 경주에 참가하는 말들을 호명하는 아나운서의 목소리가 스피커를 통해 들려온다. 군중의 함성이 커진다.

숲을 넘어서까지 들려오는, 긴장감이 가득 배인 커다란 함성은 말들이 결승선을 통과할 때까지 점점 커진다. 경주가 끝나면 마치 내가 그곳에 있었던 것처럼 온몸에 힘이 쭉 빠진다. 우승 또는 우승할 뻔한 말에 베팅한 마권을 꼭 쥔 내 모습을 상상할 수 있다. 만약 사진 분석을 통해 우승마를 가리는 경우라면, 필름이 현상되고 공식 결과가 발표되는 일이 분 정도 뒤에 다시 함성이 터질 것이다.

이곳에 도착하고 처음으로 스피커를 통해 흘러나오는 아나운서의 목소리와 군중의 흥분한 함성을 들은 후 며칠 동안, 나는 예전에 한동안 살았던 엘패소를 배경으로 하는 단편을 쓰고 있었다. 그 단편에는 엘패소 외곽에 있는 경마장에서 벌어지는 경기에 가는 사람들이 나온다. 이 단편이 쓰여지기만을 기다리던 준비된 작품이었다고는 말하지 않겠다. 사실도 아니거니와, 그렇게 말한다면 아예 다른 작품 이야기를 하는 것이 될 터이기 때문이다. 나는 이 특별한 이야기를 쓰기 시작하기 위해 뭔가가 필요했다. 그런데 이곳 야도에 도착한 뒤, 군중의 함성과 스피커를 통해 나오는 아나운서의 목소리를 처음 들었을 때 엘패소에 있던 때의 생활로부터 뭔가가 떠오르며 이제 그 이야기를 쓸 수 있겠다는 생각이 들었다. 나는 이곳에서 2000마일 떨어진 그곳 경마장과 그곳에서 일어난 일, 일어났을 수도 있는 일, (적어도 내 이야기에서는) 일어날 일들을 떠올렸다.

그렇게 내 단편은 시작되었고, 그렇게 보면 그 글은 '영향'을 받았다고 할 수 있다. 물론, 모든 작가들은 이러한 영향을 받는다. 이것은 가장 흔한 종류의 영향이다. 이건 저걸 연상시키고, 저건 또다른 걸 연상시키는 그러한 종류 말이다. 이러한 영향은 우리들에게 빗물처럼 흔하고 자연스러운 것이다.

하지만 원래 하려던 말을 계속하기 전에, 처음 예와 비슷한 영향의 예를 하나 더 들어보자. 얼마 전 내가 시러큐스에서 살았을 때, 단편을 쓰고 있는데 전화벨이 울렸다. 나는 전화를 받았다. 전화를 건 상대방은 확실한 흑인 억양으로 말을 하며 넬슨이라는 사람을 찾았다. 잘못 걸려온 전화라서 나는 그렇게 말하고 전화를 끊었다. 나는 다시 단편소설 쓰는 일로 돌아갔다. 하지만 곧 나는 무의식중에 그 단편소설에 넬슨이라는 이름의 다소 불길한 흑인 남자를 등장시키고 있었다. 그 순간 이야기는 완전히 다른 방향으로 흘러갔다. 하지만 기쁘게도, 그것은 제대로 된 방향이었다. 당시에도 그렇게 되리라는 걸 어느 정도는 알았고, 지금은 확실하게 안다. 그 이야기를 쓰기 시작했을 때, 나는 넬슨이라는 존재가 필요하다는 걸 예상하지 못했으며 그런 인물에 대해 쓸 준비도 하지 않았다. 하지만 지금, 그 단편을 마치고 전국에 배포되는 잡지에 실릴 즈음인 지금은 불길한 면모를 지닌 넬슨이라는 인물을 그 이야기에 넣은 게 올바르고 적절했으며 미학적으로 옳다고 믿는다. 또한 마음에 드는 부분은, 이 인물이 우연하면서도 딱 적절하게 알아서 내 이야기 속으로 들어왔다는 점이다. 그리고 이 인물의 등장을 받아들인 것은 참으로 현명한 선택이었다.

나는 기억력이 나쁘다. 이 말은 내가 인생에서 일어난 많은 일들을 잊었다는 뜻이지만(확실히 이건 축복이다), 내가 살았던 마을이나 도시, 만난 사람들의 이름, 또는 그 사람들 자체를 설명하거나 떠올릴 수 없는 기간이 꽤 길게 존재한다는 의미도 된다. 커다란 공백이 있다고 할 수 있다. 하지만 기억할 수 있는 것도 있다. 사소한 것들이다. 누군가가 무엇인가에 대해 독특한 방식으로 이야기를 했다거나, 누군가의 호탕하거나 기운 없는, 또는 초조한 너털웃음이라든가, 풍경, 누군가의 얼굴에 담긴 슬프거나 당황한 표정 따위 말이다. 또한 나는 극적인 일들도 일부 기억한다. 누군가 분노에 차 칼을 들고 내게 들이댄다든가, 누군가를 위협하는 나 자신의 목소리를 들었던 일을 기억한다. 누군가 문을 부수고 들어가는 모습을 보기도 했고, 계단에서 추락하는 모습을 본 적도 있다. 이런 극적인 종류의 기억은 필요할 때면 떠올릴 수 있다. 하지만 내게 대화 전체를 당시의 모든 몸짓과 뉘앙스를 그대로 살려 현재로 불러올 수 있는 기억력은 없다. 또한 내가 지금까지 지냈던 방들에 어떤 가구가 있었는지도 기억할 수 없다. 집 전체에 어떤 가구가 있었는지 기억하지 못하는 건 말할 필요도 없다. 심지어 경마장에 있던 세세한 것들도 여러 가지를 기억하지 못한다. 물론 몇 가지 정도, 가령 특별관람석, 마권 판매 창구, 폐쇄회로 TV 화면, 많은 사람들이 와자지껄 떠드는 소리 같은 건 기억한다. 나는 단편소설에서 대화를 만들어낸다. 글을 쓰며 필요에 따라 이야기 속에서 사람들 주위에 가구를 놓고 물건들을 배치한다. 내 글이 간결하다는 이야기를 가끔 듣는 건 아마 그 때문인 듯하다. '미니멀리스트' 수준으로 모든 걸 없애는 것이다. 하지만 내가 지금과 같은 방식으로 지금과 같은 이야기들을 쓰게 된 건 단지 필요와 편리가 결합된 결과일 수도 있다.

물론, 내가 쓴 단편들 중 진짜로 일어난 일은 하나도 없다—나는 자서전을 쓰지 않는다. 하지만 내 글 대부분은 내 삶에서 일어났던 어떤 사건이나 상황을 비록 희미할지라도 어느 정도는 담고 있다. 그러나 어떤 단편에 담긴 실제 환경이나 가구를 자세히 떠올리려 해보면(어떤 꽃이 있었더라? 어떤 향이 났더라? 등등), 기억나는 게 전혀 없다. 그래서 나는 글을 쓰며 그에 대해 꾸며내야 한다. 이야기 속에서 사람들이 무슨 말을 하고, 무엇을 하며, 그래서 뭐라고 대꾸하고, 그다음에는 그 사람들에게 무슨 일이 일어났는지 따위 말이다. 나는 등장인물들이 서로에게 무슨 말을 하는지를 만들어낸다. 물론 그 대화에는 언젠가 내가 특정한 상황에서 들었던 어떤 특정한 구절, 또는 한두 문장이 담길 수도 있다. 심지어 그런 문장이 단편의 시작점이 되기도 한다.

　헨리 밀러가 사십대에 『북회귀선』을 쓸 때(우연히도 내가 아주 좋아하는 책이다), 그는 셋방에서 글을 쓰면서 당장이라도 직장을 잃고 글을 쓰지 못하게 될까봐 두려움에 떨었던 일에 대해 이야기했다. 아주 최근까지 내 삶에서도 이런 일이 계속 일어났다. 내가 기억하는 한, 십대 이래로, 먹고사는 일은 내게 있어서 끊임없는 고민거리였다. 오랫동안 아내와 나는 머리 위의 지붕과 식탁에 놓을 우유와 빵을 구하려 애쓰며 여기저기로 이사를 다녔다. 우리에게는 돈도, 딱히 팔아먹을 만한 기술도 없었다― 하루 벌어 하루 먹는 것 이상은 아무것도 할 수 없었다. 그리고 우리는 아주 간절히 원했지만 교육도 받지 못했다. 우리는 교육을 받으면 우리 앞에 새로운 문이 열리고, 우리와 우리 아이들이 원하는 삶을 살 수 있는 직업을 구하게 될 거라고 믿었다. 우리에게는, 아내와 내게는 커다란 꿈들이 있었다. 우리는 고개를 숙이고 아주 열심히 일할 거라고, 또 마음먹은 일을 하기 위해서 어떤 노력이든 마다하지 않으리라고 생각했다. 하지만 우리는 잘못 판단했다.

　내 삶과 글에 직간접적으로 가장 큰 영향을 준 유일한 것은 내 두 아이임을 인정해야겠다. 둘은 내가 스무 살이 되기 전에 태어났고*, 나와 같은 지붕 아래에서 살기 시작해서 독립할 때까지 거의 십구 년에 이르는 기간 동안, 내 삶 곳곳에 막대하고 종종 해롭기까지 한 영향을 미쳤다.

플래너리 오코너는 한 에세이에서, 작가가 스무 살이 넘으면 삶에서 그리 큰 경험을 할 필요가 없다고 썼다. 스무 살 이전에 이미 소설을 쓰기에 충분한 일들이 일어난다. 그녀 말에 따르면, 차고 넘친다. 이후에 작가가 창조적 삶을 살기에 충분한 일을 겪는다는 것이다. 하지만 내 경우는 이 말이 맞지 않는다. 이야기 '소재'로 떠오르는 대부분의 것들은 내가 스무 살 이후에 겪은 일들이다. 사실 나는 아버지가 되기 전의 삶에 대해 별로 기억하는 게 없다. 내가 스무 살이 되기 전까지는, 결혼을 하고 아이들이 생기기 전까지는, 내 삶에서 뭔가 일어났다는 느낌이 들지 않는다. 하지만 이윽고 내 인생에서 뭔가가 일어나기 시작했다.

1960년대 중반 나는 아이오와시티에 살았고, 어느 날 빨래방에서 세탁기를 쓰느라 바빴다. 대여섯 번 정도 돌려야 할 분량이었는데, 대부분은 아이들 옷이었지만 물론 아내와 내 옷도 포함되어 있었다. 토요일 오후였고, 아내는 대학 스포츠클럽에서 웨이트리스로 일하고 있었다. 나는 허드렛일과 아이들을 책임지

---

*둘째는 카버가 스무 살 때 태어났다. 스무 살 생일이 지나고 10월에 태어났는데, 작가가 혼동한 듯하다.

고 있었다. 그날 오후, 아이들은 다른 아이들과 놀고 있었다. 아마도 친구 생일파티나 뭐 그런 비슷한 게 있었던 듯하다. 어쨌든 그 시간에 나는 빨래를 하고 있었다. 이미 내가 써야 하는 세탁기의 수를 놓고 인정머리 없는 노파와 한바탕 설전을 벌인 뒤였다. 이제 나는 그 노파, 또는 비슷한 다른 누군가와의 다음 말다툼을 대비하고 있었다. 나는 붐비는 빨래방에서 작동중인 건조기들을 초조한 마음으로 예의 주시하고 있었다. 건조기 가운데 하나가 멈추는 순간, 축축한 옷이 담긴 쇼핑 바구니를 가지고 재빨리 그곳으로 달려갈 참이었다. 이해하시길. 나는 그 빨래방에서 옷이 가득 담긴 바구니를 들고 내 차례가 오기만을 기다리며 삼십 분 정도 시간을 보내고 있었다. 이미 몇 번이나 건조기를 놓쳤다. 다른 누가 먼저 그리로 간 것이다. 나는 점점 필사적이 되어갔다. 말했듯이, 나는 우리 아이들이 그날 오후 어디에 있었는지 잘 모르겠다. 어쩌면 내가 아이들을 데리러 가기로 되어 있었는데 늦었고, 그 때문에 내 심리 상태가 그랬을 수도 있다. 난 건조기에 옷을 넣는다 할지라도 옷이 마르고 그걸 바구니에 담아 기혼자 학생용 아파트로 돌아갈 때까지 한 시간 정도 더 걸린다는 것을 잘 알고 있었다. 마침내 건조기 한 대가 멈췄다. 그리고 마침 나는 바로 그 옆에 있었다. 건조기 안에 든 옷들이 움직임을 멈췄다. 삼십 초 정도 기다렸다가 아무도 그 옷을 가지러 오지 않으면 나는 건조기 안에 든 옷을 꺼내놓고 내 옷을 넣을 생각이었다. 그게 빨래방의 규칙이었다. 하지만 그 순간, 어떤 여자가 건조기로 오더니 문을 열었다. 나는 거기 서서 기다리고 있었다. 그 여자는 건조기 안에 손을 넣더니 옷을 몇 개 꺼냈다. 하지만 충분히 마르지 않았다고 생각한 듯했다. 그녀는 문을 닫고 건조기에 10센트짜리 주화 두 개를 더 넣었다. 나는 정신이 멍해지면서 쇼핑 카트를 가지고 다시 물러나 기다렸다. 하지만 그 순간 거의 눈물이 날 정도로 무기력하고 당혹스러운 느낌 속에서도 그때까지 이 세상에서 내게 있었던 그 어떤 일도, 정말로 그 어떤 일도 내게 두 아이가 있다는 사실만큼 중요하지 않으며 큰 변화를 주지 못했다는 생각이 들었다. 그리고 내게는 늘 그 두 아이가 있을 거고, 나는 늘 이렇게 답답한 책임감과 끝없는 불안 속에 살게 될 거라고 생각했다.

지금 나는 진짜 영향에 대해 이야기하고 있다. 달과 조수에 대해 이야기하는 것이다. 그렇지만 그 영향은 그런 식으로 내게 다가왔다. 창문을 활짝 열었을 때 밀려오는 바람처럼 말이다. 그 시점까지 나는 내 삶에서 모든 게, 비록 정확히 어떻게 될지는 모른다 할지라도, 내가 희망하는 대로 또는 원하는 대로 어떻게든 잘 풀릴 거라고 생각하며 살았다. 하지만 그 순간 빨래방에서, 그건 전혀 진실이 아님을 깨달았다. 나는 내 삶의 대부분이 어지럽고 시시한 일로 이루어졌으며, 희망도 별로 보이지 않는다는 사실을 깨달았다—그전까지 나는 무슨 생각을 하고 있었던 걸까? 그 순간 나는 내가 사는 삶이 그토록 동경하던 작가들의 삶과는 큰 차이가 있음을 느끼고 알았다. 나는 작가라면 토요일을 빨래방에서 허비하지 않으며, 아이들의 요구와 변덕에 전전긍긍하며 귀중한 시간을 쓰지 않으리라는 것을 알았다. 안다, 알아. 감금, 실명, 고문이나 이런저런 형태를 띤 생명의 위협처럼 창작활동에 훨씬 더 심각한 방해를 받는 작가들이 많이 있다는 걸 말이다. 하지만 그걸 안다고 해도 아무런 위로도 되지 않았다. 그 순간─맹세하건대, 이 모든 일이 그 빨래방에서 일어났다─나는 앞으로도 이런 책임과 당혹스러움 속에서 살아야 할 뿐 별다른 변화가 없으리라는 것을 알았다. 상황이 변할 수는 있겠지만, 절대로 더 좋아지지는 않을 터였다. 나는 그 사실을 알았지만, 내가 그걸 감내하고 살 수 있을까? 그 순간 나는 조정이 필요함을 알았다. 눈높이를 낮춰야 할 터였다. 나중에 깨달았지만, 내게는 통찰력이 있었다. 하지만 그래서? 통찰력이 뭐? 통찰력은 그 어떤 도움도 되지 않는다. 통찰력이 있으면 삶이 더 고달파질 뿐이다.

오랫동안, 아내와 나는 우리가 열심히 일하고 올바른 일을 하려 애쓴다면 올바른 결과가 있으리라 믿어왔다. 삶을 꾸려나가는 데 있어 나쁜 방법은 아니다. 열심히 일하기, 목표, 좋은 의도, 성실. 우리는 이게 미덕이라 믿었으며 언젠가는 보상을 받으리라 생각했다. 우리는 언젠가는 그런 시간이 오리라 꿈꿨다. 하지만 결국 우리는 열심히 일하고 꿈꾸는 것만으로는 충분하지 않다는 것을 깨달았다. 어디선가, 아마도 아이오와시티나 아니면 얼마 지나지 않아 이사한 새크라멘토에서였던 듯한데, 우리의 꿈은 부서지기 시작했다.

아내와 내가 신성하게 또는 가치 있게 여겼던 관점, 모든 정신적 가치들이 시간이 흐르며 부서져갔다. 우리에게 뭔가 끔찍한 일이 일어났다. 다른 가족들에게서는 일어나는 걸 본 적이 없는 뭔가였다. 우리에게 무슨 일이 일어났는지 완전히 이해할 수는 없었다. 하지만 그건 부식이었고, 우리는 그것을 멈출 수 없었다. 우리가 보고 있지 않던 사이, 어쩌된 일인지 아이들이 운전석에 앉은 것이다. 지금은 말도 안 되는 소리로 들리지만, 아이들이 고삐와 채찍을 잡았다. 우리는 우리에게 일어나고 있던 것과 같은 일들을 전혀 예상하지 못했을 뿐이다.

육아를 하던 이 모진 시기 동안, 대개의 경우 나는 뭔가 아주 오래 걸리는 일에 집중할 만한 시간도 마음의 여유도 없었다. 내 상황에서는 D. H. 로런스가 표현했듯 "잡고 악착같이 싸우는" 것이 불가능했다. 아이들과 함께하는 내 삶의 환경은 뭔가 다른 것을 명령했다. 만약 내가 뭔가를 쓰고, 완성하고, 완성한 작품에서 만족감을 얻고 싶다면 단편소설과 시를 고수해야 한다고 명령했다. 짬을 내 자리에 앉아, 운이 좋다면 재빨리 써서 완성할 수 있는 글들이어야만 했다. 아주 일찍, 심지어 아이오와시티에서 살기 훨씬 전부터 나는 장편소설 쓰는 게 버겁다는 사실을 깨달았다. 뭔가에 계속 집중하지 못하기 때문이다. 이제 당시를 돌아보면, 나는 그 굶주린 시절 동안 좌절하여 천천히 미쳐갔던 듯하다. 어쨌든, 그 환경은 내가 어떤 형식의 글을 쓸 것인지를 오롯이 결정해주었다. 이제 와서 불평하는 건 절대로 아니다. 단지 무겁고 여전히 혼란스러운 마음으로 사실을 말하는 것뿐이다.

내가 정신과 에너지를 장편소설 쓰는 일에 집중할 수 있었다 할지라도, 돈을 받을 때까지 몇 년은 걸릴 텐데(그게 돈으로 연결된다면 말이지만) 그때까지 기다릴 수 있는 처지도 아니었다. 그렇게 하기에는 갈 길이 너무 멀었다. 나는 앉아서 금방, 오늘밤 또는 적어도 내일 저녁까지는 끝마칠 수 있는, 일을 마치고 집에 돌아와 흥미를 잃기 전에 마칠 수 있는 뭔가를 써야만 했다. 그 시절 나는 늘 시시한 직업을 전전했고, 아내도 마찬가지였다. 아내는 웨이트리스나 집집마다 돌아다니는 외판원 일을 했다. 나중에는 고등학교 선생님이 되었다. 하지만 그건 꽤 훗날 일이었다. 나는 제재소, 잡역부, 배달, 주유소, 상품창고 일 등 온갖 잡일을 했다. 어느 여름에는 먹고살기 위해 캘리포니아 아카타에서 낮이면 튤립을 꺾었다. 정말이다. 그리고 밤에는 드라이브인 레스토랑이 문을 닫고 나면 실내를 청소하고 주차장을 쓸었다. 심지어 한번은, 비록 몇 분 정도에 불과하지만—내 앞에 지

원서가 놓여 있었다―빚 수금 대행업자가 되려고 생각하기까지 했다!

그 시절, 나는 일을 마치고 가족과 시간을 보내고 나서 나 자신을 위해 하루에 한두 시간만 짜낼 수 있다면 그걸로 충분하다고 생각했다. 그 시간 자체가 천국 같았다. 나는 그 시간 동안 행복했다. 하지만 가끔, 이런저런 이유로 해서 그 시간을 짜낼 수 없을 때가 있었다. 그러면 나는 토요일을 기다렸다. 비록 또 뭔가 다른 일이 생겨 토요일을 쓸 수 없을 때도 있었지만 말이다. 하지만 일요일이라는 희망이 있었다. 어쩌면 일요일에는 가능할지도 모른다고 믿었다.

나는 그런 방식으로, 다시 말해, 어떤 방식도 없이 장편소설을 쓰는 내 모습을 상상할 수 없었다. 내가 볼 때, 장편소설을 쓰려면 작가는 그 자체로 이치에 맞는 세상을, 작가가 믿을 수 있고 완전히 이해하고 정확히 묘사할 수 있는 세상을 살아야만 한다. 적어도 한동안은 한자리에 고정되어 있는 세상 말이다. 이와 더불어, 그 세계가 본질적으로 옳다는 믿음이 있어야만 한다. 작가가 아는 그 세계가 존재해야만 하는 이유가 있으며 그에 대해 쓸 만한 가치가 있다는 믿음이 글을 쓰는 과정에서 연기처럼 사라지지 않아야만 한다. 하지만 내가 알고 살아가던 세상은 이 경우에 해당되지 않았다. 내가 살던 세상은 날마다 법칙과 방향과 속력이 바뀌는 듯했다. 다음달 1일이 지나면 어떻게 될지, 어떻게 살아야 할지 가늠할 수 없는 상황들이 이어졌고, 어찌어찌해서 돈을 마련해 간신히 집세를 내고 아이들이 학교에 입고 갈 옷을 사 입히는 날들이 계속되었다. 정말이다.

나는 내가 들인 소위 문학적 노력에 따르는 가시적인 결과물을 보고 싶었다. 퇴짜 편지, 공허한 약속, 기약 없이 원고지와 씨름만 하는 일은 사양이었다. 그래서 나는 일부러 그리고 필요에 의해, 한 번이나 최대한 두 번이면 마칠 수 있는 글들만 썼다. 지금 내가 말하는 건 초고이다. 나는 끈기를 가지고 고쳐썼다. 하지만 그 시절엔, 비록 시간이 걸리기는 했어도 고쳐쓰는 시간을 무척이나 기다렸다. 나는 기꺼이 그 시간을 쓸 용의가 있었다. 어떤 면에서 볼 때, 나는 작업중인 단편이나 시를 서둘러 끝마칠 필요가 없었다. 뭔가를 끝낸다는 건 다른 걸 시작할 시간과 확신을 찾아내야만 한다는 뜻이었기 때문이다. 그래서 나는 초고를 마친 뒤 끈기 있게 고쳐썼다. 아주 오랜 시간처럼 느껴지던 기간 동안 원고를 집에 두고 이걸 바꾸고, 저걸 더하고, 다른 뭔가를 빼는 식으로 가지고 놀았다.

거의 이십 년 동안, 나는 이렇게 마구잡이로 글을 썼다. 물론 좋은 시기도 있었다. 오직 부모만이 느낄 수 있는 성숙한 기쁨과 만족감이 있었다. 하지만 그 시절로 돌아가느니 차라리 독약을 먹겠다.

이제 내 삶의 상황은 예전과 많이 다르지만, 이제는 내가 원해서 단편소설과 시를 쓴다. 아니, 적어도 그렇다고 생각한다. 어쩌면 과거 그 시절부터 몸에 익은 오래된 습관의 결과일 뿐인지도 모른다. 어쩌면 이제는 뭔가를, 내가 원하는 무엇이든 할 수 있는 시간이 충분히 있으며, 갑자기 먹고살 길이 막막해지면 어떻게 할 것인지 혹은 왜 아직 저녁식사가 준비되지 않았는지 아이가 따지며 물을까봐 걱정할 필요가 없는데도 아직 그런 상황에 익숙해지지 않은 것일지도 모른다. 하지만 나는 그 과정에서 뭔가를 배웠다. 내가 배운 것 가운데 하나는 굽히지 않으면 부러진다는 점이다. 또한 나는 굽히고 동시에 부러지는 게 가능하다는 것도 배웠다.

내 인생에 영향을 준 다른 두 명에 대해 이야기해보자. 한 명은 1958년 가을, 내가 치코 주립대학의 초급 소설작법 수업을 신청했을 때 그 수업을 맡고 있던 존 가드너이다. 아내와 나, 그리고 아이들은 워싱턴 주의 야키마를 떠나 캘리포니아 주의 치코 외곽으로 10마일쯤 떨어진 파라다이스라는 지역으로 막 이사해 온 참이었다. 우리는 세를 싸게 주겠다는 약속을 받았고, 당연히 캘리포니아로 이사하는 게 굉장한 모험이 되리라고 생각했다. (그당시, 그리고 그뒤로도 한참 동안 우리는 늘 모험을 좋아했다.) 물론 나는 생활을 꾸려가기 위해 일을 해야 했지만, 또한 시간을 쪼개 대학교에 학생으로 등록할 계획이었다.

가드너는 아이오와 대학교에서 막 박사학위를 따고 온 참이었고, 내가 알기로는 출간되지 않은 몇 편의 장편소설과 단편소설들이 있었다. 나는 출간이 되었든 안 되었든 간에 장편소설을 쓴 사람을 만나본 적이 한 번도 없었다. 수업 첫날, 가드너는 우리를 밖으로 나가게 하더니 잔디밭에 앉혔다. 기억하기로 학생은 예닐곱 명쯤이었던 듯하다. 그는 우리에게 돌아가며 즐겨 읽는 책의 작가를 대게 했다. 우리가 누구를 말했는지는 기억나지 않지만, 적절한 이름을 대지는 못한 게 분명하다. 그는 우리 가운데 진정한 작가가 되기 위해 필요한 것을 가진 이는 아무도 없다고 선언했다. 우리 가운데 그 누구에게도 작가가 되기 위해 필요한 정열이 없어 보인다는 것이었다. 그는 별로 뭔가 결과가 나오리라는 기대를 하지는 않지만 우리를 위해 할 수 있는 일을 하겠노라고 말했다. 하지만 그의 말에는 우리가 곧 여행을 떠날 터이며 놀라지 않으려면 마음을 단단히 먹어야 한다는 암시가 배어 있었다.

한번은 그가 수업에서 자신은 비웃을 때를 제외하면 판매 부수가 많은 잡지들 이름을 언급하지 않을 거라고 말한 게 기억난다. 가드너는 '소규모' 잡지들, 즉 문예 계간지들을 잔뜩 가져왔고, 우리에게 그런 잡지들에 실린 작품을 읽어야 한다고 했다. 그는 이런 잡지들이야말로 국내 최고의 단편소설과 시들이 실리는 곳이라고 했다. 자신이 이곳에 있는 이유는 어떻게 쓰는가와 더불어 어떤 작가의 글을 읽어야 하는지 알려주기 위해서라고 했다. 그는 놀라우리만큼 거만했다. 그는 우리에게 읽을 가치가 있다고 생각하는 소규모 잡지 목록을 주었고, 목록을 함께 살피며 각 잡지에 대해 짤막하게 이야기를 했다. 물론 그 잡지들 이름을 들어본 이는 우리 가운데 아무도 없었다. 나는 그런 잡지들이 존재한다는 사실조차 처음 알았다. 그 무렵, 아마도 개인 면담에서였던 듯한데, 그가 작가는 태어나기도 하지만 만들어지기도 한다고 말했던 기억이 난다. (정말로 그럴까? 휴, 아직도 난 모르겠다. 창작 수업을 가르치고 그 직업을 진지하게 여기는 모든 작가들은 어느 정도 그 사실을 믿어야만 한다고 생각한다. 음악가와 작곡가와 시각예술가 들도 견습 단계를 거치지 않는가? 그러니 작가라고 안 그래야 할 이유는 뭔가?) 당시 나는 감수성이 예민했고(지금도 그렇다고 생각한다), 그가 말하고 행동하는 모든 것에 무척이나 감동받았다. 그는 내 초기 작품 하나의 초고를 받아 함께 살폈다. 나는 그가 아주 끈기 있었고, 자신이 하려는 말을 내가 이해하길 원했고, 원하는 바를 표현하려면 적절한 단어를 쓰는 것이 얼마나 중요한지를 거듭해 말해준 것을 기억한다. 뜻이 애매하게 쓰거나 뭉뚱그리거나 안개 낀 창문처럼 뿌옇게 표현하면 안 된다고 했다. 그리고 그는 계속해 내게 평범한 언어, 평소 이야기할 때의 언어, 우리가 대화를 나눌 때 쓰는 언어—달리 뭐라고 표현해야 할지 모르겠다—를 사용해야 한다며 그 중요성을 강조했다.

최근 우리는 뉴욕 주의 이서카에서 함께 저녁식사를 했고, 나는 우리가 그의 연구실에서 함께했던 수업 이야기를 했다. 그는, 당시 자신이 말한 모든 것이 아마도 틀렸을 거라고 대답했다. 그가 말했다. "나는 굉장히 많은 일들에 대해 내 생각을 바꿨어." 내가 아는 건 그가 그때 내게 했던 조언들이 그 시절의 내게 꼭 필요한 것들이었다는 점이다. 그는 훌륭한 선생이었다. 내 옆에 앉아서 함께 원고를 살펴볼 정도로 나를 진지하게 대하는 누군가가 있었던 것은 내 인생의 그 시기에 일어난 훌륭한 일이었다. 나는 내게 뭔가 결정적인 일이, 중요한 일이 일어나고 있다는 사실을 알았다. 그는 내가 말하고자 하는 것을 정확히 말하는 일이 얼마나 중요한지, 오로지 그것만이 중요할 뿐이고 '문학적' 단어나 '가짜 시적' 언어를 사용하면 안 된다는 사실을 깨닫게 도와주었다. 예를 들어, 그는 '종달새의 날개wing of a meadowlark'라는 표현과 '종달새 날개meadowlark's wing'라는 표현이 어떻게 다른지 설명하려 애썼다. 그 둘은 발음이 다르고 느낌이 다르다. 그렇지 않은가? 가령 '땅'과 '대지'가 그렇다. 그는 말하길, 땅은 땅이고 단순히 땅, 흙, 그런 걸 의미하지만 '대지'라고 말하면 뭔가 다른 것, 다른 의미가 된다고 했다. 그는 글을 쓸 때 축약어를 쓰는 법을 알려주었다. 내가 말하고자 하는 걸 말하는 방법, 그렇게 하기 위해서 최소한의 단어를 쓰는 방법을 깨닫게 해주었다.

그는 단편소설에서는 그야말로 모든 것이 중요하다는 걸 깨닫게 해주었다. 단편소설은 쉼표와 마침표가 어디에 위치하는가에 따르는 결과물이었다. 이에 대해, 그리고 또한 자기 연구실 열쇠를 내게 주어 주말에 글을 쓸 장소를 마련해준 것에 대해, 내 성마름과 전반적으로 엉터리인 의견을 참아준 것에 대해, 나는 그에게 늘 고마워할 것이다. 그는 내게 영향을 끼쳤다.

십 년 뒤 나는 여전히 살아 있었고, 여전히 내 아이들과 살았으며, 여전히 가끔씩 수필과 시를 썼다. 나는 수필 가운데 하나를 〈에스콰이어〉에 보냈다. 그렇게 함으로써 한동안 그 글에 대해 잊고 있기 위해서였다. 하지만 그 글은 당시 그 잡지의 소설 담당 편집자였던 고든 리시라는 사람이 쓴 편지와 함께 반송되어 왔다. 그는 자신이 그 글을 돌려보내는 데에 대해 사과하지 않았다. '안타깝지만 돌려보냅니다' 따위 말은 없었다. 고든 리시는 그냥 그것을 돌려보냈다. 하지만 다른 글도 보고 싶다고 적었다. 그래서 나는 즉시 내가 쓴 모든 것을 보냈고, 그는 나만큼이나 즉시 모든 글을 돌려보냈다. 하지만 이번에도 내가 보낸 글들에 친절한 편지를 더해 보냈다.

당시는 1970년대 초반이었고, 나는 가족과 함께 팰로앨토에 살았다. 나는 삼십대 초반이었고 태어나 처음으로 사무직 일을 하고 있었다. 교과서 출판사의 편집자 일이었다. 우리는 뒤쪽에 낡은 차고가 있는 집에 살았다. 전에 세들어 살던 사람들은 그 차고에 오락실을 꾸며놓았고, 나는 밤마다 저녁식사 이후에 어떻게든 시간을 내 차고에 가서 뭔가를 쓰려고 애썼다. 만약 아무것도 쓸 수 없을 때면, 이런 경우가 잦았는데, 그냥 잠시 거기에 홀로 앉아 있으면서 집안에서 끊임없이 일어나는 듯 보이는 소동에서 멀리 떨어져 있음에 감사했다. 나는 '그 이웃 사람들The Neighbors'이라는 제목의 단편소설을 쓰고 있었다. 마침내 나는 그 단편을 완성해 리시에게 보냈다. 거의 즉시 답장이 왔다. 편지에서 리시는 내 글이 무척이나 마음에 들고, 제목을 '이웃 사람들Neighbors'이라고 바꿨으며, 내 글을 사자고 잡지사에 추천했다고 했다. 그 글은 팔렸고, 잡지에 실렸고, 그뒤로 모든 것이 달라진 듯했다. 내게는 그렇게 보였다. 곧 〈에스콰이어〉는 또다른 단편소설을 샀고, 또 샀고, 계속 그렇게 했다. 이 시기에 제임스 디키는 〈에스콰이어〉의 시 부문 편집자가 되었고, 내 시를 받아 잡지에 싣기 시작했다. 한편으로 보면 더는 바랄 나위 없이 일이 술술 풀려나갔다. 하지만 내 아이들은 지금 내 귀에 들리는 경마장 소리처럼 큰 소리로 울어댔고, 나를 산 채로 잡아먹고 있었다. 곧 내 인생은 다시 급커브를 돌았고, 막다른 골목에 다다랐다. 나는 어디로도 갈 수가 없었다. 앞으로 나아갈 수도, 뒤로 물러설 수도 없었다. 리시가 내 단편소설들을 모아 맥그로힐 출판사에 보내 출간하게 한 것도 이 시기였다. 한동안 나는 여전히 벽에 막혀 있었고, 어느 방향으로도 움직일 수가 없었다. 만약 한때 내게 정열이 있었다면, 그것은 꺼진 상태였다.

영향. 존 가드너와 고든 리시. 그 둘에게 나는 갚을 수 없는 빚을 졌다. 하지만 내 아이들에게도 마찬가지다. 내게 가장 큰 영향을 끼친 건 내 아이들이다. 아이들이 내 삶과 글을 만들고 움직인 가장 큰 요인이다. 알겠지만, 나는 여전히 내 아이들의 영향 아래 놓여 있다. 비록 이제는 앞날이 상대적으로 더 명확하고 주위도 조용하지만 말이다.

존 가드너: 선생으로서의 작가

오래전—1958년 여름이었다—아내와 나는 어린아이 둘을 데리고 워싱턴 주의 야키마에서 캘리포니아 주의 치코 외곽에 있는 작은 마을로 이사했다. 그곳에서 우리는 낡은 집을 찾아냈고, 한 달에 25달러를 내고 그 집을 빌렸다. 이사 비용 때문에 나는 내가 처방전을 배달해주던 빌 바턴이라는 이름의 약사에게 125달러를 빌렸다.

당시 표현대로 말하자면 나와 아내는 빈털터리가 된 상황이었다. 생활을 꾸려나가려면 절약을 해야 했지만, 나는 당시 치코 주립대학이라 불리던 곳에서 수업을 들을 계획이었다. 하지만 내가 생각이 나는 한 과거까지 기억을 더듬어보자면, 우리가 다른 인생과 우리 몫으로 있을 아메리칸 파이의 한 조각을 얻기 위해 캘리포니아로 이사하기 오래전부터 나는 작가가 되고 싶었다. 나는 글을 쓰고 싶었다. 물론 가공의 이야기라면 무엇이든 쓰고 싶었지만 동시에 시, 극, 각본도 쓰고 싶었고, 〈스포츠 어필드〉 〈트루〉 〈아르거시〉 〈로그〉와 같은 곳에 기사도 쓰고 싶었다 (당시 내가 읽던 잡지들이다). 지역 신문에도 글을 쓰고 싶었다. 일관성 있게 단어를 엮는 일이기만 하다면, 그리고 나 말고 다른 사람의 흥미도 끌 수 있는 내용이라면 무엇이든 간에 글을 쓰고 싶었다. 하지만 우리가 이사할 당시, 작가가 되려면 뭔가 교육을 받아야 한다는 느낌이 뼛속 깊이까지 들었다. 당시 나는 교육에 굉장히 높은 우선순위를 두었다—지금보다도 당시에 더 그랬다고 확신하지만, 그건 이젠 내가 나이가 들고 교육을 받았기 때문이다. 내 가족 중엔 대학에 간 사람이 한 명도 없었고, 사실 의무교육 과정인 8학년 이상을 다닌 사람조차 아무도 없었다. 나는 아무것도 몰랐지만, 내가 아무것도 모른다는 사실만큼은 알았다.

그러니까 교육을 받겠노라는 욕망과 함께, 내겐 글을 쓰고 싶다는 아주 강한 욕망이 있었다. 그 욕망이 어찌나 강한지 '분별력'과 '차가운 현실'—즉 내 삶의 '실체'—이 계속해 나에게 이제 그만둬야 한다고, 이제는 꿈을 버리고 조용히 앞으로 나아가 뭔가 다른 것을 해야 한다고 말했음에도 나는 그 뒤로도 오랫동안 계속해 글을 썼다. 대학에서 받은 격려와 그때 얻은 통찰력이 도움이 되었다.

그해 가을 치코 주립대학에서 나는 신입생 대부분이 들어야 하는 수업을 신청했지만, 또한 '기초 창작'이라 불리는 수업도 신청했다. 이 수업은 존 가드너라는 이름의 교수가 가르칠 예정이었다. 그는 신임 교수임에도 이미 약간의 수수께끼와 로맨스에 둘러싸여 있었다. 사람들 말에 따르면, 그는 전에 오벌린 칼리지에서 가르쳤지만 뭔가 불분명한 이유로 그곳을 관뒀다고 했다. 한 학생은 말하길 가드너가 해고를 당했다고 했고(모두가 그러하듯, 학생들 역시 소문과 음모를 좋아한다), 또다른 학생은 가드너가 관둔 건 내부 불화 때문이라고 했다. 또다른 누군가는 오벌린에서는 한 학기에 신입생 영어 강의를 네다섯 개씩 맡아야 했는데, 그 부담이 너무 커서 글을 쓸 시간이 없었기 때문이라고 했다. 가드너가 진짜 작가, 다시 말해 현재 창작중인 작가라서 그렇다는 거였다. 그 말은 가드너가 장편과 단편을 써본 적이 있다는 뜻이었다. 어쨌든 그는 치코 주립대학에서 기초 창작을 가르칠 예정이었고, 나는 수강 신청을 했다.

나는 진짜 작가에게서 수업을 받는다는 사실에 흥분했다. 그전까지 작가를 만나본 적이 없었기에 두렵기도 했다. 하지만 어떻게 해야 장편소설과 단편소설을 쓸 수 있는지 알고 싶었다. 물론 가드너는 아직 아무것도 출간하지 않았다. 사람들 말에 따르면 그는 자기 작품을 출판하지 못했고 상자에 넣어 가지고 다닌다고 했다. (내가 그의 학생이 되고 난 뒤 원고가 든 그 상자들을 볼 수 있었다. 가드너는 내가 글을 쓸 마땅한 장소를 구하지 못한 것을 알게 되었다. 그는 내게 어린아이들과 아내가 있으며 우리가 성냥갑처럼 좁은 집에서 산다는 걸 알았다. 그는 내게 자기 연구실 열쇠를 주었다. 지금 생각해보면 그 선물은 내 인생의 전환점으로 작용했다. 그것은 그냥 평범한 선물이 아니었고, 내게 일종의 명령으로 받아들여진 듯하다―실제로 그러했기 때문이다. 나는 매주 토요일과 일요일의 일부를 그의 연구실에서 보냈고, 그곳에는 그의 원고가 든 상자들이 있었다. 그 상자들은 책상 옆 바닥에 쌓여 있었다. 상자 하나에 유성 연필로 니켈 산이라고 적혀 있던 것이 내가 기억하는 유일한 제목이다. 하지만 내가 글을 쓰기 위해 처음으로 진지하게 시도했던 것은 그의 연구실에서, 출간되지 않은 그의 책들이 보이는 곳에서였다.)

내가 가드너를 만났을 때, 그는 여자 체육관의 등록대 뒤에 있었다. 나는 수업 등록을 한 뒤 등록 카드를 받았다. 그는 내가 상상했던 작가의 모습과는 완전 딴판이었다. 사실, 그 시절 가드너는 장로교 목사나 FBI 요원처럼 입고 다녔으며 그렇게 보였다. 그는 늘 검은 양복에 하얀 셔츠, 넥타이 차림이었다. 그리고 머리를 군인처럼 짧게 쳤다. 내 나이 또래의 젊은이 대부분은 DA―오리 궁둥이 duck's ass―라 부르던 머리 스타일을 하고 다녔다. 머리를 옆으로 빗어 넘겨 머릿기름이나 크림으로 목덜미에 찰싹 붙이는 스타일이었다. 내 말은 가드너가 굉장히 완고해

198

보였다는 것이다. 그리고 그런 모습을 완성하려는 듯, 그는 옆면에 검은 타이어가 달린 문 네 개짜리 검은 쉐보레를 몰고 다녔다. 그 차는 옵션이라고는 아무것도 없었고 심지어 라디오마저도 없었다. 그를 알게 되고, 연구실 열쇠를 받고, 글을 쓰기 위해 그곳을 정기적으로 드나들게 된 뒤, 나는 일요일 아침이면 창문 앞에 놓인 그의 책상 앞에 앉아 그의 타자기를 쳐댔다. 그리고 일요일마다 그랬듯 그가 차를 타고 와 연구실 앞 거리에 주차하는 모습을 지켜보았다. 이윽고 가드너와 그의 첫번째 아내였던 조앤이 차에서 내렸다. 둘 다 간소한 검은 옷을 입었고, 인도를 걸어 교회로 가서 예배를 보았다. 한 시간 반이 지나면 나는 그들이 교회에서 나와 인도를 걸어가 검은 차를 타고 떠나는 모습을 지켜보았다.

가드너는 머리를 짧게 치고, 목사나 FBI 요원처럼 옷을 입고, 일요일마다 교회에 갔다. 하지만 다른 면에서는 관습에 얽매이지 않았다. 그는 수업 첫 시간부터 규칙을 깨뜨리기 시작했다. 그는 골초였으며 교실에서도 끊임없이 담배를 피웠고, 금속 쓰레기통을 재떨이로 썼다. 그 시절, 교실에서 담배를 피우는 사람은 아무도 없었다. 같은 강의실을 쓰는 다른 교수가 가드너의 흡연에 대해 보고하자, 가드너는 단지 우리에게 그 교수가 옹졸하고 속이 좁다고 말하고는 창문을 열어놓고 계속 담배를 피웠다.

그의 수업에서 단편을 쓰려는 학생들은 열에서 열다섯 쪽 분량의 단편소설을 하나 쓰는 과제를 받았다. 장편소설을 쓰고 싶어하는 이들—내 생각에 한두 명 정도 있었던 듯하다—은 이십 쪽 정도 분량의 챕터 하나와 나머지 내용에 대한 요약을 써야 했다. 중요한 점은, 단편소설 한 편이나 장편소설의 한 챕터를 가드너가 만족할 때까지 학기중에 열 번 정도 교정을 해야 한다는 것이었다. 작가라면 자신이 말한 것을 살펴보는 과정을 통해 자신이 무엇을 말하고 싶은지를 발견한다는 것이 가드너의 기본 신조였다. 그리고 교정 과정을 통해 이런 것을 볼 수 있다고, 또는 좀더 명확히 볼 수 있다고 했다. 그는 교정을, 끝없는 교정을 믿었다. 가드너는 교정 과정을 진심으로 신뢰했고, 작가가 어느 단계에 있든지 꼭 필요한 것이라 여겼다. 그리고 그는 이미 다섯 번은 읽었던 글이라 할지라도 학생의 글을 읽으며 지겨운 기색을 보이지 않았다.

내 생각에 1958년 그가 단편소설에 대해 품고 있던 생각은 1982년에도 여전한 듯하다. 그는 단편소설이란 눈에 띄는 시작, 중간, 결말이 있어야 한다고 생각했다. 가끔 그는 칠판으로 가서 자신이 원하는 이야기의 봉우리, 계곡, 평원, 해결, 대단원과 같은 감정의 솟구침과 하강에 대해 요약해 보여주기 위해 도표를 그리곤 했다. 노력은 했지만 사실 나는 그가 칠판에 그린 내용을 이해할 수 없었고, 그리 큰 관심도 없었다. 하지만 나는 수업시간에 토론 주제가 된 학생의 단편소설에 대해 그가 하는 평들은 이해할 수 있었다. 가령, 가드너는 장애인에 대한 이야기를 쓰면서 이야기가 거의 끝날 무렵까지 그 인물이 장애인인 것을 밝히지 않은 이유를 큰 소리로 물었다. "그러니까, 학생은 독자들이 마지막 문장에 가서야 이 남자가 장애인임을 알게 하는 것이 좋다고 생각하는 겁니까?" 그의 어조에는 반대 의견이 담겨 있고, 그 말을 듣는 즉시 그 글을 쓴 작가를 포함해 수업에 참석한 모든 사람들이 그게 좋은 전략이 아님을 알 수 있었다. 독자를 놀라게 하려는 의도에서 중요하고 필요한 정보를 이야기가 끝날 때까지 숨기는 전략은 속임수였다.

수업시간에 그는 늘 내게 낯선 작가들 이름을 거론했다. 혹은 이름은 알았다 할지라도 작품은 읽지 않은 작가들을 거론했다. 콘래드. 셀린. 캐서린 앤 포터. 이사크 바벨. 월터 밴 틸버그 클라크. 체호프. 호텐스 캘리셔. 커트 하닉. 로버트 펜 워런. (우리는 워런의 「블랙베리 겨울」이라는 단편을 읽었다. 무슨 이유에서인가 나는 그 작품을 좋아하지 않았고, 가드너에게 그렇게 말했다. "다시 읽는 게 좋을 거야." 가드너는 그렇게 말했고, 그는 농담을 한 게 아니었다.) 윌리엄 개스도 언급했다. 가드너는 막 〈MSS〉라는 잡지를 출간하려던 참이었고, 그 첫 호에 「피더슨의 아이」라는 단편을 실을 예정이었다. 나는 그 원고를 읽었지만 내용을 이해할 수 없어서 다시 한번 가드너에게 불평을 늘어놓았다. 가드너는 이번에는 내게 다시 읽어보라고 하지 않았다. 그냥 내게서 원고를 받아가기만 했다. 가드너는 제임스 조이스와 플로베르와 이사크 디네센에 대해 마치 그들이 유바시티 거리 어딘가에 살고 있다는 듯이 말했다. 가드너가 말했다. "내가 여기에 있는 건 자네에게 어떻게 써야 하는지를 가르쳐주는 만큼 누구의 글을 읽어야 하는지도 가르쳐주기 위해서야." 나는 멍한 상태로 교실을 나왔고, 도서관으로 곧장 가서 가드너가 말한 작가들 책을 찾아보았다.

그 당시 헤밍웨이와 포크너는 유행하는 작가였다. 하지만 나는 이 둘이 쓴 작품을 고작해야 두세 권 정도 읽은 것 같다. 어쨌든, 그 둘은 워낙 유명했고 자주 회자되는 사람들이다보니 실제 작품이 그 유명세만큼 뛰어날 수는 없을 것 같았다. 안 그런가? 나는 가드너가 내게 한 말을 기억한다. "포크너의 작품을 닥치는 대로 읽어. 그런 뒤엔, 머릿속에서 포크너를 비워내기 위해 헤밍웨이의 모든 작품을 읽고."

어느 날 가드너는 '소규모 간행물', 즉 문예 정기간행물이 담긴 상자를 가지고 오더니 우리에게 건네 살펴보게 했다. 우리가 그 간행물들의 이름과 생김새에 익숙해지고, 손에 쥐었을 때 어떤 느낌인지 알게 하기 위해서였다. 그는 우리에게 말하길, 이 잡지들에 국내 최고 수준의 소설들이 담겨 있으며 모든 시는 여기에 실린다고 했다. 소설, 시, 문학 에세이, 신간 리뷰, 생존 작가들에 의한 생존 작가들의 비평. 그 시절, 나는 그러한 간행물들이 있다는 걸 알고 무척이나 흥분했다.

자신의 수업을 듣던 일고여덟 명을 위해 가드너는 묵직한 검은색 바인더를 주문했고, 우리에게 쓴 작품을 그곳에 철해놓으라고 말했다. 그는 자기 작품들도 그러한 바인더에 보관한다고 말했고, 물론 우리는 기꺼이 그렇게 하기 시작했다. 우리는 각자의 글을 바인더에 넣으며 우리가 특별하고, 유일하고, 서로 다르다고 여겼다. 그리고 그건 사실이었다.

나는 가드너가 다른 학생들과 그들의 작품을 교정하기 위해 개인 면담을 할 때는 어떤 식으로 했는지 모른다. 난 가드너가 모든 학생에게 충분히 주의를 기울였으리라 생각한다. 하지만 내가 당시 느꼈고 지금도 그렇게 생각하는 바, 당시에 가드너는 기대했던 것보다 더 진지하고 세밀하고 유심하게 내 글을 살펴보았다. 나는 가드너에게서 전혀 생각지도 못한 종류의 비평들을 받았다. 가드너는 나와 만나기 전에 내 글에 미리 표시를 하고, 부적절한 문장과 구와 단어, 심지어 구두점에까지 줄을 그어 지웠다. 그리고 이렇게 삭제한 부분은 양보할 수 없는 사항임을 내게 이해시켰다. 문장, 구, 단어에 괄호를 해둔 곳도 있었는데, 그런 경우에는 우리가 이야기를 나누며 이것들을 살릴 수도 있었다. 가드너는 내가 쓴 것에 뭔가를 끼워넣는 데 망설임이 없었다. 내가 말하고자 하는 바를 명확히 하기 위해 여기저기에 단어가 하나 또는 몇 개씩 들어가고, 어떤 때는 문장이 하나 통째로 들어가기도 했다. 우리는 지금 이 순간 세상에 이보다 더 중요한 일은 없다는 듯한 기세로 내 글의 쉼표에 대해 토론했고, 실제로 그보다 더 중요한 건 없었다. 가드너는 늘 뭔가 칭찬할 거리를 찾았다. 마음에 드는, 독자의 '마음을 사로잡아' 이야기를 즐겁고 기대하지 못했던 방향으로 이끌고 갈 문장, 대화, 지문을 보면 여백에 '잘했어' 또는 '훌륭해'라고 적었다. 그리고 이러한 의견이 달린 걸 보면 나는 가슴이 뛰었다.

　가드너는 꼼꼼하게 한 줄 한 줄 비평을 해주었고, 그러한 비평 뒤에 숨은 이유, 왜 그런 식이 아닌 이런 식으로 되어야 하는가를 설명해주었다. 그것은 내가 작가로서 발전하는 데 더할 나위 없이 소중한 밑거름이 되었다. 이렇게 세세한 부분에 대해 이야기를 나눈 뒤 우리는 이야기의 더 큰 부분에 대해, 이 이야기를 통해 비추고자 하는 '문제'라든가 해결하려 애쓰는 갈등, 어떤 면에서 이 이야기가 글쓰기의 전체적 틀에 맞아들어갈 수도 있고 아닐 수도 있는지 따위에 대해 이야기했다. 만약 작가의 무딘 감각과 부주의함과 감상벽 때문에 이야기가 모호해진다면, 그 이야기에는 엄청난 약점이 생긴다는 것이 그의 소신이었다. 하지만 그보다 더 나쁜, 무슨 수를 쓰더라도 피해야 할 것이 있었다. 만약 단어와 감정이 정직하지 않다면, 작가가 그것을 꾸며낸다면, 작가가 관심 없거나 믿지 않는 것에 대해 쓴다면, 그 누구도 그 이야기에 대해서 전혀 관심을 보이지 않을 거라고 했다.

작가에게는 가치관과 기술이 있어야 한다. 이것이 가드너가 가르치고 믿는 것이었으며, 짧지만 소중했던 그때 이후 내가 간직해온 신념이다.

　가드너가 1982년 9월 14일 갑자기 세상을 뜨기 전에 완성한 『소설가가 되는 것에 대해』는 작가가 되고 작가로 남는다는 것이 어떤 일인지, 그리고 그러기 위해서는 무엇이 필요한지에 대한 현명하고 정직한 평가인 듯하다. 이 책은 상식, 도량, 타협 불가능한 가치관들을 통해 그 이야기를 하고 있다. 이 책을 읽는 이라면 누구든 작가의 유머 감각과 고귀한 마음가짐 그리고 단호하고 타협 없는 정직함에 감동하게 될 것이다. 읽어보면 알겠지만, 이 책에서 작가는 계속해 "내 경험에 의하면……"이라고 말하고 있다. 가드너는 자신의 경험을 통해 글쓰기의 어떤 면은 배울 수 있고 남에게, 대개는 자신보다 젊은 작가에게 전해줄 수 있다는 것을 알았다―그리고 내가 창작 수업의 선생 역할을 하며 얻은 경험을 통해 보아도 그렇다. 교육과 예술 창작에 진지하게 관심이 있는 사람이라면 이러한 견해에 놀라지 않으리라. 대부분의 우수하거나 심지어 훌륭한 지휘자, 작곡가, 미생물학자, 발레리나, 수학자, 시각예술가, 천문학자, 전투기 조종사들은 자기보다 나이 많고 능력 있는 선배에게서 배운다. 도자기 굽는 법이나 약물에 대한 수업을 듣는다고 모두가 위대한 도공이나 의사가 되지 못하듯이, 글쓰기 수업을 듣는 그 자체만으로는 위대한 작가가 되지 못한다. 심지어 그런 일을 잘하게 되지도 못한다. 하지만 가드너는 그러한 수업을 듣는다고 손해가 되지도 않는다고 확신했다.

창작 수업을 가르치거나 들을 때의 위험 가운데 하나는 젊은 작가의 용기를 북돋아주기 위한 거짓말이다—이번에도 내 경험을 통해 하는 말이다. 하지만 나는 가드너로부터 반대의 실수를 저지르느니 차라리 그 위험을 감수하는 게 낫다는 걸 배웠다. 가드너는 나에게 끊임없이 용기를 북돋아주었고, 심지어 젊고 배우는 과정에 있는 이가 그러기 쉽듯 내가 마구 흔들릴 때에도 계속 격려해주었다. 다른 직업군에 진입하는 젊은이들과 마찬가지로 분명 젊은 작가에게도 격려가 필요하다. 아니 내 생각에는 더 큰 격려가 필요하다. 그리고 그러한 격려는 늘 정직해야만 하며 절대로 과장되어서는 안 된다는 건 말할 필요도 없다. 가드너의 책이 특히 뛰어난 점은 바로 그 수준 높은 격려에 있다.

실패와 실망은 우리 모두가 흔히 겪는 일이다. 인생에서 뭔가를 시도하지만 그게 계획처럼 풀리지 않는다는 의심은 우리 모두에게 언제라도 찾아들 수 있다. 열아홉 살 쯤에 당신은 자신이 되지 않을 무엇인가에 대해 그럴싸한 계획을 가지고 있을 수도 있다. 하지만 젊은 시절이 반 이상 지나야, 혹은 중년에 접어들어야 자신의 한계를 자각하고 현실을 제대로 통찰하게 된다. 그 어떤 선생도, 제아무리 많은 교육도 애당초 작가가 될 수 없는 기질의 누군가를 작가로 만들 수는 없다. 하지만 직업에 종사하기 시작하고 천직을 추구하는 이라면 누구나 인생에서 쓴맛과 실패를 맛볼 위험을 감수해야 한다. 세상에는 실패한 경찰, 정치인, 장군, 실내장식가, 엔지니어, 버스 운전사, 편집자, 저작권 중개인, 사업가, 바구니 짜는 이들이 있다. 세상에는 또한 실패하고 환멸에 빠진 글쓰기 수업 선생들과 실패하고 환멸에 빠진 작가들이 있다. 존 가드너는 이 둘 어디에도 속하지 않는다. 왜 그런지는 『소설가가 되는 것에 대해』에서 발견할 수 있다.

나는 가드너에게 엄청난 빚을 졌고, 이 짧은 글의 문맥에선 아주 간단하게밖엔 표현할 수가 없다. 나는 뭐라고 말할 수 없을 정도로 가드너가 그립다. 하지만 가드너에게서 비평을 들을 수 있었고 관대한 격려를 받을 수 있었기에 더할 나위 없이 행운아였다고 생각한다.

왼쪽부터: 토바이어스 울프, 레이먼드 카버, 리처드 포드.

우정

와, 이 사람들은 정말 신나게 즐기고 있다! 이들은 런던에 있고, 국립 시 센터에 빽빽이 들어찬 사람들 앞에서 방금 낭독을 마친 참이다. 영국 신문과 잡지들에 글을 쓰는 비평가들과 평론가들은 지금까지 한동안 이들을 '더티 리얼리스트'라 칭해왔지만, 포드와 울프와 카버는 이 말을 대수롭지 않게 받아들인다. 이들은 다른 많은 것들에 대해 그러하듯 그 표현을 가지고도 농담을 한다. 이들은 자신들이 어떤 그룹의 일원이라고 여기지 않는다.

이들이 서로 친구인 것은 사실이다. 또한 이들의 작품에 공통 관심사가 있는 것도 사실이다. 아는 사람들이 많이 겹치고 때때로 같은 잡지에 글을 싣기도 한다. 하지만 이들은 자신들이 어떤

가에 속해 있다거나 또는 선봉을 맡았다거나 무슨 운동을 한다고 생각하지는 않는다. 이들은 좋은 시간을 함께 즐기는 친구이자 작가이며, 자신들이 행운아라는 걸 안다. 이들은 운이 이 모든 것에서 중요한 역할을 한다는 걸 알며, 자신들이 운이 좋다는 걸 안다. 하지만 이들은 다른 작가들과 마찬가지로 허영심이 있고, 자신들이 큰돈을 벌 자격이 있다고 생각한다. 그런 일이 자주 일어나지는 않기 때문에 막상 그런 일이 벌어지면 놀라기는 하지만 말이다. 이들은 장편소설 몇 권을 비롯하여 단편소설과 시, 중편, 에세이, 소고, 극본, 리뷰 등을 책으로 펴냈다. 하지만 이들의 작품, 그리고 이들의 개성은 바닷바람과 소금물만큼이나 서로 다르다. 이러한 차이, 그리고 동질성, 그리고 딱히 뭐라 정의하기 어려운 무언가 덕분에 이들은 서로 친구가 되었다.

이들이 런던에 머무르며 이렇게 즐거운 시간을 가지고 각자가 사는 뉴욕 주의 시러큐스(울프), 또는 미시시피 주의 코호마(포드), 또는 워싱턴 주의 포트앤젤레스(카버)로 돌아가지 않는 이유는 셋 모두 며칠 뒤면 영국에서 책이 출간되기 때문이다. 이들의 책은 서로 닮은 점이 별로 없다. 적어도 나는 그렇게 느낀다. 내 생각으로는 셋의 책에 공통점이 있다면, 셋 다 무척이나 훌륭하며 이 세상에서 꽤 중요한 가치가 있다는 점이다. 그리고 설사 우리가 더는 친구 사이가 아니게 될지라도(제발 그런 일은 없기를) 나는 계속 그렇게 생각할 것이다.

하지만 우리가 삼 년 전 런던에서 소설 낭독을 끝내고 찍은 이 사진을 다시 보면 나는 심장이 뻐근해지고, 우정이란 영원히 지속되는 것이라는 착각에 빠져든다. 그것은 어느 시점까지는 맞는 말이다. 분명히, 이 사진 속 친구들은 즐거워하며 함께 유쾌한 시간을 보내고 있다. 이들 마음속에 심각한 생각이라고는 사진사가 어서 사진을 찍어야 여기를 나가서 함께 좀더 즐겁게 놀수 있을 텐데 하는 것뿐이다. 이들은 저녁 계획을 잡아두었다. 이들은 이 시간이 끝나지 않기를 바란다. 밤이 되어 피곤해지고 점차 또는 갑자기 모든 게 재미없어지는 걸 원하지 않는다. 사실, 이들은 오랫동안 서로 만나지 못했다. 이들은 즐겁고 만족스러운 시간을 보내고 있으며, 또한 서로 친구라는 것을 즐긴다. 간단히 말해, 이들은 앞으로도 모든 것이 이와 같기를 원한다. 영원히. 그리고 그렇게 되리라. 내가 말했듯, 어느 시점까지는 말이다.

그 시점이란 죽음을 말한다. 사진을 보면 이들 마음속에 죽음은 멀고 먼 일이다. 하지만 런던에서처럼 함께 즐겁게 지낼 때가 아니라 홀로 있을 때면 이들은 그게 그리 먼 일이 아니라고 생각한다. 모든 것은 시들해진다. 모든 것은 끝이 있다. 사람들은 죽는다. 언젠가는 이 사진의 셋 가운데 둘이 유해를, 세번째 친구의 유해를 물끄러미 바라보는 때가 오게 되리라. 생각만 해도 슬프고, 끔찍해진다. 하지만 당신 친구들을 묻기 싫다면, 유일한 대안은 친구들이 당신을 묻는 것뿐이다.

나는 우정에 대해 생각할 때면 그런 끔찍한 문제에 대해서도 곰곰이 생각한다. 적어도 어떤 면에서 볼 때 우정이란 결혼과 마찬가지이다. 둘 다 꿈을 공유하는 것이며, 참여하는 사람들은 그것이 영원히 계속되리라는 믿음과 신뢰를 유지해야만 한다는 점에서 볼 때 말이다.

배우자나 연인과 마찬가지로, 친구의 경우도 언제 어디서 처음 만났는지를 기억한다. 나는 여남은 명의 작가와 시인들이 숙식하던 댈러스의 힐튼 호텔 로비에서 다른 이의 소개로 리처드 포드를 알게 되었다. 우리 둘 다와 친구—알음알음의 관계라는 건 이런 것이다—인 시인 마이클 라이언이 남부감리교대학의 문학축제에 우리를 초청한 것이다. 하지만 샌프란시스코에서 비행기를 타던 날까지도 나는 댈러스로 날아갈 자신이 없었다. 육년 동안 알코올에 빠져 자기파괴를 일삼다가 몇 달 전에야 술을 끊고, 나는 처음으로 나 자신의 구멍에서 고개를 내밀고 있었다. 나는 술에 취하진 않았지만 불안정했다.

하지만 리처드는 자신감이 충만했다. 그의 태도, 복장, 심지어 어투에마저 우아함이 있었다. 리처드의 말투에는 균형과 품격, 그리고 남부 억양이 배어 있었다. 나는 포드를 우러러봤었다고 기억한다. 리처드는 내게 없는 멋진 점들을 전부 가지고 있었기에, 심지어 나는 리처드가 되고 싶다는 생각까지 했을지도 모른다! 어쨌든, 나는 막 리처드의 장편소설을 읽은 참이었다. 『내 마음의 조각』이라는 책으로, 나는 그 책이 마음에 들었으며 리처드에게 그 말을 할 수 있어 기뻤다. 리처드는 내 단편소설에 열광적인 찬사를 표했다. 우리는 좀더 이야기를 나누고 싶었지만 밤이 깊었다. 가야만 했다. 우리는 다시 악수를 했다. 하지만 이튿날, 아침 일찍 호텔 식당에서 만나 함께 아침식사를 했다. 내 기억에 리처드는 비스킷과 컨트리 햄, 옥수수죽, 그레이비소스를 주문했다. 리처드는 웨이트리스에게 "네, 아주머니" 또는 "아니요, 아주머니" "고마워요, 아주머니"라고 말했다. 나는 리처드가 말하는 방식이 좋았다. 리처드는 내게 자기가 주문한 옥수수죽을 조금 맛보게 해주었다. 우리는 아침식사를 하며 이런저런 이야기를 나누었고, 사람들이 말하듯 '오랫동안 서로를 알아온 듯한' 감정을 틔워갔다.

다음 네댓새 동안 우리는 가능한 한 많은 시간을 함께했다. 마지막 날 작별인사를 할 때, 포드는 나를 자기와 아내가 사는 프린스턴으로 초대했다. 나는 내가 프린스턴을 방문할 기회가 아무리 좋게 봐도 거의 없다는 걸 알았지만, 그래도 그곳에 가서 둘을 만나는 날을 기대하겠노라고 말했다. 그렇지만 나는 내게 친구가, 좋은 친구가 생긴 걸 알았다. 힘들여서라도 얻어야만 하는 그런 친구가.

두 달 뒤인 1978년 1월, 나는 버몬트 주 플레인필드의 고더드 칼리지 캠퍼스에 있었다. 나만큼 초조하고 놀란 듯해 보이는 토비 울프는 감옥의 독방처럼 좁디좁은 방에 있었고, 그 옆의 독방에는 내가 있었다. 그곳은 폐기된 병영 건물로, 예전엔 평범한 대학 대신 다른 것을 찾던 돈 많은 집 아이들이 머물던 곳이었다. 토비와 나는 이 주일 동안 그곳에서 머무른 뒤 집으로 돌아가서 우편을 통해 대학원생 대여섯 명이 단편소설을 쓰는 걸 도울 예정이었다. 밖은 영하 36도였고, 땅에는 눈이 18인치나 쌓였다. 플레인필드는 미국에서 가장 추운 곳이었다.

내가 볼 때, 자신이 1월에 버몬트의 고더드 칼리지에 있다는 사실에 토비나 나만큼 놀란 사람도 없었던 듯하다. 토비의 경우 원래 그곳에 오기로 했던 작가가 마지막 순간에 아파서 일정을 취소하는 바람에 오게 되었다. 그 작가는 자기 대신 토비를 추천했다. 그리고 그 프로그램의 책임자인 엘런 보이트는 토비에 대해 아무런 확인도 없이 초청을 했을 뿐 아니라, 기적 중의 기적이라 할 만한 것은, 알코올중독에서 막 벗어나는 단계에 있던 나까지 초청했다.

그 병영에서 보낸 첫 이틀 동안 토비는 불면증으로 잠을 이룰 수 없었다. 하지만 토비는 불평하지 않았고 심지어 잠을 포기한 것에 대해 농담까지 했다. 나는 그런 태도가 마음에 들었다. 그리고 나는 토비에게도 끌렸다. 토비의 취약함을 감지했기 때문

214

인 듯하다. 어떤 면에서 토비는 나보다도 더 상처받기 쉬웠으며, 그건 내게 중요한 의미가 있었다. 우리는 작가들, 교수진과 함께 있었고, 그중 일부는 전국에서 가장 뛰어난 사람들이었다. 토비는 문예지에 단편을 몇 편 발표하기는 했지만 아직 책을 내지는 않은 상태였다. 나는 책을 한 권, 정확히는 몇 권을 냈지만, 오랫동안 아무것도 쓰지 않았기에 작가라는 느낌이 별로 들지 않았다. 새벽 다섯시에 잠에서 깨어 불안해하다가, 부엌 식탁 앞에 앉아 샌드위치를 먹고 우유를 마시는 토비를 본 기억이 난다. 토비는 마치 며칠 동안 자지 못한 듯 멍한 표정으로 나를 바라보았다. 실제로 그는 며칠 동안 자지 못했다. 우리는 둘 다 옆에 불안한 동료가 있어 기뻤다. 나는 우리 둘을 위해 코코아를 탔고, 그와 이야기를 나누기 시작했다. 그날 새벽엔 부엌에서 서로에게 이런저런 이야기를 하는 게 중요해 보였다. 밖은 여전히 어두웠고 몹시 추웠으며, 가끔씩 나뭇가지들이 뚝뚝 부러지는 소리가 들렸다. 싱크대 위의 작은 창문에서 오로라가 보였다.

그뒤 그곳에 머무르는 동안 우리는 기회가 닿을 때마다 함께했다. 함께 체호프를 강의했고, 무척이나 웃어댔다. 우리는 지금 우리의 운이 나쁘다는 걸 느꼈지만, 곧 운이 바뀌리라는 것 역시 느꼈다. 토비는 피닉스에 올 일이 있으면 꼭 자기를 찾아오라고 말했고, 나는 꼭 그렇게 하겠노라고 대답했다. 반드시. 나는 그에게 얼마 전에 리처드 포드를 만났다고 말했다. 알고 보니 리처드는 토비의 동생인 제프리와 절친한 사이였다. 나는 일 년쯤 뒤 제프리와 만나 친구가 되었다. 역시 알음알음의 관계 덕분이었다.

1980년, 리처드와 토비는 친구가 되었다. 내 친구들이 만나 서로를 좋아하게 되고 서로 우정을 형성할 때면 그렇게 좋을 수가 없다. 그럴 때면 나는 기운이 솟는 걸 느낀다. 하지만 리처드가 토비를 만나기 직전에 주저했던 기억도 난다. 리처드는 말했다. "그가 좋은 사람이라는 건 확신해. 하지만 나는 지금 내 삶에서 더는 친구가 필요 없어. 내 평생 사귈 친구는 다 사귀었어. 지금 있는 친구들에게도 잘하지 못하는걸."

내게는 두 가지 삶이 있다. 첫번째 삶은 1977년 6월, 내가 술을 끊었을 때 끝났다. 그때쯤엔 친구들이 그리 많이 남아 있지 않았다. 대개는 그냥 아는 사람들과 술친구들이었다. 나는 친구들을 잃었다. 친구들은 점차 연락을 끊거나—그런 행동을 어떻게 비난할 수 있겠는가?—그냥 사라져버렸고, 더 안타까운 건 내가 이들을 그리워하지도 않았으며 이들이 사라진 걸 알아차리지도 못했다는 점이다.

만약 내가 현재의 친구들과 관계를 유지하기 위해서 가난한 삶과 골골한 몸을 택해야만 한다면 나는 어떻게 할까? 친구를 선택할까? 아니다. 내가 현재 삶을 포기하고, 가령 구명보트에서 내 자리를 양보하고 친구를 위해서 죽을 수 있을까? 대답하기 어렵지만, 비겁해 보일지 몰라도 답은 '아니요'이다. 내 친구들도, 내 친구들 가운데 그 누구도 나를 위해서 그러지 않을 것이며, 나 역시 그리 해주길 원치 않을 것이다. 다른 많은 일에서 그러하듯 우리는 이 문제에 대해 서로를 완벽히 이해한다. 우리가 친구인 건 우리가 서로를 진정 이해하기 때문이기도 하다. 우리는 서로를 사랑하지만, 자기 자신을 좀더 사랑한다.

　다시 사진으로 돌아가자. 우리는 서로에게 좋은 감정이 있으며, 우리 삶의 다른 일들에 대해서도 그러하다. 우리는 작가로 사는 게 즐겁다. 이 세상에 우리가 작가 말고 되고 싶은 건 없다. 비록 우리 모두 전에 작가가 아닌 다른 직업을 가진 적이 있었지만 말이다. 하지만 우리는 우리가 런던에서 함께할 수 있게 된 게 무척이나 좋다. 보시다시피, 우리는 즐거운 시간을 보내고 있다. 우리는 친구다. 그리고 친구란 함께 있을 때 즐거워야 하는 법이다.

성 테레사가 쓴 글 가운데 한 줄에 대한 묵상

성 테레사의 산문 가운데 문장 하나가 있습니다. 생각하면 할수록 그 문장이 지금의 경우와 딱 맞는다는 느낌이 들기에, 그 문장에 대한 묵상을 해보길 제안합니다. 그것은 제 친구이자 지금 여기 저와 함께 있는 동반자인 테스 갤러거의 최근 시집 머리말에 쓰인 문장으로, 저는 그 글에 쓰인 그대로 문장을 인용하겠습니다.

373년 전에 살았던 비범한 여성인 성 테레사는 이렇게 말했습니다. "말은 행동을 이끌어낸다…… 말은 영혼을 준비하고, 행동케 하고, 부드러움으로 나아가게 한다."

그저 이렇게만 표현된 생각에는 단순함과 아름다움이 담겨 있습니다. 저는 이 문장을 되풀이해 말할 겁니다. 왜냐하면 우리가 말과 행동 사이의 중요한 연결이 전보다 무시당하는 지금 같은 시기에 다시 살펴보면, 이 문장에 담긴 약간 낯선 무언가가 또한 우리의 주의를 끌기 때문입니다. "말은 영혼을 준비하고, 행동케 하고, 부드러움으로 나아가게 한다."

이 문장에는 약간 신비로운 것 이상의 무엇인가가 있습니다. 이 단어들에는, 그리고 성 테레사가 굳은 신념과 무게를 지니고 이 단어들을 사용한 방식에는, 이런 말을 해도 된다면, 심지어 영적인 면이 있다는 건 말할 필요도 없고요. 사실, 우리는 이 문장의 단어들이 더 이전, 좀더 신중했던 시대의 메아리처럼 보인다는 걸 압니다. 특히 이제 '영혼soul'이라는 단어는 교회 그리고 음반 가게의 '솔soul' 코너를 제외하고는 그리 마주칠 기회가 없을 겁니다.

'부드러움'이라는 단어 역시 요즘은 자주 들을 수 없고, 지금처럼 유쾌한 공공 모임에서는 분명히 그렇습니다. 이 단어를 마지막으로 쓰거나 들어본 게 언제인지 한번 생각해보십시오. 이 단어는 '영혼'이라는 단어만큼 자주 듣기 어렵습니다.

체호프의 단편 「제6병동」에는 모이세이카라는 이름의 멋지게 묘사된 인물이 등장합니다. 그자는 정신병동에 갇혔음에도 불구하고 부드러움을 보여주는 습관을 익혔습니다. 체호프는 이렇게 썼지요. "모이세이카는 자신이 쓸모 있기를 원했다. 그는 동료들에게 물을 주고, 잠을 잘 때면 이불을 덮어주었다. 그는 모두에게 각각 1코페이카를 주고 새 모자도 만들어주겠노라고 약속했다. 그는 자기 왼쪽에 있는 몸이 마비된 환자에게 스푼으로 음식을 먹여주었다."

비록 부드러움이라는 단어는 쓰이지 않지만, 자세히 묘사된 그의 행동을 통해 우리는 그것을 느낄 수 있습니다. 심지어 체호프가 모이세이카의 행동에 대해 다음처럼 비난해도 그 사실은 변하지 않습니다. "그가 이런 식으로 행동하는 것은 동정심이나 인류에 대한 존경 때문이 아니라, 자기 오른쪽에 있는 그로모프에게 무의식적으로 동화되어 모방을 하는 것이다."

체호프는 도발적인 비법으로 언어와 행동을 결합시켜 우리에게 부드러움의 근원과 본질을 다시 생각해보게 합니다. 그건 어디에서 온 것일까요? 인간적 동기가 없다 할지라도, 그것이 행동으로 나타날 때는 여전히 다른 이의 마음을 움직이는 걸까요?

하지만 그 어떤 기대도 없이, 심지어 아무런 자각도 없이 친절한 행동을 하는 고립된 남자의 모습은 우리 앞에 머물러 있고, 웬일인지 우리는 그 장면을 목격하며 묘한 아름다움을 느낍니다. 그 모습은 성찰적인 시선으로 우리 삶을 되돌아보게까지 합니다.

「제6병동」에는 또다른 장면이 있습니다. 심드렁한 의사와 그의 형인 오만한 우체국장이 돌연 인간의 영혼에 대해 논하게 되는 장면입니다.

"그럼 넌 영혼의 불멸을 믿지 않는다는 거야?" 갑자기 우체국 장이 물었다.

"응. 명예로운 미하일 아베랴니치. 난 믿지 않아. 그걸 믿을 아무런 근거가 없어."

미하일 아베랴니치가 말했다. "나도 그것을 의심한다는 걸 고백해야겠군. 그럼에도 나는 내가 절대로 죽지 않을 것 같은 느낌이 들어. 난 이렇게 생각하곤 해. '이봐, 늙은이. 이제 죽어야 할 시간이야!' 하지만 내 영혼의 작은 목소리는 이렇게 말하지. '믿지 마. 넌 안 죽을 거야.'"

그 장면은 끝나지만, 언어는 행동으로 계속 남아 있습니다. '영혼의 작은 목소리'가 태어납니다. 우리가 삶과 죽음에 대해 어떤 개념들을 깨끗이 잊을진 몰라도, 그 덕에 돌연 예기치 않게, 깨지긴 쉬워도 쉽사리 사라지지 않을 믿음이 생겨나는 것이죠.

몇 주가 될지 또는 몇 달이 될지는 모르겠으나, 시간이 흐르면 여러분은 제가 말한 것을 잊어버릴 겁니다. 그리고 남는 것은 여러분들이 삶에 있어 중요한 시기의 마지막이자 새로운 시기의 시작을 여는 커다란 공공 모임에 참석했다는 흥분뿐일 겁니다. 하지만 여러분이 각자의 운명을 개척해가는 동안, 올바르고 진실한 언어는 행동의 힘이 될 수 있다는 것을 기억하도록 애쓰십시오.

또한 기억하십시오. 대중과 개인이 잘 쓰지 않게 된 그 단어,

부드러움을 말입니다. 손해될 건 없습니다. 그리고 다른 단어인 '영혼', 원한다면 정신이라 불러도 좋습니다. 그쪽이 좀더 마음이 편하다면 말이죠. 이 단어도 잊지 마십시오. 당신의 언어와 행동의 영혼에 주의를 기울이십시오. 그러면 충분한 준비가 된 것입니다. 더 많은 언어는 필요 없습니다.

:

초기 단편

:
:
:

분노의 계절

피라미드들을 눈기둥으로 바꾸고,
모든 것을 한순간에 사라지게 만드는, 그 시간.
토머스 브라운 경

비가 올 듯하다. 이미 계곡 건너편 언덕들 꼭대기는 짙은 회색 안개에 가려 보이지 않는다. 하얗게 말려올라가는 실들을 달고 모자를 쓴 먹구름이 재빠르게 언덕을 내려와 계곡을 건너 들판과 아파트 건물 앞쪽의 공터들을 지나고 있다. 상상의 나래를 편다면 패럴은 구름으로부터 하얀 갈기를 휘날리는 검은 말들을, 그리고 그 뒤로는 느릿느릿하고 무정하게 회전하는 검은 전차들을, 여기저기 하얀 깃털장식 투구를 쓴 마부를 볼 수 있다. 패럴은 이제 방충문을 닫고 아내가 천천히 계단을 내려가는 모습을 지켜본다. 아내는 계단을 내려가 몸을 돌리더니 싱긋 웃어 보이고, 패럴은 방충문을 열고 손을 흔든다. 다음 순간, 아내는 차를 몰고 떠난다. 패럴은 방으로 돌아가 황동 램프 아래에 놓인 커다란 가죽 의자에 앉아 의자 양쪽에 두 팔을 축 늘어뜨린 자세로 있는다.

방이 살짝 더 어두워졌을 때, 아이리스가 목욕을 마치고 하얀 실내복으로 대충 몸을 감싸고 나온다. 아이리스는 화장대 아래에서 의자를 꺼내더니 거울 앞에 앉는다. 손잡이에 모조 진주가 박힌 하얀 플라스틱 솔빗을 오른손에 들더니 길게 쓸어내리듯 리듬감 있는 동작으로 머리털을 빗기 시작한다. 솔빗은 희미하게 끽끽거리는 소리를 내며 긴 머리털을 빗어 내려간다. 아이리스는 왼손으로 머리채를 잡아 한쪽 어깨 앞쪽에 두고는 오른손으로는 길게 쓸어내리듯 리듬감 있는 움직임으로 머리를 빗는다.

아이리스는 동작을 멈추더니 거울 위의 램프를 켠다. 패럴은 의자 옆 스탠드에서 광택지로 된 사진 잡지를 집어들고 램프를 켜려고 손을 뻗더니, 줄을 찾기 위해 모조 양피지 램프갓을 더듬거린다. 램프는 패럴의 오른쪽 어깨 2피트 위쪽에 있다. 패럴의 손길이 닿은 갈색 램프갓이 바사삭 소리를 낸다.

밖은 어둡고 공기에서는 비냄새가 난다. 아이리스는 패럴에게 창문을 닫아줄 수 있는지 묻는다. 패럴은 고개를 들어 창문을 보고, 이제 거울을 본다. 자기 자신이 보인다. 그 뒤로 화장대 앞에 앉은 아이리스가 자신을 지켜보고, 또다른, 좀더 시커먼 패럴이 그녀의 옆에서 또다른 창을 물끄러미 바라본다. 패럴은 아직 프랭크에게 전화를 해서 이튿날 있을 사냥 약속을 확정하지 않았다. 패럴은 잡지 페이지를 넘긴다. 아이리스가 머리에서 솔빗을 떼더니 그걸로 화장대 가장자리를 톡톡 두드린다.

"루," 아이리스가 말한다. "나 임신한 거 알아?"

램프 불빛 아래로 펼쳐진 광택지 잡지는 근동 어딘가에서 일어난 재난을, 지진을 찍은 두 쪽짜리 망판사진을 보여준다. 납작해진 집 앞에는 펑퍼짐한 하얀 바지를 입은, 뚱뚱하다고 말할 수 있는 남자 다섯 명이 서 있다. 그 가운데 한 명, 아마도 우두머리인 듯한 사람은 더러운 하얀 모자를 한쪽 눈 위로 비스듬하게 썼고, 그 때문에 비밀스럽고 심술궂게 보인다. 그는 잡석 너머 저 멀리에 있는 강인지 해협인지를 가리키며 카메라를 옆눈으로 보고 있다. 패럴은 잡지를 덮고 일어난다. 잡지가 무릎에서 미끄러져 떨어지지만 신경쓰지 않는다. 패럴은 불을 끄고, 욕실로 들어가기 전에 묻는다. "어떻게 할 거야?" 그 말은 방의 어두운 구석으로 떨어지는 낙엽처럼 건조하고 조급하다. 패럴은 그 말이 입 밖에 나오는 순간 이미 오래전에 누군가 다른 사람이 그 질문을 했다는 사실을 깨닫는다. 패럴은 몸을 돌려 욕실로 들어간다.

욕실에서는 아이리스의 냄새가 난다. 따뜻하고 촉촉한 향, 살짝 끈적이는 향. 뉴스프링 탤컴파우더와 킹스아이들 콜로뉴이다. 아이리스의 수건이 변기 뒤쪽에 펼쳐져 있다. 아이리스는 세면대에 파우더를 쏟았다. 그것이 이제 젖어서 풀반죽처럼 되고 하얀 가장자리 주위로 두껍고 노란 고리를 만들고 있다. 패럴은 파우더를 문질러 씻어내고 물을 틀어 흘려보낸다.

패럴은 면도를 하고 있다. 고개를 돌리면 거실이 보인다. 낡은 화장대 앞 의자에 앉은 아이리스의 옆모습이 보인다. 패럴은 면도기를 내려놓고 얼굴을 씻고 다시 면도기를 집어든다. 그 순간, 첫번째 빗방울들이 지붕을 후드득 내리치는 소리가 패럴의 귀에 들려온다……

잠시 뒤 패럴은 화장대 위의 불을 끄고, 다시 커다란 가죽 의자에 앉아 빗소리를 듣는다. 비는 짧게 후드득거리는 소리를 내며 옆의 창문을 때려댄다. 하얀 새가 부드럽게 날갯짓하는 소리.

그의 누이가 그것을 잡았다. 아이리스는 그것을 상자 안에 넣고 새를 위해서 상자 속으로 꽃을 떨어뜨려주었고, 둘은 그것이 날개를 퍼덕이며 상자에 부딪히는 소리를 듣기 위해 가끔씩 상자를 흔든다. 하지만 어느 날 아침 아이리스가 패럴에게 상자를 내밀었을 때 안에서 퍼덕이는 소리가 들리지 않는다. 아이리스가 상자를 이리저리 기울이자 오직 새의 몸뚱이가 거칠고 힘없이 움직이며 상자 안을 스치는 소리만 들린다. 아이리스가 그것을 버리라며 패럴에게 주자, 패럴은 상자째로 그것을 강에 던진다. 상자에서 이상한 냄새가 나기 시작했기에 열어볼 마음이 생기지 않은 탓이다. 마분지 상자는 길이가 18인치에 폭이 6인치, 높이가 4인치이고, 패럴은 그게 눈꽃송이 크래커* 상자라고 확신한다. 그것이 아이리스가 처음에 잡은 새 몇 마리를 가두었던 상자이기 때문이다.

패럴은 질척거리는 강둑을 따라 달린다. 그건 장례용 보트이고, 진흙탕 강은 나일 강이며 강은 곧 바다로 이어지겠지만, 그전에 보트는 불타고 하얀 새는 날아올라 패럴의 아버지가 있는 들판 어딘가로, 녹색 풀이 우거진 곳, 패럴의 아버지가 그 새와 알을 모두 사냥할 그곳으로 날아갈 터이다. 패럴은 강둑을 따라 달리고, 잡목들이 바지를 때려대고, 나뭇가지가 귀를 치기도 하지만, 보트는 아직 불타지 않았다. 패럴은 강둑에서 돌멩이를 몇 개 주워 보트를 향해 던지기 시작한다. 이윽고 다시 비가 내리기 시작한다. 굵고 거센, 요란스레 떨어지는 빗방울들이 강 한쪽 기슭에서 다른 쪽 기슭까지 휩쓸어가는 강물을 때려댄다.

패럴은 지금까지 몇 시간째 침대에 누워 있었지만, 얼마나 오랫동안 그렇게 있었는지 가늠할 수 없다. 때때로 아내가 깨지 않도록 조심하면서 한쪽 어깨를 들고, 아내 건너편의 협탁에 놓인 시계를 보려 애써보았다. 하지만 시계 옆쪽이 패럴 방향으로 좀 많이 돌려져 있었기 때문에, 그리고 그가 가능하면 조심스레 한쪽 어깨만 일으키려 했기 때문에 노란 시곗바늘들이 세시 십오

---

* 눈 결정 모양을 본떠서 만든 크래커.

분 아니면 두시 사십오분을 가리킨다는 것만 알아볼 수 있었다. 밖에서는 비가 창을 때려댔다. 패럴은 등을 돌렸고, 이불 아래로 아내의 왼발에 닿을락 말락 할 정도로 다리를 활짝 벌리고는 협탁 위의 시계에 귀를 기울였다. 패럴은 누비이불 속으로 다시 들어갔지만, 너무나 덥고 손에 땀이 났기 때문에 이불을 젖혔다. 손가락을 시트에 비집어넣은 뒤 손가락 사이로 시트를 구기며 손가락이 마를 때까지 손바닥으로 비벼댔다.

밖은 비가 억수로 내렸다. 바깥의 희미한 노란색 빛을 배경으로 굽이치며 떨어지는 비는 마치 수억 마리의 조그만 노란 벌레들처럼 창문을 거칠게 때려댔고, 잔물결을 이루며 흘러내렸다. 패럴은 몸을 돌려 가슴이 로레인의 매끄러운 등에 닿을 때까지 천천히 다가갔다. 잠시 패럴은 로레인을 부드럽고 조심스레 안았다. 손은 아내의 배 움푹한 곳에 두었고, 손가락을 팬티 고무줄 아래로 넣고, 손끝은 그 아래쪽에 있는 뻣뻣한 솔 같은 체모에 닿을락 말락 한 상태로 두었다. 이상한 기분이, 마치 다시 어린아이가 되어 따뜻한 물이 담긴 욕조에 미끄러져 들어가는 듯한, 옛 기억들이 밀물처럼 밀려오는 듯한 느낌이 들었다. 패럴은 손을 치우고 아내에게서 몸을 뗀 뒤 침대에서 나와 빗물이 흐르는 창가로 걸어갔다.

바깥은 거대하고 낯선 꿈 같은 밤이었다. 꼭대기에 희미한 노란색 불빛을 매단 가로등은, 빗물이 몸통을 타고 줄줄 흐르는 섬

뜩하고 흉터투성이인 오벨리스크였다. 그 아래쪽 거리는 검고 번쩍였다. 어둠이 불빛 가장자리에서 소용돌이치며 이리저리 움직였다. 다른 아파트들이 보이지 않자, 그것들이 부서져 사라진 것 같은 생각이 잠시 들었다. 몇 시간 전 잡지에서 본 사진 속 집들처럼 말이다. 마치 검은 베일이 열렸다 닫혔다 하듯, 창문을 때리는 비가 보였다 사라졌다 했다. 그 아래로 보도 연석에는 빗물이 넘쳐흘렀다. 패럴은 창문 아래에서 들어오는 차가운 외풍이 이마에 느껴질 때까지 몸을 가까이 기울였고, 숨이 입김이 되어 나오는 것을 지켜보았다. 어딘가에 대한 글을 읽으며 어떤 사진을 본 기억이 나는 듯했다. 아마도 〈내셔널 지오그래픽〉에서였던 듯했다. 갈색 피부의 사람들이 오두막들 주위에 서서 흐릿한 태양이 떠오르는 것을 지켜보고 있었다. 그림 설명에는 그 사람들은 숨결을 통해 영혼을 볼 수 있다고 믿으며, 그래서 손바닥에 침을 뱉고 입김을 불어 자신들의 영혼을 신에게 바친다고 했다. 패럴이 바라보는 동안 입김이 사라졌다. 처음에는 작은 원이, 그러고는 점이 되더니 이윽고 완전히 사라졌다. 패럴은 창문에서 몸을 돌려 물건들을 챙기러 갔다.

패럴은 옷장을 뒤져 보온 처리가 된 부츠를 찾았다. 외투들의 소매를 더듬어본 끝에 마침내 매끄럽고 방수가 되는 고무 외투를 찾았다. 양말과 내복이 담긴 서랍으로 갔고, 셔츠와 바지를 챙긴 다음 옷을 한아름 들고 복도를 지나 부엌으로 와서 불을 켰다. 옷을 입고 부츠를 신고 커피를 내렸다. 프랭크를 위해 현관 등을 켜고 싶었지만 아이리스가 자고 있는데 그러는 건 좋지 않을 것 같았다. 커피를 내리는 동안 패럴은 샌드위치를 만들었고, 커피가 다 준비되자 보온병에 담고 찬장에서 잔을 하나 꺼내 커피를 따르고는 창가 근처, 거리를 볼 수 있는 곳에 앉았다. 패럴은 담배를 피웠고 커피를 마셨고, 레인지 위에서 째깍거리는 시계 소리에 귀를 기울였다. 커피가 잔 너머로 넘쳤고, 갈색 방울이 잔 옆을 따라 천천히 흘러 식탁 위에 떨어졌다. 패럴은 거친 식탁 상판에 동그랗게 생긴 젖은 자국을 손가락으로 문질렀다.

패럴은 누이의 방 책상 앞에 앉아 있다. 두꺼운 사전을 올려둔, 등이 곧은 의자에 앉아 있다. 발은 의자 좌석 아래로 말아넣었고, 신발 뒤꿈치는 의자 가로대에 걸쳐놓았다. 책상으로 너무 심하게 몸을 기울이면 의자 다리 하나가 바닥에서 들리기 때문에 패럴은 늘 그 다리에 잡지를 받쳐놓는다. 패럴은 자기가 사는 계곡을 그리고 있다. 처음에는 누이의 교과서에 있는 사진을 그대로 베끼려 했지만, 종이 석 장을 쓰고 난 뒤에도 여전히 마음에 들지 않자 자기가 사는 집과 계곡을 그리려고 결심했다. 패럴은 종종 그림 그리는 걸 멈추고 손가락으로 오돌토돌한 책상 표면을 문지른다.

바깥, 4월의 공기는 여전히 축축하고 시원하다. 오후에 내린 비로 인한 시원함이다. 땅과 나무와 산은 푸르고, 목장의 여물통

과 아버지가 만든 연못에서 일어난 김이 사방에 흐르고, 연필 같
은 줄기가 되어 천천히 목초지를 빠져나가서는 강 위로 피어올
라 연기처럼 산으로 올라간다. 아버지가 일꾼 한 명에게 소리치
는 게 들리고, 다시 그 남자가 욕을 하며 소리쳐 대답하는 게 들
린다. 패럴은 연필을 놓고 의자에서 미끄러지듯 내려온다. 저 아
래 훈제소 앞에서 아버지가 도르래로 일하는 게 보인다. 아버지
의 발치에는 갈색 밧줄 사리가 있고, 아버지는 헛간 높이 올려둔
도르래 물건 걸이를 아래로 내리려고 계속 치고 당기고 있다. 아
버지는 모직으로 된 갈색 군모를 썼고, 여기저기 흠집이 난 가죽
재킷의 옷깃을 올린 탓에 더러운 흰색 안감이 드러나 있다. 아버
지가 도르래를 마지막으로 한번 더 치고 난 뒤 일꾼들 쪽으로 몸
을 돌린다. 그 가운데 둘은 덩치가 크고 얼굴이 붉은 캐나다인으
로, 기름이 덕지덕지한 플란넬 모자를 썼으며 양을 아버지 쪽으
로 끌어오고 있다. 둘은 두 손으로 양털을 움켜쥐고, 그중 한 명
은 두 팔로 양의 앞다리를 감싸고 있다. 둘은 헛간으로 향한다.
양은 반은 끌려서, 반은 뒷다리로 마치 춤을 추듯 걸어간다. 아
버지가 다시 고함을 치고, 일꾼들은 양을 헛간 벽에 고정시키고,
둘 가운데 한 명이 가랑이를 벌리고 양에 올라타더니 양의 머리
를 뒤로 젖혀 패럴이 지켜보는 창문 쪽을 향하게 한다. 양의 콧
구멍은 검은 틈새처럼 보인다. 그 틈을 통해 가느다란 콧물이 입
으로 흘러내린다. 양은 늙고 번득이는 눈으로 패럴을 물끄러미

바라보다가 매애거리려 하지만, 아버지가 칼로 양의 목을 빠르게 스윽 긋자 그 울음은 날카로운 비명이 되어 나온다. 일꾼이 미처 피하기도 전에 피가 쏟아져 그의 손을 적신다. 곧이어 그들은 도르래에 죽은 동물을 매단다. 아버지가 동물을 높이 끌어올리는 동안, 패럴의 귀에는 도르래가 둔탁하게 짤그락-짤그락-짤그락거리는 소리가 들린다. 그들은 이제 땀을 뻘뻘 흘리지만 여전히 재킷을 단단히 여미고 있다.

패럴의 아버지는 갈라 벌어진 양의 목 바로 아래부터 시작해서 가슴과 배를 열고, 그사이 일꾼들은 작은 칼로 다리에서 가죽을 벗기기 시작한다. 김이 모락모락 나는 배에서 회색 창자들이 쏟아져나오더니 바닥에 아무렇게나 떨어져 두툼한 똬리를 튼다. 아버지가 투덜거리며 그것들을 주워 상자에 담으면서 곰에 대해 뭐라고 말한다. 얼굴이 붉은 남자들이 소리 내어 웃는다. 욕실의 체인이 달그락거리는 소리가 들리고, 이어서 변기에서 물이 내려가는 소리가 들린다. 잠시 뒤, 누군가 다가오는 소리에 패럴은 문 쪽으로 몸을 돌린다. 누이가 몸에서 희미한 김을 내며 방으로 들어온다. 순간 누이는 머리에 수건을 두른 채, 한 손으로는 수건의 양쪽 끝을 잡고 다른 한 손으로는 문손잡이를 잡고서 문간에서 얼어붙은 듯이 동작을 멈춘다. 누이의 젖가슴은 둥그렇고 매끄러우며, 젖꼭지는 거실 식탁에 있는 따뜻한 색조의 도자기 과일 꼭지처럼 보인다. 누이는 수건을 떨어뜨리고, 수건은 누이의 목을 타고 젖가슴을 쓰다듬으며 떨어져 발에 걸린다. 누이는 싱긋 웃으며 손을 천천히 입으로 가져가더니 문을 닫는다. 패럴은 창가로 돌아서고, 신발 안에서 발가락이 둥글게 움츠러든다.

　패럴은 식탁 앞에 앉아 커피를 홀짝이고, 빈속에 다시 담배를 피웠다. 거리에서 차 소리가 들리자 패럴은 재빨리 의자에서 일어나 현관 창문으로 가 누군지 확인했다. 곧 거리에 차가 나타났고, 패럴의 집 앞에서 속력을 줄이더니 조심스레 모퉁이를 돌았다. 물이 바퀴 반까지 올라와 출렁거렸지만 차는 계속 갔다. 패럴은 다시 식탁 앞에 앉아 레인지 위에서 삑삑거리는 전자시계 소리에 귀를 기울였다. 손으론 컵을 단단히 잡고 있었다. 이윽고 빛들이 보였다. 빛들은 까딱거리며 거리의 어둠 속에서 나타났다. 차의 좁은 앞부분에 전조등 두 개가 서로 가까이 달려 있었고, 굵고 흰 빗줄기가 그 빛을 가로질러 떨어지며 거리를 때렸다. 차가 거리에 빗물을 튀기다가 속력을 늦추더니 패럴의 창문 아래에서 멈췄다.

　패럴은 자기 물건을 챙겨 현관으로 나갔다. 아이리스가 대충 쌓아올린 두꺼운 누비이불 아래 몸을 쭉 뻗은 채 누워 있었다. 패럴은 마치 영혼이 육신에서 분리된 기분이었다. 아이리스의 맞은편에 웅크리고 앉아 자신의 모습을 지켜보면서 자신이 행동해야 하는 이유를 찾으려 했고, 동시에 육신은 이젠 모두 끝났다는 것을 알면서 아이리스에게 다가갔다. 패럴은 자신도 모르게 몸을 숙이고 아이리스를 바라보았고, 마치 매달린 듯이 그 자세로 후각을 제외한 모든 감각이 마비된 듯 아이리스의 몸이 내는 향을 깊게 들이마셨다. 아이리스를 덮어둔 이불에 얼굴이 닿을 때까지 몸을 숙이자 한순간 다시 향이 나는가 싶었지만 바로 사라져버렸다. 패럴은 물러섰고, 총을 떠올렸고, 등뒤의 문을 꽉 닫았다. 비가 얼굴을 때려댔다. 패럴은 거의 아찔한 기분으로 총을 움켜쥐고, 난간을 잡고 몸을 버텼다. 잠시 현관 아래 검고 물결이 이는 인도를 보고 있노라니 어딘가 다리 위에 홀로 서 있는 듯했고, 어젯밤과 마찬가지로 이미 이 일이 한번 일어났다는 느낌이 들었으며, 어째선지 지금 자신이 아는 것처럼, 이 일이 다시 일어나리라는 걸 알았다. "맙소사!" 비가 패럴의 얼굴을 거세게 후려쳤고, 코를 따라 입술로 흘렀다. 프랭크가 경적을 두 번 울리자 패럴은 젖어 미끄러운 계단을 조심스레 내려가 차로 갔다.

"제대로 폭우로군, 맙소사!" 프랭크가 말했다. 프랭크는 덩치가 컸으며, 두꺼운 누비 재킷의 지퍼를 턱까지 올리고 갈색 오리너구리 모자를 쓴 탓에 엄격한 심판 같아 보였다. 프랭크는 패럴이 자기 물건을 실을 수 있도록 뒷좌석의 물건들을 치웠다.

물이 빗물받이에서 넘쳐흘렀고 모퉁이의 하수구에서 역류했다. 이제 두 사람은 어디에서 물이 연석을 넘쳐 마당으로 흘러들어왔는지 알 수 있었다. 둘은 길이 끝나는 곳까지 가서 오른쪽으로 꺾은 뒤, 고속도로로 이어지는 다른 길을 따라갔다.

"비 때문에 좀 늦어지기는 하겠지만, 세상에, 비 때문에 그놈의 거위들이 어떨지 생각을 해봐!"

또 한번, 패럴은 거위들이 날아가게 두며 놈들을 지켜본다. 거위들은 순식간에 도망쳤다. 둘이 사냥을 시작했을 때는 늦은 오후였지만 안개가 바위 위에 얼어붙고 너무나 어두웠기에 한밤중이라고 해도 이상하지 않을 정도다. 거위들은 맹렬하면서도 조용히 낮게 날아 절벽 위로 올라가고, 갑자기 안개를 뚫고 유령처럼 나타나 패럴의 머리 위에서 날갯짓을 한다. 패럴은 벌떡 일어나 가장 가까이 있는 놈을 고르려 하고, 동시에 안전장치를 앞으로 밀지만 걸려서 밀리지 않는다. 장갑 속에서 뻣뻣하게 굳은 손가락은 방아쇠울에 머무른 채 잠긴 방아쇠를 당기고 있다. 거위들이 패럴 위로 날아간다. 안개를 빠져나와 절벽을 가로질러 머리 위를 날아간다. 거위로 이루어진 거대한 줄이 패럴에게 도전한다. 삼 년 전에는 이런 식으로 일이 진행되었다.

패럴은 불빛 아래 젖은 벌판을 지켜보았고, 옆을 쭉 둘러보고 차 뒤쪽을 보았다. 앞유리창의 와이퍼가 끽끽거리며 왔다갔다 했다.

아이리스는 왼손으로 머리채를 잡고 한쪽 어깨에 늘어뜨리고, 다른 한 손으로는 솔빗을 들고 있다. 솔빗은 희미하게 끽끽 소리를 내며 규칙적으로 머리털을 빗어 내려간다. 솔빗이 다시 재빨리 머리 한쪽으로 올라간 뒤 움직임과 소리가 반복된다. 아이리스는 방금 전 패럴에게 자신이 임신했다고 말했다.

로레인은 샤워를 하러 갔다. 패럴은 아직 프랭크에게 전화해 사냥 약속을 확정하지 않았다. 무릎 위에 펼쳐진 광택지로 된 잡지 사진에는 재난 현장이 담겨 있다. 사진 속 남자 가운데 우두머리인 게 확실해 보이는 이가 재난 현장 너머 엄청난 물을 가리키고 있다.

"어떻게 할 거야?" 패럴은 몸을 돌려 욕실로 간다. 아이리스의 수건이 변기 뒤에 늘어져 있고, 욕실에서는 뉴스프링 탤컴파우더와 킹스아이들 콜로뉴 냄새가 난다. 세면대 안에는 파우더 가루가 노랗고 끈적끈적한 고리를 이루고 있고, 패럴은 면도를 하기 전에 물로 그것을 씻어내야 한다. 패럴의 눈에 아이리스가 앉아서 머리를 빗는 거실이 보인다. 패럴이 얼굴을 씻고 수건으로 닦은 뒤 막 면도기를 다시 집어들었을 때 첫번째 빗방울들이 지붕을 때린다.

패럴은 계기반의 시계를 보았지만 시계는 멈춰 있었다.

"지금 몇시지?"

"저 시계는 무시해." 프랭크가 말하며 운전대에서 엄지손가락을 들어 계기반에 툭 튀어나온, 문자판이 노랗게 이글거리는 큰 시계를 가리켰다. "저건 멈췄어. 여섯시 삼십분이야. 자네 아내가 언제까지는 돌아오라고 시간을 정해준 거야?" 프랭크가 싱긋 웃으며 말했다.

패럴은 고개를 젓지만, 프랭크는 그것을 보지 못했을 것이다. "아니, 그냥 몇시인지 궁금했어." 패럴은 담배에 불을 붙이고 의자 깊숙이 몸을 기대고 앉아, 전조등 불빛을 가르며 떨어지는 빗줄기와 창에 튀는 빗방울들을 지켜보았다.

그들은 아이리스를 데리러 야키마에서부터 운전을 해 가고 있다. 그들이 컬럼비아 강 고속도로에 들어섰을 때부터 비가 내렸고, 알링턴을 통과했을 때는 폭우가 되었다.

비탈진 긴 터널을 통과하는 느낌이다. 그들은 머리 바로 위로 나무들이 빽빽이 우거지고 차 앞으로는 물이 폭포처럼 쏟아지는 검은 길을 속도를 줄여 나아가고 있다. 로레인은 좌석 등받이를 따라 팔을 뻗어서 패럴의 왼쪽 어깨에 손을 가볍게 얹어두었다. 둘이 어찌나 붙어앉았는지 패럴은 로레인이 숨을 쉴 때마다 왼쪽 젖가슴이 올라갔다 내려가는 것까지 다 느낄 수 있을 정도다. 로레인은 방금 다이얼을 돌려 라디오 채널을 맞춰보려 했지만 잡음이 너무 크게 들린다.

"누이는 현관에 잠자리를 만들고, 짐도 거기에 놓아둘 거야. 오래 있지 않을 거야." 패럴이 길에서 눈을 떼지 않고 말한다.

로레인은 잠시 의자에서 몸을 떼어 앞으로 살짝 숙이며 패럴 쪽을 돌아보고, 빈 손을 패럴의 허벅지에 올려놓는다. 왼손으로 패럴의 어깨를 꽉 움켜쥐고 머리를 패럴에게 기댄다. 잠시 뒤 로레인이 말한다. "당신은 내 거야, 루. 당신을 누군가와 잠시라도 공유한다는 건 생각만 해도 끔찍해. 그게 설사 자기 누이라 할지라도 말이야."

비는 점차 잦아들고, 그들의 머리 위로 나무가 안 보이는 곳이 자주 나타난다. 문득 패럴은 달을 본다. 날카롭고 또렷한 노란색 초승달이 회색 안개구름 사이로 빛난다. 그들이 숲을 나오자 길은 굴곡지고, 그들은 그 길을 따라 아래쪽 강으로 연결된 계곡으로 들어선다. 비는 멈췄고, 하늘은 흩뿌려진 한 줌의 별들이 반짝이는 검은색 카펫 같다.

"누이는 얼마나 머무를 거야?" 로레인이 묻는다.

"두 달. 최대한 석 달. 크리스마스가 되기 전에 시애틀의 직장에 다니게 될 거야." 차를 탄 탓에 패럴은 속이 약간 울렁거린다. 패럴은 담배에 불을 붙인다. 회색 연기가 콧구멍에서 나오더니 곧바로 옆의 쪽창으로 빠져나간다.

담배 때문에 혀끝이 아리기 시작했고, 패럴은 창을 열고 담배를 던졌다. 프랭크는 고속도로를 빠져나와 강으로 이어지는 미끄러운 아스팔트 포장길로 들어섰다. 그들은 이제 밀의 고장에 있었다. 수확을 마친 드넓은 밀밭은 저 너머에 침침하게 윤곽만 보이는 언덕들을 향해 뻗어 있고, 중간중간에 물이 고여 번쩍이는 휘저어놓은 듯한 진흙밭들이 보인다. 내년에 밀들은 공장에 있을 것이며 여름이 되면 저것들은 사람 허리까지 높이 자라 바람이 불면 고개를 숙이며 쉬쉬 소리를 내리라.

"안타까운 일이야." 프랭크가 말했다. "세상 사람의 절반이 굶주리는데, 이 모든 벌판에 일 년의 반은 곡식이 없으니 말이야." 프랭크가 고개를 저었다. "만약 정부가 농장에 간섭하지 않는다면 우리 눈앞에 훨씬 보기 좋은 광경이 펼쳐져 있을 텐데 말이야."

도로가 갈라지고 구멍들이 생기며 포장이 끝나고, 차는 여기저기 구멍이 팬 검은 길을 덜컹거리며 간다. 그 길은 마치 길고 검은 가로수길처럼 언덕까지 쭉 뻗어 있다.

"추수할 때의 밭을 본 적 있어, 루?"

"아니."

아침이 회색으로 밝아왔다. 패럴은 그루터기로 들어찬 벌판이 자기 눈앞에서 거짓말처럼 노란색으로 바뀌는 것을 보았다. 패럴은 창밖으로 하늘을 보았다. 회색 구름들이 몰려왔다가 묵직하고 꼴사나운 덩어리로 갈라지고 있었다. "곧 비가 그칠 거야."

둘은 들판이 끝나는 언덕 기슭에 도착했고, 차를 돌려 언덕을 따라 있는 벌판 가장자리를 따라 협곡 꼭대기까지 갔다. 돌들이 가득한 계곡 저 아래로 강이 흘렀고, 협곡 저쪽 끝은 짙은 안개에 가려져 있었다.

"비가 그쳤어." 패럴이 말했다.

프랭크는 돌이 많은 작은 협곡으로 차를 후진하고, 이곳이 좋겠다고 말했다. 패럴은 엽총을 꺼내 뒤쪽 펜더에 기대놓은 다음

탄약 가방과 여벌 외투를 꺼냈다. 그러고는 샌드위치가 든 종이 봉투를 꺼내고, 한 손으로는 단단하고 따뜻한 보온병을 꽉 움켜쥐었다. 둘은 자동차를 떠나 아무 말 없이 능선을 따라갔고, 이윽고 협곡으로 이어지는 작은 계곡들 가운데 하나를 따라 내려가기 시작했다. 여기저기 날카로운 바위와 물이 뚝뚝 떨어지는 검은 관목들이 보였다.

발밑의 흙은 흠뻑 젖어 있었고, 부츠 신은 발을 뗄 때마다 공기가 빨려들어가는 소리가 났다. 패럴은 오른손에 탄약 가방의 끈을 걸고 투석기처럼 빙빙 돌렸다. 강에서 불어오는 축축한 바람이 패럴의 얼굴을 때렸다. 강이 내려다보이는 낮은 절벽의 옆면 바위는 침식에 의해 깊은 홈들이 파이고 깎여나가 마치 식탁처럼 툭 튀어나와, 수천 년 전의 최고 수위가 어디였는지를 보여주었다. 벌거벗은 하얀 통나무들과 셀 수 없이 많은 유목流木들이 마치 거대한 새가 절벽 위로 끌어올린 뼈무덤처럼 바위턱 위에 쌓여 있었다. 패럴은 삼 년 전에 거위들이 어느 쪽에서 왔는지 기억해내려 애썼다. 패럴은 협곡이 막 시작되는 언덕 한쪽에서 걸음을 멈추더니 총을 바위 위에 놓았다. 그러고는 근처에 있는 덤불과 돌맹이들을 모으더니 은신처를 만들 유목을 찾아 강 쪽으로 내려갔다.

패럴은 억센 덤불에 등을 기대고 우비 위에 앉아 두 무릎을 턱까지 끌어모으고, 하얘지다 살짝 파래져가는 하늘과 바람에 실려가는 구름들을 지켜보았다. 강 건너 안개 속 어디에선가 거위들이 꽥꽥거렸다. 패럴은 쉬면서 담배를 피웠고, 담배 연기가 입에서 흘러나와 흩어지는 모습을 지켜보았다. 패럴은 해가 뜨길 기다렸다.

오후 네시다. 패럴이 아내를 위해 문을 열어주려고 차를 돌아 걸어가는 동안, 해는 차 위로 그의 쪼그라든 연회색 그림자를 남기며 방금 전 늦은 오후의 회색 구름 속으로 숨어들었다. 둘은 키스한다.

아이리스와 패럴은 정확히 한 시간 사십오 분 뒤에 그녀에게 돌아올 것이다. 둘은 철물점에 들렀다가 식료품점에 갈 예정이다. 둘은 다섯시 사십오분에 그녀에게 돌아올 것이다. 패럴은 다시 운전대 앞에 앉고, 주위를 잘 살피며 차들 속으로 합류한다. 타운을 나오는 길에 패럴은 빨간 신호등마다 차를 멈추고 기다려야 한다. 마침내 두번째 모퉁이에서 좌회전을 하더니, 둘의 몸이 좌석에 살짝 밀릴 정도로 급가속을 한다. 네시 이십분이다. 갈림길에서 둘은 길 양쪽이 과수원인 아스팔트 포장길로 들어선다. 우듬지 위로는 낮은 갈색 언덕들이 보이고 그 너머로는 청흑색 산들의 꼭대기가 하얗게 눈에 덮여 있다. 가까이 줄지어 선 나무들이 드리운 그림자는 갓길을 검게 물들이며 자동차 앞 도로를 가로질러 온다. 길을 따라 늘어선 각 과수원의 끝에는 새로운 상자들이 뒤죽박죽으로 하얗게 쌓여 있고, 나무의 몸통 또는 가지, 또는 가지가 Y자형으로 갈라진 곳에 사다리들이 기대어 있다. 패럴은 차의 속력을 늦추다가 나무 하나를 골라 아이리스가 차문을 열고 가지에 손을 뻗을 수 있을 만큼 가까이에 차를 세운다. 아이리스가 가지를 놓자 가지가 차문을 긁는다. 사과는 묵직하고 노란색이다. 패럴이 한입 베어 물자 달콤한 과즙이 치아 안으로 터져나온다.

포장도로가 끝나고, 그들은 다져진 흙길을 따라 과수원들이 끝나는 언덕들 가장자리로 향한다. 하지만 관개용 운하로 이어지는 둑길로 방향을 틀면 더 멀리까지 갈 수 있다. 운하는 이제 텅 비어 있고, 가파른 흙 제방은 말라서 무너지고 있다. 패럴은 차의 기어를 2단으로 넣는다. 길은 가팔라지고 운전하기가 더 어려워져서 속력이 떨어진다. 패럴은 수문 밖 소나무 아래에 차를 세운다. 운하가 언덕을 빠져나와 원형 시멘트 구덩이로 미끄러져 들어가는 곳이다. 아이리스는 한 손을 패럴의 무릎 위에 올려놓고 있다. 날이 거의 어두워졌다. 바람이 차를 관통해 불고, 한번은 패럴의 귀에 우듬지가 삐걱대는 소리가 들린다.

패럴은 차에서 내려 담배에 불을 붙이고, 계곡이 내려다보이는 언덕 가장자리로 걸어간다. 바람이 강해졌다. 공기는 더 차가워졌다. 발밑으로 드문드문 풀이 있고, 꽃이 몇 송이 있다. 담배는 회전하며 계곡 안으로 떨어지면서 짧고 비틀린 빨간색 원호를 그린다. 여섯시다.

추위는 좋지 않았다. 발가락에 감각이 없었고, 추위는 천천히 종아리를 타고 무릎 아래까지 올라왔다. 손가락 역시 뻣뻣하게 굳었으며 주머니 안에 둥글게 말고 있었음에도 여전히 시렸다. 패럴은 해가 나길 기다렸다. 패럴이 지켜보는 동안 거대한 구름들이 강 위에서 이리저리 갈라지며 모양을 바꾸고, 또다시 모양을 바꾸었다. 처음에는 가장 낮게 뜬 구름에 있는 검은 선을 잘 알아보지 못했다. 그게 시야에 들어오자 패럴은 모기떼가 자신의 은신처로 가까이 다가오는 것이라고 생각했다. 하지만 패럴이 지켜보는 동안 그것은 저멀리서 구름과 하늘 사이에 생긴 어두운 틈이 되어 점점 가까이 다가왔다. 그 선은 패럴 쪽으로 방향을 돌렸고, 이윽고 아래쪽 언덕 위에 퍼졌다. 패럴은 흥분했지만 가만히 있었다. 귀에서 느껴지는 심장박동 소리가 달리라고 다그쳤지만 마치 다리에 무거운 돌이 달린 듯 천천히 그리고 육중하게 움직였다. 패럴은 무릎을 꿇고 살살 앞으로 나아가다 얼굴이 잡목에 닿자 눈을 땅으로 향했다. 다리가 후들거려서 패럴은 무릎으로 부드러운 흙을 밀었다. 다리가 갑자기 마비되었고, 패럴은 손을 움직여 손가락으로 흙을 파고들며 그 따뜻함에 놀랐다. 이윽고 거위들이 그의 머리 위에서 낮게 꽥꽥거렸고, 날갯짓 소리가 요란히 났다. 방아쇠에 닿은 손가락에 힘이 들어갔다. 빠르고 거친 외침이 들렸다. 거위들은 패럴을 보자 재빨리 10피트 위로 올라갔다. 패럴은 이제 일어서서 거위 한 마리를 겨냥했다가 총구를 돌려 다른 거위를 겨냥했고, 다시 더 가까이 있는, 무리에서 떨어져 그의 머리 위를 가로질러 강으로 향하는 거위를 겨냥했다. 패럴은 한 번, 두 번 총을 쏘았고, 거위들은 계속해 요란스러운 소리를 내며 흩어져 날아 사정거리 밖으로 벗어나더니 굽이치는 언덕들 사이로 낮게 날아 사라졌다. 패럴은 무릎을 꿇고 은신처에 숨기 전에 한번 더 총을 쏘았다. 그의 뒤쪽 언덕, 그리고 약간 왼쪽 어디에선가 프랭크가 총을 쏘는 소리가 들렸다. 그 소리는 날카로운 채찍 소리처럼 협곡에 울려퍼졌다. 패럴은 더 많은 거위들이 강을 날아오는 걸 보고 어리둥절해했다. 거위들은 낮은 언덕 위로 줄지어 날아올라 V자를 그리며 협곡 높이 오르더니 협곡 꼭대기와 그 너머 벌판으로 향했다. 패럴은 골이 진 녹색 2호 산탄을 노리쇠에 조심스레 밀어넣어 장전했다. 탄약 하나가 약실에 들어가며 찰칵하고 공허한 소리를 냈다. 여섯 발이 세 발보다 더 나을 터였다. 패럴은 재빨리 아래쪽 총열에서 플러그를 뽑고 코일스프링과 나무 플러그를 호주머니에 넣었다. 프랭크가 다시 총을 쏘는 소리가 패럴의 귀에 들렸고, 패럴이 미처 보지 못했던 거위떼들이 갑자기 나타났다. 패럴이 지켜보는 동안, 세 마리가 더 옆쪽에서 낮게 다가오는 게 보였다. 패럴은 거위들이 자신과 같은 높이에 올 때까지 기다렸다. 거위들은 검은 눈을 반짝이며 율동하듯 머리를 오른쪽에서 왼쪽으로 천천히 돌리고 30야드 떨어진 언덕 비탈을 가로질러 날아갔다. 거위들이 막 옆을 지날 때, 패럴은 한쪽 무릎을 딛고 일어나 거위들을 적당히 앞으로 보냈지만 거위들이 퍼져 날기 전의 한순간을 놓치지 않았다. 패럴에게서 가장 가까이 있던 거위가 멈칫하더니 곧장 땅으로 떨어졌다. 거위들이 방향을 바꿀 때 패럴은 한번 더 총을 쏘았고, 방향을 바꾸기 전 거위 한 마리가 마치 벽에 부딪힌 듯, 벽을 넘어가기 위해 도리깨질을 하듯 날개를 퍼덕이다가 머리를 숙이고 날개를 늘어뜨리고 나선을 그리며 천천히 떨어지는 것을 보았다. 패럴은 세번째 거위를 향해 탄창이 빌 때까지 총을 쏘았다. 사정거리 밖인 듯했지만, 다섯번째 발사 만에 거위는 앞으로 나아가던 동작을 멈추었다. 거위의 꼬리는 경련을 일으키다가 멈추었지만 날개는 여전히 퍼덕였다. 패럴은 그 거위가 점점 땅으로 가까이 날면서 협곡 가운데 하나 안으로 사라질 때까지 한참 동안 지켜보았다.

패럴은 거위 두 마리를 은신처 안에 누인 뒤 매끄럽고 하얀 배를 쓰다듬었다. 캐나다거위였다. 이제 거위들이 너무 높이 날든 아니면 강 어딘가로 가든 별 관심이 없었다. 패럴은 관목에 기대어 앉아 담배를 피우며 머리 위로 소용돌이치는 하늘을 바라보았다. 얼마 뒤, 아마도 이른 오후쯤 패럴은 잠이 들었다.

잠에서 깨었을 때 패럴은 몸이 뻣뻣했고 추웠고 땀이 났다. 해는 졌고 하늘은 두꺼운 회색 장막으로 덮여 있었다. 어디선가 거위들이 울며 날아오르는 소리가 들렸고, 거위들의 묘하고 날카로운 울음이 계곡을 채웠다. 하지만 패럴의 눈에는 오로지 축축하게 젖은 검은 언덕들만 보였고, 그 끝은 안개에 가려 있었다. 아마도 강이 있는 곳인 듯했다. 패럴은 손으로 얼굴을 문질렀고, 떨기 시작했다. 패럴은 일어섰다. 안개가 협곡을 채우며 언덕을 올라와 대지를 감싸 에워쌌고, 몸 주위의 차갑고 축축한 공기의 숨결이 이마와 뺨과 입술에 와닿는 것이 느껴졌다. 패럴은 은신처를 나와 언덕을 달려 올라가기 시작했다.

패럴은 차 밖에 서서 계속 경적을 눌렀고, 마침내 프랭크가 뛰어와 패럴의 팔을 창에서 빼냈다.

"왜 그래? 미친 거야?"

"집에 가야 한다니까!"

"제기랄! 이런 제기랄! 타, 타라고!"

밀 지대를 떠나기 전에 패럴이 시간을 두 번 물은 것 외엔, 둘은 조용히 있었다. 프랭크는 이 사이에 시가를 물고, 도로에서 절대로 눈을 떼지 않았다. 이윽고 흐르는 안개 속에 들어가자 프랭크는 전조등을 켰다. 차가 고속도로에 들어섰을 때 안개가 위로 올라가더니 차 위의 어둠 속 어딘가에 겹쳐졌고, 마침내 빗방울 몇 개가 앞유리창을 후드득 내리치기 시작했다. 한번은 전조등 불빛 앞으로 오리 세 마리가 날아들더니 도로 옆 웅덩이로 곤두박질치듯 들어갔다. 패럴은 눈을 끔벅거렸다.

"방금 그거 봤어?" 프랭크가 물었다.

패럴이 고개를 끄덕였다.

"이제 기분이 어때?"

"괜찮아."

"거위는 좀 잡았어?"

패럴은 손바닥을 비비더니 깍지를 꼈고, 마침내 무릎 위에 두 손을 포갰다. "아니, 못 잡은 것 같아."

"안타깝군. 네가 총 쏘는 소리를 들었는데." 프랭크는 입 다른 쪽으로 시가를 물고 한 모금 빨려고 했지만, 시가는 이미 꺼져 있었다. 프랭크는 잠시 시가를 질겅거리다가 재떨이에 놓고 패럴을 힐긋 보았다.

"물론 내가 상관할 문제는 아니지만, 만약 집에 뭔가 걱정거리가 있다면…… 너무 심각하게 받아들이지 말라고 충고하겠어. 넌 오래 살 거야. 나처럼 흰머리가 있는 것도 아니잖아." 프랭크가 콜록거리며 킬킬거렸다. "알아, 나도 그랬으니까. 나도 예전에……"

패럴은 청동 램프 아래 커다란 가죽 의자에 앉아 아이리스가 머리를 빗는 모습을 지켜보고 있다. 패럴은 무릎에 잡지를 펼쳐 놓고 있으며, 잡지의 광택지는 근동 어디선가 일어난 재난의 모습을, 지진 사진을 담고 있다. 화장대 위의 작은 조명을 제외하고 방안은 어둡다. 솔빗은 아이리스의 머리털 사이로 느리게 쓸어내리듯 리듬감 있게 움직이며 희미하게 끽끽거리는 소리로 방 안을 채운다. 패럴은 아직 프랭크에게 전화를 해서 이튿날 있을 사냥 약속을 확정하지 않았다. 차갑고 축축한 공기가 바깥에서 창문을 통해 들어온다. 아이리스가 솔빗을 화장대 가장자리에 대고 톡톡 친다. 아이리스가 말한다. "루, 나 임신한 거 알아?"

욕실에 들어간 패럴은 아이리스의 냄새 때문에 욕지기가 난 다. 아이리스의 수건이 변기 뒤쪽에 펼쳐져 있다. 아이리스는 세 면대에 파우더를 쏟았다. 이제 그것은 젖어 있고, 끈적거리고, 하얀 세면대 안쪽에 두껍고 노란 고리를 이루고 있다. 패럴은 그 것을 문지르고 물로 씻어내린다.

패럴은 면도를 하고 있다. 고개를 돌리면 거실을 볼 수 있다. 아이리스가 낡은 화장대 앞 의자에 앉아 있는 옆모습이 보인다. 아이리스는 머리를 빗고 있다. 패럴은 면도기를 내려놓고 얼굴 을 씻고 다시 면도기를 들어올린다. 그 순간, 첫번째 빗방울들이 지붕을 후드득 내리치는 소리가 패럴의 귀에 들려온다.

패럴은 아이리스를 현관에 내놓고 얼굴을 벽 쪽으로 돌린 다 음 이불로 덮는다. 패럴은 들어가 욕실에서 손을 닦고 피에 흠뻑 젖은 무거운 수건을 빨래바구니에 넣는다. 잠시 뒤, 패럴은 화장 대의 불을 켜고 창가의 의자에 앉아 빗소리를 듣는다.

프랭크가 소리 내어 웃었다. "그래서, 그건 아무것도 아니었 어. 정말 아무것도 아니었어. 그뒤 우리는 괜찮아졌어. 뭐, 가끔

252

말다툼을 하기는 하지만, 누구 책임인지를 아내가 알게 된 뒤로는 모든 게 괜찮아졌어." 프랭크는 다정하게 패럴의 무릎을 툭툭 쳤다.

그들은 시 외곽으로 차를 몰고 들어가 붉게 이글거리며 번쩍이는 네온사인이 달린 모텔들이 죽 늘어선 곳을 지나고, 앞에 차들이 몰려 있고 창문에는 김이 서린 카페들을 지나, 이튿날까지 불이 꺼지고 문이 잠겨 있을 작은 상점들을 지났다.

프랭크는 다음 신호에서 우회전을 한 뒤 다시 좌회전을 해서 이제 패럴이 사는 거리에 도착했다. 프랭크는 트렁크를 가로질러 작고 하얀 글씨로 '보안관 사무소'라고 찍힌 검은색과 흰색 차 뒤에 차를 세웠다. 둘이 탄 차 불빛에 보안관 차 안의 철망이 들어간 유리가 보였다. 뒷좌석에 용의자를 가두기 위한 것이었다. 둘이 탄 차 후드에서 김이 피어올라 비와 섞였다.

"저 경찰은 널 쫓아온 것일 수도 있어, 루." 프랭크는 문을 열려다가 문득 킬킬거렸다. "어쩌면 네가 면허도 없이 사냥을 한 걸 알아차렸을지도 몰라. 나와, 내가 널 직접 넘기겠어."

"아니야, 허튼소리 하지 마, 프랭크. 아무 일 없을 거야. 난 괜찮을 거야. 잠깐만. 난 내리겠어!"

"맙소사, 경찰이 정말로 널 쫓아왔다고 생각하는구나! 잠깐만, 네 총 가져가." 프랭크는 창문을 내리고 패럴에게 엽총을 건넸다. "비가 절대로 안 그칠 것처럼 보이네. 또 보자."

"그래."

위층 패럴의 아파트에는 모든 전등이 켜져 있고, 흐릿한 형체들이 조각 장식처럼 창가에 서서 빗줄기 너머로 아래를 내려다보고 있었다. 패럴은 보안관 차 뒤에 서서 물에 젖은 매끄러운 테일핀을 잡았다. 비가 그의 맨이마에 떨어져 옷깃을 타고 흘러내렸다. 프랭크는 몇 야드 정도 차를 몰고 가다가 멈추더니 뒤를 돌아보았다. 패럴은 앞이 보이지 않을 정도로 쏟아지는 빗속에서 테일핀을 잡고 살짝 흔들었다. 빗물받이에서 흘러나온 물이 발 위로 콸콸 흘렀고, 모퉁이의 하수구로 들어가 거품과 함께 커다란 소용돌이를 만들며 지구의 중심으로 돌진해갔다.

털

그는 침대에 일어나 앉아 잠시 혀로 그것을 빼보려 했고, 그러다가 손가락으로 그것을 빼내려 애썼다. 밖의 날씨는 맑을 듯했고, 새 몇 마리가 지저귀었다. 그는 종이성냥 한 귀퉁이를 찢어 그걸로 이 사이를 긁어냈다. 아무것도 나오지 않았다. 하지만 여전히 그것을 느낄 수 있었다. 그는 혀로 뒤부터 앞까지 다시 훑었고, 털을 찾자 혀를 멈추었다. 그는 혀로 그것을 매만져보고 어루만져보았다. 앞니 사이에 끼어 있는 그것을 1인치 정도 혀로 훑다가, 끝에 이르자 입천장에 매끄럽게 올려붙였다. 그는 손가락으로 그것을 만져보았다.

"으으으, 제길!"

"왜 그래?" 아내가 일어나 앉으며 물었다. "우리가 늦잠 잔 거야? 몇시야?"

"이 사이에 뭐가 꼈어. 빼낼 수가 없어. 모르겠어…… 털 같아."

그는 욕실로 가서 거울을 힐긋 보고 차가운 물로 손과 얼굴을 씻었다. 그러고는 거울 위에 있는 면도용 불을 켰다.

"보이지는 않지만 여기 있다는 건 알아. 잡을 수만 있으면 빼낼 수 있겠는데."

아내가 머리를 긁적이고 하품을 하며 욕실로 왔다. "빼냈어, 여보?"

그는 이를 갈았고, 손톱이 살갗을 파고들 때까지 입술을 깨물었다.

"잠깐만. 내가 좀 봐볼게." 아내가 가까이 다가서며 말했다. 그는 불빛 아래에 서서 입을 벌리고 고개를 이리저리 비틀었고, 거울에 김이 서리면 잠옷 소매로 닦아냈다.

"아무것도 안 보여." 아내가 말했다.

"하지만 난 느껴지는걸." 그는 불을 끄고 욕조에 물을 받기 시작했다. "젠장! 놔둬. 이제 출근 준비해야 해."

그는 아침 생각이 별로 없었고 업무 시작까지 아직 시간이 많이 남았기 때문에, 중심가를 걸어서 가기로 마음먹었다. 사무실 열쇠는 상사에게만 있었기 때문에 너무 일찍 도착하면 밖에서 기다려야만 했다. 그는 평소 버스를 타던 텅 빈 모퉁이까지 걸어갔다. 전에 집 근처에서 보았던 개 한 마리가 다리를 들고 버스

정거장 표시 팻말에 오줌을 쌌다.

"어이!"

개는 오줌 싸던 걸 멈추더니 그에게 달려왔다. 그가 모르는 또다른 개가 달려오더니 팻말을 킁킁거리고는 오줌을 쌌다. 황금색 오줌이 인도로 살짝 흘렀다.

"어이, 어서 꺼져!" 개가 오줌을 몇 방울 더 쌌고, 두 마리 개는 거리를 건너갔다. 둘은 거의 킬킬거리는 것처럼 보였다. 그는 이 사이에 낀 털을 앞뒤로 더듬어보았다.

"오늘 날씨 좋네, 안 그래?" 상사가 물었다. 그는 정문을 열고 블라인드를 올렸다.

모두가 고개를 돌려 밖을 보았고, 싱글거리며 고개를 끄덕였다. 누군가 말했다. "네, 그러네요. 정말 아름다운 날이군요."

"일하기에는 너무 좋은 날인걸요." 다른 누군가가 말했고, 그 말에 다른 사람들이 소리 내어 웃었다.

"맞아. 그렇지. 그래." 상사가 말했다. 상사는 휘파람을 불고 열쇠를 짤랑거리며 '남아 의류' 코너를 열러 계단을 올라갔다.

후에, 그가 지하실에서 올라와 라운지에서 담배를 피우며 잠시 쉬려고 하는데 반소매 셔츠를 입은 상사가 다가왔다.

"오늘 덥지 않아?"

"네, 덥네요." 그는 지금까지 상사의 팔에 그렇게 털이 많은 줄은 몰랐다. 그는 앉아서 이를 쑤시며, 상사의 손가락들 사이에

짙게 난 검은 털들을 바라보았다.

"저, 혹시…… 만약 안 된다고 생각하신다면 괜찮습니다. 하지만 만약 다른 사람에게 방해가 되지 않는다면, 그러니까, 가능하다면 집에 갔으면 싶습니다. 몸이 안 좋네요."

"음, 뭐, 물론 자네가 없어도 어떻게든 할 수 있지. 물론 그게 중요한 건 아니지만 말이야." 상사는 콜라를 쭉 들이켜면서 그를 지켜보았다.

"뭐, 그러면, 괜찮습니다. 일할 수 있습니다. 그냥 궁금했던 것뿐입니다."

"아니, 이제는 괜찮아. 집으로 가도 돼. 오늘밤에 전화해서 몸이 어떤지 알려주고." 상사는 손목시계를 보더니 콜라를 마저 마셨다. "열시 이십오분이군. 열시 삼십분이라고 하지. 이제 집에 가. 열시 삼십분에 조퇴한 걸로 해두지."

거리로 나온 그는 옷깃을 느슨하게 하고 걷기 시작했다. 입안에 털이 있는 채로 도시를 걸으니 이상한 느낌이 들었다. 그는 혀로 계속해 그것을 더듬었다. 그는 마주친 그 어떤 사람에게도 눈길을 주지 않았다. 잠시 뒤 겨드랑이에 땀이 나기 시작했고, 겨드랑이 털에서 속옷으로 땀이 배어드는 걸 느낄 수 있었다. 가끔 그는 쇼윈도 앞에 멈춰 서서 유리를 물끄러미 바라보며 입을 벌렸다가 닫았다가 하고, 손가락으로 털을 빼내려 했다. 그는 멀리 길을 돌아서, 라이온스클럽 공원을 지나 집에 왔다. 공원에서는 아이들이 물놀이장에서 노는 모습을 지켜보았고, 노파에게 15센트를 내고 작은 동물원에 들어가 새와 동물들을 구경했다. 한번은 유리창 너머에 있는 거대한 독도마뱀을 한참 동안 서서 구경하자, 독도마뱀이 한쪽 눈을 뜨고 그를 바라보았다. 그는 유리창에서 물러섰고, 집에 갈 시간이 될 때까지 공원을 걸어다녔다.

그는 배가 별로 고프지 않았고 그래서 저녁으로 커피만 조금 마셨다. 몇 모금 삼킨 뒤 혀로 다시 털을 훑어보았다. 그는 식탁 앞에서 일어났다.

"여보, 왜 그래? 어디 가는데?" 아내가 물었다.

"자러 갈래. 몸이 안 좋아."

아내는 침실까지 그를 따라오더니 그가 옷을 벗는 걸 지켜보았다. "뭘 가져다줄까? 의사에게 전화를 할까? 왜 그러는지 알았으면 좋겠어."

"괜찮아. 괜찮아질 거야." 그는 어깨까지 이불을 덮고 몸을 돌려 눈을 감았다.

아내가 블라인드를 쳤다. "부엌 좀 치우고 다시 올게."

몸을 뻗고 있으니 좀 나았다. 그는 얼굴을 만져보며 열이 있을지도 모른다고 생각했다. 그는 입술을 핥았고, 혀로 털끝을 더듬어보았다. 몸이 떨렸다. 몇 분 뒤 그는 졸기 시작했지만 돌연 깨어났고, 상사에게 전화를 해야 한다는 걸 기억해냈다. 그는 천천히 침대에서 나와 부엌으로 갔다.

아내는 싱크대에서 설거지를 하고 있었다. "잠든 줄 알았어. 여보? 이제는 좀 괜찮아?"

그는 고개를 끄덕이더니 수화기를 들고 전화번호를 찾았다. 다이얼을 돌리며 그는 입안에 살짝 불쾌한 맛이 도는 걸 느꼈다.

"여보세요, 네, 이제 나아졌습니다. 그냥 내일은 출근할 수 있다고 알려드려야 할 거 같아서요. 네, 여덟시 삼십분 정각에요."

침대로 돌아온 그는 혀로 다시 한번 이를 훑었다. 아마 이제는 그가 익숙해진 것일지도 몰랐다. 알 수 없었다. 잠들기 직전, 그는 그것에 대한 생각을 거의 그만두었다. 그는 오늘 하루가 얼마나 따뜻했는지를, 물장구치던 아이들을, 그날 아침에 새들이 얼마나 아름답게 지저귀었는지를 생각했다. 하지만 밤중에 한 번, 그는 땀을 흘리고 비명을 지르며 하마터면 숨이 막힐 것 같은 느낌과 함께 잠에서 깼다. 아니, 아니야. 그는 이불을 걷어차며 계속 말했다. 아내는 그런 그가 겁이 났다. 뭐가 문제인지 알 수 없었다.

열광자들

그들은 차양이 쳐진 작은 주철 파티오* 테이블 앞에 앉아 무거운 금속잔에 담긴 와인을 마시고 있다.

"왜 지금 그런 식으로 느끼는 건데?" 그가 그녀에게 묻는다.

"모르겠어." 그녀가 말한다. "그게 닥치면 난 늘 슬퍼지더라. 일 년은 금방 지나갔고. 나는 다른 사람들은 알지도 못해." 그녀는 몸을 앞으로 기울여 손을 뻗어 그의 손을 잡으려 하지만, 그는 재빨리 손을 피한다. "그 사람들은 너무나, 너무나도 서툴러 보여." 그녀는 무릎에서 냅킨을 집더니 지난달 동안 그가 진저리치게 된 방식으로 입술을 닦는다. "더는 이 문제에 대해 이야기

---

* 스페인·남미지역 가옥의 안마당.

하지 말자." 그녀가 말한다. "아직 세 시간이 남았어. 이제 생각
도 하지 말자."

그는 어깨를 으쓱해 보이고 그녀 너머로 열린 창을 통해 담요
처럼 네모지고 하얀 하늘을, 거리를, 그 주위를 둘러본다. 먼지
들이 나지막한 먼지투성이 건물들을 뒤덮고 거리를 채운다.

"뭘 입을 거야?" 고개를 돌리지 않고 그가 묻는다.

"넌 어떻게 그 이야기를 또 해?" 그녀는 의자 깊숙이 앉아 깍
지를 끼고 집게손가락에 낀 납반지를 돌린다.

파티오에 다른 손님은 없고, 거리를 지나는 이도 없다.

"아마도 흰색을 입을 거야. 평소처럼 말이야. 하지만 안 그럴
지도 몰라. 안 그럴래!"

그는 싱긋 웃더니 잔에 있는 걸 다 마시고, 아래에 가라앉은
거의 쓰다시피 한 부드러운 찻잎 조각들이 입술에 닿자 그 맛을
느낀다. "이제 갈까?"

그는 와인값에 더해 오천 페소를 더 가게 주인에게 준다. "이
건 팁입니다."

나이든 여인은 망설이며 젊은 여인을 보더니 새처럼 겁먹은
동작으로 지폐를 그러모아 앞주머니에 구겨넣는다. "그라시아
스." 그녀가 뻣뻣하게 고개 숙여 인사하고, 공손하게 이마에 손
을 댄다.

파티오는 어둡고 썩은 나무 냄새가 난다. 땅딸막한 검은 아치

들이 파티오를 에워싸고 있고, 그 가운데 하나는 거리로 열려 있다. 정오다. 창백하고 탁한 찬란함에 그는 잠시 어지러워진다. 좁은 골목 바로 옆에 들어선 벽돌담에서 스멀스멀 열기가 피어오른다. 그의 눈에서 눈물이 나고, 공기는 건조하고, 얼굴은 화끈거린다.

"괜찮아?" 그녀가 그의 팔을 잡는다.

"응, 잠시만." 두 사람과 아주 가까운 거리에서 악단이 연주를 하고 있다. 음악은 지붕 없는 건물들 위로 흐르고, 그의 머리 위 열기에 녹아든다. "이거 보자."

그녀가 얼굴을 찡그린다. 요즘에는 경기장에 관심이 있는 청년이 얼마 안 된다는 소리를 누군가로부터 들었을 때 지었던 바로 그 찡그림이다. "원하면 그렇게 해, 자기야."

"원해. 가자. 내 마지막 오후인데, 이 정도도 못 들어주는 거야?"

그녀는 그의 팔을 더 단단히 잡고, 둘은 낮은 담이 드리우는 그늘을 따라 천천히 거리를 걸어간다. 둘이 거리 끝에 다가가자 음악이 더 가까이서 들린다. 그가 어린아이였을 때는 일 년에 몇 번씩 악단이 연주하곤 했다. 그러다 한참 동안은 일 년에 두 번을 연주했고, 이제는 오로지 일 년에 한 번만 행진하고 연주한다. 솜털 모양의 부드러운 먼지가 갑자기 그의 발 앞에 나타나고, 그는 먼지를 차버리려다가 먼저 가죽 샌들 발치에 달라붙은 갈색 거미를 차버린다.

"우리, 척해야 하는 걸까?" 그가 묻는다.

그녀의 눈이 거미를 따라갔다가 이제 그를 향한다. 축축한 이마 아래 생기 없고 잿빛이 감도는 눈동자는 꼼짝도 않는다. 그녀가 입술을 삐죽 내민다. "척?"

충동적으로, 그는 그녀에게 키스를 한다. 그녀의 입술은 말라갈라졌고, 그는 그녀에게 강렬히 키스하며 뜨거운 벽돌담에 그녀를 밀어붙인다. 악단이 새된 소리로 외치고 쨍그랑거리며 거리 끝을 지나다가 멈추었다가 다시 행진한다. 악단이 행진해 가다 모퉁이를 돌면서 소리는 이제 작아진다.

"우리가 처음 만나고 내가 어린 제자로서 고생하던 때처럼 말이야. 기억나?" 아무래도, 그는 기억할 수밖에 없다. 경기장에서 보낸 길고 뜨거운 오후 시간들이었다. 연습, 연습, 모든 동작과 생각과 우아함을 완벽히 익히던 때였다. 동료들이 한 명씩 차례로 마쳤을 때의 피 끓는 전율과 흥분. 그는 운이 좋은, 그리고 헌신적인 자들 가운데 한 명이었다. 이윽고 그는 후보 몇 명 가운데 한 명이 될 정도로 실력이 늘었고, 마침내 그들보다 더 나아졌다.

"기억해." 그녀가 말한다.

그녀는 그의 아내로서 마지막인 올해를 기억할 터이고, 아마도 오늘 오후를 기억할 터이다. 잠시 그는 오늘 오후에 대해 생각한다.

"좋았어. 좋은 시절이었어." 그녀가 말한다. 그녀의 눈은 차갑고 탁했으며, 그가 되는대로 살던 시절에 산에서 죽였던 뱀의 눈처럼 얼굴에 납작하게 달라붙어 있다.

그들은 거리 끝에 도착하자 걸음을 멈춘다. 그곳은 조용하다. 그들에게 들리는 소리라고는 거리 저쪽 어디선가, 악단이 있는 쪽에서 들리는 메마르고 가르랑거리고 목이 멘 듯한 기침 소리뿐이다. 그는 그녀를 보고, 그녀는 어깨를 으쓱해 보인다. 둘은 모퉁이를 돈다. 그들은 문간에 앉아 있는 노인들 곁을 지난다. 노인들 뒤의 문들은 판자로 막혀 있다. 그들은 크고 먼지 앉은 솜브레로를 눌러써 얼굴을 가렸고, 다리는 오므려 가슴에 단단히 끌어안고 있거나 또는 거리로 쭉 펴고 앉아 있다. 다시 기침이, 마치 지하에서 들려오는 듯한, 목이 흙으로 꽉 메인 듯한 마르고 짙은 기침 소리가 들린다. 그는 귀를 기울이며 노인들을 자세히 살핀다.

그녀는 좁은 통로를 가리킨다. 모자를 쓰지 않은, 작고 머리가 희끗한 남자가 건물 사이 좁은 통로를 비집고 간다. 그 남자가 입을 벌린다…… 그리고 기침을 한다.

그가 그녀를 자기 쪽으로 돌린다. "지금까지 우리들 중 몇 명과 같이 살았지?"

"왜…… 다섯 또는 여섯? 생각해봐야 해. 왜 물어?"

그는 고개를 젓는다. "루이스 기억나?"

그녀는 그에게서 팔을 빼낸다. 그녀의 묵직한 팔찌가 둔탁하게 울린다. "내 첫 남자였어. 난 그 남자를 사랑했어."

"그 사람은 내게 거의 모든 것을 가르쳤어…… 내가 알아야 할 필요가 있는 것들을 말이야." 그는 입술을 깨문다. 태양이 그의 목을 뜨겁고 납작한 돌처럼 누른다. "호르헤 기억해?"

"응." 둘은 다시 걷고 있고, 그녀는 다시 그의 팔을 잡는다. "좋은 사람이야. 너랑 약간 닮았어. 하지만 난 그 남자는 사랑하지 않았어. 제발, 이제 그 얘긴 더 하지 말자."

"좋아. 나는 광장까지 걸어가고 싶어." 그들이 지나가자 멍한 눈의 남녀들이 물끄러미 바라본다. 사람들은 문에 기대어 축 늘어져 있거나 또는 어두운 벽감 속에 웅크리고 있고, 어떤 이들은 낮은 창문 안쪽에서 멍한 눈으로 그들을 바라본다. 그들은 좀더 걸어 마을로부터 멀어져 평원으로 간다. 그들 주위로는 온통 모르타르 벽돌과 오래된 하얀 석회 시멘트 덩어리가 부서진 가루와 조각 투성이고, 그들이 걸어가자 발아래서 가루와 조각들이 버석거린다. 모든 것 위에 두껍게 먼지가 앉아 있다. 도금한 듯한 태양은 그들 머리 위로 눈을 멀게 할 것 같은 하얀 빛을 뿜어내며 끈적이는 등에 옷이 찰싹 달라붙게 한다.

"돌아가야 해." 그녀가 그의 팔을 살짝 움켜잡으며 말한다. "곧." 그는 시멘트 도로가 깨진 덩어리들의 어두운 틈 사이로 피어난 옅은 노란색 꽃들을 가리킨다. 그들은 메트로폴리탄 대성당의 잔해를 마주한 소칼로 대광장에 서 있다. 광장 경계에는 갈색 분을 바른 듯한 둔덕들이 줄지어 서 있고, 각 둔덕 옆면에는 그들을 향해 구멍이 하나씩 나 있다. 둔덕 너머로는 가장 큰 집들의 꼭대기만이 보이는 언덕까지 갈색 벽돌집들이 줄지어 서 있다. 그리고 회색 언덕들이 계곡을 따라 오르락내리락하며 그의 시선이 미치는 곳까지 뻗어 있다. 그 언덕들을 보면 그는 늘 젖가슴이 커다란 여인들이 기대 누운 모습이 떠올랐지만, 이제는 오로지 낯설고 더러워 보이기만 할 뿐이다.

"제발, 자기야." 그녀가 말한다. "이제 돌아가서, 시간이 있는 동안 와인이나 조금 마시자."

경기장에서 악단이 연주를 시작했고, 날카로운 가락 몇 소절이 평원을 가로질러 그들에게까지 띄엄띄엄 들려온다. 그가 귀를 기울인다. "그래, 늦으면 안 되지." 그는 땅을 바라보고, 발뒤꿈치로 먼지를 휘젓는다. "좋아, 그래, 가서 와인이나 좀 마시자." 그는 몸을 굽히고 그녀를 위해 노란 꽃송이들을 꺾어 조그만 다발을 만든다.

그들은 마누엘의 레스토랑으로 간다. 그들이 자신의 식탁 가운데 한 곳에 앉는 것을 본 마누엘은 와인 저장고로 가서 한 병 남은 레드와인을 가지고 온다.

"오늘 오후에 경기장에 올 거야, 마누엘?"

마누엘은 식탁 너머 벽에 기다랗게 난 균열을 살핀다. "그래."

"그런 식으로 느끼지 마, 친구. 그렇게 나쁜 것만은 아니야. 보라고." 그는 잔을 기울여 따뜻한 와인을 목으로 넘긴다. "내가 행복하냐고? 내가 행복하지 않다면 그게 말이 되겠어? 모든 순간은 행복해야 하고, 관계된 모든 사람들이 기쁘게 받아들일 수 있어야 해." 그는 마누엘을 보고 싱긋 웃었다. 나쁜 뜻은 없었다. "늘 그런 식이었고, 앞으로도 그럴 거야. 그러니 보라고. 나는 행복해야만 해. 그리고 자네도 마찬가지고, 친구여. 우리는 하나니까." 그는 다시 한 잔을 마저 마시고 땀이 밴 손바닥을 바지에 문지른다. 그러고는 일어나 마누엘과 악수를 한다. "우린 이제 가야 해. 안녕, 마누엘."

그들의 숙소 입구에서, 그녀는 그에게 착 달라붙어 속삭이며 목을 어루만진다. "난 정말로 너를 사랑해! 너만 사랑해!" 그녀는 그를 자신에게 끌어당기고, 손가락으로 그의 어깨를 움켜쥐고 그의 얼굴을 자신에게 끌어당긴다. 그러더니 몸을 돌려 입구 쪽으로 달려간다.

그가 외친다. "옷을 입을 거면 서둘러야 해!"

이제 그는 늦은 오후의 녹색 그림자 속을 걷고 있고, 샌들 신은 발로 뜨겁고 잘 부스러지는 흙을 디디며 아무도 없는 광장을 가로지른다. 잠시 태양은 하얀 구름타래 뒤로 모습을 감춘다. 그가 경기장으로 이어지는 거리에 들어설 때, 태양은 아주 창백하고 밝으며 아무런 그림자도 없다. 몇몇 사람들이 함께 묵묵히 발을 질질 끌며 거리를 걷지만, 그가 지나가자 시선을 피하며 아는 기색을 보이지 않는다. 경기장 앞에는 먼지를 뒤집어쓴 남녀들이 이미 기다리고 있다. 그들은 땅 또는 하얗게 레이스가 드리워진 듯한 하늘을 물끄러미 바라보고, 몇 명은 입을 벌리고 뒤통수가 거의 어깨에 닿을 정도로 고개를 젖힌 채 구름을 구경한다. 흘러가는 구름을 따라가는 그들의 머리는 마치 힘 빠진 옥수수 줄기처럼 앞뒤로 흔들린다. 그는 옆쪽 입구를 통해 곧장 분장실로 간다.

그는 탁자 위에 눕고, 얼굴을 촛농이 떨어지는 하얀 초 쪽으로 향한 채 여자들을 지켜본다. 그들이 그의 옷을 벗기고 몸에 기름과 향유를 바르고 다시 거친 천으로 짠 옷을 입히는 동안, 그들의 느린 움직임이 왜곡되어 춤추며 벽에 비친다. 흙벽들이 좁은 방을 에워싸고 있고, 방은 탁자와 그의 주위를 맴도는 여자 여섯 명이 간신히 있을 공간뿐이다. 주름지고 기름이 번들거리는 갈색 얼굴이 오래된 음식 냄새가 풍기는 축축한 숨을 쉬며, 목구멍을 긁는 소리로 숨을 쉬며 그의 얼굴을 살핀다. 두 입술이 갈라져 열리더니 거칠거칠한 고대의 음절을 내뱉고 닫힌다. 다른 이들은 동작을 서둘러 그를 부축해 탁자에서 일으키고 경기장으로 안내한다.

그는 재빨리 작은 단상에 누워 두 눈을 감고 여인들의 찬송에 귀를 기울인다. 얼굴 위로 해가 밝게 빛나서 그는 고개를 돌린다. 악단이 훨씬 더 가까이서, 경기장 안 어디에선가 소리를 높이고, 그는 그 소리에 잠시 귀를 기울인다. 찬송은 돌연 중얼거림으로 바뀌더니 이윽고 멈춘다. 그는 눈을 뜨고 고개를 한쪽으로, 이윽고 다른 쪽으로 돌린다. 한순간 모든 얼굴들이 그에게 초점을 맞추고, 고개를 앞으로 쭉 내민다. 그 모습에 그는 두 눈을 감는다. 이윽고 묵직한 팔찌가 둔탁하게 쩔그렁거리는 소리가 귀 가까이 들리고, 그는 눈을 뜬다. 그녀가 하얀 가운을 입고 길고 빛나는 흑요석 나이프를 들고 그의 옆에 서 있다. 몸을 숙여 그에게 가까이 다가오는 그녀의 머리에 꽃다발이 엮여 있다. 그녀가 그의 얼굴로 몸을 굽히더니 그의 사랑과 헌신에 축복을 내리고 그의 용서를 구한다.

"용서해줘."

"그게 무슨 소용이야?" 그가 속삭인다. 이윽고 칼끝이 그의 가슴에 닿자 그가 날카롭게 외친다. "널 용서하겠어!"

그리고 사람들은 그 말을 듣고 지쳐 자리에 앉고, 바로 그때 그녀는 그의 심장을 잘라 번쩍이는 태양 아래 들어올린다.

포세이돈과 친구들

그는 아무것도 보지 못했지만 갑자기 바람이 거세지며 해안에서 안개를 몰고 와 얼굴에 뿌리는 바람에 깜짝 놀랐다. 그는 다시 꿈을 꾸고 있었다. 그는 팔꿈치를 이용해 해안이 내려다보이는 가장자리로 조금 더 가까이 다가갔고, 얼굴을 바다 쪽으로 내밀었다. 바람이 눈에 불어치는 탓에 눈물이 났다. 저 아래서 다른 소년들이 전쟁놀이를 하고 있었지만 그들의 목소리는 멀리서 들리는 듯 약했고, 그는 그 소리에 귀를 기울이고 싶지 않았다. 아이들 목소리 위로 갈매기들이 끽끽대는 소리가 들렸고, 신전 아래쪽 바위에는 파도가 부딪히며 으르렁거렸다. 포세이돈 신전이었다. 그는 다시 배를 깔고 누워 고개를 한쪽으로 약간 돌리고 기다렸다.

등 위로 태양이 미끄러지듯 사라지며 다리와 어깨가 서늘해졌다. 오늘밤 그는 이불을 두르고 누워 이 시간을, 하루가 저무는 몇 분의 시간을 기억할 터였다. 언덕 위에 있는 나이아스*의 동굴에서 누군가의 손을 잡고 바위 틈으로 계속 똑똑 떨어지는 물 아래 서 있는 것과는 다른 느낌이었다. 사람들 말로는, 그 물이 얼마나 오랫동안 떨어졌는지 아무도 모른다고 했다. 무릎까지 차오르는 파도 속을 걸어갈 때 가슴 가득 차오르는 이상한 느낌과도 너무나 달랐다. 그것에도 때가 있었지만, 같지는 않았다. 사람들은 그에게 때에 대해, 언제 물에 들어가고 언제 해변에서 물러서야 하는지 말해줬다. 하지만 이것은 그 자신의 문제였고, 그는 날마다 오후면 바다 위에 엎드려 변화를, 따가운 시간의 추이가 자기 등 위를 가로질러가기를 기다렸다.

그는 지난밤에 새로 들었던 시 몇 개를 큰 소리로 바람에게 외쳤고, 그러는 동안 바닷물의 짭짤함을 입술에 느꼈다. 시의 단어 몇 개가 마음에 든 그는 다시 그 단어들을 음미하며 내뱉었다. 저 아래에서 아이아스가 다른 소년에게 욕을 하고 신들 가운데 한 명에게 기원하는 소리가 들렸다. 사람들이 신들에 대해 말한 게 사실일까? 그는 자신이 들었던 모든 노래를, 전승되어 난로 주위에서 암송했던 모든 이야기들을, 전해들었던 모든 목격

---

* 그리스신화에 나오는 물의 님프.

담을 떠올렸다. 하지만 그는 어떤 사람들이 신들에 대해 불경스럽게, 심지어 불신하며 이야기하는 것을 들었으며, 그래서 이제는 무엇을 믿어야 할지 판단하기가 어려웠다. 언젠가 그는 이곳을 떠나 스스로 그것을 알아내리라. 언덕을 넘어 무역선들이 들어오는 에리트레아로 걸어가리라. 어쩌면 무역선 중 하나에 승선해, 그들이 가는 어딘가로, 사람들이 이야기하는 그곳들로 가게 되리라.

아래쪽에서 목소리들이 더욱 커졌고, 방패와 막대기들이 부딪치는 소리 속에서 갑자기 소년들 가운데 한 명이 큰 소리로 우는 소리가 들렸다. 그는 일어나 귀를 기울이고, 저녁 바람이 화난 목소리들을 싣고 오는 동안 기억과 상상으로 머리가 핑 돌며 어찔해져 비틀거렸다. 아이들이 두 무리로 나뉘어 해변을 이리저리 달리는 동안, 아킬레스가 모든 아이들 가운데 가장 크게 외치는 소리가 들렸다. 이윽고 누군가가 그의 이름을 부르고, 그는 자신이 보이지 않도록 재빨리 몸을 숙였다. 더 가까이에서 그의 누이가 다시 그를 불렀다. 이제 그의 뒤쪽에서 발소리가 들리고, 그는 누이가 볼 수 있도록 갑자기 일어나 앉았다.

"여기 있었구나!" 누이가 말했다. "널 찾아 사방을 돌아다녔어! 왜 집에 안 온 거야? 할 일을 아무것도 안 했더라." 그녀가 더 가까이 다가왔다. "손 줘!"

그는 누이가 자기 손을 잡아당기는 것을 느꼈다. "싫어!" 그가 손을 떨며 말했다. 그는 손을 뿌리쳤고, 가끔 자신이 '창'이라 부르는 막대로 내려가는 길을 더듬기 시작했다.

"뭐, 두고보면 알겠지. 자신이 무척이나 크다고 생각하는 꼬마야." 그녀가 말했다. "엄마가 네 차례가 오고 있다셨어."

새빨간 사과

"오줌이 안 나와, 엄마." 허친스 노인은 눈물이 그렁그렁해서 욕실에서 나오며 말했다.

"바지 지퍼 좀 잠가, 아빠!" 루디 허친스가 외쳤다. 노인은 루디가 꼴도 보기 싫었으며, 화가 나서 손을 부들부들 떨었다. 루디는 의자에서 벌떡 일어나 두리번거리며 자기 부메랑을 찾았다. "내 부메랑 못 봤어, 엄마?"

"응, 못 봤는데." 어머니는 짜증내지 않고 말했다. "이제 난 네 아버지에게 가볼 테니 얌전히 행동해라, 루디. 아빠가 오줌을 눌 수 없다고 말하는 거 들었잖니. 하지만 아빠, 루디 말대로 지퍼는 잠그세요."

노인은 콧방귀를 뀌었지만 그 말을 따랐다. 어머니는 앞치마

속에서 두 손을 잡은 채 걱정스러운 표정으로 노인에게 다가갔다.

"닥터 포터가 말했던 일이 일어났어, 엄마." 노인이 벽에 기대 축 늘어져 금방이라도 죽을 듯한 표정을 지으며 말했다. "의사 선생님 말이, 어느 날 일어나보면 오줌을 못 눌 거라고 했어."

"닥쳐!" 루디가 외쳤다. "닥쳐! 따발, 따발, 따발, 따발, 하루 종일 음란한 말만 따발거리고. 이제 아주 지긋지긋해!"

"조용히 해라, 루디." 어머니가 힘없이 말하며 노인을 안고 한두 걸음 뒤로 물러섰다.

루디는 리놀륨이 깔린, 가구가 거의 없지만 깔끔한 거실을 서성거리기 시작했다. 어머니의 팔에 힘없이 안긴 노인을 도끼눈을 뜨고 노려보며 엉덩이 주머니에 손을 넣었다가 뺐다가 했다.

동시에 갓 구운 애플파이의 따뜻한 향이 부엌에서 흘러나왔고, 그 냄새를 맡은 루디는 허기진 듯 입술을 핥았으며, 잔뜩 화가 난 상태에서도 이제 간식시간이 거의 다 되었다는 걸 깨달았다. 때때로 그는 초조한 듯 형 벤을 곁눈질로 힐긋거렸다. 벤은 거실 구석 페달로 작동하는 재봉틀 근처의 육중한 떡갈나무 의자에 앉아 있었다. 하지만 닳고 닳은 『분노의 총Restless Guns』에서 절대 눈을 떼지 않았다.

루디는 벤의 속내를 알 수가 없었다. 루디는 계속해 쿵쿵거리며 거실을 왔다갔다했고, 가끔씩 의자를 넘어뜨리거나 램프를 깨곤 했다. 어머니와 노인은 천천히 욕실로 갔다. 루디는 갑자기

걸음을 멈추고 그들을 노려보더니 다시 벤을 바라보았다. 루디는 그냥 벤을 이해할 수가 없었다. 루디는 그들 중 누구도 이해할 수 없었지만, 벤은 다른 사람들보다도 더 알 수 없었다. 루디는 가끔 벤이 자기를 알아차려주기를 원했지만 벤은 언제나 책에 코를 박고 있었다. 벤은 제인 그레이, 루이스 라무르, 어니스트 헤이콕스, 루크 쇼트를 읽었다. 벤은 제인 그레이, 루이스 라무르, 어니스트 헤이콕스가 괜찮은 편이라고 생각했지만 루크 쇼트만큼 좋지는 않다고 생각했다. 벤은 루크 쇼트가 그중에서 최고라고 생각했다. 벤은 루크 쇼트의 책들을 사오십 번씩 읽었다. 벤에게는 시간을 보낼 소일거리가 필요했다. 칠팔 년 전 '퍼시픽 목재'에서 나무 우듬지를 잘라낼 때 벤의 장비가 느슨해진 이후, 벤은 시간을 보내기 위해 뭔가 소일거리가 필요했다. 그뒤로 벤은 오직 상체만 움직일 수 있었다. 또한 언어능력도 상실한 듯했다. 어쨌든, 벤은 추락한 날 이후로 단 한 마디도 입 밖에 내지 않았다. 하지만 벤은 집에 살던 어린 시절에도 늘 조용한 소년이었다. 전혀 신경쓸 필요가 없었다. 누가 묻는다면 벤의 어머니는 지금도 마찬가지라고 할 것이다. 쥐처럼 조용하며 돌볼 필요가 거의 없었다.

게다가, 매달 1일 벤은 우편으로 소액의 장애 연금 수표를 받았다. 큰 금액은 아니었지만, 가족이 생활하기에는 충분했다. 노인은 장애 연금이 나오기 시작하자 일을 관뒀다. 자기 상사가 마음에 들지 않는다는 것이 퇴직 이유였다. 루디는 집을 떠난 적이 한 번도 없었다. 또한 고등학교도 졸업하지 않았다. 벤은 고등학교를 졸업했지만 루디는 고등학교를 중퇴했다. 이제 루디는 징집되는 걸 두려워했다. 징집된다는 생각을 하면 아주 초조해졌다. 어머니는 언제나 주부였다. 어머니는 아주 영리하지는 않았지만 수지를 맞추는 법은 알았다. 하지만 가끔, 월말이 되기 전에 돈이 떨어지면 어머니는 상자에 예쁘게 사과를 담아 등에 짊어지고 마을로 걸어가 존슨 씨네 약국 모퉁이에서 한 개에 10센트를 받고 팔아야만 했다. 존슨 씨와 점원들은 어머니를 알았고, 그녀는 존슨 씨와 점원들에게 늘 치마 앞쪽 천으로 반들반들 광을 낸 새빨간 사과를 주었다.

루디는 공중에 대고 칼로 난폭하게 찌르고 베는 시늉을 하기 시작했고, 그렇게 후비고 찍어대며 투덜거렸다. 늙은 부부가 복도에서 위축되어 있다는 것은 잊은 듯했다.

"여보, 이제 걱정하지 말아요." 어머니가 노인에게 힘없이 말했다. "닥터 포터가 당신을 고쳐주실 거예요. 왜, 전립선수술은 흔하잖아요. 맥밀리언 수상을 봐요. 맥밀리언 수상 기억나요, 아빠? 그 사람이 수상이었을 때 전립선수술을 받고 금방 나았어요. 금방이요. 그러니 이제 기운 내요. 뭐……"

"닥쳐! 닥쳐!" 루디가 둘을 향해 위협적으로 달려들었지만, 둘은 좁은 복도 뒤쪽으로 멀리 물러섰다. 다행히도 어머니는 엘러를 휘파람으로 부를 정도의 기운이 있었고, 그 소리를 들은 커다란 털북숭이 개는 뒤쪽 베란다에서 거실로 즉각 뛰어와 루디의 좁은 가슴에 두 앞발을 올려놓고 한두 걸음 뒤로 밀어냈다.

루디는 개의 지독한 입냄새에 놀라 천천히 뒤로 물러섰다. 거실을 지나가며 루디는 노인이 아끼는 물건, 즉 엘크의 발굽과 앞다리로 만든 재떨이를 집어들더니 그 냄새나는 물건을 정원으로 냅다 던졌다.

노인은 다시 울기 시작했다. 노인은 소심해졌다. 한 달 전 루디가 그를 죽이겠다며 살벌하게 덤벼든 뒤로, 원래도 소심했던 노인은 더욱더 소심해졌다.

그때 일어났던 일은 이랬다. 노인이 목욕을 하고 있을 때 루디가 몰래 다가오더니 RCA 빅트롤라 축음기를 욕조에 던져넣었다. 만약 루디가 축음기에 전원 꽂는 것을 잊지 않았더라면 그것은 심각한, 심지어 치명적 일이 될 뻔했다. 하지만 빅트롤라가 열린 욕실문으로 날아들어온 결과 노인은 오른쪽 허벅지에 심한 멍이 들었다. 루디가 마을에서 〈골드핑거〉를 보고 온 뒤의 일이었다.* 이제 이들 부부는 늘 어느 정도 루디를 경계했지만, 특히나 루디가 마을에 다녀왔을 때는 더욱더 조심했다. 영화에서 루

---

* 〈007 골드핑거〉에서 제임스 본드가 적을 욕조에 빠뜨리고 전기 히터를 욕조 안에 던져 감전사시키는 장면이 있다.

디가 어떤 방법을 배울지 누가 알겠는가? 루디는 주위의 영향을 무척이나 쉽게 받았다. "그 아이는 쉽게 영향을 받을 나이잖아요." 어머니가 노인에게 말했다. 벤은 그 어떤 식으로도 그 어떤 말도 하지 않았다. 아무도 벤을 이해할 수 없었다. 심지어 그의 어머니조차 벤을 이해하지 못했다.

루디는 헛간에 잠시 머물러 파이 반쪽을 게걸스레 먹고, 남은 건 가장 좋아하는 낙타인 엠에게 주었다. 루디는 엠을 데리고 뒷문으로 나와, 부주의하고 경솔한 사람들을 혼낼 목적으로 정성껏 설치한 덫과 위를 가려놓은 구덩이, 함정을 안전하게 빠져나갔다. 위험지역을 빠져나오자 그는 엠의 귀를 잡아당겨 무릎을 꿇으라고 명령한 뒤 등에 올라타고 그곳을 떠났다.

루디는 황무지를 다가닥다가닥 가로질러 세이지로 뒤덮인 작고 건조한 언덕으로 향했다. 낮은 언덕에 오르자, 한번 멈춰 낡은 농장을 뒤돌아보았다. 루디는 다이너마이트와 그걸 터뜨릴 폭파장치를 갖고 싶었다. 그래서 아라비아의 로런스가 기차를 날려버렸듯이 저 풍경을 날려버리고 싶었다. 루디는 저곳이, 낡은 농장이 보기 싫었다. 어차피 저곳에 있는 자들은 모두 미쳤다. 누구도 저곳의 사람들을 그리워하지 않을 터였다. 루디가 그리워할까? 아니, 루디는 저들을 그리워하지 않을 터였다. 게다가 저곳에는 여전히 땅과 사과가 있을 터였다. 좆같은 땅과 사과가! 루디는 다이너마이트를 구하고 싶었다.

루디는 엠을 마른 수로로 들어서게 했다. 이글거리는 해를 뒤로한 채 엠을 몰고 양쪽이 절벽인 깊은 계곡 끝까지 나아갔다. 루디는 엠을 세우고 등에서 내려 바위 뒤로 가 스미스 & 웨슨 사의 커다란 군용 리볼버, 두건 달린 망토, 모자를 덮어둔 캔버스 천을 벗겼다. 루디는 망토를 입고 리볼버를 허리띠에 꽂았다. 리볼버가 떨어졌다. 루디는 그것을 다시 꽂았지만, 또다시 떨어졌다. 그래서 비록 무겁고 엠을 몰기가 어렵기는 하겠지만 리볼버를 그냥 손에 들고 가기로 했다. 까다롭기는 하겠지만, 할 수 있을 거라고 생각했다. 해낼 수 있다고 생각했다.

농장으로 돌아온 루디는 엠을 헛간에 두고 집으로 향했다. 엘크 다리 재떨이가 여전히 정원에 있고 그 위로 파리 몇 마리가 맴도는 걸 보고 루디는 코웃음을 쳤다. 노인은 겁이 나서 차마 다시 나와 그것을 가지고 가지 못한 것이다. 그걸 본 루디는 좋은 생각이 떠올랐다.

루디는 부엌에 있는 그들에게 득달같이 달려갔다. 부엌 식탁 앞에 앉아 커피에 크림을 넣고 저으며 비교적 편안히 있던 노인은 깜짝 놀란 듯했다. 어머니는 파이를 하나 더 오븐에 넣고 있었다.

"사과, 사과, 사과, 아주 진절머리가 나!" 루디가 날카롭게 외쳤다. 그러고는 거칠게 웃으며 콜트 45구경을 공중에 흔들어대어 그 둘을 거실로 몰고 갔다. 벤이 살짝 관심을 보이며 그들을 보더니 책으로 다시 시선을 돌렸다. 루크 쇼트의『로하이드 트레일』이었다.

"이거야." 루디가 목청을 높이며 말했다. "이거야, 이거야, 이거!"

어머니는 계속 입술을 앞으로 오므리고—그 모습이 마치 키스를 해달라는 것 같았다—휘파람을 불어 옐러를 부르려 했지만, 루디는 소리 내어 웃고 야유를 보낼 뿐이었다. 루디는 윈체스터 총열로 창문을 가리켰다. "옐러는 저기 있어." 루디가 말했다. 어머니와 노인은 입에 재떨이를 물고 과수원을 향해 총총걸음으로 가고 있는 옐러를 보았다. "당신들의 노땅 옐러는 저기 있지." 루디가 말했다.

노인은 신음을 내더니 힘겹게 털썩 무릎을 꿇었다. 어머니는 노인 옆에 앉았으나 루디 쪽을 간청하듯 바라보았다. 루디는 어머니로부터 4피트 정도 떨어진 붉은 인조가죽 발판 바로 오른쪽에 있었다.

"루디, 이제 그만두거라, 나중에 후회할 거야. 나나 네 아빠를 해치지는 않을 거지, 그렇지, 루디?"

"저자는 내 아빠가 아니야, 아니야, 아니야." 루디가 말했다. 루디는 거실을 왔다갔다하며 가끔씩 벤을 힐긋거렸고, 벤은 사건이 시작되었을 때 한순간 흥미를 보이더니 그뒤로는 아무런 관심도 없는 듯했다.

"그렇게 말하면 안 돼, 루디, 아들아." 어머니가 부드럽게 나무랐다.

노인은 잠시 훌쩍이는 걸 멈췄다. "아들아, 늙고 힘없고 불쌍하고 건강이 나쁘고 전립선에도 문제가 있는 이 늙은이를 해칠 생각은 아니겠지, 그렇지? 응?"

"계속 여기서 버텨봐. 버텨보라고, 내가 이걸로 아주 박살을 내줄 테니." 루디가 말하며 흉측한 들창코 모양의 38구경 총열을 제법 큰 노인의 코 아래에 대고 흔들어댔다. "어떻게 할지 보여주겠어." 루디는 총을 잠시 이리저리 흔들더니, 다시 쿵쿵거리며 멀어졌다. "아니, 아니, 당신을 쏘진 않을 거야. 총은 당신에게 너무 과분해." 하지만 그는 단순한 위협이 아니라는 걸 둘에게 보이기 위해 부엌 벽에 대고 라이플을 쏘았다.

벤이 눈을 들었다. 나태하고 부드러운 표정이었다. 아무것도 모르는 듯한 눈으로 루디를 잠시 바라보더니 다시 책으로 눈을 돌렸다. 벤은 버지니아시티에서 '궁전'이라는 호텔의 좋은 방에 있었다. 아래층 술집에는 그에게 화난 남자 서넛이 있었지만, 지금 그는 석 달 만에 처음으로 목욕을 즐기려는 참이었다.

루디는 잠시 머뭇거리더니 사나운 눈으로 주위를 둘러보았다. 루디의 시선이 시계판에 기차가 그려진 커다란 괘종시계에 가닿았다. 지난 칠 년간 가족과 함께했던 시계였다. "저 시계 보여, 엄마? 저 시…… 시침이 분침과 만나면 폭발이 일어날 거야. 꽝!

펑! 폭탄이 터지고, 난장판이 되는 거지! 쾅!" 이 말과 함께 루디는 정문으로 달려가더니 현관 계단을 훌쩍 뛰어내려갔다.

루디는 집에서 100야드쯤 떨어진 사과나무 뒤에 앉았다. 그들 모두가 정문 현관에 모이기를 기다릴 생각이었다. 어머니, 노인, 벤까지. 그들이 각자 보존하고 싶은 한심한 물건들 몇 개를 챙겨 나오면 그들을 재빨리, 하나씩 제거할 생각이었다. 루디는 조준경으로 현관을 살폈고, 조준용 십자선으로 창을, 등나무 의자를, 현관 계단에서 햇볕에 말라가는 금간 화분을 조준했다. 그러고는 심호흡을 하고 마음을 가라앉히고 기다렸다.

루디는 기다리고 또 기다렸지만 그들은 나오지 않았다. 캘리포니아산 메추라기들이 작게 무리지어 과수원을 통과해 날아가다가 이따금씩 내려앉아 떨어진 사과를 쪼거나, 맛좋은 즙이 가득한 벌레를 찾기 위해 나무 아래에서 주위를 두리번거렸다. 루디는 계속 그들이 나오기를 기다렸지만, 곧 더는 현관을 지켜보지 않게 되었다. 루디는 거의 숨도 쉬지 않고 나무 뒤에 가만히 앉아 있었고, 메추라기들은 루디가 있는 것을 모른 채 사과를 쪼고 땅을 유심히 살피면서, 자기들끼리 메추라기어로 말을 하며 점점 더 가까이 루디에게 다가왔다. 루디는 살짝 몸을 앞으로 기울여 메추라기들이 무슨 말을 하는지 엿들었다. 메추라기들은 베트남에 대해 말하고 있었다.

루디에게는 너무 심한 주제였다. 비명을 질렀대도 이상할 게 없었다. 루디는 도리깨질하듯 메추라기들에게 팔을 휘두르며 말했다. "누구야!" 벤, 베트남, 사과, 전립선. 이게 모두 무슨 뜻이었지? 딜런 연방 집행관*과 제임스 본드 사이에 관계가 있었나? 오드잡**과 캡틴 이지***는? 만약 그렇다면 루크 쇼트는 그걸 어디에 넣은 거야? 그리고 테드 트루블러드****는? 루디는 머리가 어찔했다.

　루디는 아무도 없이 텅 빈 현관을 마지막으로 쓸쓸하게 살피곤 반짝이는, 최근에 청색산화 피막을 입혀 청소한 12게이지 쌍대총의 총구를 입에 넣었다.

---

* 미국의 라디오·TV 연속극 〈건스모크Gunsmoke〉에 나오는 인물.

** 〈007 골드핑거〉에서 제임스 본드에 맞서는 악당.

*** 1933년부터 1988년까지 연재된 동명의 만화 주인공.

**** 야외활동 저술가 및 환경보호 활동가.

:

장편소설의 편린

:
:

『오거스틴의 비망록』에서

10월 11일

"안 돼, 자기야." 그녀가 그를 빤히 지켜보며 말했다. "절대로 안 돼. 평생이 지나도 안 돼."

그는 어깨를 으쓱해 보였다. 그는 그녀를 보지 않은 채 유리잔에 담긴 레몬수를 홀짝였다.

"당신은 미친 거야. 정말이야." 그녀는 주위의 다른 식탁들을 둘러보았다. 아침 열시였고, 일 년 중 이 시기에는 이 섬에 관광객이 많지 않았다. 안마당에 있는 식탁들 대부분은 비었으며 몇몇 식탁에는 웨이터들이 의자를 쌓아두었다.

"미친 거야? 아니면, 진심인 거야?"

"잊어버려." 그가 말했다. "관두자고."

둘은 거의 텅 빈 안마당의 식탁 앞에 앉아 레몬수를 마시고 있었고, 근처 시장에서 공작 한 마리가 어슬렁거리며 왔다. 공작은 안마당 가장자리 근처 수도꼭지 앞에서 멈추더니 물이 똑똑 떨어지는 꼭지 아래에 부리를 댔다. 공작이 물을 마시는 동안 목젖이 물결치듯 올라갔다 내려갔다를 반복했다. 이윽고 공작은 빈 식탁 주위를 천천히 걸어 그들이 있는 쪽으로 왔다. 핼프린은 판석에 얇은 과자를 던졌다. 공작은 판석에 떨어진 과자를 쪼아 조각을 내더니 그들을 한 번도 보지 않고 과자를 먹었다.

"당신은 저 공작과 닮았어." 그가 말했다.

그녀가 일어나 말했다. "난 당신이 여기에 머물러봤자 별게 없으리라고 생각해. 어쨌든 이쯤이면 충분하잖아. 난 당신이 정신이 어떻게 됐다고 생각해. 왜, 그냥 자살을 해서 모든 걸 끝내버리지그래?" 그녀는 핸드백을 들고 잠시 더 기다리더니 이윽고 빈 식탁들 사이로 걸어나갔다.

그는 모든 것을 지켜보았던 웨이터에게 신호를 보냈다. 잠시 뒤 웨이터가 레몬수 한 병과 깨끗한 유리잔을 가져와 그의 앞에 놓았다. 웨이터는 아무 말도 하지 않고 그녀의 잔에 남은 음료를 그의 잔에 부은 뒤, 그녀의 병과 잔을 가져갔다.

핼프린은 지금 앉은 곳에서 만과 자신들이 타고 온 배를 볼 수 있었다. 항구가 너무 얕아 들어올 수 없었기에 배는 방파제 뒤쪽으로 4분의 1마일 정도 떨어진 곳에 닻을 내렸고, 그들은 그날 아침 부속선을 타고 상륙했다. 만 입구는 좁았고, 그로 인해 이천 년도 더 전에 전설이 생겨났다. 그 전설이 생긴 것보다도 더 먼 옛날에, 거인이 항구 입구에서 거대한 청동 다리를 벌리고 서 있었다는 것이다. 시장에서 파는 엽서 중에는 거인의 가랑이 사이로 배들이 왔다갔다하는 모습을 만화로 묘사한 것도 있었다.

잠시 뒤 그녀가 마치 아무 일도 없었다는 듯 식탁으로 돌아와 의자에 앉았다. 날마다, 그들은 서로의 감정을 조금씩 더 상하게 했다. 이제 그들은 날마다 서로에게 상처 내는 데 익숙해져갔다. 둘은 그것을 알았으며, 그로 인해 밤이 되면 그들의 섹스는 잔인하고 거칠어져갔고, 둘의 몸은 어둠 속에서 격돌하는 칼 같았다.

"진지하게 말한 건 아니었지?" 그녀가 말했다. "진심은 아니었던 거지? 여기 머무르는 거며 나머지 얘기들 말이야."

"모르겠어. 아니, 내가 그렇게 말하지 않았나? 난 진지해."

그녀는 한참 그를 바라보았다.

"돈이 얼마나 남았어?" 그가 물었다.

"한푼도 없어. 전혀 없어. 당신이 전부 가지고 있어, 자기야. 자기가 전부 가지고 다니잖아. 내게 이런 일이 일어났다는 게 믿기지 않지만, 난 담배 살 돈조차 없어."

"미안해." 그가 잠시 뒤에 말했다. "우리가 파산한 헤밍웨이처럼 보이거나 행동하거나 심지어 그런 식으로 말하진 않았으면 좋겠는데. 내가 두려운 건 바로 그거야." 그가 말했다.

그녀가 소리 내어 웃었다. "맙소사. 만약 당신이 두려운 게 그
게 전부라면야." 그녀가 말했다.

"당신에겐 타자기가 있어." 그녀가 말했다.

"사실이야. 그리고 여기에서도 종이와 펜과 연필을 팔 거야.
가령 여기, 여기에 펜이 있어. 내 주머니 안에 펜이 있어." 그는
종이 컵받침에 날카로운 직선을 끼적였다. "잘 나와." 그는 처음
으로 싱긋 웃었다.

"얼마나 걸릴까?" 그녀가 말하고 기다렸다.

"감조차 없어. 아마도 육 개월, 어쩌면 더 길 수도 있어. 내가
아는 사람 중에는…… 아마 더 오래 걸릴 거야. 알다시피, 난 이
제까지 한 번도 해본 적이 없으니까." 그는 자기 잔에 든 음료를
마셨고, 그녀를 보지 않았다. 그의 숨소리가 차분해졌다.

"난 우리가 잘될 거라고 생각 안 해." 그녀가 말했다. "난 당신
에게, 우리에게 그럴 마음이 있다고 생각 안 해."

"솔직히, 나도 우리가 가능하리라고 생각하지 않아." 그가 말
했다. "당신에게 머물라고 부탁하거나 강요하는 건 아니야. 배가
떠나려면 대여섯 시간 남았어. 그전에만 마음을 정하면 돼. 당신
은 여기 머무를 필요 없어. 물론 돈은 나눌 거야. 그 점에 대해서
는 미안해. 당신이 여기에 머무르고 싶은 마음이 없는데도 여기
에 머무르는 건 난 원치 않아. 하지만 나는 머무를 거야. 내 삶은
반이, 반 이상이 지났어. 지난…… 얼마 동안인지 모르겠지만

여하튼 몇 년 동안 내게 일어난 특별한, 유일하게 특별한 일은 당신과 사랑에 빠졌다는 거야. 지난 몇 년 동안 그게 유일하게 특별한 일이야. 그 삶은 이제 끝났고, 되돌릴 수 없어. 나는 크리스티나와 결혼하기 전부터, 어린 시절부터 제스처를 믿지 않았어. 하지만 내가 보기에 이건 일종의 제스처야. 원한다면 그렇게 불러. 여기서 물러난다면, 제스처가 맞아. 하지만 내가 여기에 머문다면 난 할 수 있을 거라 생각해. 미친 소리로 들린다는 건 나도 알아. 하지만 우리에 대해서는 난 모르겠어. 난 당신이 머물렀으면 좋겠어. 당신이 내게 어떤 의미인지 당신도 잘 알잖아. 하지만 이제부터 당신은 당신에게 올바른 일을 해야만 해. 내 인생이 좀더 밝았던 순간에는." 그는 손에 든 잔을 돌렸다. "그게 진실이라고 생각해, 우리는 끝났어. 그냥 날 보면 알잖아! 맙소사. 내 손이 떨리고 있어." 그는 그녀가 볼 수 있도록 탁자 위에 두 손을 올려놓았다. 그는 고개를 저었다. "어쨌든, 저기에서 누군가가 당신을 기다리고 있어. 원한다면 가도 돼."

"당신이 기다렸던 것처럼."

"그래, 내가 기다렸던 것처럼. 맞아."

"난 여기 있을래." 잠시 뒤 그녀가 말했다. "만약 그게 안 되면, 계획대로 안 된다면, 어차피 얼마 뒤, 일이 주쯤 뒤면 알게 될 테니까, 그때 가도 돼."

"언제든." 그가 말했다. "잡으려 안 할 테니까."

"잡을걸." 그녀가 말했다. "만약 내가 가기로 결정하면, 당신은 어떻게 해서든 나를 잡으려 할 거야. 당신은 그렇게 할 거야."

둘은 머리 위에서 비둘기떼가 갑자기 날갯짓을 하며 방향을 바꾸더니 배 쪽으로 향하는 모습을 지켜보았다.

"그러면, 어떻게 될지 한번 보자." 그녀가 말하고서 유리잔을 들고 있는 그의 왼쪽 손등을 만졌다. 그의 오른손은 무릎 위에서 주먹을 쥐고 있었다.

"당신이 머물면, 나도 머물러. 우리는 같이 머무는 거야, 알았지? 그러고서 어떻게 되는지 지켜보는 거지, 자기야?"

"그래." 그가 말했다. 그는 일어났다가 다시 앉았다. "그럼, 좋아." 그의 호흡이 다시 정상으로 돌아왔다. "배에 있는 우리 짐을 내리는 거랑 남은 여행 일정에 대한 환불을 알아볼게. 그러고서 돈을 나누는 거야. 오늘 돈을 나눌 거야. 그렇게 하는 게 우리 모두 기분이 더 나을 거야. 오늘밤 묵을 호텔을 잡고, 돈을 나누고, 내일부터 있을 곳을 찾아보자. 하지만 아마 당신이 맞을 거야. 당신 말대로 난 미쳤을 거야. 아프고 미치고." 그는 이렇게 말하며 심각한 표정을 지었다.

그녀는 울기 시작했다. 그는 그녀의 손을 토닥였고, 자기 눈에서 눈물이 떨어지는 것을 느꼈다. 그는 그녀의 손을 잡았다. 그녀는 계속 눈물을 흘리며 천천히 고개를 끄덕였다.

웨이터가 갑자기 그들로부터 등을 돌렸다. 웨이터는 싱크대로 갔고, 잠시 뒤 유리잔들을 씻어 천으로 닦아 말린 뒤 빛에 대고 비춰봤다.

마르고 콧수염을 기르고 머리를 단정히 뒤로 빗어 넘긴 남자―햄프린은 그를 배에서 본 기억이 났다. 그 남자는 피레우스에서 그들과 함께 배에 올랐다―가 의자를 빼더니 빈 식탁 앞에 앉았다. 그는 다른 의자 등받이에 재킷을 걸쳤고, 소매를 한번 더 걷어올렸고, 담배에 불을 붙였다. 그는 그들이 있는 쪽을 힐긋 보았고―햄프린은 여전히 그녀의 손을 잡고 있었고, 그녀는 여전히 울고 있었다―이내 시선을 돌렸다.

웨이터는 작고 하얀 수건을 팔에 걸치더니 그 남자에게 다가갔다. 안마당 가장자리에서는 공작이 고개를 천천히 이쪽저쪽으로 돌리며, 차갑고 반짝이는 눈으로 그들 모두를 바라보았다.

10월 18일

그는 커피를 홀짝였고, 시작 부분들을 떠올렸다. 그는 생각했다. 상상해봐. 다음번에 시간을 보았을 때는 정확히 정오가 되어 있었다. 집은 조용했다. 그는 식탁 앞에서 일어나 문으로 갔다. 거리에서 여자들 목소리가 들려왔다. 계단 주위로는 온갖 꽃들이 자랐다. 커다랗게 부풀어오른 꽃, 빨갛고 노란 축 처진 꽃들이 대부분이었고, 늘씬한 진보라색 꽃들도 있었다. 그는 문을 닫고 담배를 사러 거리로 향했다. 그는 휘파람을 불진 않았지만,

가파르고 자갈이 깔린 거리를 내려가며 팔을 흔들었다. 햇빛이 하얀 건물들 옆면을 강하게 비추었고, 그 때문에 그는 눈을 가늘게 떴다. 오거스틴. 달리 뭐가 있겠는가? 간단했다. 애칭으로 부른 적도 없었다. 그는 그녀를 결코 다른 이름으로 부른 적이 없었다. 오거스틴. 그는 계속 걸었다. 그는 남자들, 여자들에게 고개를 끄덕여 보였고, 말들에게도 그렇게 했다.

그는 문에 드리운 주렴을 젖히고 안으로 들어갔다. 젊은 바텐더 미하일이 검은 완장을 차고 바에 팔꿈치로 몸을 받치고, 입에는 담배를 물고 게오르게 바로스와 이야기를 하고 있었다. 바로스는 사고로 왼손을 잃은 어부였다. 그는 그물을 다룰 수 없게 된 이후로도 종종 바다에 나가기는 하지만, 배를 타고 바다에 나가면 불편한 느낌이 든다고 말했다. 그는 도넛처럼 생긴 참깨 롤빵을 팔며 살았다. 바로스 옆 카운터에는 빗자루 두 개가 참깨 롤빵 꾸러미와 함께 기대 있었다. 그들은 그를 보더니 고개를 끄덕였다.

"담배하고 레몬수를 주겠어?" 그가 미하일에게 말했다. 그는 담배와 음료를 받아 만이 보이는 창가 근처 작은 식탁으로 갔다. 작은 배 두 척이 파도에 위아래로 흔들렸다. 배들이 파도에 위아래로 흔들리는 동안 배에 탄 사람들은 움직이지도 말하지도 않고 물만 물끄러미 바라보았다.

그는 음료를 홀짝이며 담배를 피웠고, 잠시 뒤 주머니에서 편지를 꺼내 읽기 시작했다. 가끔씩 그는 읽기를 멈추고 창밖의 배들을 바라보았다. 카운터에 있는 남자들은 계속 이야기를 했다.

"시작은 했네." 그녀가 말했다. 그녀가 그의 어깨에 두 팔을 둘렀고, 그녀의 젖가슴이 그의 등을 살짝 스쳤다. 그녀는 그가 쓴 것을 읽고 있었다.

"나쁘지 않네, 자기야." 그녀가 말했다. "아니, 정말로 나쁘지 않아. 하지만 이 일이 있었을 때 난 어디에 있었어? 이게 어제야?"

"무슨 말이야?" 그가 원고에서 눈을 떼어 그녀를 힐긋 보았다. "여기, 집은 조용했다, 이 부분을 말하는 거야? 아마 자고 있었겠지. 모르겠어. 아니면 쇼핑을 갔거나. 모르겠어. 그게 중요해? 내가 말한 건 그냥 집은 조용했다는 것뿐야. 지금은 당신이 어디에 있는지 쓸 필요 없어."

"나는 오전에는 낮잠을 자지 않아. 낮에도 마찬가지고." 그녀가 그에게 인상을 썼다.

"난 여기에다 당신이 매분 어디에 있었는지 시시콜콜하게 적여야 할 필요가 있다고 생각하지 않아. 당신은 그렇게 생각해? 그건 말도 안 돼."

"아니, 내 말은, 난 여기서 아무 역할을 안 한다는 거야. 내 말은, 그냥 이상하다고. 그 뜻이야." 그녀는 원고를 향해 손을 흔들었다. "내가 무슨 말 하는지 알지?"

그는 탁자 앞에서 일어나 기지개를 켜고 창밖의 만을 바라보았다.

"좀더 일을 하고 싶어?" 그녀가 말했다. "맙소사, 우리가 해변에 꼭 가야 할 필요는 없어. 그건 그냥 제안이었어. 만약 일을 좀더 하고 싶다면, 난 당신이 일하는 걸 지켜보는 쪽이 더 좋아."

그녀는 아까 오렌지를 먹었다. 그녀가 탁자에 몸을 기울여 진지한 눈으로 원고를 다시 살펴보는 동안 그는 그녀의 숨에서 오렌지 냄새를 맡을 수 있었다. 그녀는 싱긋 웃었고, 혀를 날름 내밀었다. "어쩔래?" 그녀가 말했다. "원하는 대로 해."

그가 말했다. "난 해변에 가고 싶어. 오늘은 이 정도면 충분해. 어쨌든 지금은 충분해. 어쩌면 오늘 저녁에 좀더 쓸지도 모르지. 어쩌면 오늘 저녁은 이걸 손보며 놀 수도 있고. 중요한 건 시작을 했다는 거야. 나는 시작하면 끝을 봐야 하는 유형이야. 이제 나는 계속할 거야. 어쩌면 글이 스스로를 이끌어갈 수도 있어. 해변에 가자."

그녀가 다시 싱긋 웃었다. "좋아." 그녀가 말했다. 그녀는 손을 그의 성기에 올려놓았다. "좋아, 좋아, 좋아. 우리 작은 친구는 오늘 좀 어때?" 그녀는 바지 위로 그의 성기를 문질렀다. "난 당신이 오늘 시작했으면 싶었어." 그녀가 말했다. "무슨 이유에서인가, 난 당신이 오늘 시작할 거라고 생각했어. 왜 그런 생각이 들었는지는 모르겠어. 그럼 가자. 오늘, 지금 이 순간 난 행복해. 모르겠어. 마치…… 지난 오랜, 오랜 시간 동안의 그 어느 때보다도 오늘 더 행복한 느낌이야. 어쩌면……"

"어쩌면이든 뭐든 생각하지 말자." 그가 말했다. 그는 홀터 아래로 손을 뻗어 그녀의 젖가슴을 만졌고, 손가락으로 젖꼭지를 잡고 앞뒤로 굴렸다. "우리는 매일 오늘 하루만 생각할 거야. 그러기로 결정했어. 하루, 그리고 이튿날, 그리고 이튿날." 그의 손가락에 잡힌 젖꼭지가 단단해졌다.

"수영을 하고 돌아오면 우리 그거 하자." 그녀가 말했다. "아니면 물론, 원한다면 수영은 나중에 해도 돼. 그럴래?"

"아무래도 좋아." 그가 말했다. 그러고는 그가 다시 말했다. "아니, 잠깐. 수영복을 입을래. 같이 해변에 가면 다시 여기로 돌아왔을 때 서로에게 뭘 해줄 것인지에 대해 함께 이야기할 수 있을 거야. 아직 해가 한창일 때 나가서 해변으로 가자. 비가 올지도 몰라. 나가자."

그녀는 작은 가방에 오렌지를 조금 챙겨넣으면서 뭔가를 콧노래로 불렀다.

핼프린은 수영복을 입었다. 그는 종이와 볼펜을 찬장에 넣었다. 그는 잠시 찬장을 물끄러미 바라보더니, 콧노래를 멈추고 천천히 몸을 돌렸다.

그녀는 반바지와 홀터를 입고, 하얀 밀짚모자를 쓰고, 길고 검은 머리를 어깨에 내려뜨린 채 열린 문 앞에 서 있었다. 오렌지와 밀짚으로 싼 물병을 가슴에 안고 있었다. 그녀는 잠시 그를 보았고, 이윽고 눈을 찡긋하더니 싱긋 웃고는 엉덩이를 살짝 치켰다.

그는 숨이 거칠어졌고 다리에 힘이 풀렸다. 잠시 동안 그는 다시 발작이 일어나는 건 아닐까 걱정했다. 그는 그녀 뒤로 쐐기 모양의 파란 하늘을 보았고, 만에서 더 진하고 밝게 빛나는 파란색 바다를, 출렁이는 파도를 바라보았다. 그는 눈을 감았다가 떴다. 그녀는 여전히 그곳에서 싱긋 웃고 있었다. 그는 밀러가 오래전에 했던 말이 생각났다. 우리가 하는 일은 중요해, 친구. 뱃속에서 공허한 당김이 느껴졌다. 이윽고 그는 자신도 모르게 이가 갈릴 정도로 턱을 앙다물고 있으며, 그의 표정이 자신도 의미를 모르는 뭔가를 그녀에게 말하고 있다는 사실을 깨달았다. 그는 머리가 어찔했지만, 또한 오감이 예민해지는 걸 느꼈다. 그는 방에서 잘린 오렌지 냄새를 맡을 수 있었다. 파리 한 마리가 날아다니다가 침대 근처 창에 부딪히는 소리가 그의 귀에 들렸다. 그는 계단 둘레의 꽃들이 따뜻한 바람에 기다란 줄기를 서로 부비는 소리를 들었다. 갈매기들이 울고, 해안에서는 파도가 쳤다. 그는 뭔가의 모서리를 느꼈다. 마치 그전까지는 절대로 이해할 수 없었던 뭔가가 갑자기 명확해지는 느낌이었다.

"당신에게 푹 빠졌어." 그가 말했다. "당신에게 푹 빠졌어, 자기야. 자기야."

그녀가 고개를 끄덕였다.

"문을 닫아." 그가 말했다. 그의 성기가 수영복 위로 다시 불룩하게 커지기 시작했다.

그녀는 자기 물건들을 탁자 위에 올려놓고 발로 문을 밀어 닫았다. 그러고는 모자를 벗고 머리를 흔들었다.

"어째야 하지." 그녀가 싱긋 웃으며 말했다. "그럼, 우리 친구에게 안녕 하고 인사 좀 해볼까." 그녀가 말했다. "그렇게 작지는 않은 친구네." 그에게 다가오며 그녀의 눈이 반짝였고 목소리가 나른해졌다.

"누워." 그녀가 말했다. "그리고 움직이지 마. 그냥 침대에 누워. 그리고 움직이지 마. 움직이지 말고, 잘 들어."

:

작품 해설

·
·
·

「이웃 사람들」에 대해

　「이웃 사람들」에 대한 아이디어가 처음 떠오른 건 텔아비브에서 미국으로 돌아오고 나서 이 년 뒤인 1970년 가을이다. 텔아비브에 있을 때 우리는 친구들 소유의 아파트를 며칠 동안 관리해준 적이 있다. 우리가 아파트를 돌보는 동안 그 단편소설에서처럼 흥청망청거리지는 않았지만, 내가 그 집 냉장고와 술 저장고를 기웃거렸다는 건 인정해야겠다. 누군가의 빈 아파트에 매일 두세 번씩 들어갔다 나오고, 누군가의 의자에 잠시 앉아 있고, 그 사람들의 책과 잡지를 힐긋거리고, 그 사람들의 창밖을 구경하는 일은 내게 꽤 강렬한 인상을 주었다. 그 인상이 이야기로 표면화되기까지 이 년이 걸렸지만, 그뒤엔 그냥 앉아서 쓰기만 하면 되었다. 당시에는 꽤 쓰기 쉬운 이야기로 보였고, 일단 글을 쓰기 시작하자 이야기는 아주 빠르게 하나로 엮였다. 그 단편의 진짜 중요한 부분, 아마도 정수라 할 만한 것은 나중에야 나타났다. 원래의 원고는 두 배쯤 길었지만 나는 수정을 거듭해 불필요한 부분들을 잘라냈고, 다시 좀더 잘라내 현재의 길이와 규모로 만들었다.

그 이야기의 주제라 할 수 있는 중심인물의 혼돈 또는 혼란에 더해, 나는 그 이야기가 수수께끼 또는 낯섦의 본질적인 감각을 잡아냈다고 생각한다. 그렇게 할 수 있었던 이유 가운데 하나는 주제를 다루는 방식, 즉 여기서는 소설의 양식 덕분이다. 그 작품은 굳이 분류하자면 무척이나 '양식화'된 이야기로, 그러한 양식이 글의 가치를 더해주었다.

스톤 부부의 아파트에 갈 때마다, 밀러는 자기 행동의 심연에 더욱더 깊이 빠져든다. 물론 이 이야기의 반환점은 알린이 이번에는 이웃집에 자기 혼자만 가겠다고 주장을 하고, 마침내 빌이 알린을 데리러 가야 할 때이다. 그리고 알린의 말과 겉모습(뺨이 붉어졌고 "그녀의 스웨터 등 부분에 하얀 실이 붙어 있었다")에서, 알린도 빌이 했던 것과 마찬가지로 그곳을 샅샅이 뒤져보았음이 드러난다.

나는 이 단편소설이 예술적인 면에서 어느 정도 성공했다고 본다. 내 유일한 두려움은 이 단편이 너무 깊이가 없고, 너무 이해하기 어렵고 미묘하고, 너무 냉정하지는 않나 하는 것이다. 그렇지 않기를 바라지만, 사실 한편으론 이 단편이 사람들이 무조건 좋아하고 모든 것을 포기할, 영향과 폭과 깊이와 등장인물의 현실감 넘치는 감정으로 영원히 기억되는 종류의 이야기는 아니라고 생각한다. 아니, 이것은 다른 종류의 이야기다―어쩌면 더 낫지 않을 수도 있고, 분명히 희망컨대 더 나쁘진 않았으면 좋겠지만, 어쨌든 다른 종류이다. 그리고 이 단편에서 내부적·외부적 진실과 가치는 안타깝지만 등장인물과도, 단편소설에서 소중히 여겨지는 다른 가치들과도 별 관계가 없다.

내가 좋아하는 작가들과 글쓰기에 대해 말하자면, 나는 내가 싫어하는 점보다는 좋아하는 점을 더 잘 찾아내는 경향이 있다. 요즘에는 대형 잡지와 소형 잡지, 그리고 책의 형식으로 온갖 좋은 글들이 출판되는 듯하다. 물론 별로 안 좋은 글들도 많지만, 뭐하러 그런 것까지 걱정하겠는가? 내 마음속에서는 조이스 캐럴 오츠가 내 세대의 첫번째 작가이며(아마도 최근 세대까지도 그러하리라), 우리 모두는, 적어도 가까운 장래까지는 그 그림자 또는 주문 속에서 살아나가는 법을 배워야만 한다.

「술 마시며 운전하기」에 대해

　나는 '타고난' 시인이 아니다. 내가 쓴 시 상당수는, 단편소설 쓰는 걸 가장 좋아함에도 그것을 쓸 시간이 늘 주어지는 건 아니라서 쓰게 된 것들이다. 단편소설에 흥미가 있다보니 나는 이야기 줄거리에 관심을 갖게 되었고, 그 결과 내가 쓴 시 상당수는 서술적인 경향이 있다. 나는 처음 읽었을 때 뭔가를 말해주는 시를 좋아한다. 하지만 물론 내가 무척 좋아하는 시, 또는 특별히 좋아하지는 않지만 그 가치를 알 수 있는 시의 경우에는 그 시를 이해하기 위해 두 번, 세 번, 네 번이라도 읽는다. 내가 쓴 모든 시에서 나는 명확한 분위기 또는 환경을 추구한다. 나는 시 속에 인칭대명사를 빈번히 쓰지만 내가 쓰는 시의 상당수는 순수한 창작물이다. 그렇지만 아주 많은 경우 내 시들은 최소한 약간의 현실에 기반을 두고 있으며,「술 마시며 운전하기」도 그런 경우이다.

그 시는 이 년 전에 쓴 것이다. 나는 그 시에 어느 정도의 긴장이 담겨 있다고 생각하고, 할 일 없이 빈둥거리는 게 위험한 수준까지 이른 듯 보이는 화자—적어도 내게는 그렇게 보이는—의 상실감과 희미한 절망감을 성공적으로 표현했다고 믿고 싶다. 그 시를 쓸 당시, 나는 그럭저럭 괜찮다고 할 수 있는 사무직으로 여덟시부터 다섯시까지 일했다. 하지만 정규직이 늘 그러하듯, 다른 일을 할 시간이 없었다. 한동안 나는 그 무엇도 쓰거나 읽을 시간이 없었다. "지난 육 개월 동안 책을 한 권도 못 읽었어"라고 말하면 과장이 되겠지만, 당시에는 그것이 현실과 그리 다르지도 않다고 느꼈다. 그 시를 쓰기 얼마 전, 나는 나폴레옹의 장군이었던 콜랭쿠르가 쓴「모스크바에서의 후퇴」를 읽었다. 그리고 그 기간 동안 한두 번 정도 동생과 함께 동생 차로 밤거리에 나갔다. 우리 둘은 특별한 목적지 없이 여기저기 다니며 1파인트짜리 올드크로를 마셨다. 어쨌든 그 시를 쓰려고 자리에 앉자, 머릿속에 이러한 사실들 또는 흔적들이 내가 당시 느꼈던 당혹스러움이라는 진실한 감정과 함께 희미하게 되살아났다. 이것들 중 일부가 한꺼번에 표출되었다고 생각한다.

정말로 나는 그 시에 대해, 또는 쓰게 된 과정에 대해 더 말할 수가 없다. 그 시가 얼마나 좋은지는 모르겠지만, 그 시에 칭찬할 만한 점이 있다고 생각한다. 자신 있게 말하는데, 그 시는 내 시들 중 내가 가장 좋아하는 작품에 속한다.

고쳐쓰기에 대해

이 책 『정열』에 대한 서문을 쓰고 싶냐는 질문을 받았을 때, 나는 쓰고 싶지 않다고 대답했다. 하지만 좀더 생각해보니 몇 마디 정도 쓰는 게 바람직해 보였다. 하지만 서문은 싫다고 했다. 왠지 서문은 건방져 보였다. 소설이든 시든 자신의 작품에 대해 서문과 머리말을 쓰는 건, 말하자면 오십대가 넘어서 문학적으로 유명해진 다음에 해야 할 듯했다. 하지만 발문은 괜찮을 것 같다고 말했다. 그래서 이후, 그 결과가 어떻게 되든 간에 이렇게 몇 마디를 쓰게 되었다.

이 책에 포함시키려고 내가 고른 시들은 1966년에서 1982년 사이에 쓴 것들이다. 일부는『클래머스 근처』『겨울 불면』『밤에 언어가 움직인다』를 통해 이미 단행본으로 선보였다. 나는 또한

1976년에 출간한 『밤에 연어가 움직인다』 이후 쓴 시들도 포함시켰다. 이 시들은 잡지나 문예지에 선보인 적은 있지만 아직까지 책으로 묶여나온 적은 없다. 시들은 연대순으로 실리지 않았다. 대신 사물에 대한 생각과 감정, 감정과 마음가짐의 배열이라는 독특한 방식을 기준으로 느슨하게 묶였다. 이 기준은 이 책에 실을 시들을 선별하기 위해 살피는 과정에서 얻은 것이다. 시 일부는 어떤 영역 또는 강박관념에 당연하게 속하는 듯하다. 예를 들어, 많은 수가 이런저런 방식으로 알코올과 관련이 있다. 어떤 것들은 해외여행과 낯선 이들, 어떤 것들은 오로지 국내 그리고 낯익은 것들과만 관련이 있다. 그래서 이것이 내가 이 책을 편집할 때 순서의 원칙이 되었다. 예를 들어, 1972년에 나는 「건배」라는 시를 써서 출간했다. 십 년 뒤인 1982년, 급격히 다른 삶을 살고 완전히 다른 성격의 시들을 많이 쓴 뒤, 나는 「알코올」이라는 시를 써서 발표하게 되었다. 이 책에 실을 시를 고를 때가 되었을 때 그 시들을 각각 어디에 넣을까에 대해 가장 많이 제안된 건, 내용 또는 강박관념(나는 '주제'라는 단어를 별로 좋아하지 않는다)에 따르자는 것이었다. 이 과정에서 특별히 주목할 만하거나 대단한 일은 없었다.

　마지막으로 한마디: 거의 모든 경우, 예전에 책에 실렸던 시들은 살짝, 어떤 경우는 아주 살짝 개정을 했다. 하지만 그래도 개정을 하긴 한 것이다. 나는 이번 여름에 이 시들을 개정했으며,

그 과정에서 시들이 더 나아졌다고 생각한다. 하지만 개정에 대해서는 뒤에 더 이야기하겠다.

에세이 두 편은 1981년에 원고 청탁을 받아 쓴 것이다. 하나는 〈뉴욕 타임스 북 리뷰〉의 편집자가 나에게 "글쓰기에 대한 견해를 어떤 것이라도 좋으니" 써달라고 해서 그 결과로 나온 「글쓰기에 대해」라는 짧은 글이다. 다른 하나는 〈아메리칸 포어트리 리뷰〉의 스티브 버그와 하퍼 & 로의 테드 솔로태로프가 '영향'에 대한 글들을 모아 『계속되는 것을 찬양하며』라는 책을 내겠다며 내게 원고를 하나 써달라고 했을 때 쓴 글이다. 나는 거기에 「정열」을 보냈고, 이 책의 제목으로 그걸 쓰기로 한 건 노엘 영의 생각이었다.

가장 일찍 쓴 단편은 1966년에 쓴 「오두막」으로, 『분노의 계절』에 실렸으며 이번 출간을 위해 올여름에 개정을 했다. 〈인디애나 리뷰〉는 1982년 가을호에 이 단편을 실을 예정이다. 훨씬 더 최근에 쓴 단편 「꿩」은 이번 달에 메타콤 프레스가 내는 한정판 시리즈로 출간될 예정이며, 올가을 〈뉴잉글랜드 리뷰〉에도 실릴 것이다.

나는 내 단편소설을 엉망으로 만드는 것을 좋아한다. 나는 처음부터 제대로 글을 쓰는 것보다는 글을 다 쓴 뒤 이리저리 고치고, 더 고치고, 여기를 바꾸고, 저기를 바꾸는 것을 더 좋아한다. 내게 있어 처음에 글을 쓰는 건 그 이야기를 가지고 놀기 위해 견뎌야 할 시련처럼 보일 뿐이다. 내게 있어 고쳐쓰기는 하기 싫은 시시한 일이 아니라 내가 좋아하는 일이다. 나는 태어날 때부터 충동적이기보다는 계획적이고 신중한 쪽이라고 생각한다. 그리고 그게 뭔가에 대한 설명이 될지도 모르겠다. 어쩌면 아닐지도 모른다. 어쩌면 내가 연관지으려 한다는 것 말고는 아무런 관련이 없을지도 모르겠다. 하지만 일단 다 쓴 글을 개정하는 작업이 내겐 자연스러운 일이고, 그 과정에서 즐거움을 느낀다는 건 확실하다. 어쩌면 내가 개정 작업을 하는 건 그 과정을 통해 점차 이야기가 말하고자 하는 것의 심장부에 도달할 수 있기 때문인지도 모르겠다. 나는 내가 그것을 알아낼 수 있는지 알기 위해 열심히 애를 써야만 한다. 글이란 고정된 위치라기보다는 거기에 도달하는 과정이다.

한때 나는 내가 이렇게 고생을 하는 게 등장인물에 결함이 있기 때문이라고 생각하곤 했다. 하지만 이제 더는 그렇게 생각하지 않는다. 프랭크 오코너는 늘 자기 글을 개정한다고 했다(어떤 때는 처음에 쓰고 난 뒤 이삼십 번을 고쳐쓰기도 했다고 했다). 그리고 기회가 된다면 개정한 것들로 개정판을 내고 싶다고 했다. 한정된 의미에서, 나는 이번에 그런 기회를 잡았다. 단편 두 개, 「거리」 그리고 「너무나 많은 물이 집 가까이에」(『분노의 계절』에 실렸던 원래 여덟 편 가운데 일부)는 『분노의 계절』을 통해 책의 형태로 처음 선보였고, 그뒤 『사랑을 말할 때 우리가 이야기하는 것』에 포함되었다. 캐프라에서 『분노의 계절』과 『밤에 연어가 움직인다』 두 권을 재간하는 문제로 나에게 연락했을 때(이 두 권은 절판이었다), 이 책에 대한 아이디어가 꿈틀거리기 시작했다. 하지만 나는 캐프라에서 포함시키길 원했던 이 두 편에 대해 뭔가 곤혹스러웠다. 이 두 편은 크노프 출간본을 위해 대대적으로 개정한 상태였다. 심사숙고 끝에 나는 이 두 작품을 캐프라 프레스 출간본에 처음 실렸던 형태에 꽤 가까운 모습으로 남겨두기로 했으며, 이번에는 개정 작업을 최소한으로 했다. 난 이 두 작품을 또다시 개정했지만, 지난번에 했던 개정 작업에 견주면 거의 바꾸지 않았다고 할 수 있다. 하지만 언제까지 이렇게 할 수 있을까? 내 말은, 결국 노력에 비해 돌아오는 게 적어지는 순간이 오리라는 것이다. 하지만 지금으로서는 내가 이 두 편의 나중 버전을 더 좋아한다고 말할 수 있다. 요즘 내가 단편을 쓰는 방식과 더 조화를 이루기 때문이다.

그래서 나는 정도의 차이는 있지만 모든 단편들을 다시 작업했고, 다들 이전에 잡지 또는 『분노의 계절』에 실렸던 원본과는 다소 달라졌다. 지금 이 순간 나는 내게 단편들을 전보다 더 낫게 바꿀 능력이 있음에 행복하다. 맹세컨대, 나는 작품들이 더 나아졌기를 바란다. 어쨌든 나는 나아졌다고 생각한다. 하지만 솔직히, 내 작품이든 아니면 다른 사람의 작품이든, 산문이나 시를 한동안 둔 뒤 손을 봤을 때 나아지지 않는 경우를 거의 보지 못했다.

   나는 작품들을 다시 살펴보며 뭔가를 더 할 수 있는지 살펴볼
기회와 주도권을 준 노엘 영에게 고마움을 표한다.

〈도스토옙스키〉 각본에 대해

1982년 9월 초, 마이클 치미노 감독이 전화를 하더니 도스토옙스키의 삶을 다룬 각본을 개정할 마음이 있느냐고 물었다. 이야기를 나눈 뒤 나는 흥미를 보였고, 우리는 일단 에이전트끼리 협의가 끝나면 더 이야기를 나누기로 결정했다. 치미노의 에이전트가 내 에이전트에게 연락을 했고, 합의가 이루어졌고, 치미노와 나는 뉴욕에서 저녁식사를 하기로 했다. 당시 나는 시러큐스 대학에서 강의를 하고 있었고, 학기중이었다. 또한 『대성당』에 들어갈 마지막 단편을 쓰고 있었고, 『정열』에 들어갈 작품들을 편집하고 정하던 중이었다. 각본 작업을 할 시간이 전혀 없었다. 하지만 나는 이게 내가 원하던 일이라고 판단했다.

나는 테스 갤러거에게 전화를 했다. 테스는 그해 가을 워싱턴

주의 포트앤젤레스에 있었다. 시러큐스에서 수업을 하던 테스는
폐암으로 죽어가는 자기 아버지를 돌보기 위해 휴가를 낸 상태였
다. 나는 테스에게 혹시 나와 함께 일할 의향이 있는지 물었다.
이 프로젝트는 급속하게 진행되어야 했고, 나는 도스토옙스키의
소설을 조사하거나 다시 읽을 시간이 없다는 걸 알았다. 테스는
돕겠노라고 했다. 테스는 자료 조사를 하고, 필요하다면 새 장면
을 쓰고 또한 내가 쓴 부분을 교정하기로 했다. 전반적으로 테스
는 나와 함께 개정 작업을 했다. 아니 일이 진행된 결과로 판단
해보면, 나와 함께 완전히 새로운 대본을 썼다.

　치미노와 나는 그래머시 파크 근처의 이탈리아 레스토랑인 '폴
앤드 지미스'에서 만나 저녁식사를 했다. 저녁식사 뒤, 우리는
곧장 일 이야기를 했다. 도스토옙스키 말이다. 치미노는 위대한
작가에 대한 영화를 만들고 싶다고 했다. 그의 의견에 따르면,
일찍이 위대한 작가에 대해 제대로 다룬 영화가 없었다. 치미노
는 〈닥터 지바고〉를 예로 들면서 그런 식의 영화를 만들고 싶진
않다고 했다. 영화 이야기를 하는 동안, 나는 〈닥터 지바고〉에서
작가이자 의사인 지바고가 뭔가를 쓰려고 하는 장면은 단 한 번
뿐이라는 것이 기억났다. 겨울이고, 볼셰비키 내전이 한창이며,
지바고와 그의 정부 라라는 외딴 별장에 숨어 있다. (생각이 안
날 사람들을 위해 하는 말인데, 오마 샤리프와 줄리 크리스티가
이 영화의 주연을 맡았다.) 지바고가 추위를 막기 위해 양털 장

갑을 끼고 책상 앞에 앉아 시를 쓰려 애쓰는 장면이 나온다. 카메라는 그의 시를 크게 클로즈업한다. 시나 소설을 쓰는 모습 자체는 영화에서 입이 떡 벌어질 만한 장관이 아니라는 건 인정한다. 치미노는 도스토옙스키가 영화 내내 소설가의 모습을 유지하길 원했다. 치미노는 드라마틱한, 종종 멜로드라마틱하기까지 한 도스토옙스키의 주위 환경을 그의 소설의 강박적 구성과 대비를 이루게 하며 영화에 멋지게 녹여넣고 싶어했다.

도스토옙스키 영화를 제작하길 원하는 카를로 폰티는 1970년대 초반에 이미 러시아에서 자기 아내인 소피아 로렌, 그리고 마르첼로 마스트로얀니를 주연으로 한 〈해바라기〉라는 영화를 만든 경험이 있었다. 폰티는 소비에트 영화제작자들과 친했으며, 정치 권력층의 몇 명과 친구였다. 그 때문에, 치미노는 서방인에게는 보통 닫혀 있는 시베리아와 다른 몇 곳을 포함해 러시아에서 촬영을 할 수 있기를 바라고 있었다.

나는 대본을 생각하며, 혹시 러시아가 어떤 방식으로든 검열을 하지는 않을지 물었다. 치미노는 그렇지 않다고, 러시아는 이 일에 협조할 거라고 대답했다. 우선, 그해는 도스토옙스키 사망 백주년이었다(정확히 말하면 일 년 전인 1981년이 백 주년이었지만). 러시아는 거장과 그의 작품을 기념할 대규모 영화 작업에 들어가길 원했다. 검열은 없을 터였다. 심지어 필름도 러시아에서 현상하지 않을 계획이었다. 대신, 날마다 찍은 러시 필름[*]을 프랑스로 보낼 계획이었다.

　이 시점에서 치미노는 검은 폴더에 든 두꺼운 대본을 꺼내 탁자 위에 올려놓았다. 나는 감을 잡기 위해 그것을 집어 조금 넘기며 몇 줄 읽어보았다. 그런 식으로 슬렁슬렁 보았는데도 나는 이 일의 전망이 그리 밝지 않다는 걸 금방 알았다. 내가 물었다. "대체 이 대본에 줄거리라는 게 있는 겁니까? 드라마틱한 이야기가 있는 겁니까?" 치미노는 고개를 저었다. "문제가 많은 대본이지요. 하지만 그럼에도 저는 이 대본에 영혼을 건드리는 무엇인가가 있다고 봅니다." 치미노가 눈도 깜짝하지 않고 말했다. 나는 감동을 받았다. 물론 그 말을 믿을 수도 있었겠지만, 내가 훑어본 바로는 그 대본은 거의 영어 같지 않아 보였고, 그건 단지 러시아 이름이 많이 나와서만은 아니었다. 치미노가 말했다. "어쩌면 당신이 그걸 다 읽고 나면 그냥 두 손 들고 잊어버리겠다고 할지도 몰라요." 대본은 구조부터 이상했다. 당혹스러울 정도로 긴 서술에 이따금씩 대화가 뒤섞여 있었다. 나는 영화 대본을 본 적이 한 번도 없었지만, 이건 내가 생각했던 대본과는 달라도 너무 달랐다. 하지만 치미노는 내가 이전에 대본을 본 적도 없고, 세련되게 수정하거나 기타 다른 작업을 한 적도 없다는 걸 알았기에(내가 미리 경고했다), 내가 올바른 대본에 대한 개념을

---

* 감독의 심사용 프린트.

잡을 수 있도록 샘플을 하나 가지고 왔다. (치미노가 가지고 온 샘플 대본을 보며 나는 INT.와 EXT.가 뭔지 물었다. 그는 '내부interior'와 '외부exterior'라고 설명해줬다. V.O.와 O.S.? '내레이터의 해설voice-over'과 '화면에 나오지 않는 상태offscreen'이다.) 이튿날 나는 시러큐스로 돌아와 작업을 시작했다.

영혼을 건드리든 말든 간에 그 대본은 내가 아는 도스토옙스키의 삶과 모든 면에서 일치하지 않았다. 나는 당황했고, 어디서부터 시작해야 할지를 알 수 없었다. 그냥 '두 손 들어'버리는 게 나을 것 같다는 생각이 스치고 지나갔다. 수업시간을 빼고는 밤낮으로 매달린 끝에 나는 길고 조악한 초고를 만들 수 있었고, 그걸 즉시 테스에게 보냈다. 테스는 그동안 작업 준비를 하며 『죄와 벌』『노름꾼』『죽음의 집의 기록』『폴리나 수슬로바의 일기』를 포함해 입수할 수 있는 모든 전기를 읽었다. 테스는 새로운 장면들을 추가하고 모든 장면의 내용을 확장하며 작업을 해나갔다. 그러고 나서 대본을 복사해 내게 보냈다. 나는 다시 그 원고를 가지고 작업했다. 그걸 다시 한번 타자로 쳐서 테스에게 돌려보냈고, 그녀가 거기에 추가로 작업을 했다. 테스가 통화를 하기에는 좀 엉뚱하다 싶은 시간에 전화를 걸어와 도스토옙스키에 대해 이야기하던 게 기억난다. 종종 테스는 방금 타자기에서 뽑아낸 장면을 읽어주기도 했다. 수정된 대본이 돌아왔고, 나는 그 대본으로 더 작업을 했다. 나는 대본을 다시 타자로 치고 또

쳤다. 11월 말이 되었을 무렵, 대본은 220쪽에 달했다. '엄두가 안 난다'라는 말 말고는 그 원고에 대해 표현할 길이 없었다(대본의 평균 길이는 90에서 110쪽 사이다. 영화 길이는 대충 한 쪽당 일 분 정도다. 그리고 치미노는 영화를 빨리 찍는 편이 아니다. 치미노의 영화 〈천국의 문〉 대본은 140쪽이었다. 그리고 그 결과물은 거의 네 시간 길이의 영화였다).

각자 온갖 일이 있었음에도, 테스와 나는 이 기간 동안 미친 듯이 대본에 매달렸다. 우리는 수없이 통화를 했고, 한번은 테스가 이렇게 말했다. "지금이 아니라 다른 때 이 일을 할 수 있으면 좋았을 텐데 말이야." 하지만 또한 테스는 이 일을 하게 되어 흥분했다. 한번은 이렇게 말했다. "상상해봐. 도스토옙스키라고! 우리는 그 사람을 다시 살려내고 있어." 테스의 아버지는 결국 암을 이겨내지 못하고 세상을 떴고, 나는 테스가 하루하루 큰 상실 속에서 일을 하는 걸 잘 알았다. "도스토옙스키는 내게 이 모든 일을 이길 용기를 줘. 그리고 내가 울 구실도 주고." 테스가 내게 말했다.

11월 말 무렵, 나는 완성된 대본을 치미노에게 보냈다. 과연 테스와 나 말고 이 대본을 마음에 들어할 사람이 있을까? 하지만 치미노는 즉시 전화를 하더니 대본이 무척이나 마음에 든다며 그 결과물에 놀랐다고 했다. 그 길이—이렇게 긴 대본은 본 적이 없다고 했다—에도 불구하고, 치미노는 그 결과물에 더할 나위 없이 행복해했다.

그 대본이 언제 영화로 만들어질지는 모른다. 과연 영화로 만들어지기는 할지조차 알지 못한다. 치미노는 말하길, 카를로 폰티가 로스앤젤레스를 떠나 모습을 감추었고(아마도 유럽으로 간 듯하다고 했다), 대본을 영화로 제작하려는 그 어떤 노력도 하지 않고 있다고 했다. 치미노는 220쪽짜리 대본을 옆으로 치워두고 다른 프로젝트를 진행중이다.

'백투백 시리즈'에 참여해달라는 요청을 받았을 때, 나는 대본에서 일부를 발췌해 통일성 있게 배열해 쓴다면 흥미를 불러일으킬 수 있겠다고 생각했다.* 우리는 혁명으로 상트페테르부르크가 파괴되고 도스토옙스키가 정신병원의 젊은 작가를 방문하는, 대본의 앞쪽 부분을 발췌해 썼다. 그러고 나서 도스토옙스키가 체포되어 반역 혐의로 갇히는 부분으로 이동했다. 그는 여러 공모자들과 함께 사형선고 판결을 앞두고 있었다. (아주 흥미롭게도, 블라디미르 나보코프의 할아버지가 이 사건의 재판관 가운데 한 명이었다.) 그러고는 나머지 부분을 뛰어넘어, 도스토옙스키의 형벌이 바뀌어 그가 감옥에서 시베리아로 호송되길 기다리는 장면으로 갔다.

---

* 레이먼드 카버와 테스 갤러거는 캐프라 프레스에서 '백투백 시리즈'의 하나로 〈도스토옙스키〉 대본 일부를 출간했다.

시베리아 장면들이 끝나자 우리는 시간을 훌쩍 뛰어넘어, 십년 뒤 도스토옙스키가 상트페테르부르크로 돌아와 『노름꾼』의 여주인공을 창조하는 데 도움이 된 폴리나 수슬로바와 관계를 맺는 이야기를 다루었다.

마지막 부분은 도스토옙스키 그리고 그의 두번째 아내가 된 안나 그리고리예브나를 다루었다. (그의 전처는 그가 시베리아에서 상트페테르부르크로 돌아온 이 년 뒤에 결핵으로 죽었다.) 안나는 도스토옙스키의 속기사로 일하다가 그와 사랑에 빠져 결혼했다. 안나는 도스토옙스키의 말년을 함께하며, 그가 『악령』 『카라마조프가의 형제들』을 쓰며 평화롭고 평온하게 지내는 것을 지켜보았다.

「낚시찌」와 다른 시들에 대해

　내가 써온 모든 시는 나와 직접 연관이 있다. 너무나도 깊은 연관이 있기에(나는 그렇게 믿는다), 나는 그 시를 쓸 때 느꼈던 감정적 상황, 주위 환경, 심지어 날씨까지도 다 기억한다. 만약 좀더 기억을 밀어붙인다면, 요일까지도 떠올릴 수 있다고 생각한다. 대부분의 경우에는, 적어도 그 시를 주중에 썼는지 아니면 주말에 썼는지 기억할 수 있다. 하루 중 어느 시간에 그 시를 썼는지, 아침인지 한낮인지, 오후인지 아니면 아주 가끔이기는 하지만 늦은 밤에 썼는지도 거의 확실하게 기억할 수 있다. 하지만 단편소설의 경우에는 이렇게 자세히 기억할 수 없다. 초기에 썼던 단편들에 대해서는 특히 그렇다. 예를 들어 내 첫번째 단편집을 돌이켜보면, 각 단편이 발표된 해가 언제인지를 알려면 판권

란을 확인해야 할 정도다. 그리고 그 연도를 바탕으로, 일이 년 정도의 차이는 있겠지만, 그 글이 언제 쓰였는지를 추측한다. 단편소설의 경우 그 작품을 쓸 당시 내가 무엇을 느꼈는지는 말할 필요도 없고, 뭔가를 특별히 기억하는 경우조차 아주 드물다.

왜 시에 대해서는 항상 시간이며 환경이 또렷이 떠오르는 반면, 단편소설의 경우에는 쓸 당시의 기억이 거의 없는지 나도 모르겠다. 솔직하게 말하자면, 내가 시를 좀더 가깝고 특별하다고 여기고, 단편소설보다도 한층 더 선물처럼 여기는 것에 어느 정도 그 이유가 있는 듯하다. 물론 단편소설 역시 선물이라는 것을 잘 알지만 말이다. 어쩌면 내가 단편소설보다 시에 좀더 본질적 가치를 두기 때문일지도 모른다.

당연히, 내 시는 문자 그대로의 사실이 아니다. 진짜로 일어난 사건이 아니며, 실제 일어났다 하더라도 적어도 시에서 내가 말한 방식대로 일어나지는 않았다. 하지만 내 단편소설 대부분이 그러하듯 시에도 내 자서전적인 요소가 담겨 있다. 시 속에서 일어나는 일들과 비슷한 뭔가가 언젠가 내게 일어났으며, 그 기억이 표출되길 기다리며 내 안에 담겨 있었다. 또는 시에서 종종 서술되는 대상이 그 시를 쓰던 당시의 내 심적 상태를 어느 정도는 반영하고 있다. 나는 크게 보아 내 시가 단편소설보다 좀더 개인적이며 그래서 좀더 나를 '드러낸다'고 생각한다.

나는 내 작품이든 다른 사람의 작품이든, 서술적인 시를 좋아한다. 시가 꼭 시작과 중간과 결말이 있는 이야기를 말해야 할 필요는 없지만, 내게 있어 시는 계속 움직이고, 생생히 나아가고, 번뜩이는 게 있어야만 한다. 시란 어느 방향으로든 움직여야 한다. 그 방향이라는 것이 과거일 수도 있고, 먼 미래일 수도 있다. 또는 옷자란 오솔길로 방향을 틀 수도 있다. 심지어 지구에 한정된 게 아니라 별들 속을 누비며 머물 곳을 찾을 수도 있다. 무덤 너머의 목소리로 이야기를 할 수도 있고, 연어, 기러기, 메뚜기와 여행을 할 수도 있다. 시는 정지해 있으면 안 된다. 시는 움직여야 한다. 시는 움직이고, 설사 그 안에서 신비로운 요소들이 작용할지라도, 하나가 다른 하나를 암시하는 본질적인 방식으로 전개되어야 한다. 시는 빛나야 한다. 적어도, 나는 시가 빛나길 바란다.

이 선집에 포함시키기에 알맞다고 편집자가 생각한 내 시들은, 각각 그것들을 쓸 당시에 어느 정도 급박하게 내 삶을 짓누르던 실제 문제나 상황과 맞닿아 있다. 그런 의미와 정도에서, 나는 이 시들을 서술시 또는 이야기시라고 부를 수 있다고 생각한다. 이 시들은 모두 뭔가에 대한 것이기 때문이다. 이 시들은 '주제'가 있다. '뭔가에 대한 것' 가운데 하나는 내가 그 시를 쓰던 당시 생각하고 느낀 것이다. 각 시는 당시의 특별한 순간을 간직한다. 그리고 그 시를 읽으면 그 시를 쓰던 당시 내가 어떤 마음이었는지가 보인다. 이제 내 시들을 읽고 있노라니, 내 과거의 거칠지만 진실된 궤적이 낱낱이 생각나며 아주 진한 감상이 밀려온다. 이 시들은 그런 식으로 내 삶을 하나로 엮어주고, 나는 그런 느낌이 좋다.

이 시들 중에서 가장 오래된 「낚시찌」는 버클리를 떠나 일리노이 주의 록아일랜드로 가던 중 와이오밍 주 샤이엔의 한 모텔 방에 머물던 어느 화창한 6월 아침에 쓴 것이다. 일 년 반 뒤인 1969년 가을, 나는 캘리포니아 주의 샌타크루즈에서 북쪽으로 몇 마일 떨어진 벤로몬드에서 살았고, 그곳에서 「프로서」를 썼다. 어느 날 아침, 잠에서 깨었을 때 아버지 생각이 났다. 아버지는 이 년 전에 죽었지만 전날 밤 꿈속에서 어렴풋이 모습을 드러냈다. 나는 꿈 내용을 떠올리려 했지만 도저히 기억이 나지 않았다. 하지만 그날 아침 나는 아버지에 대해 생각했고, 우리가 갔던 사냥 여행을 회상하기 시작했다. 그러자 우리가 사냥하던 밀밭이 생생히 떠올랐고, 프로서라는 마을이 기억났다. 우리는 저녁에 사냥을 마치고 돌아가다가 그 마을에 들러 뭔가 먹을 것을 사곤 했다. 그곳은 광대하게 펼쳐진 밀밭 지대를 나오면 처음으로 보이는 마을이었는데, 나는 갑자기 밤에 자동차 전조등 빛이 어떻게 보였는지가 떠올랐고 그 시에 그대로 표현했다. 나는 그 느낌을 재빨리, 그럴듯하게, 아주 쉽사리 적었다. (이게 내가 이 시를 특별히 좋아하는 이유 가운데 하나이다. 사실, 누군가 내가 쓴 시 가운데 가장 좋아하는 게 뭐냐고 묻는다면 나는 이 시를 꼽을 것이다.) 그리고 며칠 후 같은 주에 「당신 개가 죽었어요」라는 시를 썼다. 그 시 역시 금방 썼고, 크게 고칠 필요가 없었다.

「영원」은 좀 다르다. 나는 이 시를 1970년 크리스마스 직전에 팰로앨토의 차고 작업실에서 썼다. 그리고 제대로 썼다는 생각이 들 때까지 오륙십 번은 고쳤었다. 초고를 썼을 때 밖에 비가 억수같이 내리던 게 기억난다. 나는 차고에 작업대를 두었고, 집쪽으로 난 작은 차고 창을 통해 가끔씩 우리집을 바라보았다. 늦은 밤이었다. 집에서는 모두가 자고 있었다. 비는 내가 마음으로 접근하던 '영원'의 일부처럼 보였다.

「직장을 구하며」는 다음해 8월 어느 오후, 새크라멘토의 아파트에서 혼란스럽고 어려운 여름을 보내며 쓴 것이다. 아이들과 아내는 공원에 가 있었다. 기온이 거의 38도에 가까웠고, 나는 맨발에 수영복 차림이었다. 나는 아파트의 타일 바닥을 걷다가 왼발을 삐끗했다.

「웨스 하딘」 역시 새크라멘토에서 썼다. 하지만 그건 몇 달 뒤인 10월이었고, 사는 곳도 달랐다. 이 시를 쓴 곳은, 믿을지 모르겠지만, 루나 레인*이라는 이름의 막다른 골목에 있는 집이었다. 여덟시쯤 되는 이른 아침이었고, 아내는 아이들을 학교에 데려다주고 출근하려고 막 집을 나선 참이었다. 내게는 하루종일 글

---

* '달의 골목'이라는 뜻이다.

을 쓸 시간이 주어진, 참으로 드문 기회였다. 하지만 나는 뭔가를 쓰는 대신 우편으로 도착한 책을 집어들었고, 옛 서부시대의 무법자들에 대해 읽기 시작했다. 그러다가 존 웨슬리 하딘의 사진을 보게 되었고, 거기서 책 읽기를 멈췄다. 잠시 뒤 나는 이 시의 초고를 썼다.

「결혼」은 이 특별한 시들 중 가장 최근에 쓴 시로, 1978년 4월 아이오와시티의 방 두 개짜리 아파트에서 썼다. 아내와 나는 몇 달 동안 별거중이었다. 그 이전에도 우리는 시험 삼아 다시 합쳐보았지만, 결국 금방 다시 별거를 하고 말았다. 하지만 우리는 이전의 결혼생활로 돌아갈 수 있는지 보기 위해 다시 한번 더 시도하기로 했다. 이제 다 큰 두 아이들은 캘리포니아 어딘가에서 나름대로 잘살았다. 하지만 난 여전히 아이들이 걱정되었다. 또한 나와 아내, 그리고 우리가 마지막으로 구제해보려 애쓰던 이십몇 년에 걸친 결혼생활도 걱정이 되었다. 나는 온갖 걱정이 다 들었다. 그날 저녁 나와 아내는 각자 다른 방에 있었고, 나는 이 시를 썼다. 내가 느끼던 공포가 갈 곳을 찾은 것이다.

재결합은 성공하지 못했지만, 그건 또다른 이야기이다.

「테스를 위하여」에 대해

　이 시는 시인이자 단편소설 작가인 아내 테스 갤러거에게 내가 보내는 연서라 할 수 있다. 내가 이 시를 쓰던 1984년 3월, 나는 워싱턴 주 포트앤젤레스에 있는 우리집에서 혼자 지내고 있었다. 3월 이전에는 대부분의 시간을 뉴욕 주의 시러큐스에서 보냈고 테스는 그곳 대학에서 강의를 했다. 1983년 9월, 내 단편집인『대성당』이 출간되었다. 그 책이 출간되고 한동안 와자지껄하게 지냈고, 그 분위기가 신년까지 쭉 이어졌다. 나는 평소 페이스를 잃고 휩쓸려 다시 일로 돌아가지 못할 것만 같았다. 이렇게 문학과 관련된 소동에 더불어 우리는 평소 시러큐스에서 살며 참여하던 사회활동―친구와 저녁식사를 하고, 영화와 콘서트를 보고, 대학에서 단편과 시를 낭독하는 일―도 해야 했다.

여러 면에서 볼 때 분명히 '즐거운' 시간이자 좋은 시간이었지만, 또한 내게는 당혹스러운 시간이기도 했다. 나는 다시 내 일로 돌아가기 어렵다는 걸 깨달았다. 내가 당혹해하는 걸 본 테스는, 다시 글을 쓰는 데 필요한 평온과 고요를 되찾을 수 있도록 포트앤젤레스로 가면 어떻겠느냐고 제안했다. 나는 도착하자마자 소설을 쓸 마음을 먹고 서쪽으로 향했다. 하지만 집에 도착해 짐을 정리하고 한동안 있다보니, 무척이나 놀랍게도 나는 시를 쓰기 시작했다. ("놀랍게도"라고 한 것은 그때까지 이 년간 시를 쓰지 않았으며, 다시 시를 쓰게 될 줄 몰랐기 때문이다.)

엄밀하게 말해, 「테스를 위하여」는 '자전적'이지 않다. 나는 물고기를 꾀기 위해 붉은색 데어데블 미끼를 써본 지가 한참 되었고, 테스 아버지의 주머니칼을 가지고 다니지도 않았고, 시에 나오는 그날에 낚시를 가지도 않았다. 그리고 '딕시'라는 이름의 개가 "나를 한동안 뒤쫓지"도 않았다. 시에서 등장하는 이 모든 일은 모두 그전의 다른 때에 일어난 일로, 나는 기억을 하고 있다가 이 시에 그 세부 묘사를 모두 담았다. 하지만—그리고 이게 중요한데—이 시에 담긴 감정은 정취(감상벽과 혼동하지 말아야 한다)이다. 행마다 담긴 정취는 진실하고, 명료하고 정확한 언어로 묘사되어 있다. 게다가 시 속의 세부 묘사는 생생하고 상세하다. 그리고 서술이나 스토리텔링의 관점에서 보자면, 나는 이 시가 진실하고 설득력이 있다고 생각한다. (뻔한 수사나 난해

한 가짜 시어로 쓰인 시를 보면 별로 읽고 싶은 마음이 나지 않는다. 나는 삶에서와 마찬가지로 글에서도 난해한 수사를 피하는 경향이 있다.)

「테스를 위하여」는 사소한 이야기를 말한다. 그리고 한순간을 담고 있다. 시란 단순한 자기표현이 아님을 기억하라. 시 또는 이야기―예술이라 불리는 모든 문학작품―는 작가와 독자 사이의 커뮤니케이션이다. 남녀 누구든 자신을 표현할 수 있지만, 작가와 시인이 자신의 작품을 통해 하고 싶은 건 단지 자기표현이 아니라 그 이상의 것, 바로 커뮤니케이션이다. 그렇지 않은가? 이러한 필요 때문에 작가는 늘 자신의 생각과 가장 깊은 관심사를 소설 또는 시적 형식으로 주조할 수 있는 언어로 번역해내고, 그것을 읽은 독자가 자신과 같은 느낌과 관심사를 경험하고 이해할 수 있기를 바란다. 그러한 과정에서 언제나 독자들은 그 외의 다른 부분에 대해서도 이해하고 감정을 느끼게 된다. 이는 피할 수 없는 일이며 심지어 바람직하기까지 하다. 하지만 작가가 전달해야 하는 내용 대부분이 제대로 표현되지 않고 그냥 작가의 마음속에만 남아 있다면, 그 글은 실패했다고 봐도 무방하다고 나는 생각한다. 나는 기본적으로 좋은 작가라면 작품을 통해 독자에게 이해받는 걸 글쓰기의 목표로 삼아야 한다고 보며, 이러한 내 가정이 옳다고 생각한다.

마지막으로 짤막하게 한 가지만 더. 나는 구체적인 세부 묘사를 통해 이 시에서 구체적인 순간을 잡아내려—즉, 영원으로 만들려—했을 뿐 아니라, 이 시를 반쯤 썼을 때 이 시가 분명한 연가임을 깨달았다. (여담이지만, 내가 쓴 드문 연가들 가운데 하나이다.) 나는 이 시를 통해 지난 십 년간 나와 삶을 함께한 여인인 테스에게 포트앤젤레스에서 내 생활이 어떻게 되어가는지에 대한 '뉴스'—뉴스라는 말을 하다보니 에즈라 파운드의 "문학은 언제나 새로운 뉴스다"라는 언급이 떠오른다—를 전하려 했을 뿐 아니라 이 기회를 빌려 테스가 1977년 내 인생에 나타나주어 감사하다는 말을 하고 싶었다. 테스는 내게 커다란 변화를 가져왔고, 내 삶을 근본적으로 바꾸는 데 도움을 주었다.

그게 내가 이 시를 통해 '말'하고자 했던 것 가운데 하나이다. 그리고 그로 인해 테스를, 또한 다른 독자들을 감동시켰다면, 독자들에게 이 시를 쓰던 당시의 진정한 감정을 조금이나마 나누어줄 수 있었다면, 그걸로 나는 만족한다.

「심부름」에 대해

1987년 초, 편집자인 E. P. 더턴은 앙리 트루아야가 쓴 전기 『체호프』가 막 나왔다며 내게 한 권을 보내주었다. 나는 그 책을 받자마자 하던 일을 미뤄두고 읽기 시작했다. 내 기억으로는 오후 내내, 저녁까지 거의 아무 일도 안 하고 그 책만 본 듯하다.

사흘째인가 나흘째 되어 책을 거의 다 읽어갈 무렵, 나는 체호프의 마지막 며칠을 돌보았던, 독일 바덴바일러에 살던 슈뵈러라는 이름의 의사가 나오는 장면에 이르렀다. 1904년 7월 2일 새벽, 올가 크니페르 체호프는 죽어가는 작가의 병상으로 이 의사를 불렀다. 체호프가 살날이 얼마 남지 않은 건 확실했다. 하지만 트루아야는 그 점에 대해서는 일언반구도 하지 않고, 닥터 슈뵈러가 샴페인을 한 병 주문했다는 사실부터 독자에게 알려준다. 물론 누구도 샴페인을 찾지 않았다. 그 의사는 자신이 마시려고 주문한 것이다. 하지만 이 작은 인간사가 내게는 굉장히 독특한 일인 것처럼 와닿았다. 나는 그걸 어떻게 다룰지, 어떻게 전개해야 할지 제대로 생각해보기도 전에 바로 그 자리에서 단편소설을 쓰기 시작했던 것 같다. 나는 몇 줄을 썼고, 이윽고 한두 쪽 정도를 더 썼다. 독일의 이 호텔에서, 늦은 시각에 닥터 슈뵈러는 어떻게 샴페인을 시킬 수 있었나? 샴페인은 누가, 어떤 식으로 방에 배달했을까 등등. 샴페인이 도착했을 때 어떤 식으로 전달되었을까? 거기서 나는 글을 멈추고 전기의 남은 부분을 마저 읽었다.

하지만 나는 책을 다 읽자마자 다시 한번 닥터 슈뵈러와 샴페인 주문에 주의를 돌렸다. 나는 내가 하고 있던 일에 무척이나 흥미가 있었다. 하지만 난 무엇을 하고 있었던 걸까? 단 하나 확실한 건 내가 체호프에게, 그토록 오랜 기간 동안 내게 그토록 큰 의미였던 작가에게 오마주를 바칠 기회를 얻었다는 사실이었다.

나는 그 작품의 도입부를 여남은 번 정도 쓴 것 같다. 처음 도입부를 쓰고, 다시 써보고 했지만 어느 것도 제대로 된 것 같지 않았다. 점차 이야기는 체호프의 마지막 순간에서 벗어나, 결핵에 걸린 체호프가 친구이자 출판업자인 수보린과 함께 모스크바의 레스토랑에 있다가 처음으로 남들 앞에서 각혈을 한 사건으로 옮아갔다. 그리고 입원, 톨스토이의 방문 장면, 올가와 바덴바일러로 간 여행, 그뒤로 최후까지 잠시 호텔에 함께 머물던 기간, 체호프가 묵던 스위트룸에 두 번에 걸쳐 중요한 등장을 한 젊은 사환, 마지막으로 사환과 마찬가지로 전기 내용에는 등장하지 않는 장의사로 이야기가 옮아갔다.

사실에 입각한 자료를 바탕으로 했기에, 이 단편은 어려운 작업이었다. 이미 일어난 사건을 엉뚱하게 묘사할 수는 없었고, 그러고 싶지도 않았다. 무엇보다도, 나는 전기 내용에는 등장하지 않거나 단지 애매하게 묘사된 인물들을 이야기 속에서 어떻게 살아 숨쉬게 할지 알아내야만 했다. 마침내 나는 상상력을 펼쳐 이야기의 범위 안에서 그냥 창작을 해야 할 필요가 있다는 사실을 깨달았다. 나는 이 이야기를 쓰면서, 이전까지 내가 써온 그 어떤 글과도 굉장히 다른 글이 되리라는 것을 알았다. 그리고 이 글을 완성한 듯해 기쁘고 감사하다.

「내가 전화를 거는 곳」에 대해

나는 이십오 년 전인 1963년에 처음으로 단편소설을 발표했고, 그뒤로 계속 단편소설만 썼다. 이렇게 내가 간결함과 강렬함에 끌리는 원인의 일부는 (일부일 뿐이지만) 내가 단편소설 작가임과 동시에 시인이라는 사실과 관련이 있다고 생각한다. 나는 아직 학부생이던 1960년대 초기부터 시와 단편소설들을 거의 동시에 쓰고 발표하기 시작했다. 하지만 시인인 동시에 단편소설 작가라는 점이 모든 것을 설명하지는 않는다. 나는 단편소설 쓰기의 매력에 완전히 사로잡혔기 때문에 설사 내가 원한다 할지라도 이제는 그만둘 수가 없다. 그리고 그만두기를 원하지도 않는다.

나는 좋은 단편이 보여주는 재빠른 도약을, 종종 첫 문장부터 시작되는 흥분을, 최상급 단편에서 발견할 수 있는 아름다움과 신비로운 감정을 사랑한다. 그리고 단편소설은 앉은자리에서 다 쓰고 다 읽을 수 있다는 사실을 사랑한다. (시처럼!) 이는 내가 처음 글을 쓰기 시작했을 무렵 너무나도 중요한 문제였고, 지금도 여전히 중요하다고 생각한다.

처음에—그리고 아마 지금까지도—내게 가장 중요한 단편소설 작가는 이사크 바벨, 안톤 체호프, 프랭크 오코너, V. S. 프리쳇이었다. 누가 내게 바벨의 단편집을 처음 건넸는지는 기억나지 않지만, 바벨의 가장 위대한 단편 가운데 한 문장과 마주한 기억은 아직도 생생하다. 나는 그 문장을 당시 늘 가지고 다니던 작은 공책에 옮겨 적었다. 모파상과 그의 소설에 대해 화자는 이렇게 말한다. "그 어떤 쇳조각도 올바른 자리에 찍힌 마침표처럼 강력하게 우리의 가슴을 찌를 수는 없다."

처음 이 문장을 읽었을 때, 나는 계시를 받은 듯한 느낌이었다. 바로 그렇게 글을 쓰고 싶었다. 정확한 위치에 정확한 구두점을 찍음과 동시에 적절한 단어들을 배열하고, 정확한 이미지들을 그려내서 내 글을 읽는 독자들이 집에 불이 나지 않는 한 눈을 돌리지 못할 만큼 이야기에 확 빨려들게 하고 싶었다. 단어에 행동의 힘을 요구하는 건 아마도 헛된 바람일지 모르겠으나, 그건 분명히 젊은 작가가 지닐 만한 소원이었다. 그리고 여전히 나는 독자들이 눈을 떼지 못할 정도로 명확하고 힘있는 글을 쓰고 싶다. 오늘날도 이것은 내 주요 목표 가운데 하나로 남아 있다.

첫번째 단편이 발표되고 십삼 년이 지난 1976년이 되어서야 내 첫 단편집인 『제발 조용히 좀 해요』가 출간되었다. 창작, 잡지를 통한 발표, 그리고 책 출간 사이에 이렇게 오랜 시간이 걸린 것은 내가 일찍 결혼한데다 아이들을 양육하고 블루칼라 노동직에 종사해야 했던 절박한 상황들, 황급하게 약간의 교육을 받아야 했던 점, 그리고 단 한 번도 월말까지 돈이 풍족했던 적이 없던 생활에 어느 정도는 원인이 있다. (내 삶에 은은함이란 거의 없었는데도, 어떻게 하면 강물처럼 은은한 글을 쓰는 작가가 될수 있을까 배우려 한참 동안 애쓰던 때이기도 하다.)

첫 책을 채울 분량을 쓰고 그걸 출판해줄 사람—덧붙이자면 그 사람은 이처럼 터무니없는 일, 즉 무명작가의 첫 단편집을 내는 일에 무척이나 회의적이었다!—을 찾느라 십삼 년을 소비한 뒤 나는 시간이 있을 때 재빨리 글을 쓰는 법을 배우려 애썼고, 영감이 있을 때 후다닥 글을 써 서랍에 넣어두었다가 시간이 흘러 영감의 원천이 된 일들이 잠잠해지고, 너무나 안타깝게도 모든 것이 '정상'으로 돌아가면 거리를 두고 꼼꼼하고 냉정한 시선으로 살펴보았다.

인생이 다 그러하듯 필연적으로 시간이 뭉텅이로 그냥 사라져버리는 일도 종종 있었고, 그 오랜 기간 동안 나는 그 어떤 단편도 쓸 수 없었다. (지금 그 시간을 다시 찾을 수 있다면 얼마나 좋을까!) 때로는 소설을 쓸 생각조차 하지 못하고 일이 년을 흘려보냈다. 하지만 종종 나는 그 시간의 일부를 시를 쓰며 보낼 수 있었고, 이는 결과적으로 중요했다. 왜냐하면 이제 꺼진 건 아닐까 종종 두려워하던 내 안의 열정이 시를 쓴 덕분에 완전히 꺼지진 않았기 때문이다. 신기하게도, 적어도 내게는 신기하게 도 다시 소설을 쓸 수 있는 시간이 돌아왔다. 내 삶의 환경이 바로 섰고, 아니면 적어도 개선되었고, 소설을 쓰고 싶다는 강렬한 욕망이 나를 사로잡았다. 그리고 나는 다시 글을 썼다.

나는 십오 개월 동안 『대성당』을 썼다. 이번에는 그중 여덟 편 이 다시 포함되었다. 하지만 그 단편들을 쓰기 전 이 년 동안 나 는 앞으로 무얼 쓰든 그걸 어떤 방향으로 끌고 갈지, 그리고 어 떻게 쓰고 싶은 건지를 알아내기 위해 이전에 썼던 글들을 살펴 보았다. 그전에 낸 『사랑을 말할 때 우리가 이야기하는 것』은 여 러 면에서 분수령이 되어준 책이었지만, 그런 책을 또 쓰거나 내 고 싶지는 않았다. 그래서 나는 그냥 기다렸다. 시러큐스 대학에 서 강의를 했다. 시와 서평 몇 편, 에세이를 한두 편 썼다. 그러던 어느 날 아침, 뭔가가 일어났다. 잠을 푹 잔 뒤, 나는 책상으로 가 서 「대성당」을 썼다. 이게 그동안 내가 써온 이야기와는 다른 종 류라는 데에는 의문의 여지가 없었다. 어찌어찌 나는 내가 가야 할 새로운 방향을 찾은 것이다. 그리고 나는 그쪽으로 갔다. 빠 르게.

여기에 포함된 새로운 이야기들은 『대성당』 이후에 쓴 것이자 내가 일부러, 기꺼이, 이 년 동안 시집 두 권을 쓰며 '휴식'을 취한 뒤에 쓴 것들로, 확신컨대 이전의 이야기들과는 성격과 수준이 다르다. (최소한 나는 이전 단편들과 다르다고 생각하며, 독자들도 같은 느낌을 받을 거라고 생각한다. 하지만 충분히 오랫동안 노력한 작가라면 누구나 독자에게 자신의 작품이 두드러진 변화를 겪었으며 내용이 풍부해졌다고 믿고 싶다고 말할 것이다.)

V. S. 프리쳇은 단편소설을 "지나가며 곁눈질로 얼핏 본 무엇"이라고 정의했다. 처음에는 얼핏 본 것일 뿐이다. 이윽고 그 얼핏 본 것에 생명이 생기고, 순간을 밝히는 뭔가로 바뀌고, 아마도 독자의 의식에 지울 수 없는 무언가가 깊게 새겨질 것이다. 헤밍웨이가 너무나도 멋지게 해냈듯이, 독자의 경험의 일부가 되는 것이다. 영원히. 작가는 희망한다. 영원히.

만약 우리가, 작가와 독자 모두가 운이 좋다면, 우리는 단편소설의 마지막 한두 줄을 마치고 잠시 조용히 앉아 있을 것이다. 이상적으로는, 방금 우리가 쓴 또는 읽은 글에 대해 생각하리라. 아마 우리의 심장 또는 지성은 글을 읽기 전에 비해 아주 살짝 그 위치가 달라졌으리라. 우리의 체온은 눈에 띄게 올라가거나 내려가리라. 이윽고 숨이 다시 차분해지면, 우리는, 작가와 독자는 마찬가지로 정신을 수습하고 일어나리라. 그리고 체호프의 등장인물이 말했듯이 "따뜻한 피와 신경으로 창조되어"* 다음 일을 향해 전진하리라. 삶을 향해. 언제나 삶을 향해.

---

* 체호프의 단편 「제6병동」에 나오는 문구이다.

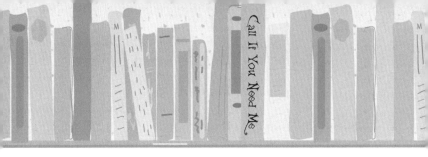

Call If You Need Me,

:
:

레이먼드 카버가 쓴 서문

:
:
:

별의 인도

시러큐스 대학교 창작 프로그램에서 나온 작품 중에 선정해 여기 실은 시 열한 편과 단편소설 두 편은 대학생과 대학원생 작가들이 쓴 작품들로, 이 프로그램의 창작 샘플 모음이라 할 수 있다. 나는 이 작품들이 훌륭하다고 생각하고, 내 선택에 자신이 있다. 물론 다른 편집자라면 다른 시와 다른 단편을 뽑았을 수도 있다. 하지만 그것이 바로 창작을 가르칠 때 흥미로운 점 가운데 하나이자, 특히 이 창작 프로그램을 더 흥미롭게 해주는 점이다. 우리 모두, 즉 선생과 교수진은 일반인들이 상상하는 것과는 달리 취향이 제각각인 서로 다른 작가들인 것이다.

수업에 참가한 우리 모두는 좋은 글쓰기에 대해 남다른 애정을 품었다는 점에서 같으며, 그러한 애정을 지닌 이를 보았을 때 격려를 해주고 싶은 욕망을 공유한다. 우리 모두는 글쓰기에 대한 생각을 기꺼이 이야기하고 싶고, 상대도 그럴 수 있도록 용기를 주고 싶다. 우리는 우리가 어떤 글에 대해서 말할 수 있음을, 가끔은 심지어 현명하게 말할 수 있음을 안다. 이런 글들 중에는 바로 지난주에 타자기에서 빠져나온 것들도 있다. 우리가 그럴 수 있는 건 우리 모임의 독특한 환경, 세미나 테이블이나 맥주와 피자 가게 식탁에 둘러앉아 단편이나 시에서 무엇이 좋고 무엇이 나쁜지를, 이 점은 칭찬을 하고 저 점에는 반대를 할 수 있는 자유로운 분위기 덕분이다. 물론 나쁜 시와 단편들도 창작 수업에 나오기는 하지만, 단언컨대 비밀이나 부끄러움은 없다. 나쁜 글이란 어디서든 나올 수 있는 법이잖은가. 가장 흔히 보이는 나쁜 경우는 작가가 언어를 잘못 사용하는 경우, 즉 자신이 뭘 말하고 싶은지와 그걸 어떻게 말해야 하는지를 제대로 파악하지 못하는 경우, 또는 일간지나 저녁 뉴스의 아나운서들에게 남겨두는 게 더 나을 듯한 겉핥기식 정보만을 전달하는 언어를 사용하는 경우이다. 어떤 작가가 그런 일을 하고서 잘못을 지적해 달라고 하면, 주위에 둘러앉은 다른 작가들은 그 점을 알려준다. 만약 시나 단편 속 감정이 너무나 과장되어 있거나, 뭔가를 날조하거나 또는 그냥 혼동을 해 너저분해졌거나, 또는 작가가 자신이 정말로 좋아하지 않는 뭔가에 대해 쓴다면, 또는 작가가 별로 쓸 것이 없으면서 단지 그 대상에 압도되어 시나 단편으로 옮겼을 뿐이라면, 동료 작가들 즉 다른 학생들과 교수들은 그 점을 일러준다. 글쓰기 공동체의 다른 작가들은 젊은 작가들이 올바로 나아갈 수 있도록 계속 도와줄 수 있다.

　좋은 창작 수업 선생이라면 좋은 작가 한 명을 여러 번 구해줄 수 있다. 내 생각에는 나쁜 작가 한 명도 여러 번 구할 수 있지만, 그렇게까지 할 필요는 없다. 글쓰기란 힘들고 외로운 과정이며 잘못된 길로 빠지기 쉽다. 만약 우리가 일을 제대로 한다면, 창작 수업 선생들은 없어서는 안 될 부정적 기능을 하고 있는 것이다. 만약 우리가 제대로 선생 노릇을 하려면, 젊은 작가들에게 어떻게 쓰면 안 되는지를 가르치고, 또 어떻게 쓰면 안 되는지 스스로 깨닫는 법을 가르쳐야만 한다. 에즈라 파운드는 『독서의 ABC』에서 "서술의 근본적인 정확성은 글쓰기의 유일한 도덕이다"라고 했다. 하지만 만약 '정확성'이라는 단어를 언어 사용에서의 정직함으로 받아들인다면, 즉 작가가 얻고자 하는 결과를 정확히 얻기 위해 의도하는 것을 정확히 말하는 것으로 받아들인다면, 학생의 글쓰기에서 정직함이란 도움과 격려를 통해 이루어질 수 있으며 심지어 남에게서 배울 수도 있으리라 본다.

　글쓰기란 어려운 일이고, 작가들에게는 얻을 수 있는 온갖 도움과 정직한 격려가 필요하다. 파운드는 엘리엇, 윌리엄스, 헤밍웨이(헤밍웨이 자신도 거트루드 스타인의 가르침을 받고 있었다), 예이츠를 비롯해 좀 덜 알려진 시인과 작가 수십 명의 글쓰기 선생이었다. 그리고 파운드 자신의 고백에 따르면, 후에 예이츠는 파운드의 글쓰기 선생이 되었다. 이는 전혀 이상한 게 아니다. 필요하다면, 창작 수업 선생들은 언제든지 자기 학생들로부터 배운다.

내 말을 오해하진 마시길. 이건 해명이 아니며 또한 그 어떤 의미에서든 창작 수업이 존재해야 한다고 정당화하려는 것도 아니다. 나는 창작 수업의 존재에 대해 해명이나 정당화가 필요하다는 생각을 조금도 하지 않는다. 내가 본 바에 따르면, 다른 작가들이 하는 것과 우리가 여기 시러큐스 대학교에서 하는 것 사이의 유일한 본질적 차이는 우리는 단지 좀더 형식을 갖춘 노력을 기울인다는 점뿐이다. 그게 다다. 우리는 여기에서 문학 공동체를 만들고 있다. 나름대로 가치를 갖춘 이 나라의 모든 창작 프로그램은 어느 정도는 이런 식으로 꾸려가려고, 즉 문학 공동체를 만들려고 애쓴다. 내가 무슨 말을 하는지 알리라. (하지만 그러한 집단에 잘 어울리지 못하는 작가들도 많다. 그 역시 괜찮다.)

창작 프로그램에는 비슷한 흥미와 목표가 있는 사람들끼리 함께 모이는 이러한 공동체 개념이 존재한다. 또는 꼭 존재해야만 한다. 원한다면 일종의 동족이라 불러도 좋겠다. 만약 당신이 창작 프로그램에 참여하고 그러한 공동체에도 참여하고 싶다면, 고민할 필요 없다. 하지만 이러한 모임이 그냥 같은 마을이나 도시에 있다는 사실만으로도 젊은 작가의, 가끔은 완벽한 고립에 가까운 고독이 약간은 완화된다. 글을 썼던, 또는 한 줄도 쓰지 못했던 방에 들어가 텅 빈 종이 앞에 앉아 있을 때면 작가는 온몸으로 무시무시한 흥분을 느낀다. 동료 작가들도 똑같은 기분을 느낀다는 것을 알아봤자, 심지어 당신과 동시에 그렇다는 걸 알아봤자 도움이 되지는 않는다. 하지만 만약 그 방에서 홀로 시간을 보내는 동안 뭔가가 나오고, 그 공동체에 당신이 한 것을 보고 싶어하는 누군가가 있다면, 당신이 옳고 진실된 글을 쓰면 기뻐하고 그러지 못했을 때 실망하는 누군가가 있다면, 그것은 분명히 도움이 된다고 나는 확신한다. 어느 경우이든 상대는 자신의 생각을 당신에게 말할 것이다. 당신이 묻는다면 말이다. 물론, 그걸로 충분하다는 뜻은 절대로 아니다. 하지만 도움은 된다. 그동안 당신의 근육은 강해지고, 피부는 두꺼워지고, 추위와 다가올 힘든 여행으로부터 당신을 보호해줄 두툼한 겨울용 털이 자라기 시작한다. 운이 좋다면, 당신은 별의 인도를 받아 방향을 잡을 수도 있으리라.

일체

단편소설을 쓰는 것 다음으로 즐거운 일은 다른 사람의 단편 소설을 읽는 것이다. 그리고 나처럼 120편을 꽤 짧은 시간(1월 25일부터 2월 25일) 안에 읽고 또 읽는 경우라면, 몇 가지 결론 을 내릴 수 있게 된다. 분명한 것은 확실히 요즘에는 사람들이 단편소설을 굉장히 많이 쓰며 그 질이 대체적으로 좋고, 어떤 경 우에는 뛰어나기도 하다는 점이다. ('유명한' 그리고 '무명의' 작 가들이 쓴 별로 좋지 않은 작품들도 많지만, 그런 것에 대해 이 야기할 필요가 뭐 있겠는가? 있으면 어쩌라고? 그래서? 우리는 할 수 있는 일을 해야 한다.) 나는 내가 읽은 좋은 단편들에 대해 언급하고 싶고, 왜 그 작품들을 좋다고 생각하는지, 왜 여기에 실린 스무 편을 골랐는지 말하고 싶다. 하지만 우선 선정 과정에 대해 몇 마디 하기로 하자.

1977년부터 매해 이 시리즈의 편집자로 일한 섀넌 래브넬은 정기간행물 165종에 실렸던 단편소설 1811편을 읽었다. 섀넌이 내게 해준 말에 따르면, 이는 예년에 비해 엄청난 증가라고 했다. 그리고 섀넌은 내가 심사숙고할 수 있도록 자신이 읽은 것 가운데 백이십 편을 골라 내게 보냈다. 편집자로서 내 임무는 이 책에 실을 스무 편을 선정하는 것이다. 하지만 내게는 선택을 할 자유가 있었다. 나는 어느 날 아침 속달로 도착한 백이십 편 가운데 그 어떤 것도 뽑지 않아도 되었다. 그리고 이 우편배달로 인해 나는 소위 갈등이라는 걸 겪었다. 우선 당시 나는 단편소설을 쓰고 있었고, 거의 끝마쳐가던 참이었다. 물론 나는 방해받지 않고 계속 쓰고 싶었다. (평소 단편을 쓸 때처럼, 나는 이번 글이 내가 써온 가운데 최고라고 느꼈다. 거기에서 주의를 돌려 나의 신호를 기다리는 다른 백이십 편을 잡기 싫었다.) 하지만 또한 이제 내 손에 들어온 단편들 백이십 편이 어떤지 알고 싶은 마음도 꽤 컸다. 결국 나는 곧장 단편들을 대충 살펴보았다. 그리고 비록 그날, 심지어 다음날에도 그 가운데 어떤 것도 읽지 않았지만, 나는 작가들 이름을 메모했다. 일부는 내 친구나 지인이었고, 일부는 내가 이름만 아는 작가들이었으며, 어떤 경우에는 이름은 물론 몇몇 전작들도 알았다. 하지만 다행히도 대부분의 작품들은 내가 모르는 작가들, 전혀 들어보지 못한 무명작가들, 실제로 일반인들에게도 알려지지 않은 작가들의 작품이었다. 단편들이 실린 잡지들 역시 거의 작가들만큼이나 다양하고 수가 많았다. 지금 나는 거의라고 말했다. 〈뉴요커〉에서 나온 단편들이 압도적이었는데, 그건 그래야 마땅했다. 좋은 단편―종종 훌륭한 단편―을 싣는 곳이 〈뉴요커〉만은 아니지만, 매주 한 번씩 일 년에 쉰두 번 발행된다는 사실로 인해 이 잡지는 국내 어떤 잡지보다도 더 많은 단편을 싣는다. 나는 이 잡지에 최초로 선보인 작품 세 편을 골랐다. 다른 잡지들에서는 한 편씩을 골랐다.

 1984년 11월에 올해의 편집자가 되어달라는 청을 받았을 때, 나는 1985년 1월부터 나만의 '최고' 목록을 만들기 시작하리라고 마음먹었다. 그리고 작년 한 해 동안, 읽다가 너무나 흥분해서 나중에 다시 읽으려고 따로 보관할 정도로 마음에 들었던 작품도 여남은 개 있었다. (결국, 이런 종류의 선집에 포함시키거나 애초에 잡지에 게재할 때 유일하게 적합한 기준이란 독자가 그 글을 읽으며 흥분할 수 있는가 하는 것이다.) 백이십 편을 더 읽어야 한다는 것을 알았을 때, 나는 올 1월이나 2월에 다시 읽으려고 그 단편들을 폴더에 넣어두었다. 그리고 1985년에 뭔가 마음에 드는 글을, 나중에 다시 읽고 싶어질 만큼 마음이 흔들리는 글을 읽었을 때면, 그 글이 혹시 섀넌 래브넬이 선택한 글 중에 있지는 않을지 잠깐 궁금해하기도 했다.

 실제로 중복되는 경우도 있었다. 내가 표시해놓은 것 중 몇 편은 새년이 보낸 글들 가운데 있었다. 하지만 내가 주목했던 대부분의 글은, 무슨 이유에서인지 그 백이십 편에 속하지 않았다. 어쨌든, 말했듯이 내게는 새년이 고른 글들 가운데 내가 원하는 것만 고르는 동시에 내가 읽은 가운데 원하는 걸 포함시킬 권한이 있었다. (새년이 보낸 글 어느 것도 마음에 들지 않는다면 오롯이 내가 읽은 것 중에서 스무 편을 채울 수도 있었다. 물론 그건 내가 제멋대로이거나 정신이 나갔다는 얘기겠지만 말이다.) 그래서―이게 이 글에서 숫자를 거론하는 마지막 부분이다. 숫자에 대해서는 이제 거의 다 말했다―항목별로 보면 다음과 같다. 우편으로 받은 백이십 편 가운데 훌륭한 글 열두 편을 골랐다. 그리고 내가 읽은 것들 가운데 훌륭한 글 여덟 편을 골랐다.

나는 이 스무 편이 1985년 미국과 캐나다에서 출판된 최고의 단편들이라고 주장하고 싶다. 하지만 누군가는 이런 의견에 동의하지 않을 게 뻔하기 때문에, 그리고 다른 편집자라면 아주 뛰어난 두세 편을 제외하고는 다른 작품들을 고를 걸 알기 때문에, 그렇게 주장하는 대신 1985년에 출판된 최고의 단편들 가운데 스무 편이라고 말하는 편이 낫겠다. 그리고 다음과 같은 당연한 말을 해야겠다. 만약 다른 사람이 편집을 했다면 이 책의 느낌과 구성은 아주 달랐을 거라고 말이다. 하지만 내가 편집한 이상 지금 같은 책이 나온 건 필연적인 결과이다. 그 어떤 편집자라 할지라도 좋은 단편이란 무엇인가에 대한 자신의 편견과 개념 없이 선집을 만드는 건 불가능할 테니 말이다. 단편소설에서 무엇이 기능을 발휘하는가? 무엇이 우리에게 확신을 주는가? 왜 나는 이 단편을 읽으며 감동하고 흔들리는가? 왜 어떤 단편들은 처음에는 좋게 보였다가 다시 읽으면 그렇지 않은가? (나는 여기 포함한 작품들을 최소한 네 번씩은 읽었다. 만약 네 번을 읽은 뒤에도 여전히 흥미롭고 흥분된다면, 그 작품은 책에 넣기에 충분하다고 생각했다.)

이 작업을 하는 과정에서는 다른 편견들도 작용했다. 나는 실감나고 자세한 상황 속의 사실적인, (사람들 표현에 따르자면) '생생한' 캐릭터들에게 호감이 간다. 나는 전통적(구식이라고 부르는 사람들도 있으리라) 방식의 서술에 끌린다. 진실의 한 층이 벗겨지면 더 다른 층이, 더 풍부한 진실의 층이 드러나는 방식, 의미 있는 세부 묘사의 점진적인 첨가, 캐릭터에 대한 뭔가를 밝히는 것뿐 아니라 이야기를 진행시킬 수 있는 대화와 같은 것 말이다. 그리고 마지막으로 나는 우연한 발견, 존재감 없는 캐릭터, 기법이나 기술이 전부인 이야기들, 간단히 말해 아무것도 일어나지 않거나 설사 일어난다 해도 세상이 미쳐간다고 보는 작가의 음산한 시선을 확인시켜주는 내용뿐인 이야기들에는 전혀 관심이 없다. 또한 어떤 사람들은 자기 글 속에 과장된 언어를 잔뜩 집어넣는데, 나는 그러한 글도 믿지 않는다. 나는 추상적이거나 제멋대로이거나 뜻을 파악하기 어려운 단어나 구나 문장에 반

대한다. 나는 구체적인 단어의 효력을 믿는다. 그게 동사든 명사든 마찬가지다. 내 식대로 말하자면 제대로 쓰이지 않은 듯한 글, 단어들이 서로 충돌하고 그 뜻이 명확하지 않은 이야기들을 나는 피하려 한다. 독자가 무슨 이유에서든 글을 읽다가 방향과 흥미를 잃는다면 독자는 그 글을 피하게 되고, 결국은 잊어버린다.

삶에서와 마찬가지로, 글쓰기에서도 부주의함은 피해야만 한다.

이 책의 출간 목적이 단정치 못한 글쓰기 또는 빈약하고 제대로 쓰지 못한 글들을 반대하기 위함은 아니다. 하지만 이 책은 그 안에 담긴 내용 덕분에 그러한 종류의 작품들에 당당히 맞설 만한 위치에 서 있다. 이 세상에서 중요하지 않고 조리가 맞지 않는 행동들에 대한, 통속적이거나 얼빠지거나 뻔하고 멍청한 글들이 유행했던 시절이 전혀 없었다고는 할 수 없다. 하지만 우리 모두는 그러한 날이 지났다는 것에 감사해야만 한다. 나는 글이란 어떠해야 하는지를 다소 직설적인 방식으로 보여주는 단편들을 뽑으려 애썼다. 나는 우리를 만들어주고 지켜주는 것들에 빛을 던져줄 수 있는, 때로는 운명에 저항하는 사람들의 모습이 생생히 담긴 글들을 선정하고 싶었다.

단편소설은 집이나 자동차처럼 오래갈 수 있어야 한다. 또한 설령 아름답지는 못하다 할지라도 보는 동안 즐거움을 주어야 하며 그 안의 모든 것이 제대로 작동해야만 한다. '실험적' 또는 '혁신적' 작품을 찾는 독자라면 이 책에서는 그런 것들을 찾지 못할 것이다. (플래너리 오코너의 의견을 좇아, 나 역시도 한눈에 "의심스러워 보이는" 글은 피하려 했음을 인정한다.) 도널드 바셀미의 「그 여인의 정원에서 딴 바질」이 실험적 또는 아방가르드적인 작품에 가장 가깝다고 할 수 있다. 하지만 바셀미는 항상 그러하듯 이 경우에도 예외이다. 종종 '의심스러워 보이는' 바셀미의 작품들은 그 누구도 흉내낼 수 없으며, 누구나 간직하고 싶어하는 이야기를 고르기 위한 기준과도 같은 글이다. 또한 바셀미의 글들은 좀 이상한 방식으로 감동적인 경우가 흔하고, 이 역시 또다른 기준이 된다.

바셀미에 대해 언급한 김에, 선정 과정에 대해 마지막으로 한 가지만 더 이야기하겠다. 당신이 든 이 책에는 미국과 캐나다에 현존하는 가장 유명하고 훌륭한 작가들이 쓴 최고의 글들, 다시 말해 영어권 최고의 작가들이 쓴 글들이 실려 있다. 한편으로 이 책에는 무명인 또는 무명에 가까운 작가들이 쓴, 똑같이 훌륭한 글도 몇 편 실려 있다. 그리고 이 선집의 편집자는 오로지 스무 편만을 고를 수 있다. 좋은 게 많아도 문제다. 하지만 만약 '똑같이 훌륭한' 단편이 두 편 있고, 마지막 선정 과정에서 단 한 편만 선택해야 한다면 어떻게 해야겠는가? 어느 단편을 포함시켜야 할까? 위대한 또는 유명한 작가의 이익을 덜 알려진 작가의 이익보다 위에 두어야 할까? 문학 외적인 면을 고려해야 할까? 다행히, 그런 일은 벌어지지 않았다고 말할 수 있다. 그런 식으로 둘 가운데 하나를 선택해야 하는 경우가 한두 번 있었고, 그때 나는 무명작가의 작품을 골랐다. 하지만 모든 경우에 최종적으로 내가 고른 것들은 '명성'이나 이전의 업적과 상관없이 내가 볼 때 최고의 작품이다.

하지만 돌이켜보니, 대다수는 아니라 할지라도 이 책에 수록된 많은 작품들이 젊고 덜 알려진 작가들의 글임을 깨닫는다. 가령 제시카 닐리를 보라. 그녀는 누구이며, 어떻게 「피부 천사」와 같이 아름다운 글을 쓰게 되었을까? 거부할 수 없는 이 첫 문장을 보라. "여름이 시작될 때, 어머니는 일주일에 나흘 오전 동안 맥베스 부인의 대사를 암기하고 노인병원에서 늦은 시간 근무를 했다." 또는 이선 캐닌을 보라. 왜 나는 이전까지 그의 글을 단 한 편밖에 읽어보지 못했을까? 어쩌다가 「별의 음식」과도 같이 훌륭한 작품이 〈시카고〉 같은 '시티 매거진'*, 내가 듣기로 더는 단편을 실을 계획이 없는 그런 잡지에 실리게 되었을까? 그리고 데이비드 마이클 캐플런이라는 작가를 보라. 어렴풋이 들은 기억이 난다. 어쨌든 그런 거 같다. (어쩌면 시 또는 소설을 쓰는, 미들 네임을 쓰고 데이비드 마이클 캐플런과 발음이 비슷한 다른 작가와 혼동하는지도 모르겠다.) 어쨌든 간에, 「암사슴 사냥철」은 놀라운 작품이다. 이렇게 훌륭한 작품을 읽게 되고 또한

---

* 특정한 지역에 한정된 정보를 담은 잡지.

다른 훌륭한 작품들과 함께 새롭게 펴낼 수 있다니, 그 즐거움과 기쁨은 이루 말로 할 수 없을 정도다. 역시 무명작가인 모나 심프슨이 쓴 뛰어난 작품 「잔디밭」, 그녀의 도저히 거부할 수 없는 첫 문장인 "나는 훔친다"에서도 나는 그러한 느낌을 받는다. 켄트 넬슨 역시 나에게는 낯선 작가다. 그의 훌륭한 단편 「보이지 않는 삶」은 어떤 사람들이 늘 하려 애쓰는 새로운 시작과 부분적으로 관련이 있다.

더 고백하겠다. 나는 데이비드 립스키의 글을 이전까지 읽어본 적이 없다. 분명히 그는 다른 작품들을 출간했다. 내가 잠들어 있느라 그의 단편 또는 심지어 한두 권의 장편을 놓쳤던 걸까? 모르겠다. 하지만 이제부터 단편소설에 그의 이름이 붙어 있다면 나는 꼭 주의를 기울일 것이다. 이 책에 「삼천 달러」 같은 작품은 또 없다. 그것이 내가 여기에서 이 작품을 강조해 말하고 싶은 이유 중 하나다. 그리고 그건 단지 이유 중 하나일 뿐이다.

제임스 리 버크. 여기 또 내가 처음 들어보는 작가가 있다. 하지만 나는 그의 작품 「기결수」를 이 선집에 싣게 되어 자랑스럽다. 이 단편은 이야기가 진행되는 특정한 시간과 장소를 놀랄 만큼 생생하게 떠올리게 한다(내가 고른 이야기들은 모두가 하나같이 그러하며, 의심할 여지 없이 그게 바로 내가 처음부터 이 글들에 끌린 이유다. 장소, 위치, 배경에 대한 감각은 내게 그만큼 중요하다). 하지만 이 이야기에는 젊은 화자와, 아들에게 "넌

360

이 세상을 살아가며 선택을 해야만 해"라고 말하는 그의 아버지 월 브루사드의 개인적이고 강렬한 드라마가 담겨 있다.

선택. 대립. 드라마. 결과. 서사.

크리스토퍼 매킬로이. 대체 이 친구는 어디서 나타났단 말인가? 인간의 마음속 비밀은 물론이거니와 알코올, 목장 생활, 보호구역 인디언의 비참한 생활에 대해 이 친구는 어찌 그리 잘 안단 말인가?

그레이스 페일리는 역시 그레이스 페일리다. 단편소설 독자라면 꼭 읽어야 할 작가다. 그녀는 거의 삼십 년 가까이 그 누구도 모방할 수 없는 작품들을 써왔다. 나는 그녀의 멋진 단편 「진술」을 포함시킬 수 있어 기쁘다. 그리고 앨리스 먼로는 뛰어난 캐나다 단편소설 작가다. 한동안 그녀는 최고의 단편소설들을 조용히 써 세상에 내놓았다. 「두 개의 모자를 가진 남자」가 그 좋은 예이다.

우리는 우리 형제의 보호자인가? 그 답을 하기 전에 먼로의 단편 그리고 토바이어스 울프의 잊지 못할 이야기 「부자 형」을 읽어보라. "어디 있느냐? 너의 동생은 어디 있느냐?"는 부자 형인 도널드가 결론에서 대답해야 하는 질문이다.

그리고 앤 비티가 꼼꼼하게 쓴 수작 「야누스」는 전체가 대화 없이 서술로만 구성되어 있다.

내가 이 선집에 실을 작품을 뽑기 전부터 이런저런 식으로 작품을 접한 작가들도 있다. 조이 윌리엄스, 리처드 포드, 토머스 맥구에인, 프랭크 콘로이, 찰스 백스터, 에이미 헴펠, 테스 갤러거가 그들이다. 마지막 작가는 정평 있는 시인이기도 하다. (진실: 단편소설은 그 기질상 장편소설보다는 시에 더 가깝다.)

이 선집에 실린 작품들로 봤을 때 이 작가들은 어떤 공통점이 있을까?

우선 한 가지는 이들 모두가 평범한 인간 군상을 깊이 있고 정확히, 즉 사려 깊고 신중하게 쓰려 한다는 점이다. 그리고 이는 우리 모두가 알듯이, 늘 쉽지만은 않다. 그리고 대부분의 경우 단지 살아가는 이야기뿐 아니라 역경을 겪고, 어떤 경우에는 운명에 대항하고, 심지어 운명을 이기는 내용까지 담고 있다. 간단히 말해, 이들은 중요한 것에 대해 쓴다. 그러면 무엇이 중요한 것일까? 사랑, 죽음, 꿈, 야망, 성장, 당신과 다른 사람들의 한계를 인정하는 것이다. 이 모든 것이 다 드라마고, 이 드라마들은 처음에 힐긋 보고 짐작한 것보다 훨씬 더 큰 캔버스에서 펼쳐진다.

편견에 대해 이야기해보자! 작품을 선정한 뒤 살펴보니 이 책에 실린 글들은 가족, 타인, 공동체와 이런저런 방식으로 관계가 있다. 소설 속 등장인물이라는 가면을 쓴 '진짜 사람들'이 글 속에 살며 선한 또는 악한(대부분은 선한) 결정을 내리고, (어떤 경우에는 회귀 불가능한) 전환점에 도달한다. 어쨌든, 그들에게 있어 사물은 결코 전과 같지 않다. 독자는 이야기 속에서 성인 남녀를,

남편과 아내를, 아버지와 어머니를, 아들과 딸을, 통렬한 부녀지간(모나 심프슨의 「잔디밭」)을 포함해 서로 사랑하는 온갖 사람들을 만날 것이다. 이야기 속 캐릭터들은 당신에게 낯익은 사람들일 것이다. 만약 그 캐릭터들이 친척 또는 가까운 이웃이 아니라 할지라도, 분명히 당신 집 근처 또는 이웃 마을, 또는 옆 주에는 살고 있을 것이다(나는 마음의 장소로서가 아니라 지도에 있는 진짜 주를 말하는 것이다). 예를 들어 애리조나 주의 피마 인디언 보호구역에 말이다. 또는 캘리포니아 북부의 유리카와 멘도시노 카운티일 수도 있다. 몬태나 주의 빅토리 근처 고원 지역이거나 버몬트 주 북쪽의 작은 마을일 수도 있다. 또는 뉴욕이나 버클리, 휴스턴 또는 뉴올리언스 바로 외곽에 살 수도 있다. 어쨌든 그리 낯설지 않은 곳에서 모든 이야기가 진행되고 벌어진다. 그리고 이야기 속 사람들 역시 별로 낯설지 않다. 우리는 방금 전에 말한 도시, 마을, 시골의 사람들이 직접 또는 TV 속에서 뉴스 진행자에게 목격담을 말하고, 생존한 기분이 어떤지를 말하고, 홍수에 집이 휩쓸려가거나 4대째 내려오던 농장이 연방주택관리국에 의해 몰수된 뒤 어떻게 버텼는지 말하는 것을 보아왔다. 이들은 환경에 의해 충격을 받고 변화된 사람들이며 또한 그에 따라 이쪽 또는 저쪽으로 방향을 바꾸려는 사람들이다.

나는 글 속의 사람들이 인생의 부침을 겪는 우리와 모든 순간에서 아주 비슷하다는 점을 말하고 있는 것이다. 프랭크 콘로이의 「소문」에서 화자는 다음과 같이 말한다. 더욱 중요한 것은 화자가 이 내용을 이해한다는 점이다. "모두가 거미줄 같은 관계로 연결되어 있다…… 고통은 이러한 거미줄의 일부였고, 사람들은 그것을 싫어하면서 또 한편으로는 사랑한다. 당신은 나이가 들어가며 그것을 알게 되었다." 이야기 속의 사람들 역시 우리와 마찬가지로 결단을 내리고, 그러한 결단은 그들이 이후 살아가는 데 있어 영향을 미친다. 리처드 포드의 「공산주의자」에서 젊은 화자 레스는 이렇게 말한다. "난 누군가가 기차가 다가오는 다리 위에 홀로 있으면서 이제 결정을 해야 한다고 생각할 때 느꼈을 그러한 기분을 느꼈다." 레스는 결단을 내리고, 이후로 전과 완전히 다른 삶을 살게 된다.

기차가 오고 있고 우리는 결정을 해야만 한다. 진실인가, 아니면 진실이 아닌가? "모든 것에는 한계가 있어, 안 그래?" 전직 CIA 요원이자 어머니의 남자친구, 거위 사냥꾼, '공산주의자'인 글렌이 말한다.

그렇다.

크리스토퍼 매킬로이의 「일체」—우연히도 이 선집의 제목과 같은 제목이다—에서 농장주인 잭 올든버그는 자기파괴적인 음주를 일삼는 밀턴을 걱정하며 그에게 이렇게 말한다. "선을 넘지 않는 것이 도움이 돼. 올바르게 사는 게 쉽지는 않아…… 올바른 길은 언제나 똑똑히 보여. 문제는 우리가 그걸 외면하려 온갖 노력을 다한다는 데 있어."

　에이미 헴펠의 「오늘은 조용한 날이 되리라」라는 조그만 보석 같은 이야기에서, 조숙한 두 아이를 키우는 아빠이자 비 오는 일요일 오후에 좋은 '아빠'가 할 일을 하려 애쓰는 등장인물은 아버지의 근심을 이렇게 표현한다. "넌 네가 안전하다고 생각하지…… 하지만 그건 네가 두 눈을 감고 있기 때문에 스스로 안 보일 거라고 생각하는 것과 마찬가지야." 행복에 대한 헴펠의 묘사는 이제까지 내가 읽어본 행복에 관한 글 가운데 가장 간단하면서도 최고라 할 수 있다. "그는 과연 앞으로 지금보다 더 많은 것을 느낄 수 있을지 의심했다. 지금보다 더 좋은 느낌을 받을 수 있을지가 아니라."

　토머스 맥구에인의 훌륭한 단편 「스포츠맨」은 1950년대 이리 호 숫가의 작은 마을을 배경으로 한다. 이 이야기에서 우리는 십 대 두 명과 기묘한 식사를 하게 되는데, 그중 한 명은 다이빙을 하다가 사고로 목이 부러져 고생을 한다.

　　나는 내 주머니칼 끝으로 지미를 먹여야 했다. 하지만 우리는 아침으로 커다란 오리 두 마리를 먹었고 점심에도 다시……

　　"거기 오리고기 좀 포크로 찍어줘." 지미 미드가 그 특유의 오하이오 억양으로 말했다……

　　〔나중에〕 나는 지미의 턱 아래까지 담요를 올려 덮어준다.

그리고 데이비드 립스키의 「삼천 달러」에는 다음과 같은 짤막한 대화가 나온다.

"하지만 전 부담이 되고 싶지 않아요."

"부담이기는 하지." 그녀가 말했다. "하지만 괜찮아. 내 말은, 난 네 엄마잖니. 그러니 넌 내게 부담이 되는 걸 이상하게 생각할 필요가 없다는 거야."

무슨 말인지 알겠는가? 나는 내가 무슨 말을 하는지 잘 모르겠지만, 내가 무엇을 말하고 싶은지는 안다. 어쨌든 나는 여기 실린 단편들 스무 편 사이에 강한 연결고리가 있으며 (적어도 내가 생각하는 방식에 따르면) 모두가 한 그룹에 속한다고 생각하고, 이 단편들을 읽는 독자도 내가 뜻하는 바를 알게 되기를 원한다.

이러한 선집을 마주하면, 독자들은 편집자가 단편소설이 갖추어야 할 덕목이 무엇이라고 생각하는지 궁금해할 수도 있다. 좋은 궁금증이다. 내가 무척 끌리는 지점은 종종 단편소설이 우리가 모르는 무엇인가에 대해 말할 때이다. 이것도 주요한 덕목이다. 하지만 내가 더 중요하다고 생각하는 점은, 단편소설은 모두가 알면서도 아무도 말하지 않는 것에 대해 말해야 한다는 점이다. 적어도 공공연하게 말하지 않은 부분을 말이다. 단편소설 작가들만 제외하고.

여기에 포함된 작가들 가운데, 그레이스 페일리는 가장 오랫동안 활동해온 작가이다. 그녀의 첫번째 단편집은 1959년에 출간되었다. 도널드 바셀미는 오 년 뒤인 1964년에 첫 작품집을 냈다. 앨리스 먼로, 프랭크 콘로이, 앤 비티, 토머스 맥구에인, 조이 윌리엄스, 이들 역시 이 분야에서 꽤 오랫동안 활동해왔다. 최근에 두각을 나타낸 두 명은 리처드 포드와 토바이어스 울프다. 나는 더 최근에 나타난 다른 작가들에 대해서 조금도 걱정하지 않는다. 찰스 백스터. 에이미 헴펠. 데이비드 립스키. 제시카 닐리. 데이비드 마이클 캐플런. 테스 갤러거. 제임스 리 버크. 모나 심프슨. 크리스토퍼 매킬로이. 켄트 넬슨. 이선 캐닌. 이들 모두 훌륭한 작가이며 나는 이들이 꾸준히 글을 쓸 것이라는 느낌이 든다. 나는 이들이 자신의 길을 발견했고 계속 그 길로 나아가리라고 생각한다.

물론, 만약 이 단편선이 다른 『전미 최우수 단편소설』이나 『오 헨리 상 단편선』과 뭔가 비슷한 점이 있다면, 여기에 내가 포함시킨 작가들 가운데 상당수는 다시 눈에 띄거나 이름을 들어볼 수 없을 확률이 꽤 된다는 점이다. (만약 내 말을 믿지 못하겠다면 지난 몇 년 사이 나온 주요 단편선 아무거나 골라 목차를 살펴보라. 1976년 또는 1966년의 『전미 최우수 단편소설』을 펴고 얼마나 많은 작가 이름을 아는지 확인해보라.) 내가 포함시킨 작가들 가운데 좀더 이름 있는 작가들은 계속해 좋은 작품들을 쓸 게 분명하다. 하지만 말했듯이, 이 책에 포함된 신진작가들이 자신의 길을 찾아가지 못할까봐 걱정을 하지는 않는다. 나는 이들이 이미 자신의 길을 제대로 찾아가고 있다고 굳게 믿는다.

작가는 글을 쓰고 또 쓰며, 계속해 쓴다. 어떤 경우에는 글쓰기를 관두는 것이 현명하다는 것을 깨달은 뒤에도, 너무나도 자명한 사실인데도 오랫동안 미련을 버리지 못하고 계속 쓴다. 글쓰기를 관두거나 또는 아주 많이 또는 진지하게 쓰지 않는 데는 늘 여러 가지 이유가 있고, 그럴 수밖에 없는 급박한 이유들도 많이 있다. (글쓰기란 늘 모두가 얽힌 골칫거리이고, 골칫거리를 원하는 사람이 어디 있겠는가?) 하지만 아주 가끔 번개가 내려치고, 종종 그 번개는 작가 인생의 초기에 내려치기도 한다. 어떤 때는 글을 쓰기 시작하고 한참이 지난 뒤에 내려치기도 한다. 그리고 물론 대부분의 작가에게는 평생 번개가 내려치지 않는다. 이상하게 보일 수도 있겠지만, 그 번개는 당신이 정말 싫어하는 작품을 쓰는 작가에게 내려칠 수도 있고, 만약 그런 일이 일어난다면 당신은 세상 참 불공평하다는 생각을 하게 될 것이다. (원래 세상이란 게 그렇다.) 그 대상은 남자일 수도 여자일 수도 있고, 당신 친구이거나 친구였던 사람일 수도 있고, 술을 너무 많이 마시거나 전혀 마시지 않는 사람일 수도 있고, 당신도 갔던 파티에서 다른 사람의 아내나 남편, 또는 누이를 데리고 도망쳐버린 자일 수도 있다. 창작 수업 시간에 맨 뒷자리에 앉아서 그 무엇에 대해서도 아무 말 안 하던 젊은 작가일 수도 있다. 당신이 얼간이라고 생각하던 자일 수도 있다. 제아무리 상상의 나래를 편다 할지라도 누군가가 꼽는 기대주 열 명의 목록에 이름이 들어갈 수 없을 듯한 작가일 수도 있다. 하지만 가끔 그런 일은 일어난다. 다크호스. 번개. 어떤 때는 그런 일이 일어나고, 어떤 때는 일어나지 않는다. (당연히 그런 일이 일어날 때가 훨씬 더 재밌다.) 하지만 그런 일은 열심히 하지 않는 사람에게는, 글쓰기를 자기 목숨만큼이나, 호흡만큼이나, 음식만큼이나, 쉴 곳만큼이나, 사랑만큼이나, 신만큼이나 소중하게 여기지 않는 사람에게는 절대로, 절대로 일어나지 않는다.

나는 이 단편소설들을 읽는 독자들이 기쁨과 오락과 위안과 용기를 얻었으면 좋겠다. 또는 독자가 뭔가 다른 이유에서 문학을 접하기로 마음먹었다면, 원하는 바를 얻었으면 좋겠다. 그리고 이 단편들에서 우리가 지금 어떻게 사는지를 보여줄 뿐 아니라(비록 작가가 이런 목표를 이루는 것도 만만찮은 일이기는 하지만), 그 밖의 다른 것도 보여주는 뭔가를 찾게 되면 좋겠다. 일체감을, 정당함의 심미적 감정을, 오로지 단편소설만을 통해서 볼 수 있고 얻을 수 있는 아름다움을 느끼는 계기가 되었으면 좋겠다. 나는 독자들이 여기서 발견한 것에 흥미를 느끼고 가끔은 심지어 감동도 하길 바란다. 왜냐하면 단편소설을 읽는 것은 물론 단편소설을 쓰는 일이 이러한 것들과 아무런 관련이 없다면 우리는 대체 무엇 때문에 이 모든 짓을 하고 있으며, 대체 무엇을 하고 있단 말인가? 누가 알면 제발 설명해주길. 그리고 우리가 왜 여기 모여 있단 말인가?

알려지지 않은 체호프

막심 고리키는 「개를 데리고 다니는 부인」을 읽고 난 뒤 이렇게 비교를 했다. "다른 작가들의 작품이 펜이 아니라 통나무로 쓴 것처럼 조악해 보인다. 다른 이들의 모든 작품은 거짓 같아 보였다."

학생이든, 문학 선생이든, 비평가든 아니면 다른 작가든 상관없이 사려 깊은 독자 아무나에게 물어보라. 모두가 한입으로 말할 것이다. 체호프는 생존했던 가장 위대한 단편소설 작가라고 말이다. 사람들이 그렇게 느끼는 데는 다 이유가 있다. 체호프가 엄청나게 많은 단편소설을 썼기 때문만은 아니다―체호프보다 더 많이 쓴 작가는 설령 있다 해도 몇 안 된다. 더 큰 이유는, 체호프는 우리를 기쁘게 하고 감동시키는 동시에 죄를 사해주는,

오로지 진실한 예술만이 달성할 수 있는 방식으로 우리 감정을 드러내는 걸작을 많이 썼기 때문이다.

사람들은 종종 체호프가 '성인聖人처럼' 신앙심이 깊다고 말한다. 하지만 전기를 읽어본 사람이라면 누구나 알 수 있듯, 체호프는 성인이 아니었다. 체호프는 위대한 작가이자 완벽에 가까운 예술가였다. 체호프는 다른 작가에게 이렇게 훈계한 적이 있다. "당신의 게으름이 행마다 줄줄 흘러나오고 있군. 당신은 문장을 제대로 쓰지 않았어. 그래야 한다는 걸 당신도 알잖아. 예술이란 건 그렇게 이루어진다고."

체호프의 단편들은 처음 발표되었을 때와 마찬가지로 지금도 훌륭하다(그리고 없어서는 안 된다). 체호프의 작품들은 그가 살았던 당시 인간의 활동과 행동에 대해 그 무엇과도 비견할 수 없는 설명을 더없이 명확한 방식으로 제공한다. 그리고 그렇기에 그 글들은 모든 세대를 뛰어넘어 가치가 있다. 문학을 읽는 자라면, 예술의 초월적 힘을 믿는 자라면(믿어야만 한다), 언젠가는 체호프의 작품을 읽어야만 한다. 그리고 지금 당장이 가장 적절한 때다.

사건과 결과의 소설
(톰 젱크스와 함께 씀)

뛰어난 것은 영원히 보존된다.
아리스토텔레스

 우리가 이 책을 위해 단편을 고르기 시작했을 때, 비록 명확히 말하지는 않았지만 선정 기준 가운데 하나는 단편소설의 내러티브가 선택의 주된 요소여야 한다는 것이었다. 우리는 선정에 있어 민주적이어야 한다거나, 심지어 어떤 대표성을 드러낼 의도도 없었다. 어쨌든 단편선의 분량은 정해져 있었고, 포함할 수 있는 작품 수는 한정되어 있었다. 어떤 작품을 뽑을지 쉽지 않았지만, 어쨌든 결정을 내려야만 했다. 하지만 그 점을 떠나서, 우리는 소위 '포스트모던'하고 '혁신적'인 소설 혹은 '신소설the new fiction'—즉, 사소설—우화, 마술적 리얼리즘 또는 그것들의 변종이나 파생, 곁다리는 그냥 후보에서 제외했다. 우리는 내러티브에 강력한 힘이 있고 등장인물에 인간으로서 반응할 수 있을 뿐 아니라 언어의 효과, 상황, 통찰이 강력하고 총체적인 단편, 때로는 우리 자신과 세계에 대한 우리의 관점을 확장시키려는 야심을 지닌 단편소설에 흥미가 있었다.

사실 매우 거창한 주문이다. 하지만 훌륭한, 또는 단순히 진짜로 좋은 단편소설이라면(또는 그 어떤 문학작품이든), 진실로 종종 이런 효과를 낳을 수도 있지 않겠는가? 우리는 이 책에 실린서른여섯 편이, 단편소설이 그런 유익한 효과를 낳을 수 있다는증거로 충분하다고 생각한다. 그리고 우리는 선정 과정에 있어몇 가지 중요한 면에서 우리의 삶을 증언하는 의미 있는 소설들,적어도 그 정도는 되는 작품들을 뽑으려 애썼다. 어쨌든, 여기실린 단편들은 우리의 기준과 감성에 비추어 읽으면서 감동했고즐거워했던 작품들이다.

우리가 보기에, 지난 삼십 년간 발표된 최고의 단편소설들은그 이전 세대에 발표된 최고의 단편소설들에 전혀 뒤지지 않는다. 그리고 이는 단지 변호를 하기 위해서라든가 가볍게 말하는게 절대로 아니다. 예를 들어, 로버트 펜 워런과 앨버트 어스킨이 편집한 뛰어난 선집 『단편소설 걸작선』에는 몇 세대에 걸친작가들의 작품이 담겨 있다. 이번 현대 단편선집은 나름대로 이전에 나온 그 책의 짝이라고 볼 수도 있겠다. 이에 관련해서 가장 중요한 점은, 이전 선집과 마찬가지로 이 선집도 박진감 쪽으로 기울어져 있다는 것이다—사실적인, 심지어 때로는 우리 자신의 삶의 윤곽을 모방하기까지 하는 이야기 쪽으로 기울어져 있다. 설령 우리 자신은 아니라 할지라도 적어도 우리와 비슷한 인간들, 우리와 마찬가지로 평범한 일상을 살지만 살아가다가 가끔은 심장이 철렁할 만큼 놀라운 일을 겪는 성인 남녀의 삶 말이다.

지난 삼십 년 동안 리얼리즘에 대한 작가들의 관심은 급격히 줄었고, 그에 따라 리얼리즘 기법을 쓰는 일도 줄어들었다. 라이어널 트릴링이 소설에 가장 알맞은 주제라고 꿰뚫어본 '관습과 도덕'으로부터 멀어진 것이다. 많은 작가들이 리얼리즘 대신 초현실주의 또는 환상 기법을 도입했다. 그런 작가들 중에는 글솜씨가 좋고 꽤 유명한 이들도 있었다. 그보다 좀더 소규모이면서 재능이 좀 덜한 작가군은 초자연적인 것과 전위적인 것을 사정없이 뒤섞었으며, 어떤 때는 거기에 불안한 허무주의를 섞기도 했다. 이제 바퀴가 다시 앞으로 굴러간 듯 보인다. 실제 있음직한 사람들, 동기, 플롯, 드라마로 가득하여 삶을 모방하는 소설, 사건과 결과(이 둘은 떼어놓을 수가 없다)가 있는 소설이 다시 그 존재를 드러냈고, 파편적이고 이상한 글들에 지친 독자들의 관심을 다시 끌기 시작했다. 파편적이고 이상한 글들은 독자에게 너무 많은 것을 포기하길 요구한다. 심지어 어떤 경우에는 부정하길 요구한다. 하지만 최근에는 원인, 상식, 감정, 옳고 그름의 느낌이 말해주는 것들을 독자로부터 빼앗으려는 이런 소설들이 사라지는 듯하다.

가장 오래된 이야기 형식인 사실주의적 소설들이 다시 나타난 것을 놀라워할 필요는 없다(그것이 새로이 우위를 점했다고 할 수는 없을지라도 말이다). 어쩌면 이 책은 서술적 단편소설의 영속적인 힘을 축하하고 기리는 결과물로 볼 수도 있으리라. 나아가, 우리는 이 가장 오래된 문학적 전통이 최근에 낳은 최고의 단편 중 일부를 이 책에 모아놓았다고 생각한다. '가혹한 시간의 흐름'을 견뎌낼 확률이 다른 작품들만큼 있는, 아니 가장 큰 작품들을 말이다.

『단편소설 걸작선』과 이 선집의 두드러진 차이는, 이전 선집의 경우 서른여섯 편 중 3분의 1이 영국과 아일랜드 작가의 작품이라는 점이다. 하지만 이 선집에 넣을 작품들의 선정 기준을 정할 때, 우리는 미국 작가들의 작품만 뽑기로 결정했다. 우리는 대서양 이쪽 편에도 뽑을 만한 훌륭한 작품이 충분히 많다고 느꼈다. 또한 우리는 『단편소설 걸작선』에 이미 선정되었던 작가의 글은 포함하지 않기로 결정했다. 그래서 피터 테일러, 유도라 웰티, 존 치버 등은 1954년(『단편소설 걸작선』이 출간된 해이다) 이후에도 멋진 작품을 출간했지만 아쉽게도 여기에 싣지는 못했다.

어떤 면에서 보자면, 1950년대 초반의 문학계에서 삶은 더 단순했던 듯하다. 워런과 어스킨은 '포스트모더니즘'이나 '리얼리

376

즘'을 포함해 기타 '이즘'에 대해 말할 필요가 없었다. 그들은 자신들이 선택한 이유를 설명하거나 자신들의 취향이나 방법론에 대해 상세히 해명할 필요가 없었다. 그들은 그냥 좋거나 훌륭한 단편—그들의 기준에 따른 걸작—들 그리고 그 형식의 거장들에 대해 논의하기만 하면 되었다. 당시에 걸작이라는 단어는 분명한 의미를 담고 있었고, 대부분의 독자(그리고 작가)들이 동의할 수 있는 훌륭함의 기준을 의미했다. 그 개념에 대해 논쟁을 하거나, 진지하고 상상력이 풍부한 글의 예를 고르는 데 그러한 용어를 어떻게 적용해야 하는가 토론을 할 필요도 없었다. 당시의 편집자들은 오십 년 넘는 기간 동안 미국인의 삶과 문학적 노력을 대표하는 미국 작가의 단편 가운데 스물네 편을 뽑았고, 대충 비슷한 시기에 영국과 아일랜드에서 나온 열두 편의 대표작을 뽑았다. 그리고 그들은 자신들의 선집을 냈다. 말했듯이 우리는 미국 작가들로만 제한했으며, 삼십삼 년의 기간, 정확히는 미국 문학사에서 가장 격동적이고 충격적인 시기라 할 수 있는 1953년부터 1986년까지를 다루었다. 충격적이라고 한 이유 중 하나는 이 기간 동안 서술적 소설의 가치가 급격히 요동쳤으며, 여러 방면에서 온갖 공격을 받았기 때문이다. 걸작이라는 용어를 식별 가능한 서술적 전통 안에서 서술적 내구성이 있는 뛰어난 단편소설을 의미한다는 원래 의미로 돌려놓기에, 지금이 가장 좋은 때인 듯하다.

각 단편의 장점에 대해 생각할 때, 우리는 그 작품에서 작가의 감정과 통찰력이 얼마나 깊은지를 자문해보았다. 작가는 자신의 작품에서 얼마나 극한까지, 얼마나 일관되게 진지함(톨스토이의 표현으로, 그가 훌륭한 작품을 평가하는 기준의 하나였다)을 추구했는가? 진지한 독자라면 누구나 알겠지만 훌륭한 소설, 좋은 소설은 지적으로 그리고 감정적으로 두드러진다. 그리고 최고의 소설이란, 뭐라고 더 마땅히 표현할 단어가 없는데, 무게가 있어야만 한다(로마인들은 물질의 작용에 대해 이야기할 때 그라비타스gravitas라는 단어를 썼다). 하지만 그걸 뭐라고 부르든 간에(사실, 이름을 붙일 필요도 없다) 그것이 모습을 드러내는 순간 누구나 알아볼 것이다. 훌륭한 단편소설을 읽고 난 독자라면 그것을 밀쳐두고 잠시 정신을 수습하며 가만히 있을 수밖에 없다. 이 순간, 만약 작가가 성공했다면 감정과 이해의 일치가 일어나야 한다. 설사 일치까지는 아니라 할지라도, 적어도 어떤 중요한 상황의 불균형들이 새로운 관점에서 시야에 등장했으며 우리가 거기서부터 다시 나아갈 수 있다는 느낌을 받아야 한다. 최고의 단편소설은, 우리가 지금 이야기하는 종류의 단편소설은 이러한 반응을 불러일으켜야만 한다. 너무나도 강렬한 인상을 남기기에, 그 작품은 헤밍웨이가 말했듯이 독자의 경험 일부가 되어야 한다. 그렇지 못하다면, 진지하게 묻노니 왜 사람들에게 그 글을 읽으라고 권한단 말인가? 아니, 그에 앞서 왜 그 글을 쓴단 말인가? 훌륭한 소설(이건 진실이다. 그리고 우리는 이걸 다르게 표현해서 우리 자신을 속여서는 안 된다)은 그 작품의 인간적 중요성을 명확히 드러냄에 따라 독자들에게 늘 '인식의 충격'을 불러일으킨다. 조이스의 표현대로 단편소설의 영혼이, "그 정수가 껍질을 벗고 우리에게 뛰어들 때"가 있다.

「기 드 모파상의 작품 소개」에서 톨스토이는 재능이란 "한 주제에 대해 엄청나게 집중할 수 있는 능력······ 다른 이들이 보지 못하는 것을 볼 수 있는 능력"이라고 썼다. 우리는 이 책에 포함된 작가들이 자신의 주제에 대해 '엄청나게 집중'했으며, 다른 이들이 보지 못한 것을 또렷하고 효과적으로 보았다고 생각한다. 한편으로 이 책에 실린 몇몇 단편들이 '낯익은' 것에 대해 집요하게 묘사한 것을 보고 우리는 '재능'에 또다른 정의가 있지 않을까 생각했다. 우리는 재능, 심지어 천재성은 또한 누구나 보는 것을 보지만 모든 면에서 좀더 그것을 또렷하게 보는 능력이라고 말하고 싶다. 어쨌든 예술인 것이다.

이 책에 실린 작가들에게는 재능이 있다. 그것도 아주 많이 있다. 하지만 이들에게는 또다른 것도 있다. 이들은 좋은 이야기를 말할 수 있고, 모두 알다시피 사람들은 늘 좋은 이야기를 원한다. 이전 선집에 글을 실었던 숀 오페일런의 표현을 빌리면, 이 책의 단편소설들에는 "밝은 목적지"가 있다. 우리는 독자들이 단지 몇 편 이상의 작품들에 영향을 받기를 바라고, 종종 웃

고 전율하고 감탄하기를 바란다. 간단히 말해 감동하기를, 그리
고 어쩌면 여기 재현된 인물들의 삶에 얼마간 조금은 홀려도 보
기를 바란다.

현대소설에 대해

.

    나는 최근에 많은 작가들이, 그리고 급격히 그 수가 늘어나는 작가들이 단편소설 형식을 빌려 하는 다양한 형태의 작업에 흥미가 있다. 이 작가 중 상당수는(그중에는 무척 재능이 있고 이미 정말로 훌륭한 작품을 쓴 이도 있다) 장편소설을 절대로 쓰지 않겠노라고 공공연하게 밝혔다. 즉 장편소설 쓰는 것에 거의, 또는 전혀 관심이 없다는 것이다. 관심을 가져야 하는가? 그들은 할말이 더 있는 듯하다. 누가 그러던가? 고맙지만, 단편소설로 충분하다. 돈 문제를 생각해보자면(하지만 기본적으로, 언제 돈이 얽히지 않았던 적이 있던가?) 현재 단편소설집에 지불되는 선금은 비슷한 위치의 작가가 쓰는 장편소설에 대한 선금만큼 많다고 할 수 있다. 물론 몇 명은 '그만큼 변변찮다'고 하겠지만 말이다. 그리고 일반적으로, 단편소설집의 판매 부수는 그 작가와 비슷한 수준의 작가가 쓴 장편소설 판매 부수와 대략 비슷하다. 게다가, 요즘 사람들에게 회자되는 건 주로 단편소설 작가들이다. 심지어 어떤 사람들은 '최첨단' 소설을 찾아볼 수 있는 곳은 단편소설 분야라고까지 말한다.

단편소설 작가들에게 지금과 같은 시절이 있었을까? 나는 그렇지 않다고 본다. 어쨌든 내가 아는 바로는 없었다. 얼마 전까지만 해도, 십 년 전까지만 해도 단편소설 작가들이 처음 작품집을 내는 것은 끔찍하리만큼 어려웠다. (지금은 내기 쉽다는 말이 아니라, 십 년 전에는 훨씬 더 어려웠다고 말하는 것뿐이다.) 대중이 원하는 것이 무엇인지 파악하는 데 전문가라 할 수 있는 상업 출판사들은 단편소설 시장이 없고 독자층이 없다는 것을 확실히 알았으며, 그래서 단편소설집 출판에 관련해서는 작가로부터 등을 돌렸다. 출판사들은, 그러한 보상 없는 사업은 시와 마찬가지로 몇 안 되는 소형 독립출판사나 그보다도 더욱 소수인 대학 출판부가 떠맡는 것이 낫다고 여겼다.

하지만 오늘날은 모두가 알다시피 상황이 완전히 달라졌다. 소형 독립출판사와 대학 출판부들이 계속해 단편소설집을 출판할 뿐 아니라, 실제로 대형 주류 출판사들도 정기적으로 첫번째 (또는 두번째나 세번째) 모음집을 많은 부수로 찍어낸다. 그리고 대중매체에서도 정기적으로, 두드러지게 리뷰를 싣는다. 단편소설 전성시대인 것이다.

나는 가장 다양한, 그리고 아마도 가장 큰 흥미와 만족을 주며 심지어 어쩌면 시간의 풍상을 견뎌내고 지속할 확률이 가장 큰 작품은 단편소설 분야에 있다고 본다. '미니멀리즘' 대 '맥시멀리즘'. 대체 우리가 쓰는 단편소설을 뭐라고 불러야 하는지 누가 관심이나 있겠는가? (그리고 이제 이 진부한 논쟁이 지겹지 않은 사람이 어디 있겠는가?) 단편소설은 계속해서 더 많은 관심과 독자를 끌 것이고, 지금까지 단편소설 작가들은 계속해서 진정으로 흥미롭고 세월을 이길 수 있는 작품들을, 점차 그 수가 늘어나는 통찰력 있는 독자들의 주목과 찬동을 이끌어내는 작품들을 쓰고 있다.

이렇게 많은 단편소설이 쓰이고 발표되는 것은, 내가 보기에 우리 시대에 가장 커다란 문학적 사건이다. 그것은 미국 주류 문학의 노쇠한 피에 새로이 생각할 거리를, 그리고 심지어 내 생각에는 지금 당장이라도 그로부터 새로이 나아갈 지점을 제공했다. (물론 그 결과가 어찌될지는 누구도 알 수 없다.) 하지만 그러한 주장이 허용되든 허용되지 않든, 단편소설에 대한 흥미가 되살아나는 것이 이 나라 문학에 새로운 활력을 준다는 것만은 부정할 수 없는 사실이다.

긴 단편소설에 대해

이 선집을 위해 편집자들이 선정한 단편소설 열아홉 편을 며칠에 걸쳐 읽은 뒤, 나는 스스로 이렇게 물었다. "나는 무엇을 기억하고 있는가? 이 단편소설들로부터 무엇을 기억해야만 하는가?" 나는 일급 단편소설이라면 목소리, 상황, 캐릭터, 세부 사항이 기억에 남을 정도로 묘사되어야 한다고 생각한다. 그리고 어쩌면, 이건 다만 어쩌면이지만, 잊히지 않아야 한다고 생각한다. 또한 이 경우 유머 역시 큰 역할을 해서, 나는 유머가 있는 단편을 유머는 떨어지지만 훌륭하고 박력 있는 다른 작품들보다 더 낫다고 생각해서 1등으로 뽑았다. 유머라고 말할 때 그냥 "하-하" 식의 재미를 말하는 것이 아니다. 가끔은 그런 것도 포함되기는 하지만 말이다. 배꼽을 잡고 웃고 나면 세상이 조금은 밝아졌다고 느끼지 않을 사람이 어디 있겠는가? 하지만 내가 여기서 평가하는 것은, 소위 '어른'의 진지함과 접촉하자마자 특별한 종류의 소란과 유쾌함을 이끄는 젊은이들의 불손함이다.

내가 이 선집에서 1등으로 뽑은 앤토냐 넬슨의 「소모품」에서, 우리는 최고의 젊은 작가들이 무엇을 제공할 수 있는지를 분명히 볼 수 있다. 이 작가는 활기, 저류와 관음적 강렬함에 대한 애호를 보여주고, 우리 시대엔 손상당한, 그러나 한편으론 묘하게 감동적인 방식으로 유지되고 있는 의식에 대하여 당혹스러울 정도의 매혹을 내보인다. 또한 우리는 가족 관계를 바닥에서부터 지켜볼 수 있다.

이 이야기의 화자는 자기 누나의 재혼식(이번에는 마피아 조직원 같은 인물과 결혼한다)에서 자동차 주차를 담당하는 청년으로, 성숙해지고 인생을 바꿀 만한 결정을 이끌어줄 무엇인가를 찾으려 한다. 이 청년은 길 건너 집시 대가족을 관찰하며 그들의 삶이 자기 가족의 삶과 꽤 다르다는 것을 알게 된다. 누나가 결혼하는 날, 집시들의 집에서는 장례식이 진행된다. 청년은 관이 집안으로 들어가는 것을 보고, 나중에 장례 행렬이 거리를 지나 근처 공동묘지로 향하는 것을 지켜본다. 아마도 이러한 병치 구조―결혼식과 장례식이 동시에 이루어지고, 호텔을 소유한 아버지의 사업적 세계가 잔디밭을 시멘트로 포장해버린 집시들의 활동 영역과 애매하게 경계를 이루는 상황에서 나오는 에

너지와 미스터리—덕분에, 자칫 단조로울 수 있는 이야기에 훨씬 더 입체감이 더해진다. 여기에 청년의 자유분방한 영혼과 과거, 현재, 미래에 대한 청년의 신비로운 감각이 겹쳐지며, 우리는 이 이야기가 특별하다는 것을 깨닫기 시작한다. 화자의 내부에서 일어나는 절충과 장면이 강렬한 조화를 이루며, 다음과 같은 최고의 문장을 이끌어낸다. 화자가 처음으로 운전을 배웠던 공동묘지를 사촌의 스핏파이어를 몰고 통과해 가는 장면이다.

길은 일차선이었고, 죽은 사람들이 묻혀 있는 여러 구역들을 구불구불 통과하고 있었다. 나는 독일을 관통하는 아우토반에 들어선 듯한 느낌이 들었다. 우리가 운전해 가는 곳마다, 마치 오롯이 스핏파이어 엔진에서 힘을 얻은 듯 까마귀들이 우리 앞에서 파도치듯 날아올랐다. 전조등을 켜야 할 만큼 어두웠지만 나는 어스름 속에서 운전하는 게 좋았다. 나는 길고 빙빙 도는 원을 따라가는 대신 진짜로 어디론가 향해 갈 수 있을 듯한 느낌이 들었다.

여기에서 작가는 명확하게 제시하지 않지만, 우리 독자들은 '빙빙 도는 원'이라는 게 크게 보아 삶과 죽음에 관련이 있다는 것을 알 수 있다.

최고의 단편소설들은 독자로 하여금 그 작품을 다시 읽게 하는 매력이 있으며, 그러한 매력 가운데 하나는 행동과 그에 담긴 의미 사이의 내적인 우회와 관련이 있다. 내가 얘기하고 있는 단편소설에서는 화자가 자기 누나이자 결혼을 앞둔 신부가 얼마나 "창백한"지를 깨닫는 때가 바로 그러한 순간 가운데 하나이다. 그녀의 전남편은 그녀를 안심시키려 하고, 이를 통해 작가는 이웃집의 장례식 장면과 언어적 다리를 놓는다. "예식 전에 볼연지를 발라줄 거야." 전남편이 이본에게 말한다. "예쁘게 발라줄 게." 이는 독서가 주는 즐거움 가운데 하나이다. 날실과 씨실이 교차하는 것을 보는 즐거움 말이다. 재즈 피아니스트인 세실 테일러가 말했듯, 최고의 작가는 수평뿐 아니라 수직으로도 아무 어려움 없이 직관적으로 작품을 쓴다.

내가 손에 든 단편소설 속 목소리가 얼마나 마음을 끄는가? 이것이 내가 좋은 단편소설을 구별하는 또다른 기준이다. 대부분의 독자와 마찬가지로, 나는 징징거리거나 과도하게 작가 자신과 연관된 글에서는 고개를 돌려버린다. 그리고 잘난 체하는 글 따위로 시간을 낭비하지도 않는다. 단편소설에는 문장마다 뭔가 아슬아슬한 것이, 뭔가 중요한 것이 그 모습을 드러내야 한다. 하지만 체호프의 단편소설들처럼, 나는 가벼운 느낌으로 독자에게 결론을 전달하는 방식을 더 좋아한다. 「소모품」에서 중심이 되는 딜레마는 누나가 얼간이와 결혼을 하는 것이 아니라, 화자가 어렸을 때부터 "늘 자신이 하는 말을 정확히 알아듣던" 가까운 이가 사라질 때 느끼는 감정이다. 또한 청년이 자기 아버지의 좌절을 갑작스레 엿보게 되고, 곤혹스러운 잠깐의 순간이 지난 뒤 아들이 아버지가 겪은 어려움을 고스란히 겪는 상황과 깊은 연관이 있다. "나는 아버지였다. 나는 아버지였고, 아버지의 삶이 내게 일어나고 있었다."

마찬가지로, 내가 2등으로 뽑은 폴 스콧 멀론의 「조보이 데려오기」는 삶의 무거운 짐을 진 등장인물에게 독자가 공감하게 하려면 어떻게 써야 하는지를 잘 보여주는 단편소설이다. 이 단편소설은 여성들에게, 특히 이 이야기 속의 흑인 여성에게 너무나도 익숙한 세상, 여성적 유산을 자신의 생득권처럼 마구 써버리는 남성 등장인물들에 의해 신뢰와 말없는 충절이 희생되는 세상을 그리고 있다. 새로운 주제나 뭔가 새로운 것을 보여준다고 할 수는 없지만, 멀론은 주인공 루비를 통해 그 상황을 통렬하게 보여준다. 또한 이 단편소설을 읽으며 우리는 루비가 불쌍하다는 감정을 느낌과 동시에, 우리 삶에서도 부닥칠 수 있는 어려움에 맞서 꿋꿋이 살려 애쓰는 존재로 그녀를 느끼게 된다. 문장의 풍부한 표현력 그리고 귀에 착착 감기는 대화로 인해 이 단편소설은 우리 마음속에 계속 남는다. 그리고 「소모품」에서 여성 작가가 청년의 목소리를 제대로 대변했듯이, 이 작품에서 여성의 상황을 너무나도 자신감 있고 진실되게 재현하는 남성 작가를 볼 수 있다는 것도 희망적이다. 작가가 고유의 능력을 발휘해 글

속에서 자신의 성이 아닌 다른 성정체성을 취한다면, 우리의 기존 지식과 미래의 지식은 불가피하게 영향을 받게 된다.

내 세번째 선택은 샌드라 도어의 「어둠 속에서 글쓰기」이다. 이 단편소설에서 우리는 2차대전에 참전했던 아버지를 둔 여자아이를 만나게 된다. 여자아이와 아버지의 관계를 통해 우리는 전쟁의 공포와 불확실성을, 아이가 아는 것과 아이가 부모와 함께 살아나가기 위해 견뎌내도록 요구받는 (종종 터무니없는) 것 사이의 간극을 경험하게 된다. 이 단편소설은 아버지의 어머니인 클라라를 포함한 가족의 콤플렉스를 관능적이고 은근하게 그리고 있다. 클라라는 정신질환으로 인해 어린애 같지만, 화자의 상상 속에서는 누구도 범접할 수 없는 부자이자 원기 왕성한 인물로 남아 있다. 여기에서 다시 한번 우리는 스펙트럼의 양극단에 있는 난국과 현실, 이유 없는 잔인함 또는 예기치 못한 일들을 겪으면서도 보존된 순수함이라는 현상을 밝히기 위해 종종 애쓰는 젊은 작가들의 중요성을 느끼게 된다.

세 작품 모두 단편소설치고는 다소 길며, 편집자들이 고른 다른 몇 편들도 그러하다. 그리고 나는 이러한 경향이 이 선집에 대한, 어쩌면 1988년에 미국에서 쓰인 단편소설들에 대한 대략적인 일반화가 될 수 있다고 생각한다. 나는 작가들이 장편소설적인 전략을 구사한다는 장점을 얻기 위해 열 쪽에서 열다섯 쪽 분량을 넘어서 좀더 긴 글을 써보려는 건강한 야심을 품었다고 본다. 여기에 실린 작품 상당수에서 캐릭터들은 보통 단편소설의 캐릭터들보다 좀더 상세히 묘사되고 공동체나 대가족의 스펙트럼 속에 자리잡고 있다. 시간 감각은 소위 '전통적 서술'에서 보다 덜 잘려나갔으며, 그 대신 우리는 시간이 서로 얽히고 겹치는 듯한 느낌을 경험하고, 그로 인해 결국 피할 수 없이 분량이 늘어나게 되는 것이다. 긴 단편소설에서는 주인공과 조연들이 각각의 사건을 겪는 경우도 더 많이 보인다.

내가 감탄하는 체호프의 긴 단편소설(종종 중편으로 불리기도 한다) 세 편—「골짜기」「개를 데리고 다니는 부인」「제6병동」—을 생각해보면, 긴 단편을 통해 내용을 더 풍부하게 하려는 열망은 예전에도 항상 존재했음을 깨닫는다. 지난 몇 년 사이 소위 '잘 쓰인' 시가 겪어야 했던 제한을 단편소설 영역에서도 어느 정도 경험하기 시작했을 수도 있다. 즉 이 선집이 현재 단편소설의 발전 상황에 어떤 단서로 작용할 수 있다면, 젊은 작가들은 확실함을 어느 정도는 배제하고 그 대신 우리가 관계와 사건의 태피스트리라 부르는 것의 힘을 택함으로써 단편소설의 영역을 융통성 있게 보기 시작한 듯하다(아니면 최소한 그 융통성을 시험하기 시작한 듯하다). 물론 그러한 야망의 결과가 읽기 버겁고 지루한 글이 될 위험도 있다는 건 인정한다. 하지만 배짱과 재능이 있는 작가라면, 단편소설의 미래 전체에 활기를 불어넣을 결과물을 내놓을 수도 있다. 글쓰기에 대한 에세이에서 나는 단편소설 작가들에게 "시작하고, 끝내라. 어슬렁거리지 마라" 하고 충고한 적이 있다. 나는 여전히 이것이 내가 가장 즐겨 읽는 유형의 단편소설들을 쓰기 위한 꽤 괜찮은 법칙이라고 생각한다. 하지만 우리는 소위 '경험 법칙'을 벗어나 놀라운 걸 겪고 싶어 하고, 그렇기에 나는 나 역시 가끔씩 작업했던 긴 단편소설들의 출현에 흥미를 느끼고 있다. 이 선집에서 최고의 작품들은 공통적으로 긴 단편소설이라는 중요한 특징이 있다. 그렇기에 현재의 성장 시기가 끝나고 난 다음의 단편소설들은 어떤 모습일지 무척이나 궁금하다.

이 선집에서 긴 단편소설들에 주목하긴 했지만, 나는 이 선집이 대략 열다섯 쪽 또는 그 미만 분량인 훌륭한 단편소설들을 대표하는 데에도 전혀 부족함이 없다고 생각한다. 어슐러 헤지의 「목숨 구하기」는 젊은 여성이 강에서 수영하길 즐기던 죽은 어머니의 열정 아래 숨어 있던 고통스러운 진실을 과감하게 직면하려 하는 이야기를 간결하면서도 정확하게 그리고 있다. 마이클 블레인의 「슈트」는 매력이 넘친다. 이 작품의 화자는 활기 넘치고 무엇인가를 동경하는 듯한 모습으로 그려지는데, 그의 모습은 우리가 젊고 누군가의 조카이거나 아들 또는 딸이었으며 앞으로의 삶이 이후 실제 우리가 살아온 것보다 훨씬 더 아름답다고 남들에게 듣고 또 그러리라고 상상했던 시기를 떠올리게 한다. 고든 잭슨의 「정원에서」는 일상에서 흔히 일어나는 일들에

미스터리의 요소를 더했다. 이 작품은 젊은 남녀가 빅 보이*에서 일하던 중 정전이 되자 여자가 어둠 속에서 남자를 유혹하고, 남자가 여자의 난잡함을 깨닫고 순수함을 잃는 이야기다.

이들 작품은 각각 상실에 그 중심을 두고 있으며, 몇몇 장면은 아주 현실감 있고 감동적이다. 각 작품에서 화자는 무엇인가를 간절히 원한다. 달리 말하면, 내가 언급한 단편소설들은 반드시 쓰여야만 했던 것들이고, 이는 이미 굉장한 추천사라 할 수 있다. 편집자들이 내게 해준 말에 따르면, 그들은 새로이 등장하는 작가들을 기리기 위해 이 작품들을 선정했다. 나 역시 젊은 세대들이 천착하는 주제—앞 세대들의 유산에 의문을 제기하고 그것을 재평가하는—에 대해 글을 쓰는 새로운 작가들을 경험할 기회로서 이 선집을 읽었다. 동시에 나는 기회를 기꺼이 붙잡는 젊은이들의 의지와 자유를 느꼈으며, 이는 작가와 독자 모두에게 신선한 자극이 되리라 생각한다.

---

* 미국의 레스토랑 체인.

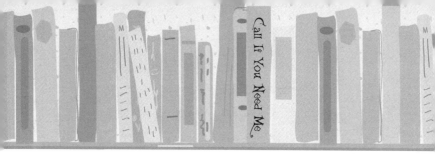

．
．

서평

．
．
．

큰 물고기, 신화적인 물고기[*]

　큰 놈들은 언제나 도망친다. 「심장이 둘인 큰 강」[**]에 나오는 닉 애덤스의 대어와, 노먼 매클린의 『흐르는 강물처럼』에 나오는 가슴이 터질 듯이 크고 낚싯줄마저 끊어버리는 송어를 생각해보라. 그중에서도 가장 전형적인 낚시 이야기인 『모비 딕』을 생각해보라. 큰 놈들은 도망치고, 도망쳐야만 하며, 그렇게 해서 당신을 좌절시킨다. 보통은 그렇다. 윌리엄 험프리가 쓴 이 새 책은 대어를 낚지만 놓치고 만 한 남자의 이야기다. 그러나 이 남자는 좌절하는 대신 이 경험을 발판 삼아 자기 삶의 지평을 넓히고 풍

---

[*] 윌리엄 험프리, 『나의 모비 딕』, 뉴욕: 더블데이, 1978.(원주)
[**] 어니스트 헤밍웨이의 단편.

부하게 만든다. 우리 또한 이 이야기를 통해 같은 체험을 한다.

월리엄 험프리가 자신의 경험을 바탕으로 쓴 이 최고의 소설에서 중심인물, 즉 남자 혹은 여자 주인공 역시 '감동'을 받은 인물이고, 이야기 속에서 무슨 일을 겪고 달라진 사람이다. 무슨 일이 일어나 등장인물이 자신을 보는 시각이 달라지고, 그가 세상을 보는 시각도 달라진다. 『나의 모비 딕』의 결말에서 작가는 자신이 바뀌었다고 말하고, 우리는 그 말을 믿는다. 이 책에는 세상에 신이 있음을 경외스럽게 되새기게 하는 크기와 외양의 물고기가 나오고, 우리는 주인공이 이 물고기를 다루는 것을 처음부터 끝까지 지켜보게 된다. 이 물고기로 인해 작가는 사랑, 공포, 감탄을 알게 되고, 이 생명의 신비로움에 숙연해진다.

이 갈색 송어, "십중팔구 사상 초유의 송어", 이 세상에서 혹은 다음 세상에서도 가장 큰 갈색 송어일 가능성이 아주 높은 이 녀석을 똑똑히 목도할 기회가 다른 사람도 아닌 바로 '빌'―작가는 자신을 이렇게 부른다―에게 주어졌다. I God!* (이는 험프리의 소설에서 몇몇 텍사스 동부 인물들이 엄청난 놀라움, 혹은 믿을 수 없다는 심경을 나타내고 싶을 때 잘 쓰는 표현이다.)

도대체 이 물고기는 얼마나 큰 것일까? 이 유례없는 추적은 대체 이 넓은 세상 어디에서 벌어졌던 것일까? 어째서 우린 이제까

---

* 감탄을 나타내는 'My God!'의 사투리다.

지 빌의 물고기에 대해 들어본 적이 없는 걸까? 이렇게 큰 놈이라면 단순히 기록집 정도가 아니라 신문 지면을 장식했어야 마땅한데 말이다.

이 모든 일은 몇 년 전 버크셔스의 어느 작은 개울, 멜빌과 호손 가족에게 의미 깊은 섀도브룩에서 일어났다고 빌은 우리에게 말한다.* 빌은 이 거대한 물고기가 스톡브리지 볼이라는 호수에 살다가 홍수가 나면서 하류로 떠내려온 게 분명하다고 추측한다. 스톡브리지 볼은 보스턴 심포니오케스트라의 여름 연습장인 탱글우드 근처에 있다. 한번은, 이 커다란 물고기에게 낚싯줄을 드리우다가 빌은 탱글우드에서 아득하지만 우렁차게 들려오는 베토벤의 〈환희의 송가〉를 듣는다. "음악은 마치 수십 광년 떨어진 곳에서 들려오는 것 같았고, 하나로 합쳐진 합창단의 여러 목소리들은 어찌나 큰지 꼭 천사들의 합창처럼 들렸다. 이승의 것이 아닌 하모니, 천상의 음악이었다." 빌은 커다란 물고기의 영향을 받아 이렇게 쓴다. 들어보라.

물고기는 다시 로켓처럼 물 밖으로 솟아올랐다. 물고기는 밖으로, 밖으로 나왔지만 아직도 끝이 보이지 않았고, 끝을 몰

---

* 1850년, 너새니얼 호손은 가족과 함께 이 근처 레녹스에서 일 년 반 정도를 묵었고, 이 시내에 '섀도브룩'이라는 이름을 붙였다. 그리고 『모비 딕』을 구상중이던 멜빌이 호손을 만나기 위해 이곳을 방문했다.

랐다. 물위에서 움직이는 그것은 물고기라기보단 새처럼 보였고, 몸의 얼룩들과 반짝임들은 마치 깃털처럼 배열되어 있었다. 나는 이 물고기가 양 옆구리를 벌리고 펼쳐 나는 모습까지도 볼 수 있을 것만 같았다. 그것의 식사거리인 곤충들처럼 물고기 자신도 변태하여 부화한 듯 말이다. 물고기의 몸은 축축했고 희미하게 무지갯빛 광채를 발했고, 물고기가 햇빛 속에 솟구치자 수많은 비늘들이 온몸에 보석이 박힌 듯 번쩍였다…… 이윽고, 물고기는 장대높이뛰기 선수처럼 튀어올랐다가 다시 아래로 돌진해 거칠게 물을 갈랐고, 물은 사방으로 철썩 밀려나갔다.

이 물고기는 아마도 미국에서 가장 큰 송어일 뿐만 아니라, 카인의 표시를, 불명예스러운 자, 악한 자, 다친 자의 표시를 몸에 지녔을 것이다. 한 눈이 멀었던 것이다. "그 눈은 불투명했고, 하얬고, 동공이 없었다. 마치 구운 물고기의 눈 같았다."

그래서, 이 물고기는 얼마나 큰가? 당신은 아직도 묻는다. 물고기가 눈먼 쪽을 기슭 옆에 두고 누워 있을 때 빌은 발을 헛디뎌 물고기 위로 넘어진다. 빌은 부인을 데려와 이야기의 이 부분을 정식으로 확인시킨다. 똑똑하다. 그리고 빌은 이 문제에 관한 한 독자 중 누구도 치사하게 그녀의 증언을 의심하는 일이 없길 바란다. 빌과 부인은 납작 엎드리고, 빌은 목수용 계산자를 쏜다. 빌은 물고기의 길이가 42인치가 살짝 넘고 몸통 둘레는 자기 넓적다리만하다고 말한다. 무게는 30파운드, 어쩌면 그 이상 나간다고 추정한다. I God!

빌은 이 물고기에게 반했지만 그럼에도 이 물고기를 죽이기로 결심하고, 물고기에 대해 동정과 공포를 동시에 느낀다. (이런 크기의 물고기를 잡을 수는 없는 노릇이다. 죽여야만 한다.) 빌은 참을성이 아주 강한데다 그다지 할 일도 없는 듯 보인다. 그래서 그는 아침, 점심, 저녁 내내 물고기를 지켜보고 그 습성을 관찰한다.

나는 대상의 일상을 분명하게 확인하는 암살자처럼 물고기의 오고감을 기록했다. 물웅덩이 끄트머리에는 아주 작은 지류가 졸졸 흘러드는 소용돌이가 있는데, 물고기는 먹이를 먹으러 언제나 그곳으로 왔고, 그 모습이 마치 레스토랑에서 자신 앞으로 예약된 테이블을 찾는 아주 오래된 단골 같았다……물고기가 다리 아래 잠자리에서 몇시에 나오는지를 알게 되자 나는 그곳으로 가서 물고기의 거처 옆 기슭에 엎드렸고, 물고기가 새벽에 아침식사를 하러 나오길, 해 질 무렵 저녁식사를 하러 나오길 기다렸다.

빌이 아무 소득도 없이 미끼를 던지고 또 던지는 모습을 매일

시냇가로 와서 지켜보는 소년이 있다. 소년은 빌을 멍청이라 여기며 빌에게도 그렇게 말한다. 둘은 물고기에 대해선 거의 얘기하지 않고, 더 나아가 세상 돌아가는 평범한 이야기도 하지 않는다. 소년은 운명적인 그 계절의 마지막 날에도 그곳에 있고(이날이 당신이 탱글우드에서 나오는 음악을 듣고 싶은 날이다), 그 커다란 물고기가, 늙은 키클롭스*가 빌의 낚싯바늘에 걸린다. 소년은 이 짧고 불공평한 승부를 조용히 지켜보다가, 동요하여 화난 목소리로 외친다. "드디어 잡았으니 이제 그만 물고기를 풀어줘요!"

"낚시에 대한 문학은 두 장르로 나뉜다." 험프리는 말한다. "낚시를 가르쳐주는 책과 낚시에 바치는 책. 전자는 글을 쓰는 낚시꾼이 쓰는 글이고, 후자는 낚시를 하는 작가가 쓰는 글이다." 이 책은 낚시에 바치는 책이며, 이 세상과 다른 세상의 신비에 대한 애정 넘치고 보기 드문 존중으로 가득하다. 연어 낚시에 대한 험프리의 초기작 『연어의 회귀』와 함께 멋진 한 쌍을 이룬다.

---

* 그리스신화에 나오는 외눈박이 거인.

바셀미의 비정한 코미디들[*]

　나는 대학에 다닐 때 도널드 바셀미의 첫 단편집 『돌아와요,
칼리가리 박사』를 읽고 그가 쓴 단편소설의 팬이 되었다. 당시
내가 알았던 모든 사람이 바셀미에 대해 이야기했고, 한동안 다
들 바셀미처럼 쓰려 애썼다. 도널드 바셀미는 우리의 우상이었
다! 그 사람들 가운데 일부는 아직도 바셀미처럼 쓰려 애쓰지만,
누구도 성공하지 못했다. 그때, 그리고 지금도 바셀미를 모방하
는 이들은 주로 대학에서 창작 수업을 듣는 작가 지망생들이다.
젊든 또는 젊지 않은 나이에 상관없이 작가들에게 바셀미의 단
편소설이 미친 영향은 상당하지만, 언제나 이롭기만 하진 않다.

---

[*] 도널드 바셀미, 『멋진 날들』, 뉴욕: 패러, 스트로스 & 지루, 1979.(원주)

모방—딱 이 단어가 정확하다—은 쉽게 알아볼 수 있다. 때
때로 출판된 것들에서도 모방작들을 볼 수 있다. 하지만 특히 젊
은 단편소설 작가들이 바셸미의 단편소설들을 종종 연구하고 본
보기로 삼는 전국 곳곳의 창작 워크숍 수업에서 가장 자주 볼 수
있으며, 제출되는 모방작들의 숫자를 보면 울적해질 정도다.

이런 바셸미풍의 단편소설에는 거의 예외 없이 공통점이 있는
데, 바로 작가가 자신의 등장인물들에 대해 흥미도 관심도 없다
는 것이다. 등장인물들은 갑자기 어이없는 상황에 빠지고, 자신
의 창조자에게 가장 극단적인 비꼼 혹은 노골적인 경멸을 당한
다. 어떤 상황에서도 등장인물이 인간으로서 그럭저럭 정상적인
반응을 보이는 경우는 절대 없다. 등장인물이 어떤 감정이든 표
현하게 허용한다는 것은, 그 감정을 비웃을 게 아닌 이상 생각도
할 수 없다. 등장인물들이 자신의 행동에 따르는 책임을 아는 것
조차 불가능하며, 그걸 받아들인다는 것은 더욱 있을 수 없는 일
이다. 이야기에 별의별 게 다 들어간다는 느낌이 있다. 다시 말
해 이야기에서 말이 되는 게 전혀 없거나, 다른 무엇과 비교해서
더 타당하거나 가치 있거나 중요한 게 아예 없다. 이 세계는 내
리막길에 있고, 그래서 알다시피 모든 게 상대적이다. 일반적으
로 등장인물들은 성이 없고, 종종 (『멋진 날들』의 단편소설들에
서처럼) 이름도 없다. 이 작가들은 뭐든 말이 되게 써야 한다는
책임을 벗어버린 소설을 쓰기로 결심했다. 이들은 뭐든 이 세계

에서 말이 되는 게 없는 걸 당연하게 생각하고, 그래서 아무렇지 않게, 자신의 등장인물들이 도덕적 갈등과 결과라는 정상적 억제가 전혀 없이 말하고 행동하게 한다. 한마디로, 무엇 하나 전혀 가치가 없다.

　모방꾼들은 바셀미에게서 쉽고 분명한 모든 것을 받아들이고 있지만, 그들에겐 사랑과 상실, 승리와 절망에 대한 것들을 놀랍고도 독창적인 방법으로 말하는 바셀미의 위대한 재능, 천재성이 없다. 이 세상에 낙담과 비탄이 만연한 건 분명하다. 하지만 만약 작가가 그런 것들에 대해 쓰고, 불분명한 고뇌, 환멸, 불평에 시달리며 질질 짜고 자기한탄에 빠진 이들로 자신의 소설을 채운다면, 음, 그걸로는 충분치 않다. 바셀미는 다르다. 바셀미의 등장인물들은 절대로 경멸할 만하거나 비열하지 않다. 바셀미는 당신을 감동시키고, 종종 동시에 큰 소리로 웃게도 만들고, 카뮈가 간단히 '동료의식'이라고 부른 감정을 불러일으킬 수도 있다. 바셀미가 쓰는 이야기들이 종종 이제껏 나온 것 중 가장 기묘해 보인다는 점에도 불구하고 말이다. 『돌아와요, 칼리가리 박사』가 출간된 이후, 1967년에 짧은 실험적 소설 『백설공주』가 나왔다. 그리고 1968년에 이상하면서도 놀라운 단편소설집 『말할 수 없는 습관들, 부자연스러운 행동들』이 나왔으며, 1970년에 더 많은 단편소설들이 『도시생활』이라는 제목으로 나왔다. 또다른 멋진 단편집인 『슬픔』은 1972년 출판됐고, 장편소설인 『죽은 아버지』

는 1975년에 나왔다. 또 한 권의 단편집 『아마추어들』은 1976년 작이다. 이런 독창적 작품들로 바셀미는 한 나라를 대표하는 문학가로 자리를 굳혔고, 그러면서 단편소설 분야의 자존심을 상징하게 되었다.

그래서 나는 바셀미의 새로운 단편집 『멋진 날들』이 마음에 들지 않는다고 말하게 되어 유감이다. 이 책은 완전히 실망스럽진 않았지만, 그럼에도 실망스러웠다. 『멋진 날들』 때문에 누가 바셀미에 대한 존경심을 잃거나 바셀미의 굉장한 업적이 손상되는 일은 없겠지만, 그렇다고 이 책이 바셀미의 앞날에 도움이 되지도 않을 것이다. 그전 단편집들의 작품, 즉 「인디언 반란」 「풍선」 「로버트 케네디가 익사 위기에서 구조되다」 「달을 봤니?」 「샌드맨」 「일상의 비평」 「뇌손상」 「문장」 「내 아버지가 우는 광경」에서 보이던 힘, 복잡성, 울림이 이번 단편들 열여섯 편 중에는 단 한 편에서도 보이지 않는다. 『멋진 날들』의 단편 중 일곱 편은 이름 없는 남녀 등장인물 한 쌍 간의 '대화'이고(그러나 성별이 늘 확실하게 드러나진 않는다), 육체 없는 목소리엔 쓸데없이 재잘대려는 의지 말고는 아무것도 남아 있지 않다.

이 책에서 바셀미는 때때로 우리의 지적·문학적 환상을 자극한다. 웃기고 피식거리게 만드는 짧은 유머들도 곳곳에서 발휘한다. 그러나 확실히 이 책에는 혁신적인 진전이 없다. 바셀미는 인간의 심장에 가깝거나 소중한 것에 대해선 전혀 쓰지 않았다.

이 마지막 부분이 이 단편집의 가장 심각한 결점이다. 이 단편소설들에는 인간을 조금이라도 닮은 것이 전혀 없다는 점이 날 괴롭게 한다. 이 책에서 바셀미는 우리에게 가장 관계있는 것들로부터, 달리 말하면, 우리가 가장 관심을 가져야 하는 것들로부터 자꾸만 더 멀어지는 듯 보인다.

이 책에서 가장 흥미로운 단편 두 편은 대화형 단편이 아니다. 하나는 호키 모키와 그의 타이틀에 도전장을 낸 "일본 최고의 트롬본 주자" 야마구치 히데오가 나오는 「재즈의 왕」이다. 또 한 편은 「에드워드 리어의 죽음」이라는 우스운 이야기로, 이 소설은 "1888년 5월 29일 오전 두시 이십분, 산레모"에서 있을 자신의 사망을 지켜보라고 초대장을 발송한 19세기 난센스 시인의 익살스러운 임종 장면이 배경이다.

다른 단편들 중 너무 많은 작품들에서 작가는, 이런 말 하기 정말 싫지만, 마치 도널드 바셀미가 도널드 바셀미를 모방하는 것처럼 보인다. 기교와 창의력은 여전하지만, 이번 작품 대부분은 부자연스럽게 느껴지며 '동료의식' 같은 것과는 유사점이나 관련이 거의 없고, 그래서 결국은, 극도로 재미가 없다.

굉장한 이야기들[*]

짐 해리슨은 세 편의 장편소설을 썼다. 『늑대』『죽기 좋은 날』그리고 『농부』이다. 더불어 뛰어난 시집도 여러 권 냈다. 해리슨의 장편소설 중 최고 걸작인 『농부』는 어느 고독한 남자에 대한 훌륭하고 현실적인 연구다. 남자는 미시간 주 북부의 아름다운 시골에서 사냥과 낚시를 하고, 자신이 일하는 땅에서 생계를 꾸리고, 학교 선생과 연애를 하고, 좋은 책들을 몇 권 읽는다. 특별한 면이 있다면 오로지, 그가 좀 복잡한 면이 있는 괜찮고 흥미로운 남자라는 점뿐이다. 해리슨은 분명 그를 친밀하게 느끼고 아껴준다. 이 책은 정직하며 꼼꼼하게 썼다. 『가을의 전설』은

---

[*] 짐 해리슨, 『가을의 전설』, 뉴욕: 델라코트 프레스/시모어 로런스, 1979.(원주)

짧은 장편―좀더 정확히는 중편―세 편을 모아놓은 선집으로, 『농부』가 발표되고 사 년 뒤에 나왔다. 해리슨이 자기 능력의 절정을 보여준 이 책은 읽을 가치가 있다.

세 작품 중 최고는 구십여 쪽에 걸쳐 아름답게 쓴 이야기인 「자신의 이름을 포기한 남자」이다. 특출한 이 작품은 너무 익숙한 영역처럼 보일 만한 것, 즉 사십대 초반 남자의 삶의 변화를 다루고 있다. 그러나 나는 이 중편이 이런 형식 가운데 최고의 본보기들, 그러니까 콘래드, 체호프, 만, 제임스, 멜빌, 로런스, 그리고 이사크 디네센이 쓴 중편소설들과 어깨를 나란히 할 수 있다고 생각한다.

노드스트롬은 「자신의 이름을 포기한 남자」의 주인공hero이다(이 중편소설들의 모든 중심 역할은 영웅hero이 수행한다.* 딱이 단어가 맞는다. 마찬가지로, 나쁜 놈들은 정말 나쁘다). 노드스트롬은 로스앤젤레스에 있는 골치 아픈 법인회사의 이사이고, 해리슨의 모든 남자주인공들이 그러하듯 미국 중서부의 시골에 뿌리를 두고 있는 사람이다. 노드스트롬은 직업과 가족, 그 모든 것을 포기하고 동부로 이사해 전혀 다른 삶을 시작한다―가령, 요리학교에 다닌다. 밤에 혼자 전축으로 음악을 듣기 시작하고, 멀 해거드, 조플린의 〈Pearl〉, 비치 보이스, 스트라빈스키의

---

* 영어로 hero는 남자 주인공이란 뜻과 영웅이란 뜻이 있다.

〈봄의 제전〉, 오티스 레딩, 그레이트풀 데드까지 온갖 음악을 섭렵한다. 노드스트롬이 포기한 삶은, 그가 믿음을 잃었다기보다는 완전히 관심을 잃은 그런 것들이다. 톨스토이의 이반 일리치처럼, 노드스트롬은 "내가 평생 해온 일들이 모두 완전히 잘못된 거였다면 어쩌지?" 하는 느낌에 사로잡힌다. 노드스트롬에겐 천성적으로 남들의 주목을 끌고 영화제작일을 하는 멋진 아내 로라가 있고, 세라 로런스 대학에 다니는 딸 소니아가 있다. 소니아가 뉴욕에서 약혼 파티를 할 동안, 노드스트롬은 그 파티에 참석해 코카인을 몇 줄 흡입한 뒤 불길한 삼인조와 처음에는 무해해 보였던 언쟁을 벌인다. 이 삼인조는 뚜쟁이 겸 돈 뜯는 깡패인 슬래츠란 흑인과, 슬래츠의 백인 여자친구 세라, 그들의 친구인 베르토라는 이름의 불량배다. 상대가 돈을 뺏으려 협박하자, 노드스트롬은 베르토를 호텔방 창밖으로 내던진다. 그후 노드스트롬은 플로리다 키스로 향하고, 작은 간이식당에서 반조리음식 요리사로 일주일에 엿새를 일한다. 노드스트롬은 아침마다 청어 낚시를 하고, 일이 끝난 뒤 늦은 밤에는 트랜지스터라디오를 틀어놓고 혼자 춤을 춘다. 어떻게 표현해야 진부하지 않게 들릴지 모르겠지만, 노드스트롬은 이 세상에서 자기 몫의 행복을 찾았다.

　나는 이 작품에 나오는 등장인물의 뉘앙스와 플롯의 정직한 복잡성을 제대로 평가할 수 없다. 이 작품은 정확하고 신중하게 쓰였다. 서술의 근본적 정확성이 글쓰기에서 유일한 도덕이라는 에즈라 파운드의 주장은 옳을 수도, 옳지 않을 수도 있다. 아마도 존 가드너는 아니라고 할 가능성이 크지만, 이 이야기의 훌륭함에는 가드너 역시 동의할 거라 생각한다. 언어의 아름다움과 정확성, 절절히 느껴지는 삶의 정밀한 묘사뿐 아니라, 이 이야기가 지닌 지혜들과 환히 밝혀주는 삶들 때문에 말이다. 거기에는 우리의 삶도 포함되어 있다.

이 중편소설들은 모두가 전통적인 스토리텔링의 기본 요소와 관련되어 있다. 플롯, 등장인물 그리고 사건.「복수」에서 코크런은 멕시코 북부지방의 오지 도로변에 방치되어 죽어가다가, 딜러라는 의료 선교사에게 발견되어 간호를 받고 건강을 되찾는다. 코크런은 서서히 건강을 회복하고, 그동안 우리는 코크런이 어쩌다 이런 곤경에 처하게 됐는지 알게 된다. 모두 한 여자, 그것도 다른 남자의 아내 때문이다. 티베이('상어'라는 뜻이다) 발다사로 멘데스는 마약과 매춘으로 종잣돈 백만 불을 번 부유하고 무자비한 사업가다. 티베이의 테니스 친구인 코크런은 티베이의 아내인, 아름답고 교양 있는 미리에아와 사랑에 빠진다. 둘은 가죽 장정된 가르시아 로르카의 시집을 계기로 티베이의 서재에서 만난다. 투손에 있는 코크런의 아파트에서 몇 번 밀회를 가진 뒤 코크런과 미리에아는 멕시코에 있는 코크런의 별장에 며칠 가 있으려 하지만, 티베이와 똘마니들에게 추적당해 코크런은 죽기 직전까지 얻어터지고 차와 별장은 불타며, "티베이는 주머니에서 면도칼을 꺼내 미리에아의 위아래 입술을 능숙하게 베어버린다. 고대에 말을 듣지 않는 여자에게 행하던 보복 방법이었다". 이제 몇 달이 흐르고, 코크런은 두 가지 목적이 있는 탐색을 시작한다. 티베이에게 복수하고, 미리에아의 행방을 알아내는 것이다.

티베이는 미리에아를 멕시코 두랑고의 가장 천한 매음굴에 집어넣었고, 미리에아는 여기서 강제로 헤로인을 맞는다. 그러나 미리에아는 회복되자 한 남자를 칼로 찌르고 "완전히 미쳐버린 여자와 소녀들"을 위한 비밀 수용소로 옮겨진다. 몇 명이 잔인하게 죽고, 종종 팽팽하다못해 찢어질 듯한 긴장감이 흐르는 플롯이 진행된 뒤, 티베이와 코크런은 싸움을 멈추고 드디어 미리에아가 죽어가는 수용소에 이른다. 그녀의 사망은 아마도 상심 때문이 아닐지 우리는 그저 짐작만 할 수 있을 뿐이다.

이제는 의학의 힘을 빌려도 미리에아를 구할 수 없다. 가장 원초적인 이야기의 가장 원초적인 장면에서, 코크런은 죽어가는 미리에아의 목에 코요테 이빨 목걸이를 걸어준다. 다음 문장은 이렇다. "미리에아는 여름 매미의 맴맴거리는 소리 속에 겨우 들리는 낮고 쉰 목소리로 코크런이 너무나 잘 아는 노래를 불렀다. 이 노래는 미리에아의 죽음의 노래였고, 미리에아는 거기 앉아 있는 코크런을 보며 생을 마감했다. 미리에아의 영혼은 구름이 갈라지듯 부드럽게 떠올랐다. 비가 오기 시작했고, 그들 머리 위나무의 새가 마치 땅속으로 돌아가려 분투하는 마야인의 영혼처럼 흐느꼈다."

그렇게 미리에아는 숨을 거둔다. 달리 어울리는 표현이 없다. 이 당혹스러움에도 불구하고, 이 장면 뒤의 에필로그는 묘하게도 심금을 울리며, 이 이야기는 확실히 시간을 들여 읽을 가치가 있다.

표제작인 「가을의 전설」은 1870년대에서 1977년까지를 오가며 펼쳐지는 걸작이다. 이 이야기는 1914년 10월 몬태나에서 젊은 삼형제가 1차대전에 참전하기 위해 캐나다 군대에 지원하러 가는 장면에서 시작된다. 형제는 장남이며 훗날 몬태나의 상원의원이 되는 앨프리드, 둘째이며 이 이야기의 주인공으로 아합처럼 신을 저주하게 되고 그래서 인생에 가장 심각한 불운을 자초하는 트리스탄, 열여덟 살의 막내이며 하버드 대학에 다니는 새뮤얼로 이루어져 있다. 이들의 아버지 윌리엄 러들로는 부유한 농장주로, 커스터 장군 밑에서 복무하다 은퇴한 기병장교이다. 사람과 자연에 대한 풍부한 묘사가 돋보이는 이 작품에서는 커스터의 성격에 대해서도 상세하게 묘사된다. "러들로는 긴 금발에 메뚜기가 군데군데 달라붙은 채 기병들에게 별난 연설을 하는 이로 커스터를 기억했다." 이 젊은이들의 어머니는 일 년의 대부분을 연주회에 가고 연인들을 만들며 보내는 동부 사교계의 명사이다.

새뮤얼은 프랑스에서 전사한다(트리스탄은 새뮤얼의 심장을 꺼내 파라핀에 넣고 몬태나로 보낸다). 앨프리드는 심하게 부상당한다. 그리고 트리스탄은 미쳐서 독일군의 머리 가죽을 벗기기 시작한다. 나중에 집으로 돌아온 뒤, 트리스탄은 보스턴에 사는 사촌 수재나와 결혼하여 그녀를 농장으로 데려간다. 그러나 안주할 수 없었던 트리스탄은 곧 집을 떠나 십 년이라는 기간 동안 자신의 배를 타고 아프리카로, 남미로, 발길 닿는 대로 세상을 떠돈다. 트리스탄은 몬태나로 돌아오지만 아내는 이미 이혼하고 앨프리드와 결혼했다. 그러나 수재나 역시 미쳐버리고 나중엔 시설에 들어가 죽는다. 트리스탄은 인디언 혼혈인 여자와 결혼해 아이들을 낳고 짧은 몇 년간 행복을 누린다. 그러나 이 행복은 아내가 금주법을 시행하는 정부 요원에게 사고로 살해당하면서 산산이 깨어진다. (신을 욕하고도 벌받지 않고 빠져나갈 수는 없다.)

트리스탄은 다시 한동안 미쳐 지내다가 위스키 사업을 크게 벌인다. 트리스탄은 샌프란시스코의 사악한 '아일랜드 갱'과 수없이 충돌하며 피를 흘리고, 여기엔 뉴욕 주의 새러토가스프링스로의 잔혹한 추격전도 포함되어 있다. 이야기는 몬태나의 농장으로 돌아와 더 많은 폭력과 함께 끝이 나고, 나쁜 놈들은 그 대가를 톡톡히 치른다.

무시무시하게 질주하는 플롯에도 불구하고, 이 이야기는 정말로 훌륭하다. 사람들은 이런 글을 '굉장하다'라고 표현하곤 한다. 짐 해리슨은 뛰어나며, 이 책으로 전통적인 스토리텔링 예술의 면목을 세웠다.

파랑지빠귀 아침들, 태풍경보들*

"중력은 모든 것에 작용해. 무거운 건 떨어지고, 가벼운 건 날아가지." 이는 「반 고흐 들판」에서 어느 밀 농장주가 탈곡기가 어떻게 작동하는지를 설명하며 하는 말이다. 「반 고흐 들판」은 윌리엄 키트리지가 쓴 단편집의 표제작으로, 놀랄 만큼 독창적인 이 단편집은 1979년 세인트로렌스 상을 받았다. 무거운 건 떨어지고, 가벼운 건 날아간다. 그리고 같은 단편에서 조금 더 뒤에는 이런 말이 나온다. "네가 하는 일은 중요해. 네가 하는 일은, 옳든 그르든 영향을 미치니까." 나는 이 말이 최고의 소설에서뿐 아니라 인생에서도 진실이라고 생각한다. 네가 하는 일은 중요하

---

* 윌리엄 키트리지, 『반 고흐 들판』, 컬럼비아: 미주리 대학교 출판부, 1978.(원주)

414

다. 주목. 이 이야기들은 사람들과 그들의 행동을, 그리고 그 행동의 결과를 훌륭하게 묘사하고 있다. 그리고 이는 아직까지 많은 작가들이 대변하지 않은, 이 나라의 특별하고 구체적인 장소에 대한 이야기이다. 월리스 스테그너, 메리 빌, H. L. 데이비스, 월터 밴 틸버그 클라크 정도가 떠오른다. 이제 우리는 윌리엄 키트리지를 이 작가들 무리에 더할 수 있다.

　서부는 실제로 멀리 떨어진 지역이지만, 여기서 서부라 함은 서부 해안 지역을 말할 때의 그 서부가 아니다. 샌프란시스코, 시애틀, 포틀랜드, 밴쿠버 같은 도시들이 아니다. 키트리지가 다룬 인물들의 삶에 미치는 영향력으로 보자면, 이 도시들은 유럽 대륙에 있는 거나 마찬가지다. 이 이야기들 속에서의 서부는 북중부 캘리포니아 주의 레드블러프에서 시작해 오리건 주 동부를 지나 아이다호 주, 몬태나 주, 와이오밍 주까지 이른다. 키트리지는 작은 소도시들과 협곡들, 모텔들과 쇠락한 농장들을 통해 아메리칸 드림에서 수십 광년은 떨어져 있는, 드높던 희망들이 산산이 깨어져서 낡고 폐기된 콤바인들처럼 버려진 등장인물들을 우리에게 보여준다.

　키트리지는 자기 고향의 날씨를 속속들이 안다. 그리고 기압계는 빠르게 떨어진다. 사람이 다칠 수도 있고, 죽을 수도 있다. 이 이야기들에서 어떤 사람들은 알코올중독으로 죽는다. 혹은 말에 차여 죽고, 콤바인에 깔려 죽고, 술에 취해 고속도로 옆의 차 안에서 자다가 불에 타 죽는다. 또는 중편소설 「비누 곰」에서처럼 '타락한' 이상한 소년에게 도살되기도 한다. 이 놀라운 걸작 중편은 마력 넘치는 강력함과 장소에 대한 생생한 묘사 때문에 윌리엄 개스의 『피더슨의 아이』를 생각나게 한다. 다음을 잘 읽어보라. 이런 사람이 당신 집에 있다면, 이미 살인을 다섯 번이나 한 이자가 당신에게 총을 겨누고 있다면 과연 기분이 어떨까?

"당신 발이 차가워져." 그가 말했다. "모자를 써. 그게 규칙이야. 당신 머리는 냉장고 같고, 그러니 당신은 그걸 껴서 손가락과 발가락을 따뜻하게 해야 해. 그러니 모자를 써……"

그는 일어나 자신의 양가죽 코트가 있는 복도로 갔고, 코트 주머니에서 연노란색 털모자를 꺼내 젖은 머리에 썼다. "자." 그가 말했다. "난 이제 머리를 덮었기 때문에 아무 고통도 느끼지 않아."

"너도 이런 식으로 수많은 일을 해야 해." 그가 말했다. "아무 생각 말고 말이야."

이 이야기들에 나오는 중요한 장소들 일부를 열거하자면 다음과 같다. 배커빌, 나이올, 알링턴, 혼크릭, 블랙플랫, 프렌치글렌, 메리스 강, 코밸리스, 프라인빌, 맨티카, 대버네로, 베이커스필드, 섀프터, 세일럼, 야키마, 파이우트크릭, 클래머스폴스, 트레이시, 월라월라, 도넌, 레드블러프, 맥더밋, 데니오, 워커레이크, 비터루트, 코디, 엘크 강, 클라크포크, 롬폭, 콜로라도스프링스.

몇몇 이름을 나열하자면 이러하다. 클라이먼 틸, 로버트 온터, 줄스 러셀, 앰브로즈 베가, 데이비 호스("어느 일요일 오후, 술에 취해 여자들에게 으스대려고 초록색 망아지에 타려 들다가 망아지가 놀라 도망치는 바람에 돌처럼 단단한 노간주나무 문기둥에 오른쪽 다리가 으깨진 뒤" 그렇게 불리게 되었다), 벤 올턴, 코리 올턴, 스테퍼니 러드, 제롬 베덜리, 오레일리 요크, 레드 욘트, 로니, 클리브, 빅 지미와 "그의 달리기 친구인 클래런스 듄스", 버질과 맥 밴타, 보안관 셜리 홀랜드, 그의 아내인 도리스, "바위보다도 멍청한" 빌리 쿠마, 말리 프레스터, "버트에서 온 애니란 이름의 매춘부를 데리고 있는" 에이머스 프랜츠, 도라와 슬리퍼 카운트.

이 장소들과 사람들의 이름은 한 편의 시 같지만, 키트리지의 이야기 속에 사는 인물들의 삶에는 시가 거의 없다. 혹은 언젠가는, 처음에는 시가 조금 있었을지 몰라도, 곧바로 무슨 일이 일어났다. 시가 당신에게서 쫓겨난 것이다. 혹은 당신은 술을 너무 많이, 너무 오래 마셨고, 시가 당신을 떠났다. 그리고 이제 당신은 그 어느 때보다도 지내기가 어렵다. 현재의 삶은 좋았던 옛날을 떠올리게만 할 뿐 아무런 의미가 없지만, 당신은 여전히 죽지못해 살아야 하기 때문이다. 이제, 뭐가 어쨌거나, 심지어 술집에서 말다툼하다 죽은 당신의 형이 그날 땅에 묻힌다 해도, 당신은 여전히 밖으로 나가 가축들을 먹여야 한다. 만약 가축들을 먹이지 않으면, 가축들은 배를 곯을 것이다. 당신은 해야만 한다. 당신에겐 의무가 있다. 그리고 어쩌면 당신이 막 알아낸 바, 바로 그 형이 당신 아내가 임신한 아이의 아버지일 수도 있다. 이렇게 하여 상황이 바뀌고 삶의 변화가 일어난다. 이것은 이 책의 가장 훌륭한 이야기 중 하나인 「서른네 번의 겨울」에 나오는 내용이다.

이 이야기들의 등장인물들이 음악을 듣는다면, 그건 웨일런 제닝스, 로저 밀러, 로레타 린, 톰 T. 홀이 부르는 〈Spokane Motel Blues〉, 멀 해거드, 린다 론스태트와 〈Party Doll〉, 〈주님 같은 반석은 없도다〉와 〈내 주를 가까이하게 함은〉 같은 교회음악이다. 만약 그들이 혹시라도 뭔가를 읽는다면, 그건 〈스포팅 뉴스〉다. 게다가 그들 대부분이 사는 곳에 대도시 신문들, 즉 시애틀이나 스포캔이나 포틀랜드나 샌프란시스코에서 오는 신문들은 하루가 지나서야 도착하고, 그래서 음울한 '오늘의 별자리 운세'들은 예언보다는 확인이 된다.

「말똥가리를 사랑한 남자」에 나오는 등장인물 가운데 하나는 밤마다 연속되는 꿈을 꾼다. 그녀는 만약 자신이 돈을 모아 더 나은 집을 구해 이사 갈 수만 있다면 더는 그 꿈들을 꾸지 않을 거라 확신하며 산다. 물론 그녀는 돈을 모으지 못하고, 꿈도 그치지 않는다.

이 이야기들에는 신이 내린 수많은 '질병들'이 등장한다. 이는 카뮈가 특정한 종류의 끔찍한 가사일을 묘사했던 표현이다. 아이 없이 결혼 20주년을 맞는 이 중년 남자의 말을 들어보라.

성인이 된 이후로 평생을 대체로 거기서 먹고 자고 했는데도 거기 살았던 기억이 거의 나지가 않을 때, 그 안에서 뭔가 잘못됐을 때, 더는 당신이 사는 곳처럼 보이지 않을 때, 당신은 어떻게 자신의 집으로 가는가? 거기서의 삶에 대해 두세 가지를 기억하려 애써보라. 한 끼 식사를 만들었던 기억을 떠올리려 애써보라…… 가끔은 어쩔 수 없이 당신의 집으로 들어가야만 한다…… 그러다, 어느 날 아침 집으로 들어가 마치 여행자처럼 당신의 집을 둘러보게 된다.

"제가 자랄 때 아저씨는 제 아버지를 아셨잖아요." 소년이 말했다. "아버지 이름은 맥 밴타였고, 저 아래 비터루트에 살았어요."

"난 밴타란 이름의 사람은 전혀 모르는데." 홀랜드는 말했다.

"음, 어쨌거나 아버지는 거기 사셨어요." 소년이 말했다. "그리고 그런 봄날 아침이면 거위들은 북쪽으로 날아가고, 전잔디밭에 서고, 태양은 막 떠오르고 있고, 어머니의 장미들을 둘러싼 울타리는 하얀색이고, 아버지는 이런 아침을 파랑지빠귀 아침이라 부르곤 하셨죠…… 제 누이도 거기 있었고, 어머니와 아버지도 계셨고, 새들은 라일락 속에서 놀았어요. 아버지는 '고통의 세상으로 내려왔구나'라고 말씀하시고는, 큰 소리로 껄껄 웃으시곤 했어요. 그런 파랑지빠귀 아침엔 그 어떤 것도 당신에게 고통을 줄 수 없으니까요."

모든 위대한 작가는, 또는 단순히 정말 좋은 작가들조차도 각자의 견해에 따라 세상을 고쳐 만든다. 가프가 옳다. 존 어빙이 옳다. 세상의 이 지역, 이 나라의 이쪽, 이 빈틈없이 묘사되는 광경, 이것이 키트리지가 만든 세계다. 그리고 키트리지는 연민과 공포로 이 땅과 그 주민들에 대해 쓴다. 그리고, 그 감정 중에 사랑 또한 들어 있음을 분명히 밝혀야겠다. 이 강렬한 이야기들은 사람을 심란하게 만들며 뇌리를 떠나지 않는다. 이 작품들에 주의를 기울이기를 강력히 권한다.

기량이 절정에 달한 재능 있는 소설가*

이 책의 언론 보도 기사를 읽으면 밴스 버제일리가 미국의 주요 작가 중 한 명이라는 사실이 새삼 떠오른다. 내 말을 가볍게 여기지 말아달라. 이 강렬하고 독창적인 예술작품 『인간들이 하는 게임』이 그 증거다. 지금까지 버제일리의 최고작이자 가장 잘 알려진 소설이었던 『폭행당한 자』 이후, 이 책은 버제일리의 가장 빼어난 작품이다.

『인간들이 하는 게임』은 훌륭한 책이고, 폭력 행위와 경악으로 가득하다. 그 안에서 일어나는 모든 살인과 '재배치'들, 이중삼중의 행동은 셀 수조차 없이 많다. 하지만 놀랍게도, 이 책은 또

---

* 밴스 버제일리, 『인간들이 하는 게임』, 뉴욕: 다이얼 프레스, 1980. (원주)

한 (그리고 좀더 우리의 취지에 부합하게도) 길고 심오하며 때로는 목가적이기까지 한, 인간의 조건에 대한 고찰이다.

배경은 샌프란시스코에서 뉴질랜드의 웰링턴으로 가는 노르웨이 화물선 갑판과 선실에서의 삶, 베네수엘라의 카라카스, 버진아일랜드의 세인트토머스, 아르헨티나의 말 목장, 그리스의 크레타 섬과 코르푸 섬, 카이로와 알렉산드리아, 러시아의 스텝 지대와 블라디보스토크, 냉전중의 베를린, 태국, 칠레의 산티아고, 호놀룰루, 우루과이의 몬테비데오, 독일 점령하의 유고슬라비아, 뉴올리언스, 1970년대 후반 뉴욕의 상류사회와 하류사회까지, 독자가 원하는 어떤 것도 다 충족시켜줄 수 있을 만큼 다양하다. 이중 많은 곳에서 우리는 면밀하게 그려낸 폭력 행위들을 목도하게 된다. 이는 어떤 인간들이 하는 사악한 게임의 일부이다.

이 소설은 모티프와 플롯의 복잡성이라는 면에서 콘래드적이다. 또한 온갖 종류의 지식으로 가득하다. 말의 육성과 훈련과 경주, 대체로 적진에서 게릴라 활동을 하는 군인들의 삶, CIA의 비밀스러운 활동. 그리고 지독히 계속되는 테러 행위를 내부의 관점에서, 더이상 바랄 여지가 없을 정도로 낱낱이 보여준다. 그러나 내가 언급할 수 있는 건 이야기의 중심 줄거리뿐이며 이것으로는 이 소설이 정말 무엇에 관한 책인지 알 수 없다. 이 때문에 나는 이 책이 용기, 충성, 사랑, 우정, 위험, 자기신뢰처럼 절대 사소하지 않은 것들과 관계가 있으며, 한 남자가 일생에 걸쳐 자신을 찾는 여행을 다루고 있음을 말해주고 싶다.

이 주목할 만한 소설의 주인공—찬미할지어다. 이 주인공은 진정 영웅이다—은 고결함과 깊은 복잡성을 지닌 남자다. 그는 가장 오래되고 가장 진정한 의미의 '개성Character'을 지녔다. C. K. '칭크Chink' 피터스('칭크'라는 별명은 피터스가 동양인 어머니에게 물려받은 살짝 올라간 눈 때문에 붙은 것이다)라는 이름의 그는 이제까지 버제일리가 만든 소설 속 인물 중 단연 최고다.

2차대전 동안 피터스는 '데어 플라이슈볼프(고기 분쇄기)'라는 별명의 젊은 OSS 요원으로 명성을 쌓고, 전쟁이 끝나자 어느새 초기 단계의 CIA에 속해 있다. 여기서 CIA는 '기관'이라고 불린다. 피터스는 게릴라 전쟁에 대해 소책자를 쓴 적이 있고, 이 책은 지하조직들 사이에서 그 작가 못지않게 명성을 쌓았다. 그중에서도 중요한 조직은, 광신적이지만 유순하며 유럽과 중동에 공모관계가 있는 테러리스트들로 이루어진 급진적 IRA 단체다. 소설의 도입부에서, 이제 마흔아홉 살이 되고 국가나 기관과 어떤 연관도 없는 피터스는 샌프란시스코의 하숙집에 살고 있다. 피터스는 뉴질랜드의 사육장에 말들을 데려다주기 위해 배를 타고 웰링턴으로 가려던 참에, 뉴욕 아파트에서 살해당한 메리와 웬디 디펜바흐에 대한 텔레비전 뉴스를 본다. 피터스는 이 자매의 아버지이자 자신의 친구였고 이웃이었으며 전쟁 때 지휘관이었던 월든 디펜바흐가 자신의 아내를 빼앗아간 이후로 이 자매를 본 적이 없다. 디펜바흐는 이제 UN을 대표하는 대사이고, 장차 국무장관감으로 종종 언급된다. 피터스는 도와줄 게 있겠느냐고 전보를 보내고, 답을 기다리다가 배를 탄다.

피터스는 뉴질랜드로 가는 길에, 희한하게도 자신의 말들과 이야기하며 많은 시간을 보낸다. 그렇게 해서 우리는 오랜 과거 회상을 통해 피터스가 살아온 이야기를 듣는다. 피터스는 과거와 현재를 오가며 이리저리 움직이고, 화물선을 여행의 은유이자 진짜 바다여행의 수단으로 쓰면서 이야기를 풀어놓는다. 피터스는 레슬링 장학금으로 사립고등학교에 진학한 뒤 외국어를 공부하고, 그후 군대에 들어가고, 군생활을 한 다음 CIA에 들어간다. 훗날 피터스는 예일 대학교에 입학하고 독일중세사로 학위를 딴다. 피터스는 행복한 결혼생활을 하며 동부 해안 지방에 정착하고, 다른 시골 유지 이웃들처럼 디펜바흐와 함께 말을 기르고 경주에 내보낸다. 이 디펜바흐라는 자는 권모술수를 쓰는 음험한 인물로 매력이 넘치고 지능이 뛰어나며 IRA를 꺾으려 애쓰고, IRA는 디펜바흐를 죽이려 든다. 무시무시한 혼란 속에서 결국 디펜바흐의 딸들이 디펜바흐 대신 희생된다.

뉴질랜드에서 피터스는 디펜바흐에게 해외전보를 받는다. 디펜바흐는 피터스에게 뉴욕으로 와서 이 끔찍한 일에 도움을 줄 수 있겠느냐고 묻는다. 피터스가 살해된 아이들의 뉴욕 아파트에 들어섰을 때 어떤 일이 벌어지고, 이 사건이 책의 나머지 반을 채운다.

이렇게 면밀하면서 가슴에 남는 쾌감을 주는 소설은 참으로 오랜만이다. 이 훌륭한 책의 인물들은 등장인물로서보다는 자신들의 삶을 살아가는 평범한 그리고 평범하지 않은 남녀들로서 독자들의 마음을 울린다. 이들은 자신들이 하는 일을 통해 자신들을 파멸시킨다. 혹은 더 높은 존재로 격상시킨다. 이러한 격상은 이들이 이 불완전한 세상에 살았거나 실력이 덜한 소설가의 손에서였다면 아마도 불가능했을 것이다.

물론 이 소설의 결말을 여러분에게 알려줄 생각은 전혀 없다. 플롯이 꼬이고, 꼬이고, 또 꼬인다는 점만 알려주겠다. 마지막 장을 넘길 때까지, 익숙한 표현 그대로, 손에 땀을 쥐게 된다. 나로 말하자면, 이 책을 논하다보니 F. 스콧 피츠제럴드의 호소가 떠오른다. "의자를 벼랑 끝까지 바짝 당겨놓아라. 그럼 내가 당신에게 이야기를 하나 해주겠다."

밴스 버제일리는 위대한 재능과 독창성을 지닌 작가다. 그는 언제나처럼 아주 열심히 글을 쓰며, 자신의 모든 능력을 완전히 발휘하고 있다.

암흑에 빛을 비추는 소설[*]

별 가치 없어 보이는 소설들이 엄청나게 쓰이고 출판되는 때에, 꼭 해야 할 말이 있다. 이 책이 가치 있는 뭔가를, 그것도 중요한 가치가 있는 뭔가를 다루고 있다는 점이다. 이 책은 우정, 사랑, 의리, 책임, 행동의 속성과 의미와 관계가 있다. 중요한 것들이다. 이 책은 훌륭하며, 인간의 조건을 밝혀주는 책이다―나는 이 점을 자신 있게 말할 수 있다. 이 소설은 멜빌이 '어둠의 암흑'이라 부른 것을 스쳐보는 이상으로 훑어보지만, 그 어둠을 조금은 억눌러주기도 한다. 인간은 어떻게 행동해야 하는가? 이 소설은 초반부터 아주 진지하게 묻는다. 그리고 욘트가 지성과 통

---

[*] 존 욘트, 『하드캐슬』, 뉴욕: 리처드 마렉, 1980.(원주)

찰력과 엄청나게 뛰어난 문학적 기량으로 페이지마다 이 훌륭한 책 속 인물들의 삶을 찬란하면서도 불완전하게, 있는 그대로 보여주는 점은 영원히 칭송받을 만하다.

가치 있는 소설은 사람들에 관한 소설이다. 여기에 무슨 설명이 필요한가? 필요하다고 생각하는 이도 있으리라. 어쨌거나 소설에선, 일부 작가들이 믿듯 기교가 내용보다 우선하지는 않는다. 최근에는 이름이 없거나 그렇지 않더라도 쉽게 잊히는 '캐릭터', 이 생에서 별로 할 일이 많지 않거나 더 나쁘게는 같은 부류에게 생각 없고 부주의한 짓을 하는 데 열을 올리는 불운한 피조물들이 등장하는 장편소설과 단편소설이 충분히 많은 것 같다. 가치 있는 소설에서는, 소설 속 행동의 의미가 소설 밖 사람들의 삶으로 전환된다. 이 점은 정말 두말할 필요가 없지 않을까? 최고의 장편소설과 단편소설에서 미덕은 그런 식으로 인식된다. 충절, 사랑, 의연함, 용기, 고결함이 언제나 보답받지는 않지만, 이런 것들은 훌륭하거나 고귀한 행동 혹은 자질로 인식된다. 그리고 우리는 악하거나 비열하거나 단순히 멍청한 태도를 있는 그대로, 즉 악하거나 비열하거나 멍청한 것으로 여기고 그것을 막아야만 한다. 삶에서 절대적인 것은 적지만 분명히 존재한다. 원한다면 약간의 진리라고 해두자. 그리고 우리는 이것들을 잊지 않아야 할 것이다.

소설의 액자를 이루는 시작할 때와 끝날 때 몇 페이지—이 몇 페이지에서는 1979년 여름, 한 노인이 손주들을 데리고 켄터키 주 엘킨에 나타난다―를 제외하면 이 소설의 이야기는 1931년 여름과 가을 동안에 같은 언덕배기 소도시, 즉 켄터키 주의 엘킨에서 일어난다. 주인공은 열아홉 살 난 빌 뮤직으로, 버지니아 주의 셸스밀스에 있는 부모님의 쇠락한 농장을 떠나 코인 일렉트릭에서 구십 일짜리 교육과정을 들으러 시카고로 간다. 뮤직은 자신의 운명을 더 낫게 개척하고 전기기사로 생계를 꾸리고 싶어했다. 하지만 일자리가 하나도 없어 쓰레기통을 뒤지는 신세가 된다. 그는 꿈을 포기하고 집으로 돌아가기로 마음먹는다. 배고픔 때문에 뮤직은 엘킨에 도착하기 직전에 기차에서 내린다. 레거스 본이라는 광산 경비원이 뮤직을 '공산주의' 노동운동가로 오인하고 얼굴에 총을 들이대며 구금하려 한다. 그러나 뮤직은 지치고 배가 고팠고, 동정심을 느낀 본은 뮤직이 자신과 자신의 어머니 엘라 본 옆에서 며칠을 지내며 건강을 회복하게 한다. 뮤직과 본은 서로 호감을 느끼게 되고, 뮤직은 광산 경비원으로 취직해 하루에 3달러라는 어마어마한 금액을 받으며 일하기로 결심한다.

광산 경비원은 위험한 직업이다. 광산 경비원들은 총을 가지고 다니고, 광부들도 일부는 총을 가지고 다닌다. 뮤직과 본은 같이 근무하게 시간을 짜서 서로를 돌본다. 쉬는 날이면 둘은 돼지우리를 만들고, 너구리 사냥을 가고, 토끼 덫을 만들어 설치하고, 벌과 꿀로 가득한 나무를 베어 넘긴다. 점차 둘 사이에 깊은 우정이 싹튼다. 한편 뮤직은 아이 딸린 젊은 과부 멀리와 사랑에 빠진다. 몇 달 뒤, 뮤직은 광산 경비원으로 일하는 데 지치고 부끄러움을 느낀다. 본 역시 환멸을 느끼고 있다. 둘은 배지를 반납한다. 그러나 이미 우리가 당연하게 예견했던 대로, 하드캐슬 광업회사 폭력단원들과 불가피하고 치명적인 충돌이 일어난다. 본은 매복에 당해 죽는다. 뮤직은 친구보다 오래 살아남는다. "그리고 직접 현장을 보았음에도 레거스가 죽었다는 사실은 몇 달이 지나도, 심지어 몇 년이 지나도 완전하게 이해되지 않는 듯했고, 슬픔이 남김없이 사그라질 때까지는 아주 오랜 시간이 걸렸다."

뮤직은 멀리와 결혼해 엘킨에서 삶을 꾸리기로 마음먹는다. 뮤직은 고향으로 돌아가지 않는다. 게다가, "뮤직은 고향이라는 것이 결코 장소가 아니라 시간이며, 따라서 한번 사라지면 영원히 사라지는 것이 아닐까 생각한다".

라이어널 트릴링은, 훌륭한 책은 우리를 읽는다고 말했다. 이십대의 언젠가 나는 이 글을 읽고 그 의미를 곰곰이 되씹었다. 트릴링의 말은 정확히 무슨 뜻이었을까? 이 말은 현명하고 박식하고 통찰력 있게 들렸고, 나도 그렇게 되고 싶었다. 놀랄 만큼 내용이 풍부하면서도 냉철한 시선을 유지하는 『하드캐슬』을 모두 읽은 뒤, 나는 트릴링의 말을 떠올리고 이렇게 생각했다. 이 책이 바로 트릴링이 말한 것이었다고. 그렇다. 과연 그러하다. 이 책이 바로 트릴링이 의미했던 바이다. 참으로.

브로티건에게 늑대인간 나무딸기와
고양이 멜론을 대접받다*

질이 고르지 않은 이 산문집의 글들―장편소설이란 단어의 어떤 정의에서 보아도 이 책은 '장편소설'이 아니다―은 그 길이가 몇 줄에서 몇 쪽까지 다양하다. 배경은 몬태나 주의 리빙스턴과 그 근방, 도쿄 그리고 샌프란시스코다. 이 책에 작품의 배열 원칙은 없다. 무엇을 골라 어디에 넣어도 무방하고, 전혀 차이가 없다. 난 첫번째이자 가장 긴 작품이 최고작이라 생각한다. 이 글의 제목은 '네브래스카 주 크리트에서 조지프 프랭클의 육로 여행과 그의 아내 앤토니아의 영원한 잠'이다. 다른 작품들의

---

* 리처드 브로티건, 『도쿄-몬태나 급행』, 뉴욕: 델라코트 프레스/시모어 로런스, 1980.(원주)

제목은 이러하다. '애벗과 코스텔로의 무덤에 있는 우주정거장' '도쿄를 흐르는 아이스크림콘 다섯 개' '몬태나 교통 체험' '샌 프란시스코 뱀 이야기' '늑대인간 나무딸기' '타임thyme과 장의 사들에 대한 고찰' '몬태나 가습기 두 대' '크리스마스트리 사진 390장으로 뭘 할 생각이죠?' '고양이 멜론' '닭 우화' '테이스티-프리즈*의 조명'. 감이 오리라 믿는다.

이런 글이 131개 있고, 일부는 정말 훌륭하며, 마치 손안에서 작고 경이로운 것들이 폭발하는 듯하다. 일부는 그저 그렇고, 있으나 없으나 싶다. 나머지—내 생각엔 너무 많은 작품들—는 그냥 지면만 채우고 있다. 이 마지막 공간 채우기용 글들을 보고 있노라면 의아함이 솟는다. 내 말은, 이렇게 묻고 싶으리라는 거다. "이 출판사에 편집자가 있기는 한 건가?" 이 작가의 주위에는 이 작가를 그 무엇보다 사랑하는 사람, 작가 쪽에서도 사랑하고 신뢰하는 사람, 함께 앉아 이 잡동사니 글들 중에 무엇이 좋고 심지어 굉장한지, 그리고 무엇이 하찮고 그냥 바보 같아서 발표하지 않거나 공책에 그냥 놔두는 게 나은지 말해줄 수 있는 사람이 없는 것일까?

여전히 바란다. 더 많은 후보작들 중에서 고를 수 있었더라면 싶다. 이런 소품이 240개가 있었더라면, 혹은 크리스마스트리

---

* 미국의 프랜차이즈 패스트푸드 레스토랑.

사진들처럼 390개가 있었더라면 싶다. 그런 다음 (여전히 바라노니) 작가가 좋은 친구, 신뢰하는 편집자와 함께 앉아 모든 작품을 훑어보고, 시를 볼 때처럼 하나씩 살피고, 몇 작품이나 책을 만들기에 좋을지 살펴봤다면 싶다. 이 가상의 편집자 겸 친구가 때로는 작가에게 엄격하게 굴었다면 싶다. "여기 봐요, 리처드! 이 작품은 그냥 잡문이네요. 그리고 이건 그냥 손 풀려고 온갖 것들을 줄줄이 끼적여본 거고요. 좋은 책을 원해요? 그건 빼버려요. 하지만 이건, 어, 이건 꼭 넣어야죠." 그래서 240개 중에, 혹은 390개 중에, 혹은 원래의 이 131개 중에서라도, 아마 90개나 100개쯤이 책으로 들어갔다면 얼마나 좋을까. 그럼 진짜 책이 될 수 있었을 거고, 놀라움과 재치로 가득했을 것이다. 그러나 실제로 우리에게 남은 것은, 아, 너무나 많은 작은 백일몽들과 온화하고 느긋하고 달콤한 생각들이다. 작가는 이런 것들을 느낄 수 있는 축복을 받았고, 우리와 함께 나누려고 모아두었다. 하지만 애초에 이 생각들은 나눌 필요가 없었다. 단 하나도.

어쩌면 이중 무엇도 작가에게 중요하지 않을 것이다. 어쩌면 그냥 우리가 작가의 파장에 채널을 맞췄거나 말았거나이다. 채널을 맞추지 않았다면, 음, 불운이라고 말할 수 있을 것 같고, 그러니 그냥 넘어가면 된다. 혹은 우리의 머리가 브로티건의 머리와 같은 생각을 하고 있다면 아마도 모든 게, 그리고 무엇이라도 다 통할 것이다. 그러니 뭐가 문제인가? 하지만 나는 믿어야만 한다—사실 난 무엇도 믿어야 할 필요는 없다. 이건 그냥 내 느낌일 뿐이다. 브로티건은 자신이 쓸 수 있는 정말 최고를 쓰고 싶어하고, 즐겁게 만들기 쉬운 젊은이들뿐 아니라 성인 남성과 여성을 위해서도 쓴다는 걸 말이다.

그러니 당신은 이 책을 받아들여도 그만, 안 받아들여도 그만이다. 이 책을 읽는다고 해서 당신의 삶이 더 편해지지도 나빠지지도 않을 것이다. 당신이 사물이나 사람을 보는 시각을 바꿔놓지도 않을 것이고, 당신의 정서적 삶에 티끌만한 영향도 주지 않을 것이다. 마음을 아주 부드럽게 스치는 책이다. "이 지구상에서" 작가의 삶과 관련있는 과거와 현재의 것을 다루고 있는 258쪽짜리 백일몽과 감상, 그리고 약간 반짝반짝 빛을 내는 작품들.

이 책은 리처드 브로티건이 쓴 『도쿄-몬태나 급행』이다. 브로티건의 최고작은 절대 아니다. 그리고 브로티건은 이 사실을 알아야만 한다.

맥구에인, 큰 사냥감을 쫓다[*]

이 에세이들 중 대부분은 아주 좋고, 몇 편은 굉장하다. 모두가 어떻게든 특정한 야외활동과, 대개는 낚시와 관계가 있다. 특정한 풍경을 지극히 개인적으로 묘사한다는 점에서, 『밖에서 하는 모험』은 윌리엄 험프리의 『연어의 회귀』와 『나의 모비 딕』, 밴스 버제일리의 『비자연적 적』, 노먼 매클린의 『흐르는 강물처럼』, 심지어 헤밍웨이의 『아프리카의 푸른 언덕』과 같은 부류에 들어간다. 따라서 여기서는 이 에세이 선집을 문학작품으로 분류하겠다.

---

[*] 토머스 맥구에인, 『밖에서 하는 모험: 스포츠 에세이』, 뉴욕: 패러, 스트로스 & 지루, 1980.(원주)

이 선집에는 총 열여덟 편의 에세이가 실려 있다. 이 에세이들은 1969년에 처음 발표되기 시작했고, 1970년대에 계속 간헐적으로 잡지에 실렸다. 혹 관심이 있다면 말하는데, 이 에세이들은 지난 십 년간 맥구에인의 삶과 관심사에 대한, 이리저리 모은 기록이다. 이 기간 동안 쓴 책들을 통해 맥구에인은 우리의 보다 나은 소설가들 중 하나로 자리매김했다. 초기작 「나와 내 오토바이와 왜」에서 맥구에인은 캘리포니아에 살며, 오토바이와 사랑에 빠지고 마침내 오토바이를 사는 변천사에 대해 쓴다. 아내와의 애정 어린 대화도 오간다.

「나의 종달새」의 배경은 몇 년 뒤의 키웨스트이고, 작가는 '배 몸살'로 고생중이다. '종달새'라는 이름의 특수제작된 배를 갖고 싶어 심하게 몸살이 난 것이다. 아내는 여전히 모습을 드러내며, 여전히 애정이 넘치고, 이제 어린 아들 톰 주니어가 등장한다. 좀더 세월이 흐르고, 「A에서 B로 밧줄던지기」라는 멋진 작품에서 우리는 몬태나 주 가디너에서 말 타고 밧줄던지기 경연대회에 참가한 작가를 발견한다. 톰 주니어는 특별관람석에서 아버지의 모습을 지켜본다. 톰 주니어의 어머니도 그곳에 있지만, 새 남편과 함께다. 관중석에는 아버지 톰의 친구, "앨라배마에서 온" 여자가 있다.

"이런 것이 그 순간에 필연적인 무아지경 상태에서 몸을 내맡기는 것 이상의 뭘 나타내는지 모르겠다"고 맥구에인은 또다른 문맥을 통해 말한다.

에세이 중 대부분은 청어 낚시, 여울멸 낚시, 도미 낚시, 퍼밋 낚시(퍼밋은 신비하고 잡기 힘든 바닷물고기다), 무지개송어와 컷스로트송어 낚시, 줄무늬농어 낚시의 온갖 면들을 상세히 이야기한다. 이 책에서 내가 가장 탐나는 장면 가운데 하나는, 대서양을 바라보며 바위곶에 서서 입에 손전등을 물고 어둠 속에서 줄무늬농어를 끌어올리려 애쓰는 작가의 모습이다. 몰리라는 사냥개에 대한 에세이도 있고, 뇌조와 꿩과 물새 사냥과 관계있는 에세이도 있다. 또한 아마도 이 책의 가장 중요한 작품일 「사냥의 핵심」이 있다. 이 작품은 사슴과 영양 사냥, 명상과 형이상학에 관한 에세이다. 다른 에세이들 중에는 '칭크의 벤지베이비'라는 이름의 말에 대한 이야기, 오토바이 경주에 관한 이야기, 아이 때 남들이 잃어버린 골프공을 찾아 팔려고 돌아다녔던 이야기, 낚시할 때 강도를 조심해야 하는 샌프란시스코의 골든게이트 낚시 클럽 이야기가 있다. 그리고 대체로 밖에서 빈둥대는 것에 대한 에세이 몇 편이 있다.

그러나 낚시 이야기가 단연 두드러지고, 맥구에인은 낚시를 아주 진지하게 여긴다. 맥구에인은 이제 커다란 물고기를 놓친 일에 대해 이야기한다. "그 물고기는 줄줄이 그림자를 드리우고 모습을 감춘 채 찌를 건드리며 낚시꾼 주위를 맴도는 무리에 합류했다. 큰 물고기를 잡을 뻔하다가 놓쳤다는 건 낚시꾼이 아닌

자에게는 별것 아니겠지만 낚시꾼에게는 심금을 울리는 주제이다." 그리고 여기 캐나다 서부의 아름답고 한적한 지역에서 낚시할 때 작가의 심경이 묘사된 부분이 있다. "그것(물고기가 수면 근처에서 먹이를 먹으며 생기는 물의 파동)이 계속되는 동안, 브리티시컬럼비아에 존재하는 모든 것은 내 뜬날벌레* 주위의 몇 제곱인치에 한정되어 있었다." 맥구에인은 물고기를 잡았다 놓아주는 유형의 낚시꾼이지만, 어떤 유의 낚시꾼이라도 이런 느낌에 공감할 수 있다.

"결국, 실제로 일어난 일은 말로 표현할 수가 없다." 작가는 우리에게 말한다. 가장 심오한 경험 대부분에서는 이것이 진실일 듯하다. 그러나 맥구에인은 그 경험들을 묘사하려고 끝까지 분투했다.

『밖에서 하는 모험』에서 맥구에인의 타율은 3할 7푼 혹은 그 이상이다. 맥구에인은 테드 윌리엄스나 타이 코브가 아니다. 어니스트 헤밍웨이도 아니다. 그러나 맥구에인은 훌륭하고 진실된 책을 써냈고, 나는 '아빠'**도 그 사실을 인정했으리라 강력히 직감한다.

---

* 수면에 내려앉은 날벌레를 흉내내 만든 미끼.
** Papa. 어니스트 헤밍웨이의 별명이다.

리처드 포드가 보여주는
상실과 치유의 강력한 통찰[*]

이 주목할 만한 책의 표면적 사건은 다음과 같이 설명할 수 있다. 전직 해병대원이자 베트남전 퇴역군인인 해리 퀸과, 마찬가지로 떠돌이인 그의 여자친구 레이는 멕시코 오악사카에 있다. 둘은 일곱 달 동안 헤어져 있다가 다시 만났고, 레이의 남동생 소니를 감옥에서 꺼내려 하고 있다. 소니는 코카인 2파운드를 소지한 죄로 체포되어 감옥에 갔다. 그러나 똑똑한 변호사와 1만 불, 굳은 의지와 약간의 운이 따라준다면 출감에 필요한 서류를 구할 수 있고, 소니는 자유의 몸이 된다. 아마도 퀸과 레이는 이제는 다 타버린 둘의 사랑에서 남은 게 무엇이든 그 잔해물을 그

---

[*] 리처드 포드, 『궁극의 행운』, 보스턴: 호튼 미플린, 1981.(원주)

러모으고 그걸 바탕으로 앞으로 잘해볼 생각이리라. 그러나 장애물이 있다. 점차 사람들은 소니가 마약의 일부를 빼돌렸다고 믿게 된다. 멕시코인 변호사 베르나르는 이렇게 말한다. "그쪽에서는 퀸이 거래를 한 뒤 일부러 체포당했다고 생각합니다."

그래서 일이 복잡해진다. 문제는 심각하고 종종 험악해지기까지 한다. 모두들 소니의 몸 한 조각씩을 원한다. (소니의 감방 동료 하나는 실제로 경고 삼아 소니의 귀를 자른다.) 이에 더해, 소규모 폭동으로 보이는 사태가 도시에서 터진다. 군인들과 경찰들은 가차없고도 무차별한 진압에 들어간다. 이런 곤란이 있다보니 이 도시에서 정상적으로 생활하는 건 불가능해 보일 때도 있다. 소니가 출감할 희망, 소니가 계속 살아 있을 희망은 사실 통제 불가능해진 사건들의 대혼란 속으로 순식간에 사라져버리고, 그래서 마침내 소니의 삶은 아주 하찮아진 듯해 보인다.

『궁극의 행운』은 기가 막히게 재미있는 일급 소설이고, 현대소설에선 드문 형식의 산문체로 쓰였는데 그게 또 더할 나위 없이 잘 어울린다. 그 한 예를 들어보겠다.

베트남에서 퀸은 광학에 대해 조금 공부했다. 빛은 우리가 일을 하는 방식과 결과를 송두리째 바꾸어놓았다. 모든 것이 보는 것과 보지 않는 것의 문제였기 때문이다. 동쪽의 회색과 텅 빈 논 표면의 여러 가지 것들이 내는 녹색들 그리고 한 줄로 선 코코넛 야자나무들이 제대로 배치되면, 보는 이의 정신이 멍해진다. 그리고 특별한 천상의 순간을 느끼려면 이곳이 아닌 다른 곳, 회색 하늘을 배경으로 점점이 뿌려진 듯한 쇠오리떼가 인디애나를 향해 스치듯 날아가는 미시간 호숫가의 안개 낀 저녁에 있어야 한다. 그러면 습하고 묵직한 저녁 공기 대신 달콤한 낮 시간으로 되돌아가게 될 터이다.

좀더 깊은 차원에서 보면 이 책은 평범하지만 '경계에 선' 두 사람, 레이와 퀸 간의 사랑과 처신에 대한 명상이다. (베르나르는 "모든 사람은 경계에 있다"고 믿고, 이 책에는 베르나르의 믿음을 뒷받침해줄 증거가 아주 많이 있다.) 그들은 삼십대 초반에 루이지애나 어느 개 경주장에서 만난다. 둘 다 삶의 마지막에 몰린 듯 보이고, D. H. 로런스의 구절을 빌리자면 "자신의 성性에 상처를 입은" 자들이어서, 스스로 만든 장벽을 깨고 나갈 수가 없다. 둘은 루이지애나에서 한동안 같이 산다. 퀸은 일주일 일하고 일주일 쉬는 방식으로 파이프 가설업자의 정비공으로 일하고, 그동안 레이는 트레일러에 남아 '달콤하고 듣기 편한 음악'을 들으며 잡지의 사진을 보고 그림을 그린다. 둘은 캘리포니아로 가고, 퀸은 여유가 안 되는데도 차를 구매한 사람들로부터 그 차를 헐값에 되사서 파는 일을 잠시 한다. 퀸은 친구를 통해 미시간 주에 수렵감시관 자리를 어렵사리 구하고, 그곳에서 "분명한 평가기준계"를 찾길 바란다. 그러나 미시간에서, 레이는 상황이 절망적일 정도로 마음에 들지 않는다. 곳곳에서 레이는 좌절하며 소리지른다. "난 네 인생이 도대체 뭘 위한 거였는지도 모르겠어…… 네가 상황을 생각하는 방식도 맘에 들지 않아. 넌 모든 게 다신 나오지 못할 구멍으로 들어가 사라진다는 듯이 만사를 봐."

"날 사랑해?" 레이는 말했다. 레이는 이미 울고 있었다. "말하고 싶지 않지, 그렇지?" 레이는 말했다. "그러면 겁이 나니까. 넌 사랑이 필요한 상황을 원하지 않아."

"나 자신은 내가 돌볼 수 있어"가 퀸의 대답이다.
레이는 그 대답으로 충분하지 못하고, 그래서 퀸에게서 벗어나려 한다. 퀸은 이 때문에 곤경을 겪고 깨닫게 된다. "넌 자신을 완전하게 보호하려 애썼고 상실이나 위협은 절대 견뎌내지 않았지. 그래서 결국 아무것도 남지 않게 됐어. 혹은 더 심각하게도 넌 결국 무無로, 네가 가장 두려워하던 바로 그 아주 불운한 존재로 곧장 흡수되어버렸어."
이 걸출한 소설의 결말에서 퀸과 레이는 빙 돌아 제자리로 오고, 독자의 심장박동은 느려지다가, 이윽고 둘이 원을 벗어나 이동함에 따라 다시 빨라진다. 그러나 이 작품의 전반을 통해 우리는 인간 행동의 중대한, 그리고 내 생각에는 마침내, 뛰어난 한 단면을 목격했다.

포드는 노련한 작가다. 완벽한 상실에 대한 준엄한 통찰과 그 뒤에 이어지는 최종적인 치유라는 보상을 통해, 『궁극의 행운』은 맬컴 라우리의 『화산 아래서』와 그레이엄 그린의 『권력과 영광』 옆에 나란히 선다. 나는 이 소설에 최고의 점수를 매긴다.

은퇴한 곡예사가 십대 소녀에게 매혹되다[*]

  린 샤론 슈워츠는 1980년 출간된 소설 『거친 투쟁』의 저자이다. 이 책에서 저자는 똑똑하고 교양 있고 재능 있는 두 사람의 이십여 년간의 결혼생활을 연대순으로 그린다. 어떤 모호한 이유에서, 왜인지는 모르겠지만, 이 책이 나왔을 때 나는 그다지 흥미를 느끼지 못했다. 아마도─끔찍한 고백이지만!─난 매듭이론을 전공하는 대학의 수학 교수(캐럴라인)와 재단 이사(아이번) 간의 관계를 소재로 하는 이야기라면 작가가 그걸 어떻게 풀어가든 내가 깊은 흥미를 느낄 일은 결코 없으리라 생각했던 것 같다. 어찌되었건─서평을 좀 읽어봤음을 양해해달라─둘은 결혼

---

[*] 린 샤론 슈워츠, 『균형잡기』, 뉴욕: 하퍼 & 로, 1981.(원주)

후 몇 년이 지나도록 아이가 없었다. 캐럴라인과 아이번에겐 자신들의 삶과 경력을 추구할 시간과 에너지와 방법이 있었다. 겉만 보면, 이 책은 지나치게 친숙한—그러나 완전히 낯선—풍경 안에 있는 듯 보였다.

그러나 기쁜 마음으로 말하는데 나는 이 책을 읽었고, 이 책은 실로 굉장했다. 이 책만 놓고 보면, 슈워츠는 재능 있는 소설가 가운데 한 명이라 말하고 싶다. 그럼 작가는 『거친 투쟁』을 발표하고 일 년 뒤, 앙코르의 대답으로 무엇을 해야 첫번째 소설의 강렬한 기쁨에 부합할 수 있을까? 아마, 그런 방법은 없다고 해야 할 것이다.

우선 밝혀두거니와, 『균형잡기』는 절대로 실망스러운 작품이 아니다. 그러나 데뷔작과 비교되는 건 어쩔 수 없다. 내가 보기에 이번 책은 『거친 투쟁』의 날카로움이 없고, 전작에서 이따금 제멋대로이고 심지어 변덕스럽게까지 행동하며 종종 자신에게 가장 이득이 될 일조차 거슬러버리는(딱 현실의 사람들처럼 행동하는) 풍부하고 면밀하게 그려진 등장인물들도 없다. 또한 첫번째 소설의 거침없는 추진력과 때때로 숨이 멎을 듯한 지점들도 없다. 이 책은 좋은 책이지만 위대하진 않고, 특별히 기억할 만하지도 않다. 헐뜯으려는 말은 아니다. 대부분의 좋은 소설이 딱 이 정도이다—"좋다". 위대하지 않고, 언제나 기억할 만하지도 않다.

맥스 프라이드는 일흔네 살의 홀아비이고, 심각한 심장발작에서 회복되는 중이며, 내가 온 시골에서는 '양로원'이라 부르던 주거시설로 살러 간다. 그러나 이곳은 당신이 아는 단순한 양로원이 아니다. 이곳은 훨씬 고상하고, 이름도 '어르신들을 위한 기쁨의 언덕 요양 아파트'이다. 이곳은 뉴욕 주 웨스트체스터 카운티에 있다. 은퇴하고 늙기 전 보람차게 살 때, 맥스 프라이드는 서커스 곡예사로 아내 수지와 함께 공연하는 줄타기 예술가였다. 이 서커스 시절은 물론 좋았지만 지나간 옛시절이다. 그리고 제목의 은유는 부분적으론, 우울하고 반쯤 병약해진 지금의 현실과 서커스의 커다란 천막 아래에서 보낸 화려하던 젊은 시절을 조화시키려는 맥스의 노력과 관련이 있다. 당연히, 이 책에서 최고의 부분은 작가가 맥스의 전성기에 일어난 일들과 상황에 대해 쓴 부분이다.

맥스가 동네 중학교에서 곡예사 지망생들을 지도하는 임시직 자리를 맡으면서, 조숙한 열세 살 소녀 앨리슨 마크먼의 인생과 맥스의 인생이 교차하게 된다. 앨리슨은 야심찬 작가이고, 일기는 청춘기의 모험과 시시한 일들로 가득하다. 앨리슨은 퉁명스러운 노인 맥스를 로맨스와 미스터리의 인물로 생각하고, 이 상대에게 상상의 나래를 펴가며 열중한다.

앨리슨이 맥스에게 열중함으로써 간접적으로 맥스의 죽음을 부르게 된다고 내가 말해도 이건 내용을 누설하는 게 전혀 아니다. 맥스와의 교제 그리고 집에서의 따분한 삶이라 느끼는 것에서 탈출하겠다는 꿈을 도화선 삼아, 앨리슨은 가출해 서커스에 들어가기로 마음먹는다. 이제 매디슨 스퀘어 가든으로, 그다음엔 펜 기차역으로 이어지는 추격 장면이 나온다. 추격자는 맥스와 맥스의 연인과 '기쁨의 언덕' 이웃인 레티이다. 그리고 앨리슨의 부모인 조시와 완다가 있다. 조시와 완다는 도대체 딸에게 무슨 일이 벌어지고 있는 건지 이해할 수가 없고, 이는 충분히 공감할 만하다. 앨리슨은 부모와 다시 만난다. 그러나 맥스에겐 이번 긴장이 버거운 일이었음이 드러난다. 맥스는 쓰러져 죽는다. 그러나 맥스가 죽었어도 우리는 본질적인 면에서 전혀 위축되지 않는다. 예상치 못한 일도 아니고, 비극적이거나 심지어 때 이르지조차 않다. 맥스는 그저 쓰러져 죽은 것이다. 레티는 자신의 삶을 계속 살아가야 하고, 앨리슨은 부모와 함께 집으로, 열세 살짜리가 속한 곳으로 돌아온다. 마지막 장에서, 레티와 앨리슨은 만나 아이스크림소다를 먹으며 맥스에 대해, 그리고 그냥 이런저런 것들에 대해 이야기한다.

어서 『균형잡기』를 읽어보라. 하지만 이걸 읽는다면, 그리고 『거친 투쟁』을 아직 읽어보지 않았다면, 이 데뷔작 또한 반드시 읽어보라. 그리고 린 슈워츠의 다음 소설도 놓치지 말길 바란다.

"명성은 좋지 않답니다. 내 명성을 가져가세요"*

나는 『와인즈버그, 오하이오』에 나오는 이야기들을 사랑한다. 적어도 대부분은 사랑한다. 그리고 난 셔우드 앤더슨의 얼마 안 되는 다른 단편소설들도 사랑한다. 내 생각에 셔우드 앤더슨의 최고작들은 서로 우열을 가릴 수 없이 좋은 것 같다. 『와인즈버그, 오하이오』(이 책은 시카고에 살 때 쓴 것으로, 셔우드가 오하이오 주가 아니라 시카고에서 알던 사람들을 기초로 쓴 것이다)는 미국 전역의 대학에서 가르치고 있고, 그래야 마땅하다. 셔우드가 쓴 단편소설들은 이런저런 식으로 미국 단편소설 걸작선마

---

* 셔우드 앤더슨, 『편지 선집』, 찰스 E. 모들린 편집, 녹스빌: 테네시 대학교 출판부, 1984.(원주)

다 꼭 들어간다. 그러나 그 외에는 오늘날까지 읽히는 작품들이 없다. 앤더슨의 시들은 오래전에 잊혔다. 장편소설들, 에세이집과 논설집들, 자전적인 글들, 회고록들과 희곡들, 모든 게 더는 아무도 들어가지 않는 침침한 불빛 아래의 영역으로 사라진 듯하다.

『편지 선집』을 막 마친 뒤, 내 생각에 'S. A.'—셔우드 앤더슨은 편지에 가끔 이렇게 서명했다—는 가장 먼저 어깨를 으쓱하며 이렇게 말했을 듯하다. "뭘 기대했는데?" 앤더슨은 자신이 길이 남을 책을 적어도 한 권은 썼음을 알고 있었다. 사람들은 앤더슨이 『와인즈버그, 오하이오』로 미국의 고전을 썼다고 말했고, 앤더슨은 그 의견에 동조하곤 했다. 앤더슨은 1919년에 낸 이 책으로 명성을 쌓았다. 하지만 그후로 1941년에 죽을 때까지의 작품들은 어떠했나? 뭔가 일어났고, 다들 그걸 알았다. 1925년 초반부터 작품에 변화가 생겼고, 비평가들이 앤더슨을 보는 방식에도 변화가 생겼으며(앤더슨은 비평가들을 "심해의 사색가들"이라고 불렀다), 젊은 어니스트 헤밍웨이의 건방진 편지들과 앤더슨에 대한 심술궂은 패러디 『봄의 급류』가 그 전조가 되었다. 1925년 『어두운 웃음』이 나오고 다시 일 년 사이, 앤더슨은 여러 잡지에서 자신의 문학적 사망을 알리는 글을 읽었다. 앤더슨은 그 공격에 아무렇지 않았다고 말했다. 그러나 실은 심히 괴로워했다. 후원자인 버턴 에멧에게 쓴 편지에서 앤더슨은 그 일이 자신의 "영혼까지 병들게" 한다고 했다. 앤더슨은 자신의 비평가 중 하나인 존 필 비숍에게 이렇게 썼다. "제 정신이 이곳의 우중충한 시골마을 중 하나와 비슷하다는 당신의 의심은 슬프게도 정말로 진실인 것 같습니다."

그러나 앤더슨은 언제나 글쓰기를 일종의 치료라 여겼고, 비평가들이 뭐라 하든 끊임없이 글을 썼다. "글쓰기는 내가 살아가게 도와줬어. 지금도 여전히 그렇게 도와주고." 앤더슨은 1920년 플로이드 델에게 이렇게 썼다. 글쓰기는 '삶이라는 질병'의 치료법이었다. 앤더슨은 설립을 도왔던 통신판매회사가 파산하자 심각한 신경쇠약을 겪은 적이 있었다. 그 날짜는 정확히 1912년 11월 28일로 알려져 있다. 그러나 두 달 뒤, 앤더슨은 평소의 일로 돌아왔다. 아내와 세 아이를 부양하기 위해 시카고로 가 광고회사에 취직했고, 밤에는 단편소설과 장편소설을 썼으며 때로 식탁에서 잠들기도 했다. 1914년, 앤더슨의 몇몇 작품이 당시의 작은 잡지들에 실리기 시작했다. 1916년 앤더슨은 첫번째 소설 『윈디 맥퍼슨의 아들』을 발표했다. 같은 해, 앤더슨은 아내와 이혼하고 아이들을 아내에게 보내고 재혼했다. 그는 새로운 삶이 열리길 바라며 새출발했다. 앤더슨은 광고일을 그만둘 수 있었다. 그러나 그후 이십 년간 재정 형편은 대체로 그렇고 그래서, 앤더슨은 광고일로 돌아가야 할지도 모른다는 불안감을 품고 살았다. 추가 소득을 위해 앤더슨은 강단에 섰고, 말년에는 작가 콘퍼런스에도 여러 번 모습을 드러냈다. 이따금 앤더슨은 어느 부유한 남자에게, 그리고 그 남자가 죽은 뒤엔 그 과부에게 굴욕적인 상황에서 돈을 받을 수밖에 없었다.

한편, 앤더슨은 계속 책을 내면서도 수십 권은 더 쓸 계획이었다. 어떤 책들은, 어쩌면 다행히도 절대 실현되지 않았는데, 여기에는 미시시피 강의 역사에 대한 책과 어린이책들(그는 '아이들 책'을 쓰려는 생각을 1919년 초반부터 가지고 있었고, 죽기 얼마 전까지도 계속했다), 그리고 '현대 산업'에 대한 책들이 들어 있었다. 때때로 편지에서 앤더슨은 이런 생각들을 언급하고, 이는 훗날 '앤더슨은 이 프로젝트에 착수하지 않았다'는 취지의 각주로 달리게 된다. 그럼에도 앤더슨의 타자기에서는 글이 쏟아져나왔다. 앤더슨은 단숨에 팔천 단어나 일만 단어, 일만 이천 단어까지 쓸 수 있었다. 그런 뒤엔 누워서 "죽은 듯이" 잤다. 그러고는 다시 일어나 글을 더 토해냈다.

『와인즈버그』 이후 앤더슨은 유명해졌지만, 이 유명세는 좋기도 나쁘기도 한 것이었다. 1927년, 앤더슨은 형이자 화가인 칼 앤더슨에게 편지를 써서 명성은 예술가에게 독인 것 같다고 했다. 자신의 단편소설 두 편을 비평해달라며 25달러 수표를 함께 보낸 워싱턴 D. C.의 교사에게는 이렇게 썼다. "명성은 좋지 않답니다, 선생님. 내 명성을 가져가세요." 그리고 1930년, 버턴

에멧에게 보낸 또다른 편지에서 앤더슨은 말했다. "전 제게 관심이 쏠리길 원하지 않습니다. 지금 의견을 내놓는 사람들 눈에 띄지 않고 무명으로 여생 동안 글을 쓸 수 있다면, 전 훨씬 행복해질 겁니다."

그러나 좋든 싫든, 앤더슨은 유명한 작가였다. 하지만 앤더슨은 손쉬운 목푯감의 위치에 있었다. 삼류 기자에서 삼류 극작가까지, 그리고 앤더슨의 발뒤꿈치도 못 따라갈 별 시답잖은 잡지기고가까지, 누구나 마음만 먹으면 함부로 입을 놀리며 비난할수 있었다. 앤더슨은 가장 매혹적이며 성공한, 그리고 궁극적으로 훨씬 흥미로운 동시대인들이 드리우는 무거운 그림자 속에살았다. 그리고 앤더슨은 그들이, 혹은 자신이 빚은 이러한 사태를 절대 용서할 수 없었다.

피츠버그 대학교의 영문학 교수인 로저 서걸이 글쓰기에 대해 조언을 청하자 앤더슨은 "빡빡하지 않게, 빡빡하지 않게" 하라고 촉구했다. 앤더슨은 대부분의 작가가 실패하는 건 다음과같은 이유라고 느꼈다. "그들은 본질적으로 이야기꾼이 아니다. 그들은 글쓰기에 대해 이론들을 알고, 스타일에 대한 개념을 알고, 종종 진짜 글을 쓸 능력도 있지만, 그들은 빵 하고 터지는 이야기를 말하지 않는다." 앤더슨은 오자크 고원에서 차창 밖으로 소설을 던진 적이 있었고, 시카고에서도 호텔방 창문 밖으로 소설을 던졌다. "명쾌하고 솔직한 이야기"가 아니라는 이유에서였다. 앤더슨은 '기교'를 믿지 않았고, 작가들에게 있어서 그가 '영리함'이라 부르던 요소도 믿지 않았다. 사실 앤더슨은 작가들 대부분에 대해 살짝 짜증을 냈던 것 같지만, 토머스 울프는 예외였다. 1937년 9월, 앤더슨은 울프에게 이렇게 썼다. "자네의 배짱을 사랑하네, 톰. 자넨 그래도 돼." 하지만 조이스에 대해서는 "음울한 아일랜드인…… 때문에 뼈마디가 다 쑤셔. 그자가 헛다리를 짚고 있거나, 내가 풋내기인 거야"라고 했다. 에즈라 파운드는 앤더슨을 "열정이 없는 텅 빈 자"라고 공격했다. 앤더슨은 싱클레어 루이스가 노벨문학상을 받은 것을 "아주 우울한 일"이라고 생각했다. 헤밍웨이의 『아프리카의 푸른 언덕』이 출간된 뒤, 앤더슨은 배우 겸 감독인 친구 재스퍼 디터에게 편지를 써서, 헤밍웨이는 "소위 현실을 낭만적으로 묘사하는 일에 빠졌어…… 코끼리 똥, 죽이기, 죽음, 기타 등등, 기타 등등에 대해 일종의 무아경을 느끼지. 그래놓곤 완벽한 문장을 쓰는 것, 뭐 그런 일에 대해 말해. 정말 황당하지 않아?"라고 말했다.

1939년 11월 젊은 존 스타인벡을 만났을 때 앤더슨은 아직 『분노의 포도』를 읽기 전이었지만, 프레즈노에서 루이스 갈랑티에르에게 편지를 써서 스타인벡이 "비번인 날의 트럭 운전사"처럼 보인다고 했다. 이어서 앤더슨은 강제노동수용소의 상황이 "현재 전국에서 일어나고 있는 상황과 전혀 다르지 않다"고 말했고, 그 책이 엄청난 인기를 얻은 것은 "보편적인 상황을 특정

지역화했다"는 사실 때문이라고 했다. 당시 스타인벡에게 쏟아지던 엄청난 관심을 앤더슨이 좋아하지 않았음은 분명하다.

앤더슨은 1876년 오하이오 주의 캠던에서 태어났지만, 주로 클리블랜드 근처의 작은 마을인 클라이드에서 자랐다. 아버지는 "집 임대기간이 끝날 때마다" 가족을 이사시키던 떠돌이였다. 앤더슨은 오랫동안 닥치는 대로 막노동을 했고, 마침내 직종을 바꿔 광고일을 하게 되었다. 앤더슨은 자신에게 "잔머리"가 있었다고 말했다. "사람들을 다루고, 내가 원하는 대로 사람들을 움직이고, 내가 원하는 대로 사람들이 바뀌게 했다⋯⋯ 진실은, 내가 말을 번드르르하게 잘하는 개새끼라는 거였다." 그러나 앤더슨은 미국 중부의 작은 마을 일상에 감춰진 이면을 직접 겪어 알았다. 그리고 그 이면에 대해 그때까지의 어떤 미국 작가보다도 훨씬 잘 쓸 수 있었고, 좀더 정확하면서 공감 가도록 쓸 수 있었다. 이후의 작가들도 대부분 앤더슨을 이길 수 없었다. 작은 마을들과 작은 삶들은 앤더슨의 주제였다. 앤더슨은 미국을 사랑했고, 미국적인 것들을 사랑했다. 이렇게 오랜 시간이 지나서도 나는 여전히 앤더슨의 강한 애정에 감동을 느낀다. "난 이 나라를 사랑해." 앤더슨은 편지에 그렇게 쓰곤 했다. 또한, "맙소사, 난 이 나라를 너무 사랑해"라고도 썼다. 앤더슨의 심장, 변치 않는 관심―그리고 진짜 천재성―은 시골과 시골 사람들 그

454

리고 그들의 방식에 뿌리박고 있었다. 이는 1919년 월도 프랭크에게 보낸 편지에서 잘 드러난다. "하루 휴가를 내서 농부들과 함께 정면 관람석에 앉아 동물들이 오가며 모습을 뽐내는 걸 보고 있노라니 참으로 즐거웠어. 말들은 아름다웠고, 가축 전시회장의 전시용 우리에 있는 멋진 수송아지, 황소, 돼지, 양 들도 역시 아름다웠어." 1927년 조지 처치에게 쓴 편지에선 이렇게 말했다. "내가 정말 하고 싶은 것─글쓰기에서 나의 목적─은 이 나라에 대해 다시 생생하게 표현하는 거야. 난 밤에 개울이 어떤 소리를 내는지 말해주고 싶어─얼마나 조용히 흘러가는지 몰라. 소나무들 사이에 부는 바람이 내는 소리도."

앤더슨은 자신이 쓴 것 중에 최고는 단편 「알」이라고 생각했다. 이에 더해 앤더슨이 가장 좋아한 단편소설들은 「말하지 않은 거짓말」「손」「어딘지 모르는 곳으로부터 어딘지 모를 곳으로」「왜인지 알고 싶어」「나는 바보」였다. 적어도 나는 이 목록에 「숲속의 죽음」과 「여자가 된 남자」를 더하고 싶다.

앤더슨은 『어두운 웃음』을 출간하여 돈을 좀 번 뒤, 버지니아주 트라우트데일에 농장을 샀다. 그러나 앤더슨은 안주할 수 없는 진정한 미국의 방랑자였고, 한곳에 머무를 수 없었다. 1919년부터 1941년 2월 복막염으로 남미행 배에서 죽을 때까지(앤더슨은 남미에 가면 "대도시를 벗어나 인구 오천에서 일만 명의 작은 마을로 가서 어쩌면 몇 달 동안 머무르길" 바랐다), 앤더슨은 전국을 누비고 다녔다. 뉴욕, 캘리포니아, 버지니아, 텍사스, 앨라배마, 위스콘신, 캔자스, 애리조나, 미시간, 콜로라도, 플로리다—다 합쳐 사십에서 오십 개의 주거지—에서 살고 일했으며, 휴식을 취할 땐 유럽과 멕시코로 여행을 갔다. 앤더슨이 호텔을 '찬미'한다는 게 도움이 되었다. "호텔 생활에서 최악을 겪을 때조차도 가족과 사는 것에 비하면 아주 훌륭하다." 앤더슨은 캔자스시티에서 마음에 쏙 드는 호텔을 찾아냈다. "완전히 곤궁해진 삼류 배우, 프로권투선수, 프로야구선수, 창녀, 자동차 판매원들이 가득하다. 신이여 맙소사, 이 얼마나 겉만 번지르르한 사람들인가. 난 이들을 사랑한다."

앤더슨은 편지를 아주 많이 썼다. 이 선집에 실린 편지 201통 가운데 대부분이 처음으로 출판되었다. 먼저 나온 책 『셔우드 앤더슨의 편지』는 하워드 멈퍼드 존스가 편집했고 편지 401통이 실려 있으며, 1953년에 출간되었다. 그리고 1949년 호러스 그레고리가 편집한 『휴대형 셔우드 앤더슨』 역시 쉽게 접근 가능한 편지 모음집이다.

시카고의 뉴베리 도서관에는 앤더슨의 편지가 오천 통 넘게 있으며, 이 편지들이 현재 선집의 토대가 되었다. 그러나 편집자인 찰스 E. 모들린은 다른 기관들 스물세 곳에서도 편지를 골라냈고, 개인들에게서도 편지를 구했다. '유보되었다가' 최근에야 볼 수 있게 된 편지들이다. 모들린은 편지들을 잘 골라냈다. 여기 실린 편지들은 개인적 관심사와 작가로서의 관심사를 똑같이 공평하게 다루고 있다. 두 방면 모두에서, 앤더슨의 삶에는 많은 일들이 벌어졌다. 이 한 권만으로도 어느 독특한 미국 작가의 인생을, 오늘날 구어체와 솔직한 방식으로 쓰는 수많은 작가들의 소설에 아직도 존재감을 드러내고 있는 작가의 인생을 그려낼 수 있다.

이 편지들은 셔우드 앤더슨을 완전히 밝히고 앤더슨이 어떤 사람인지 아는 데 큰 도움을 준다. 확실히, 이 편지들은 편지를 받을 사람과 후대 모두를 염두에 두고 고상한 편지 쓰기 전통에 따라 쓴 것들이 아니다. 편지 받을 사람의 성격에 따라 '맞춰' 쓰지도 않았다. 일부는 육필로 썼고, 앤더슨은 이 점에 대해 사과했다. 혹시라도 내게 불만이 있다면, 이 편지들에 감도는 어조가 똑같은 경향이 있다는 점이다. 나는 앤더슨이 축약어를 쓰지 않았다는 사실이 편지의 차분하고 정연하며 심지어 구슬프기까지 해 보이는 분위기를 더욱 고취한다고 생각한다. 이 편지들을 읽으며 우리는 앤더슨과 그의 작품에 대해 몇 가지를 알게 된다. 그러나 무엇보다도, 독자는 감정을 잘 드러내지 않던 이 남자가 그 자신의 금욕적인 등장인물 중 하나를 매우 닮았다는 느낌을 받는다. 감정을 억누르고 자신의 마음을 얘기할 수 없으며, 진짜 속내를 털어놓지 못하는 그런 등장인물을 말이다.

죽기 일 년 반 전인 1939년, 앤더슨은 막 쓰기 시작한 새 책에 대해 로저 서절에게 편지를 썼다. "난 다시 노력중이야. 사람이라면 다시, 또다시 시작해야지…… 아주 좁은 들판, 길가의 집, 모퉁이 약국의 남자 속에서도 생각하고 느끼려고 애써야 해."

앤더슨은 용감한 남자였고, 훌륭한 작가였다. 오늘날에도 그리고 다른 시대에도 존경할 만한 특성이다.

프랑스의 출판업자인 가스통 갈리마르는 『와인즈버그』의 출판권을 얻었지만 곧바로 출판하지는 않았다. 몇 년이 흐르자 결국 앤더슨은 파리에서 이 저명한 출판사 대표를 만나러 갔다.

"좋은 책인가요?" 갈리마르가 앤더슨에게 물었다.

"완전 좋은 책이죠." 앤더슨이 대답했다.

"흠, 그렇게 좋은 책이라면, 우리가 마침내 출판할 때도 여전히 좋은 책일 겁니다."

앤더슨의 최고작은 여전히 좋다. 앤더슨은 다음과 같은 글을 쓰며 자신의 비문을 지은 건지도 모른다. "나는 고속도로를 따라 깔린 돌 같은 이야기를 몇 편 썼다. 그 이야기들은 참으로 견고하며, 앞으로도 그곳에 그대로 남아 있을 것이다."

성년이 되다, 만신창이가 되다*

1954년 아프리카에서 두 번의 비행기 추락사고에서 살아남고, 한 번은 죽었다는 보도까지 나가면서, 어니스트 헤밍웨이는 자신의 부고를 읽는 독특한 경험을 했다. 그때 나는 십대였고 간신히 운전면허증을 딸 수 있는 나이가 됐지만, 석간신문 1면에서 헤밍웨이의 사진을 본 기억은 아직도 생생하다. 헤밍웨이는 씩 웃으며, 자신의 사진과 자신의 죽음을 알리는 1면 전단 표제가 보이는 신문을 들고 있었다. 나는 고등학교 영어시간에 헤밍웨이의 이름을 들은 적이 있었고, 나와 마찬가지로 글을 쓰고 싶어

---

* 피터 그리핀, 『청년기와 함께: 헤밍웨이, 초년 시절』, 뉴욕: 옥스퍼드 대학교 출판부, 1985: 제프리 마이어스, 『헤밍웨이: 전기』, 뉴욕: 하퍼 & 로, 1985.(원주)

하던 친구 하나는 나와 나누는 모든 대화에 헤밍웨이의 이름을 어떻게든 끼워넣곤 했다. 그러나 당시 나는 헤밍웨이가 쓴 작품을 하나도 읽은 적이 없었다. (나는 토머스 B. 코스테인을 비롯한 다른 작가들의 책을 읽느라 바빴다.) 헤밍웨이를 신문 1면에서 보고 그의 업적과 성취, 그리고 최근 죽을 뻔한 일에 대해 읽고 나자 나는 마음이 들뜨고 완전히 매혹되었다. 그러나 난 가고 싶어도 갈 수 있는 전쟁이 없었고, 아프리카는 내게 달만큼이나 멀게 느껴졌다. 파리, 팜플로나, 키웨스트, 쿠바는 물론이거니와 심지어 뉴욕 역시 내게는 마찬가지였다. 그래도 나는 신문 1면에서 헤밍웨이의 사진을 보고 작가가 되겠다는 결심이 더욱 굳어졌다고 생각한다. 그래서, 이유가 좀 이상하긴 해도, 나는 그때 이미 헤밍웨이에게 빚을 졌다.

아프리카에서의 사고 직후, 헤밍웨이는 자신의 삶을 돌아보며 이렇게 썼다. "내가 아는 가장 복잡한 주제는, 내가 인간인 관계로, 인간의 삶이다." 어니스트 헤밍웨이에 대한 탐색은 아직도 진행중이다. 지금으로부터 거의 이십오 년 전, 이 작가는 심각하게 아팠고 과대망상증과 우울증에 시달렸으며, 메이오 클리닉에서 두 번 연속 감금된 동안 받은 전기충격치료 때문에 기억상실을 겪고 엽총으로 자신의 머리를 날려버린다. 1961년 7월 2일 아침, 네번째 아내인 메리 웰시 헤밍웨이는 아이다호 주의 케첨에 있는 헤밍웨이의 집 2층 안방에서 자다가 "서랍 몇 개를 쾅 닫는"

듯한 소리를 듣고 잠에서 깼다. 헤밍웨이가 죽은 후 사람들이 받은 충격과 상실감은 다음과 같은 에드먼드 윌슨의 말로 가장 잘 표현된다. "마치 내 세대의 한 모퉁이 전체가 갑자기 그리고 무시무시하게 무너져내린 것만 같다."

헤밍웨이는 1961년에 "셰익스피어가 죽은 뒤로 가장 걸출한 작가"(존 오하라가 『강을 건너 숲속으로』를 칭찬하며 한, 후해도 너무 후한 평가다)라는 찬사까지 받았지만, 이후 많은 비평가들과 일부 동료 작가들은 자신들과 문학계 대부분이 왠지 감쪽같이 속고 있었다고, 헤밍웨이는 결코 사람들이 생각했던 만큼 훌륭하지 않았다고 기록에 남겨야 한다는 의무감을 느끼는 지경이 되었다. 그래도 사람들은 헤밍웨이의 소설들 중 적어도 하나, 어쩌면 두 편(『태양은 다시 떠오른다』와, 아마 『무기여 잘 있거라』)은 21세기까지 살아남을 수 있을지 모르며 단편소설들 중에서도 몇 편, 아마도 대여섯 편은 그러하리라 동의한다. 죽음과 함께 이 작가는 결국 무대의 중심에서 떨려나고, 치명적인 '재평가'를 받기 시작했다.

헤밍웨이가 죽자마자 특정한 종류의 글쓰기가 이 나라에 나타나기 시작한 것 또한 꼭 우연의 일치만은 아니다. 새로운 글쓰기는 불합리하고 터무니없는 것을 강조하며 사실주의 전통에 반대하는 반反사실주의였다. 이러한 맥락에서, 헤밍웨이가 좋은 글쓰기는 어때야 한다고 믿었는지 다시 상기해보는 것도 가치 있는 일일 것이다. 헤밍웨이는 소설이라면 진짜 경험에 근거해야 한다고 느꼈다. "작가의 일은 진실을 말하는 것이다"라고 헤밍웨이는 『전장의 인간』 서문에 썼다. "작가는 충실함에 대한 기준이 아주 높아야 하고, 그래서 경험에서 나온 허구가 그 어떤 실제의 것보다도 더 진실한 이야기를 만들어내야 한다." 헤밍웨이는 또한 이런 말도 썼다. "어째서 그런 감정을 느꼈는지를 알아내라. 어떤 행동이 당신에게 그런 흥분을 안겼는가. 그런 뒤 그걸 적어서 명확하게 만들어라…… 그 글을 읽는 사람에게도 경험의 일부가 되게 하라."

헤밍웨이의 존재감과 영향력을 고려할 때, 사후의 날카로운 반응은 불가피했다. 그러나 점차, 특히 지난 십 년간 비평가들은 유명인이자 큰 동물 사냥꾼이자 원양 어부이자 고주망태 깡패이자 난동가를, 내 눈엔 한 해 한 해 지날수록 더욱 견고해지는 듯보이는 작품을 만들어내는 단련된 장인이자 예술가와 더 잘 구분할 수 있게 되었다.

"위대한 것은 끝까지 남아서 자신의 일을 마치는 것이다." 헤밍웨이는 『오후의 죽음』에서 말했다. 그리고 본질적으로, 그게 바로 헤밍웨이가 한 일이다. 이 남자―본인이 인정하는바 '개새끼'라는 이 남자―자신의 장편소설과 단편소설들로 소설이 쓰이는 방식을 영원히 바꿔놓았고, 한때는 사람들이 자기 자신에 대해 생각하는 방식마저 바꿔놓았던 이 남자는 누구였나?

피터 그리핀의 놀랍고도 내밀한 책 『청년기와 함께: 헤밍웨이, 초년 시절』(이 제목은 헤밍웨이의 초기 시 중 하나에서 따온 것이다)에 그 답이 어느 정도 들어 있다. 그리핀 씨는 브라운 대학의 젊은 박사과정생 시절에 메리 헤밍웨이에게 짧은 편지를 썼다. 인생에서 힘들던 때에 헤밍웨이의 작품들이 자신에게 얼마나 중요했는지에 대한 편지였다. 메리 헤밍웨이는 그리핀 씨를 집으로 초대했고, 세 권짜리 전기 중 첫 권인 이 책을 쓰는 데 전적으로 협조하겠다고 약속했다. 문학 연구자들과 전문가들 다수가 이미 훑은 영역을 다루면서, 그리핀 씨는 상당한 양의 새롭고 의미심장한 정보를 찾아냈다. (아직 책으로 나온 적이 없는 단편소설 다섯 편도 포함되었다.) 이 책은 여러 장에 걸쳐 헤밍웨이의 유년기 가족사와 관계를 다루고 있다. 어머니는 가수라는 자만심으로 똘똘 뭉친 고압적인 여자였다. 아버지는 저명한 의사로, 헤밍웨이에게 사냥과 낚시를 가르치고 생애 첫 권투장갑을 주었다.

그러나 이 책에서 단연 더 크고 더 중요한 부분은, 헤밍웨이가 성년이 된 뒤 〈캔자스시티 스타〉지의 기자가 되고, 그 뒤 이탈리아에서 적십자의 구급차 운전기사로 일하다가 오스트리아군의 박격포탄과 기관총탄에 맞아 중상을 입는 부분이다. 책은 밀라노의 군병원에서 보낸 요양기에도 길게 지면을 할애했다. 그곳에서 헤밍웨이는 펜실베이니아 출신의 간호사와 사랑에 빠지고, 애그니스 쿠로스키라는 이름의 이 간호사는 『무기여 잘 있거라』에 나오는 캐서린 바클리의 모델이 된다. (애그니스는 헤밍웨이를 차고 이탈리아인 백작에게 갔다.)

1919년 헤밍웨이는 일리노이 주 오크파크에 있는 집으로 돌아오는데, 이때 그는 "수탉 깃털을 꽂은 베르살리에리 부대 모자를 쓰고, 빨간 새틴 안감을 댄 무릎 길이의 장교용 어깨 망토를 두르고, 용맹 메달과 십자훈장이 달린 리본으로 장식된 영국식 튜닉을 입었다". 헤밍웨이는 걸을 때 지팡이를 써야 했다. 헤밍웨이는 영웅이었고, 전쟁 경험에 대해 시민들에게 이야기해주기 위해 강연 에이전시에 등록했다. 마침내 화나고 당황한 부모님이 집에서 나가달라고 하자(헤밍웨이는 직장에 들어가 일하고 싶지 않았고, 늦게까지 자고 일어나 오후에는 포켓볼을 치고 싶어했다), 헤밍웨이는 미시간 북부의 반도로 갔다가 다시 토론토로 갔고, 거기서 어느 부유한 가족에게서 한 달에 80달러와 숙식을 제공받고 가정교사가 되어 이 가족의 지진아 아들을 가르치고 "남자로 만들기"로 했다.

헤밍웨이는 토론토를 떠나 시카고로 이사했고, 빌 혼이란 친구와 한집에 살며 자유분방한 생활을 했다. 헤밍웨이는 〈코먼웰스 코오퍼러티브〉라는 잡지사에서 일했고, 그의 말을 빌리자면, "남자들의 애인 구함 광고, 지역 분쟁, 여성 소설, 1단 사설, 아이들 이야기 기타 등등"을 썼다. 이때, 헤밍웨이는 셔우드 앤더슨과 칼 샌드버그 같은 문학계 인사들을 만나기 시작했다. 헤밍웨이는 키츠와 셸리의 시를 큰 소리로 읽고 해설하길 좋아했고, 한번은 헤밍웨이의 '감성적인 해석'을 칭찬한 샌드버그 곁에서 『오마르 하이얌의 루바이야트』를 읽기도 했다. 헤밍웨이는 춤추는 데 완전히 빠져 있었고, 케이트 스미스라는 이름의 여자친구와 댄스 경연대회에 나가 우승도 했다. (케이트 스미스는 훗날 존 더스패서스와 결혼했다.) 1920년 10월 헤밍웨이는 또다른 여자를 만났고, 여덟 살 연상인 그녀는 후에 헤밍웨이의 첫번째 아내가 되었다. 그 유명한 엘리자베스 해들리 리처드슨이었다.

아홉 달에 걸친 연애 기간 동안―해들리는 세인트루이스에 살았고, 헤밍웨이는 시카고에서 살고 일했다―둘은 각자 천 장이 넘는 편지를 썼다. (해들리의 답장은 어니스트와 해들리의 아들인 잭 헤밍웨이가 그리핀 씨에게 공개함으로써 책에 실을 수 있게 되었다. 잭은 또한 이 책의 머리말도 썼다.) 그리핀 씨가 인용한 구절들은 지적이고 재치 있으며 종종 감동적이고, 스물한 살의 헤밍웨이가 매주 보낸 단편소설, 스케치, 시에 대해 해들리가 빈틈없고 통찰력 있는 대답을 해주었음을 보여준다.

어느 편지에서, 해들리는 자신이 쓴 글과 헤밍웨이가 쓴 글을 대조시킨다. 해들리는 자신의 글에는 추상적 개념이 가득하지만 헤밍웨이의 글은 그렇지 않음을 안다고 말했다. 그러나 그게 다가 아니었다. "어니스트의 모든 문장에서는 강조할 부분이 자연스레 강조되지만, ……나는 중요한 단어 아래에 밑줄을 그어야 해요." 해들리는 헤밍웨이의 직관력을 칭찬했다. "글 안에 영감이 있다는 건 정말 멋져요. 그 자명한 한 예가 바로…… 당신 마음속에 불현듯 떠올라 만사의 방식을 이해하게 해주는 생각들이에요." 해들리는 이게 헤밍웨이 작품의 근간이라고 느꼈다. 해들리는 함께 유럽으로 간다는 계획을 격려했고, 이 계획이 헤밍웨이의 글쓰기에 꼭 필요하다고 생각했다. "뭐랄까, 당신은 내부의 모든 곳에서 강한 향을 확 풍기게 할 굉장히 멋진 산들바람 같은 글을 쓰게 될 거예요. 당신은 나보다 먼저 작품을 완성할 것이고, 그럴 장소로는 파리가 딱이에요."

1921년 4월 말, 헤밍웨이는 자신이 첫 소설을 시작하려 하며 "스스로 생각하는 것을 말하고 이야기하는 진짜 사람들"에 관한 책이라고 해들리에게 말했다. 이 소설의 주인공인 젊은이의 이름은 닉 애덤스가 될 것이었다. 해들리는 이렇게 답장을 썼다. "한 젊은이가 젊고 아름다운 무언가를 쓰게 되다니 참으로 신께 감사해요. 글을 쓰는 그 순간, 바로 그 가슴속에 젊은이들의 깨끗하고 활력 있는 신선함이 깃들어 있는 사람이죠. 계속해요. 난 당신의 아이디어에 완전히 열광하고 있어요." 헤밍웨이의 문체에 대해 해들리는 이렇게 말했다. 헤밍웨이의 문체는 "꼭 필요하고 강화해주는 게 아니면 모두 제거했어요. 〔그것은〕 단순한 지적 사고의 결과가 아니라 깊은 감수성의 결과물이에요…… 당신에겐 리듬과 분위기와 대사를 잘 파악하는 재능이 있어요. 요즘 당신이 자신의 삶에 얼마나 많은 중요한 실들을 짜넣고 있는지 아나요? 내 사랑, 이제껏 당신의 '일인칭' 인생에서 한 일들 가운데 이게 가장 잘한 일에 들어가요…… 난 그 힘에 완전히 사로잡혔어요…… 그것은 단순하지만 최고급 사슬갑옷만큼이나 뛰어나요." 그러나 해들리는 헤밍웨이에게 경고도 했다. "예술에서 진실성을 계속 지키려면…… 힘이 많이 든답니다. 그리고 죽는 날까지, 당신은 필시 능수능란한 기교 때문에 자신도 모르게 좋지 않은 심리 상태에 빠질 때가 있을 거예요. 하지만 정직해질 가능성은 그 누구보다 당신에게 더 많아요. 당신은 그럴 의지가 있으니까요." 또한 이렇게 썼다. "솔직히, 당신은 감동적이고 힘있는 것을 만들어내는 놀라운 일을 하고 있어요…… 절대 포기하지 말아요…… 함께 계속 해나가요."

그리핀 씨의 전기는 이 신혼부부가 거트루드 스타인과 에즈라 파운드에게 보내는 소개 편지로 무장한 채 배를 타고 프랑스로 가려 하는 데서 끝난다. 이 책은 매력, 활기, 잘생긴 얼굴, 글쓰기에 대한 헌신적 열의를 지닌 젊은 헤밍웨이를 생생히 살려내고, 이제껏 헤밍웨이에 대해 내가 읽은 어떤 책과도 다르다.

제프리 마이어스의 『헤밍웨이: 전기』에 나오는 어니스트 헤밍웨이는 전혀 다른 사람이다. 학자이자 전문 전기작가인 마이어스 씨는 (몇 명만 이름을 대자면) T. E. 로런스, 조지 오웰, 캐서린 맨스필드, 시그프리드 서순, 윈덤 루이스, D. H. 로런스에 대한 책을 썼다. 마이어스 씨는 이제까지 헤밍웨이에 대해 쓰인 모든 걸 읽은 듯하고, 헤밍웨이의 가족들 여럿과도 인터뷰했으며 (여기서 메리 헤밍웨이는 예외라는 점을 주목할 만하다. 메리는 협조하지 않겠다고 상당히 강력하게 거부한 것 같다), 친구, 옛 벗, 추종자 들까지도 인터뷰했다.

전기작가에게 대상에 대한 지나친 찬사는 꼭 필요한 게 아니지만, 마이어스 씨의 책은 헤밍웨이에 대한 비판적 의견으로 가득하다. 특히나 당혹스러운 부분은 "헤밍웨이 자신의 영웅인 트웨인과 키플링과 달리, 〔헤밍웨이는〕 예술가로서 절대 완전히 성숙하지 않았다"는 마이어스 씨의 강한 믿음이다. 이 책을 읽을 의지를 심하게 꺾어버리는 문장이지만 이건 이 책의 전제 중 하나이다. 독자가 멍하게 책을 읽는 동안 이 말은 자꾸 반복되는 듯 보인다. 마이어스 씨는 짧게 그리고 비난조로 『오후의 죽음』 (그러나 마이어스 씨는 이 책을 "영어로 쓴 투우 연구의 고전"이라 부른다), 『아프리카의 푸른 언덕』 『승자는 허무하다』 『여자 없는 남자들』 『소유와 무소유』 『강을 건너 숲속으로』 『해류 속의 섬』 『파리는 날마다 축제』(그럼에도 마이어스는 이 책이 헤밍웨이가 쓴 최고의 '논픽션'이었다고 주장한다) 그리고 『노인과 바다』에 대해 말한다.

전반적으로 헤밍웨이의 나머지 작품들은, 마이어스 씨에 따르면 "허영심과 자기연민의 과도한 표현…… 숙고하는 등장인물을 창조할 수 없는 무능력, 자신의 환상을 행동으로 옮기려는 경향"에 의해 망쳐졌다. 무엇이 남았나? 『태양은 다시 떠오른다』, 단편소설 십여 편(그중 「프랜시스 머콤버의 짧고 행복한 삶」과 「킬리만자로의 눈」이 있다), 그리고 어쩌면 『무기여 잘 있거라』와 『누구를 위하여 종은 울리나』가 있다. 마이어스 씨는 헤밍웨이가 아프리카의 비행기 추락사고 때 죽지 않은 게 원통하다고 생각하는 듯하다. 마이어스 씨는 이렇게 말한다. 그때 헤밍웨이가 "큰 폭포에서 혹은 야생 코끼리들 사이에서" 죽었더라면, "헤밍웨이의 평판은 지금보다 훨씬 좋았을 것이다. 헤밍웨이는 말 그대로 영광의 불꽃 속에 영면했을 것이다…… 이렇게 추락하고 쇠약해지기 전에 말이다".

하늘에 감사하게도 이 전기작가는 낚싯대와 남근 선망을 동시에 논하지 않지만, 헤밍웨이와 헤밍웨이의 작품에 대한 마이어스 씨의 해석은 엄밀히 프로이트적이다. 이 책에는 '상처'에 대한 이야기가 아주 많이 나온다. 1918년 이탈리아에서의 박격포탄과 기관총탄을 시작으로 헤밍웨이가 겪은 육체적 부상들뿐 아니라, 애그니스 쿠로스키에게 차일 때의 '상처'도 있다. 또다른 '상처'는 해들리가 기차를 타고 파리에서 스위스로 가다가 열차 칸에서 헤밍웨이의 초기작이 든 여행가방을 도둑맞았을 때의 것이다. 마이어스 씨는 이렇게 썼다. "이 상실은 헤밍웨이의 마음속에서 성적 불충실함과 돌이킬 수 없이 결부되었고, 헤밍웨이는 잃어버린 원고와 잃어버린 사랑을 동일시했다."

이게 불운하고 경악스러운 사건이긴 했지만, 이 전기작가의 눈에는 그 결과로 해들리가 헤밍웨이의 전 부인이 된 것이 분명했다. 그러나 헤밍웨이 쪽에 잘못이 전혀 없었던 것은 아니고, 죄책감은 가끔 심하게 기묘한 방식으로 표현된다. 마이어스 씨는 이렇게 썼다. "헤밍웨이는 폴린[파이퍼]과 결혼한 첫해 동안 필경 죄책감과 관련있는 세 번의 사고를 겪었다." 그다음 이 놀라운 언급이 나온다. "헤밍웨이는—많은 평범한 남자들처럼—어머니를 차지하는 일로 아버지와 대립하여 오이디푸스콤플렉스에 관여되어 있다. 『태양은 다시 떠오른다』에 분명히 드러나듯 투우가 성교를 상징한다면("칼이 들어가고, 찰나의 순간, 투우사와 황소는 하나가 되었다"), 투우사가 오르가슴적 죽음의 순간에 의기양양하게 황소를 지배하는 것은 동성애의 위협에 대한 사나이다운 방어를 의미한다."

프로이트와 무의식에서 세속적인 것으로 옮겨가서 (그리고 현실에 발을 단단히 딛고) 이 문장들을 생각해보자. "헤밍웨이는

470

파리에 도착하자 금세 문학적 발판을 낚아채는 데 성공했다.” “헤밍웨이는 버럭 화를 내고 성말랐으며, 작가보다는 거친 사내로 보이고 싶어했다.” “헤밍웨이는 이기적이었고, 언제나 아내들보다 자신의 책을 우선했다.” “어니스트의 등장인물들이 지닌 양면은 그의 두 부모에게서 온 것이다.” “헤밍웨이는 누이가 넷 있었다(그리고 나중에 아내도 넷을 두었다).” “헤밍웨이에게 전시 상황은 매력적이었다. 불안의 가장 큰 원천인 여자들이 없어졌기 때문이다.” 비슷한 통찰력을 발휘하는 이런 문장들이 몇백 개나 나온다. 이 책은 사실 읽기가 아주 힘들다.

헤밍웨이는 1931년 키웨스트로 이사하고 『오후의 죽음』을 낸 뒤, 그 자신 그리고 그의 작품과 너무나 자주 연관되는 마초적 태도를 취하기 시작했다. 헤밍웨이는 사자, 물소, 코끼리, 얼룩영양, 사슴, 곰, 엘크, 오리, 꿩, 청새치, 다랑어, 돛새치, 송어를 죽였다. 당신이 생각할 수 있는 모든 동물을 잡거나 쏘아 죽였다. 날개가 달렸든, 지느러미가 있든, 뛰든, 기든, 무겁게 걷든 뭐든지 말이다. 헤밍웨이는 허세 부리고 젠체하기 시작했고, 사람들에게 자신을 ‘아빠’라 부르게 하고, 주먹다짐에 휘말리고, 친구든 적이든 똑같이 가혹하게 대했다. 피츠제럴드는 헤밍웨이에 대해 통찰력 있는 발언을 했다. “그는 나만큼 심하게 신경쇠약에 걸렸다. 단지 서로 양상이 다르게 나타날 뿐이다. 헤밍웨이는 과대망상광이 되어가고, 나는 우울증에 빠지려 한다.” 데이먼 러니언은 말했다. "오랜 시간을 헤밍웨이와 함께 편히 있으면서 그 긴장을 이겨낼 수 있는 사람은 거의 없다."

1940년부터 시작되는 헤밍웨이의 중년과 말년—마이어스 씨는 이 시기를 쇠퇴기라 부른다—에 대한 침울한 이야기를 읽다 보면, 독자는 헤밍웨이가 뭔가 가치 있는 걸 썼는가가 아니라(마이어스 씨는 『누구를 위하여 종은 울리나』이후로 헤밍웨이가 가치 있는 작품을 쓰지 못했다고 생각한다) 과연 글을 쓸 수 있었는가에 의구심을 품게 된다. 헤밍웨이는 심각한 사고를 많이 겪었고, 위중하고 몸이 쇠약해지는 병에도 여러 번 걸렸다. 알코올 중독도 그에 들어간다(헤밍웨이의 아들 잭은 아버지가 죽기 전 이십 년 동안 위스키를 하루에 1쿼트씩 마셨다고 말한다). 이 책에는 세 쪽에 걸쳐 주요 사고와 질병을 나열한 부록이 있다. 뇌진탕 다섯 번, 두개골 골절, 총알과 유산탄 부상, 간염, 고혈압, 당뇨, 말라리아, 근육 파열, 인대 늘어남, 폐렴, 단독, 아메바 이질, 패혈증, 추간판 균열, 간과 오른쪽 신장과 비장 파열, 신장염, 빈혈, 동맥경화증, 피부암, 혈색소증, 1도 화상 등이다. 한번은 상어를 쏘려다 자기 다리를 쏜 적도 있다. 메이오 클리닉에 들어갔을 때는 '우울증과 신경쇠약'을 겪고 있었다.

헤밍웨이의 공적인 모습에 사람들은 지치고 궁극적으론 슬퍼진다. 하지만 헤밍웨이의 사적인 삶이라고 해서 더 교훈적이지는 않다. 독자는 차례차례 드러나는 저속하고 더러운 행동의 비열함과 악의에 호되게 두드려 맞는다. (세번째 아내 마사 겔혼과 깨진 뒤 헤밍웨이는 마사에 대해 상스러운 시를 썼고, 그것을 남들 앞에서 큰 소리로 읽길 좋아했다.) 헤밍웨이는 계속 간통을 했고, 오십대 때는 당혹스럽게도 아직 십대인 여자아이들에게 열중했다. 헤밍웨이는 이런저런 이유로 거의 모든 친구, 가족, 전 부인들(해들리만은 예외였다. 헤밍웨이는 이혼한 뒤에도 오랫동안 해들리에게 연애편지를 썼다), 아들들과 며느리들과 말다툼을 하고 의절했다. 헤밍웨이는 아들 하나하나와 가차없이 싸웠다. 그중 그레고리에 대해선 교수형당하는 걸 보고 싶다고까지 했다. 헤밍웨이는 140만 달러의 유산을 남겼지만, 유언을 통해 아들들에게는 전혀 상속하지 않았다.

1961년 7월 2일의 그 끔찍한 아침, 메이오 클리닉에서 막 두번째로 풀려난 헤밍웨이는(아내는 헤밍웨이가 풀려나길 원치 않았다. 아내는 헤밍웨이가 의사들을 '속였다'고 생각했다) 잠긴 총 보관장의 열쇠를 찾아낸다. 여기까지 오면 독자들은 거의 안도감까지 느낀다. 이제 다들 고통을 겪을 만큼 겪었기 때문이다.

이 책의 내용 대부분은 칼로스 베이커가 1969년에 출간한 헤밍웨이 전기보다 나은 점이 거의 없다. 그리고 베이커 씨는 맹점도 있긴 했지만 헤밍웨이의 작품에 훨씬 교감했고, 결국 헤밍웨이라는 사람에 대해서도 훨씬 잘 이해했다. 어쩌면 본격적인 전기를 또 한 권 써서 베이커 씨의 책과 마이어스 씨의 책을 보충해야 할 수도 있겠다. 하지만 나는 그렇게 생각하지 않는다. 적어도 나는 그 책을 읽지 않을 것이다.

이 책을 다 읽고 당신이 헤밍웨이에 대해 느낄 감정의 유일한 해독제는 당장 헤밍웨이의 소설로 돌아가 다시 읽는 것이다. 그의 최고작이 아직도 얼마나 명료하고 침착하고 탄탄한가를 보라. 마치 책장을 넘기는 손가락들과 단어들을 읽는 눈 사이에 물리적 교감이 일어나는 것 같고, 뇌는 단어들이 의미하는 바를 넘치는 상상력으로 재창조하며, 헤밍웨이의 표현처럼 "당신 경험의 일부로 만든다". 헤밍웨이는 자신의 작품을 썼고, 앞으로도 오래도록 기억될 것이다. 헤밍웨이의 공적·사적 삶의 혼란을 인정한다 할지라도, 어떤 전기작가라도 이보다 더 낮게 헤밍웨이를 평가한다면, 무명의 식료품 상인이나 털이 텁수룩한 매머드의 전기를 쓰는 게 나을 것이다. 작가 헤밍웨이. 이야기가 어떻게 전개되든, 그는 여전히 그 이야기의 영웅적 주인공이다.

약자

AOU   *All of Us: The Collected Poems* 우리 모두: 시선집, 윌리엄 L. 스털(London: The Harvill Press, 1996; New York: Alfred A. Knopf, 1998)

F_1 *Fires: Essays, Poems, Stories* 정열: 에세이, 시, 단편 초판(Santa Barbara, Calif.: Capra Press, 1983)

F_2 *Fires: Essays, Poems, Stories* 정열: 에세이, 시, 단편 2판(확장판)(New York: Vintage Books, 1989; London: The Harvill Press, 1994)

RC   Raymond Carver 레이먼드 카버

WICF   *Where I'm Calling From: New and Selected*

Stories 내가 전화를 거는 곳 RC의 서문이 있는 기념 재판(1988; New York: Atlantic Monthly Press, 1998; London; The Harvill Press, 1998)

단행본 미수록 단편

불쏘시개

워싱턴 주 포트앤젤레스의 레이먼드 카버 자택에서 발견된 원고를 원본으로 했다. *Esquire*[New York] 132, no. 1(1999년 7월), 72∼77쪽에 약간 다른 버전으로 게재되었다.

무엇을 보고 싶으신가요?

오하이오 주립대학교 도서관의 윌리엄 차뱃 미국소설 컬렉션에 있는 카버의 서류들 중에서 발견된 것으로, 타자를 친 뒤 육필 교정을 한 번 거친 원고를 원본으로 삼았다. *Guardian*[London] 2000년 6월 24일자 14∼20쪽에 게재되었다.

꿈

워싱턴 주 포트앤젤레스의 레이먼드 카버 자택에서 발견된 원고를 원본으로 했다. *Esquire*[New York] 134, no. 2(2000년 8월),

132~137쪽에 약간 다른 버전으로 게재되었다.

방화
워싱턴 주 포트앤젤레스의 레이먼드 카버 자택에서 발견된 원고를 원본으로 했다. *Esquire*[New York] 132, no. 4(1999년 10월), 160~165쪽에 약간 다른 버전으로 게재되었다.

내가 필요하면 전화해
오하이오 주립대학교 도서관의 윌리엄 차뱃 미국소설 컬렉션에 있는 카버의 서류들 중에서 발견된 것으로, 타자를 친 뒤 육필로 교정을 한번 거친 원고를 원본으로 삼았다. *Granta*[London] no. 68(1999년 겨울), 9~21쪽에 약간 다른 버전으로 실렸다.

에세이와 명상록

내 아버지의 인생
F₂, 13~21쪽에서 가져왔다. *Esquire*[New York] 102, no. 3(1984년 9월) 64~68쪽에 처음 실렸다. *Granta*[Cambridge, England], no. 14(1984년 겨울), 19~28쪽에 '그분은 어디 있는가: 내 아버지에 대한 기억'이라는 제목으로 다시 실렸다. "아버지의 스물두 살 때 사진"의 출처: *AOU*, 7.

글쓰기에 대해

F_1, 13~18쪽에서 가져왔다. *New York Times Book Review* 1981년 2월 15일자 9, 18쪽에 '이야기꾼이 들려주는 일에 관한 이야기'라는 제목으로 처음 실렸다. 잭 데이비드와 존 레드편이 편집한 『짧은 단편소설들』(Toronto : Holt, Rinehart and Winston of Canada, 1982)로 재출간되었다.

정열

F_1, 19~30쪽에서 가져왔다. *Antaeus*[New York], no. 47(1982년 가을), 156~167쪽에 처음 게재되었다. *Syracuse Scholar*[Syracuse University] 3, no. 2(1982년 가을), 6~14쪽에 약간 다른 버전으로 게재되었다. 스티븐 버그가 편집한 『계속되는 것을 찬양하며』(New York : Harper & Row, 1983), 33~44쪽에 다시 게재되었다.

1982년 존 가드너가 오토바이 사고로 죽은 뒤, *Chicago Tribune Book World* 1982년 9월 26일자 1~2쪽에 '존 가드너 : 정열, 젊은 작가들이 거쳐야 할 관문'이라는 제목으로 「정열」의 일부가 실렸다. RC는 다음을 더했다.

이제 그의 사망 소식을 막 접한 오늘 아침, 나는 여기 앉아 혼미한 정신을 수습하려 애쓰고 있다. 그리고 당연히, 나는 그럴 수 없다. 개인적 상실감은 너무나도 크지만, 시간이 흐르면 익숙해지리라. (어쨌든 나는 나 자신에게 그렇게 말한다.) 하지만 그가 죽음으로써 국내 문학계가 입은 타격은 끔찍하며 막대하다.

나는 몇 가지를 기억해보려 애쓴다. 그가 살아 있을 때 마지막으로 보았던 시간을 떠올린다. 지난 3월, 펜실베이니아 주 서스쿼해나에 있는 그의 집에서였다. 우리는, 테스 갤러거와 나는, 존과 함께 밤을 보냈고, 이튿날 아침 존은 차를 타고 떠나려는 우리를 배웅하고 있었다. 땅에는 눈이 쌓여 있었지만, 날씨가 그리 나쁘지는 않았다. 해가 떴고 나는 팔에 내 재킷을 걸쳤다. 우리는 서로를 껴안았다. "즐거운 여행이 되길 빌어. 운전 조심하고." 그가 말했다.

"당연하죠." 내가 말했다.

그러자 그는 씩 웃어 보였고, 나도 씩 웃어 보였다. 우리는 마법에 사로잡힌 삶을 살아갔으며, 우리 둘 다 그것을 알았다. 우리는 전날 밤 그것에 대해 이야기했다. 그는 암과 싸워 이겼고, 나는 알코올과 싸워 이겼다. 그리고 우리는 치코로부터 먼길을 왔다. "안녕, 존." 내가 말했다.

존 가드너: 선생으로서의 작가

Georgia Review[University of Georgia], 37, no. 2(1983년 여름), 413~419쪽에 '존 가드너: 작가와 선생John Gardner: Writer and Teacher'이라는 제목으로 게재되었다. 가드너의 『소설가가 되는 것에 대해』(New York: Harper & Row, 1983), xi~xix에 RC의 서문으로, 그리고 F_2, 40~47쪽에 약간 다른 버전으로 실렸다.

우정

Granta[Cambridge, England], no. 25(1988년 가을), 155~161쪽

에서 본문과 사진을 가져왔다.

성 테레사가 쓴 글 가운데 한 줄에 대한 묵상
Commencement[1988년 5월 15일](West Hartford, Conn.: University of Hartford, 1988)에서 발췌한 제목 없는 연설, 24~25쪽.
RC는 이 졸업식장에서 하트퍼드 대학교의 명예 문학박사 학위를 받았다. 그가 마지막으로 남긴 산문이다.

초기 단편

분노의 계절Furious Seasons
『분노의 계절과 다른 단편소설들』(Santa Barbara, Calif.: Capra Press, 1977), 94~110쪽에서 가져왔다. 이전에 *December*[Western Springs, Ill] 5, no.1(1963년 가을), 31~41쪽에 '분노의 계절The Furious Seasons'이라는 제목으로 게재되었다. 이 단편소설의 초기 버전은 역시 같은 제목으로 *Selection*[Chico State College], no. 2(1960~1961년), 1~18쪽에 게재되었으며, RC가 출간한 첫번째 단편소설이다.

털
Toyon[Humboldt State College] 9, no. 1(1963년 봄), 27~30쪽에서 가져왔다. 험볼트 주립대학교의 문학잡지인 *Toyon*의 이 호는 RC

가 편집했다. 「털」의 개정판은 *Sundaze*[Santa Cruz, Calif.] 2, no. 6(1972년 1월 7~20)에 페이지 번호 없이 실렸다. 이 버전은 윌리엄 L. 스털이 편집한 『그 시절: 레이먼드 카버의 초기 글들』(Elmwood, Conn.: Raven Editions, 1987), 19~23쪽에도 다시 실렸다.

열광자들

Toyon[Humboldt State College] 9, no. 1(1963년 봄), 5~9쪽에서 가져왔다. RC는 '존 베일'이라는 가명으로 「열광자들」을 발표했다.

포세이돈과 친구들

Toyon[Humboldt State College] 9, no. 1(1963년 봄), 24~25쪽에서 가져왔다. 「포세이돈과 친구들」의 약간 다른 버전이 *Ball State Teachers College Forum*[Muncie, Ind] 5, no. 2(1964년 봄), 11~12쪽에 발표되었다.

새빨간 사과

Gato Magazine[Los Gatos, Calif.] 2, no. 1(1967년 봄~여름), 8~13쪽에서 가져왔다.

장편소설의 편린

『오거스틴의 비망록』에서
Iowa Review(University of Iowa) 10, no. 3(1979년 여름), 38~42쪽
에서 가져왔다. RC는 이 장편을 더 쓰지 않았다.

작품 해설

「이웃 사람들」에 대해
잭 힉스가 편집한『커팅 에지: 70년대를 위한 젊은 미국 작가들』(New
York: Holt, Rinehart and Winston, 1973), 528~529쪽에 실린 제
목 없는 에세이.「이웃 사람들」의 출처는 *WICF*, 68~73쪽.

「술 마시며 운전하기」에 대해
데이비드 앨런 에번스가 편집한『미국 시의 새로운 목소리』(Cambridge,
Mass.: Winthrop Publishers, 1973), 44~45쪽.「술 마시며 운전하
기」의 출처는 *AOU*, 3쪽.

고쳐쓰기에 대해
F_1, RC의 후기, 187~189쪽. RC가 몇 작품에 대해 언급한 날짜는 신
뢰할 수 없다.

〈도스토옙스키〉 각본에 대해

RC와 테스 갤러거가 '캐프라 백투백 시리즈' 제5권으로 낸 『도스토 옙스키: 각본』에 RC가 쓴 서문(Santa Barbara, Calif.: Capra Press, 1985), 7~12쪽. 이 에세이의 약간 다른 버전이 *NER/BLQ*〔*New England Review and Bread Loaf Quarterly*, Hanover, N. H.〕 6, no. 3(1984년 봄), 355~358쪽에 게재되었다.

「낚시찌」와 다른 시들에 대해

윌리엄 헤이엔이 편집한 『2000년의 세대: 현대 미국 시』(Princeton, N. J.: Ontario Review Press, 1984), 24~26쪽에 '이유'라는 제목으로 게재되었다. 몇 편의 시를 쓴 시기에 대한 RC의 언급은 신뢰할 수 없다. 시의 출처: *AOU*: 「낚시찌」(42쪽), 「프로서」(33~34쪽), 「당신 개가 죽었어요」(6~7쪽), 「영원」(48~49쪽), 「직장을 구하며」(13쪽, 237~238쪽), 「웨스 하딘: 사진으로부터」(36~37쪽), 「결혼」(37~38쪽).

「테스를 위하여」에 대해

Literary Cavalcade〔Scholastic, Inc., New York, N. Y.〕 39, no. 7(1987년 4월), 8쪽에 실린 제목 없는 에세이. 「테스를 위하여」의 출처는 *AOU*, 138쪽.

「심부름」에 대해

마크 헬프린과 섀넌 래브넬이 미국과 캐나다 잡지들에서 뽑은 『1988년 전미 최우수 단편소설』(Boston: Houghton Mifflin, 1988),

318~319쪽에 실린 제목 없는 에세이. 「심부름」의 출처는 *WICF*, 419~431쪽.

「내가 전화를 거는 곳」에 대해

서명 초판 모임(Franklin Center, Pa.: The Franklin Library, 1988)이 펴낸 『내가 전화를 거는 곳』에 '초판에 붙이는 특별한 메시지'라는 제목으로 실렸다. 페이지 번호 없음[vii~ix]. *WICF*, xi~xiv에 「작가의 서문」으로 실렸다. 사실 RC는 자신의 최초 단편인 「분노의 계절」을 1960년에 출간했다.

레이먼드 카버가 쓴 서문

별의 인도

RC가 뽑은 『1980년 시러큐스 시와 단편소설』의 '서문'(Syracuse, N. Y.: Department of English, Syracuse University, 1980), iv~v. 에즈라 파운드의 인용문("서술의 근본적인 정확성……")은 『독서의 ABC』(1934)에 나오지 않는다. 수록작: 앤드루 에이브러햄슨, 「롭과 헤인스가 함께한 다섯 곳」; 브룩스 핵스턴, 「추수감사절 금요일」; 앤서니 로빈스, 「캐시」와 「비타 누오바」; 메리앤 로이드, 「누구에게나 취미가 있다」; 론 블록, 「길들여지지 않은 나의 아이」와 「찰스 빌리터」; 퍼넬러피 필립스, 「『하늘을 탐색하며』에서」(「레온하르트 오일러에게」); 제이 그로버로고프, 「르동에게 보내는 오마주: 꽃들 사이의 오필리아」; 윌리엄 C. 엘킹턴, 「거머리」; 앨런 호이, 「암소들이 물을 마시러 올 때」; 낸시 E. 리로이, 「붉은 소파」; 데이비드 오마라, 「노인을 위한 나라」.

일체

RC가 섀넌 래브넬과 함께 미국과 캐나다 잡지들에서 뽑은 『1986년 전미 최우수 단편소설』(Boston: Houghton Mifflin, 1986)에 실린 '서문', xi~xx. 수록작: 도널드 바셀미, 「그 여인의 정원에서 딴 바질」; 찰스 백스터, 「그리폰」; 앤 비티, 「야누스」; 제임스 리 버크, 「기결수」; 이선 캐닌, 「별의 음식」; 프랭크 콘로이, 「소문」; 리처드 포드, 「공산주의자」; 테스 갤러거, 「나쁜 친구」; 에이미 헴펠, 「오늘은 조용한 날이 되리라」; 데이비드 마이클 캐플런, 「암사슴 사냥철」; 데이비드 립스키, 「삼천 달러」; 토머스 맥구에인, 「스포츠맨」; 크리스토퍼 매킬로이, 「일체」; 앨리스 먼로, 「두 개의 모자를 가진 남자」; 제시카 닐리, 「피부 천사」; 켄트 넬슨, 「보이지 않는 삶」; 그레이스 페일리, 「진술」; 모나 심프슨, 「잔디밭」; 조이 윌리엄스, 「건강」; 토바이어스 울프, 「부자 형」.

알려지지 않은 체호프

에이브럼 야르몰린스키가 번역한 『알려지지 않은 체호프: 단편소설과 다른 글들』(New York: Ecco Press, 1987)의 뒤표지에 쓴 제목 없는 글.

사건과 결과의 소설

RC와 톰 젱크스가 편집한 『미국 단편소설 걸작선』(New York: Delacorte Press, 1987)의 '서문', xiii~xvi. 이 에세이는 두 편집자가 함께 썼다. 수록작; 제임스 볼드윈, 「소니의 블루스」; 앤 비티, 「주말」; 지나 베리올트, 「방관자」; 밴스 버제일리, 「애미시 농부」; 리처드 브로티건, 「1/3, 1/3, 1/3」; 해럴드 브로드키, 「버로나: 젊은 여성이 말하다」; 캐럴 블라이, 「영웅들의 이야기」; 레이먼드 카버, 「열」; 에번 S. 코넬, 「치와와에서 온 어부」; 프랭크 콘로이, 「공중」; E. L. 닥터로, 「윌리」; 안드레 더뷰스, 「뚱뚱한 소녀」; 스탠리 엘킨, 「못된 놈들을 위한 시학」; 리처드 포드, 「록스프링스」; 테스 갤러거, 「말들의 연인」; 존 가드너, 「보상」; 게일 고드윈, 「꿈꾸는 아이들」; 로런스 서전트 홀, 「암붕」; 배리 해나, 「물의 거짓말쟁이들」; 마크 헬프린, 「서맨사 호에서 온 편지들」; 어슐러 K. 르 귄, 「일리 숲」; 버나드 맬러머드, 「마법의 통」; 바비 앤 메이슨, 「샤일로」; 제임스 앨런 맥퍼슨, 「흉터 이야기」, 레너드 마이클스, 「살인자들」; 아서 밀러, 「부적응자들」; 조이스 캐럴 오츠, 「어디로 가는 겁니까? 어디에 있었나요?」; 플래너리 오코너, 「좋은 사람은 찾기 힘들다」; 그레이스 페일리, 「한때 소년을 키우던 이들」; 제인 앤 필립스, 「천상의 동물」; 데이비드 쿼멘, 「외출」; 필립 로스, 「유대인의 개종」; 제임스 설터, 「아크닐로」; 존 업다이크, 「기독교인 룸메이트들」; 조이 윌리엄스, 「결혼식」; 토바이어스 울프, 「거짓말쟁이」.

현대소설에 대해

「현대미국소설 심포지엄」에 제목 없이 기고. *Michigan Quarterly Review*〔University of Michigan〕26, no. 4(1987년 가을), 710~711쪽.

긴 단편소설에 대해

마이클 C. 화이트와 앨런 데이비스가 편집한 〈미국 단편소설 88〉(Farmington, Conn.: Wesley Press, 1988), xi~xv에 실린 '서문'. RC는 이 책을 위한 제2회 미국 단편소설 공모전의 초청 심사위원이었다. 수록작: 앤토냐 넬슨, 「소모품」(1등); 폴 스콧 멀론, 「조보이 데려오기」(2등); 샌드라 도어, 「어둠 속에서 글쓰기」(3등); 어슐러 헤지, 「목숨 구하기」; 퍼트리샤 페이지, 「도피」; 메리 엘시 로버트슨, 「단어 가르기」; 마이클 블레인, 「슈트」; 마크 빈즈, 「10월이 다 되어서」; 도나 트러셀, 「드림 파이」; 스콧 드리스콜, 「버스 기다리기」; 팻 해리슨, 「승자」; 고든 잭슨, 「정원에서」; 토니 그레이엄, 「점프!」; 마이클 헤티치, 「천사들」; 패티 타나, 「하버 아일랜드」; 론 태너, 「하트 하우스」; 스티븐 트레이시, 「바보들의 실험」; 릴라 자이거, 「섬세한 세부」, 레슬리 베커, 「웃기는 부분」.

서평

큰 물고기, 신화적인 물고기

Chicago Tribune Book World, 1978년 10월 29일자, 1, 6쪽에 실린

제목과 글. 이 서평의 약간 다른 버전이 '남자와 그의 물고기'라는 제목으로 *Texas Monthly*, 1978년 12월호, 222, 225쪽에 게재되었다.

바셀미의 비정한 코미디들

Chicago Tribune Book World, 1979년 1월 28일자, 1쪽에서 제목을 가져왔다. 본문은 '악필가 바셀미'라는 제목으로 *Texas Monthly*, 1979년 3월호, 162~163쪽에 게재되었다.

굉장한 이야기들

Chicago Tribune Book World, 1979년 5월 13일자, 1쪽에서 제목을 가져왔다. 본문은 *San Francisco Review of Books* 5, no. 5(1979년 10월), 23~24쪽에 게재되었다.

파랑지빠귀 아침들, 태풍경보들

San Francisco Review of Books 5, no. 2(1979년 7월), 20~21쪽에서 제목과 본문을 가져왔다. *American Book Review* 2, no. 2(1979년 10월)와 *Quarterly West*, no. 10(1980년 겨울~봄), 125~126쪽에 재수록되었다. 이 서평의 짧은 버전이 '반 고흐 들판: 서부의 고난과 잊을 수 없는 이야기들'이라는 제목으로 *Chicago Tribune* 1979년 8월 25일자, Sec. I, 13쪽에 실렸다. 나중에 개작한 글은 『우리는 여기에 함께 있지 않다: 윌리엄 키트리지의 단편소설들』(Port Townsend, Wash.: Graywolf Press, 1984)의 서문으로 vii~x에 실렸다. 키트리지의 두번째 인용 "네가 하는 일은……"은 『반 고흐 들

판』 또는 키트리지의 그 어떤 작품에도 나오지 않는다. 하지만 RC의 미완성 장편 「오거스틴의 비망록」에 나오는 밀러가 "우리가 하는 일은 중요해, 친구……"라고 한 부분과 비교해볼 수 있다.

기량이 절정에 달한 재능 있는 소설가
Chicago Tribune Book World, 1980년 1월 20일자, 1쪽에 실린 제목과 내용을 가져왔다. 이 서평의 약간 다른 버전이 *San Francisco Review of Books* 5, no. 10(1980년 3월), 10쪽에 제목 없이 실렸다.

암흑에 빛을 비추는 소설
Chicago Tribune Book World, 1980년 5월 18일자, 1, 10쪽에서 제목을 가져왔다. 본문은 *San Francisco Review of Books* 6, no. 1(1980년 6월), 19쪽에서 가져왔다.

브로티건에게 늑대인간 나무딸기와 고양이 멜론을 대접받다
Chicago Tribune Book World, 1980년 10월 26일자, 3쪽에서 제목과 본문을 가져왔다.

맥구에인, 큰 사냥감을 쫓다
Chicago Tribune Book World, 1981년 2월 15일자, 5쪽에서 제목과 본문을 가져왔다. 이 서평의 짧은 버전이 *San Francisco Review of Books* 6, no. 4(1981년 1~2월), 22쪽에 제목 없이 실렸다.

리처드 포드가 보여주는 상실과 치유의 강력한 통찰

Chicago Tribune Book World, 1981년 4월 19일자, 2쪽에서 제목과 본문을 가져왔다. 이 서평의 약간 다른 버전이 *San Francisco Review of Books* 6, no. 5(1981년 3~4월), 29~30쪽에 실렸다. 소설 내용을 요약하며 RC는 문장 몇 개를 재배치했다.

은퇴한 곡예사가 십대 소녀에게 매혹되다

Chicago Tribune Book World, 1981년 7월 5일자, 1쪽에서 제목과 본문을 가져왔다.

"명성은 좋지 않답니다. 내 명성을 가져가세요"

New York Times Book Review, 1984년 4월 22일자, 6~7쪽에서 제목과 본문을 가져왔다.

성년이 되다, 만신창이가 되다

New York Times Book Review, 1985년 11월 17일자, 3, 51~52쪽에서 제목과 본문을 가져왔다. RC가 해들리 리처드슨을 인용한 부분은 굉장히 압축되어 있으며, 편지 여러 통에서 뽑아 하나로 만든 것이다. RC의 서평에 대한 제프리 마이어스의 반응을 보려면 *New York Times Book Review*, 1985년 12월 8일자, 85쪽에 실린 「헤밍웨이의 전기작가」를 참고하라.

1938년	5월 25일 오리건 주 클래츠커니에서 클레비 레이먼드 카버와 엘라 카버의 장남으로 태어남.
1956년	야키마 고등학교를 졸업하고 아버지와 함께 캘리포니아 주 체스터의 제재소에서 일함.
1957년	야키마에서 16세의 메리앤 버크와 결혼. 약국 배달원으로 일하면서 밤에는 야키마 커뮤니티 칼리지의 야간 강좌 수강. 12월 2일 첫딸 크리스틴 라레이 출생. 이해는 카버에게 개인적으로 매우 중요한 해였는데, 그는 이때의 경험을 에세이 「정열 *Fires*」과 「내 아버지의 삶 *My Father's Life*」에 기록.
1958년	캘리포니아 주 파라다이스로 이사. 치코 주립대학에서 강의를 들음. 10월 19일 둘째 아이 밴스 린지 출생.
1959년	치코 주립대학에서 존 가드너에게 문예창작 수업을 들음.
1960년	문예창작 수업이 끝나자 캘리포니아 주 유리카로 이사하여 제재소에서 일함. 『문예지』 2호(1960년 겨울호)에 첫 단편소설 「분노의 계절 *Furious Seasons*」이 실림.
1962년	험볼트 대학에서 극작 수업을 들음. 첫 희곡 「카네이션 *Car-nations*」이 험볼트 대학에서 상연됨.

1963년	문학사 학위를 받고 험볼트 대학 졸업. 아이오와 주로 이사하여 아이오와 작가 워크숍 수강.
1964년	캘리포니아 새크라멘토 머시 병원에서 수위로 일함.
1967년	봄에 파산 신청을 함. 6월 17일 아버지 사망. 과학 리서치 협회(SRA)에 교과서 편집자로 취직. 캘리포니아 팰로 앨토로 이사하여 작가이자 편집자인 고든 리시를 만남. 단편 「제발 조용히 좀 해요 *Will You Please Be Quiet, Please?*」가 1967년도 『전미 최우수 단편소설』에 수록됨.
1970년	아트 디스커버리 어워드 시詩 부문의 국립기금을 받음. 단편 「60에이커 *Sixty Acres*」가 1970년 '최우수 잡지 단편소설' 리스트에 오름. 카약 북스에서 시집 『겨울 불면 *Winter Insomnia*』 출간.
1971년	〈에스콰이어〉 6월호에 「이웃 사람들 *Neighbors*」 게재. UC 샌타크루즈의 문예창작반 강사로 초빙됨. 〈하퍼스 바자〉 9월호에 「뚱보 *Fat*」 게재.
1972년	UC 버클리에 강사로 초빙됨.
1973년	아이오와 작가 워크숍의 강사가 됨. 단편 「무슨 일이오? *What Is It?*」가 오헨리상 수상작에 포함됨. 다섯 편의 시가 『미국 시의 새로운 목소리』에 실림.
1974년	UC 샌타바버라의 강사가 되지만 알코올중독과 가정불화로 12월에 강사직을 사임. 아내와도 별거. 두번째 파산 신청.
1976년	캐프라 프레스에서 시집 『밤에 연어가 움직인다 *At Night*

The Salmon Move』 출간. 메이저 출판사인 맥그로힐 출판사에서 『제발 조용히 좀 해요』 출간. 1976년 10월부터 1977년 1월까지 알코올중독 치료를 위하여 네 번 입원.

1977년 『제발 조용히 좀 해요』로 전미도서상 후보에 오름. 캘리포니아 맥킨리빌로 이사. 6월 2일 금주를 결심. 이날은 그의 인생의 전환점이 된 날로, 그는 이날부터 평생 술을 입에 대지 않음. 11월에 캐프라 프레스에서 소설집 『분노의 계절』 출간. 같은 달, 텍사스 주 댈러스에서 열린 작가회의에서 여성 시인 테스 갤러거를 만남.

1978년 구겐하임 기금 수상. 텍사스 대학으로 이사하여 아내와 살 작정이었으나 결혼생활이 파경을 맞음.

1979년 1월부터 엘패소에서 테스 갤러거와 함께 살기 시작. 시러큐스 대학 영문과 교수직을 제의받지만 창작에 전념해야 한다는 구겐하임 기금의 조건 때문에 이를 수락하지 않음.

1980년 아트 펠로십 소설 부문 국립기금 수상.

1981년 4월에 랜덤하우스 계열사인 크노프 사에서 소설집 『사랑을 말할 때 우리가 이야기하는 것 *What We Talk About When We Talk About Love*』 출간.

1982년 9월 14일 스승인 존 가드너가 오토바이 사고로 사망. 10월 18일 아내와 정식으로 이혼.

1983년 4월에 캐프라 프레스에서 에세이, 단편, 시를 모은 『정열』 출간. 미국 예술문학아카데미에서 주는 '밀드레드 앤 해럴드 스트로스 리빙 어워드'의 수혜자가 되어 오 년간 매

년 삼만 오천 달러를 받음. 9월에 크노프 사에서 소설집 『대성당 *Cathedral*』 출간. 이 소설집으로 전미도서상 후보에 오름.

1984년   소설집 『그렇게 하고 싶다면 *If It Please You*』 출간. 『대성당』이 퓰리처상 후보에 오름.

1985년   랜덤하우스에서 시집 『물이 다른 물과 합쳐지는 곳 *Where Water Comes Together With Other Water*』 출간.

1986년   랜덤하우스에서 시집 『울트라마린 *Ultramarine*』 출간.

1987년   단편 「심부름 *Errand*」이 〈뉴요커〉에 실림. 테스와 유럽 여행을 떠남. 9월에 폐출혈이 있었고, 10월에 폐절제수술을 받음. 뉴욕 공립도서관으로부터 '문학의 사자 Literary Lion' 칭호를 받음.

1988년   암이 다른 쪽 폐로 전이된 것이 발견되어 방사선치료를 받음. 테스와 네바다 주 리노에서 결혼. 마지막 시집 『폭포로 가는 새 길 *A New Path To The Waterfall*』을 완성. 애틀랜틱 먼슬리 프레스에서 『내가 전화를 거는 곳 *Where I'm Calling From*』 출간. 미국 예술문학아카데미 정식 회원이 됨. 8월 2일 아내 테스의 곁에서 수면중 사망.

마지막으로, 처음부터

이 책은 카버의 마지막 모음집이다. 이 책 첫 부분에 실린 다섯 편의 단편은 이전까지 책으로 묶이지 않은 작품들로, 카버가 즐겨 쓰는 주제, 즉 변화와 외로움, 결혼생활의 위기에 적응하려는 사람들, 힘겨운 상황에서 모든 것을 뒤로하고 새로운 시작을 하려는 사람들을 다루고 있다.

에세이 모음에는 카버의 대표직인 「글쓰기에 대해」와 「정열」이 포함되어 있다. 이 두 작품은 작가로서 카버의 심미안을 확연히 보여준다. 그리고 다른 에세이들은 아버지에 대한 회상, 아버지 되기의 어려움, 작가로서 발전해가던 시절의 스승 등 독자가 카버의 개인적인 삶을 파악할 수 있는 단서를 제공한다.